U0008851

作家與作品 28

鋅皮娃娃兵

聆聽死亡的聲音

斯維拉娜・亞歷塞維奇◎著

高莽等◎譯

貓頭鷹

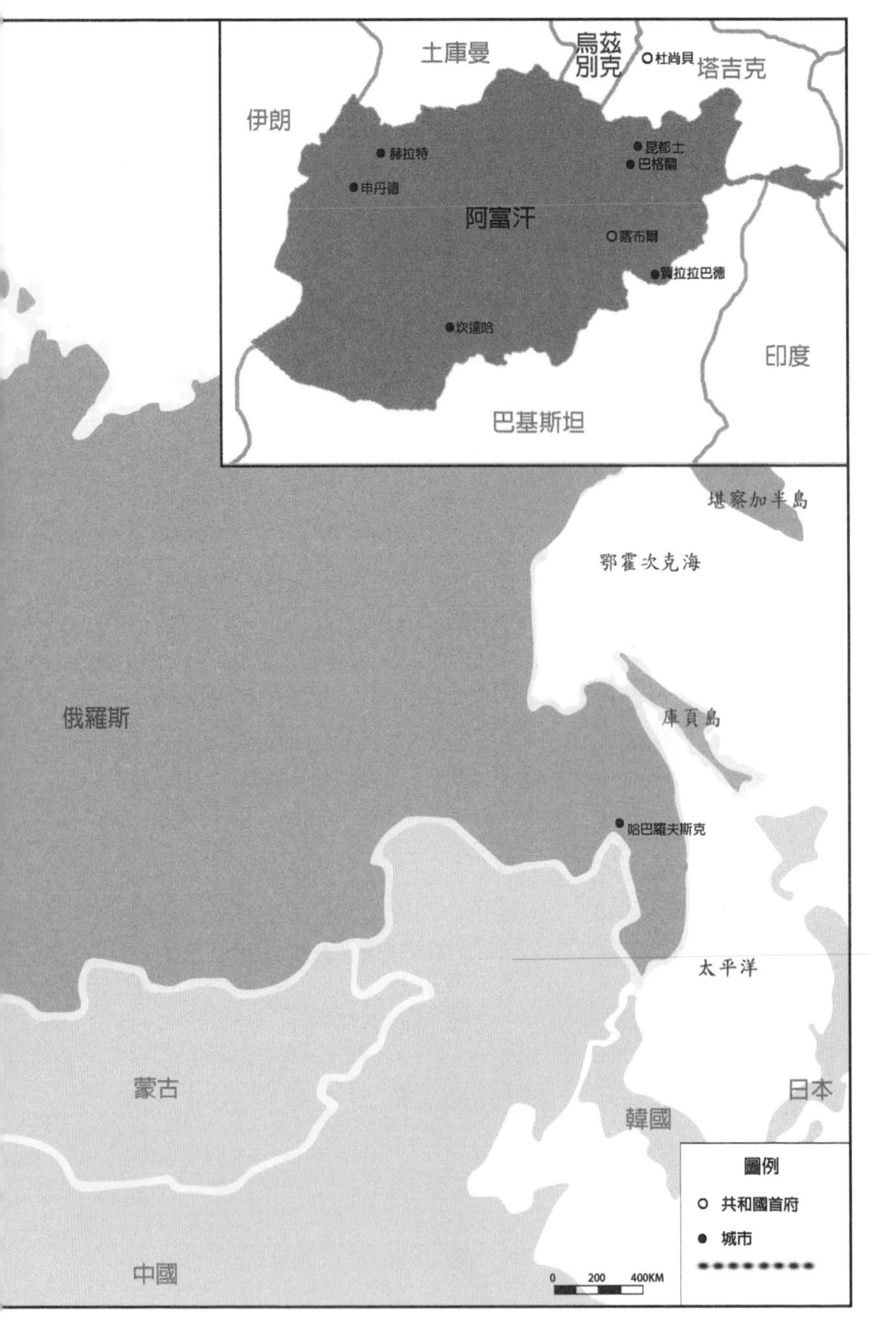

土庫曼
烏茲別克
杜尚貝
塔吉克
伊朗
赫拉特
昆都士
巴格蘭
申丹德
阿富汗
喀布爾
賈拉拉巴德
坎達哈
印度
巴基斯坦
堪察加半島
鄂霍次克海
庫頁島
俄羅斯
哈巴羅夫斯克
太平洋
蒙古
日本
韓國
圖例
共和國首府
城市
中國
0 200 400KM

★蘇聯15個加盟共和國：俄羅斯、哈薩克、烏克蘭、白俄羅斯、吉爾吉斯、塔克、烏茲別克、土庫曼、亞塞拜然、亞美尼亞、喬治亞、立陶宛、愛沙尼亞、拉脫維亞、摩爾達維亞。卡累利阿-芬蘭於一九五六年撤銷，重新併入俄羅斯。

本書依據最新增訂版翻譯

各界推薦

二〇一五諾貝爾文學獎得主亞歷塞維奇，記者出身的她，花費多年時間到處查訪，用記者的敏銳度洞察社會，用耐心與專注力發掘不為人知的故事。

她以記者的筆觸，融合了歷史與文學，引導讀者反思戰爭與後極權體制。她深刻挖掘人性中的痛苦，思考生命中的不完美。雖然以蘇聯為背景，但提供的諸多命題，不限於舊蘇聯或是俄羅斯，而是關乎全體人類。

二十世紀遺留的問題尚未解決，戰火、恐攻、後極權時代普丁等強人政權崛起，透過此書能讓我們了解過去，並思考現今的我們是否有任何理由，足以賦予戰爭正當性，是否有任何原因，可以讓自由走回頭路？都值得我們重新深刻思考！

——何飛鵬／城邦出版集團 首席執行長

白俄羅斯女記者亞歷塞維奇所出版的四本書，《我還是想你，媽媽：101個失去童年的孩子》、《戰爭沒有女人的臉：169個被掩蓋的女性聲音》、《鋅皮娃娃兵》與《二手時代》，分別出版於：一九八五年、一九八五年、一九九一年和二〇一三年，可以一九九一年分為兩個時段閱讀，記錄著近三十年來俄羅斯民眾對戰爭與共產黨統治的歷史記憶。一九八五年至一九九一年是戈巴契夫的改革時代，史達林是邪惡的象徵、共產主義成為人人喊打對象，民主開放是萬靈丹，前三本書就是在這種基調上，批判二戰與阿富汗戰爭，無論俄羅斯民眾是受害者還是加害者。最後一本卻一反常態，當蘇聯瓦解後，俄羅斯民眾發現生活沒有更好，只是換一種遊戲規則的困苦罷了，但精神上卻開始懷念共產主義統治時代，能夠呼風喚雨的民族光榮，這時候，史達林、對外戰爭，諷刺地轉成為讓個人心智成熟的歷練過程。亞歷塞維奇寫實地記錄這不到三十年間俄羅斯民眾歷史記憶的轉變，很真實，也令人感到荒謬與唏噓。

——莊德仁／台灣師大歷史博士、建國中學歷史教師

這個世紀，我們不斷思索，人類未來將會走向哪裡？
人類文明發展是帶來繁榮、愉悅或分裂、傷害？
是否可能靠著發揮人性而能超越人性帶來的困境？
這些思索，如果從面對發生過的悲劇與戰爭開始，也許能為我們帶來另一種希望。

——馮喬蘭／人本教育基金會執行長

我第一次知道白俄羅斯記者作家亞歷塞維奇，乃因她得了二〇一五年諾貝爾文學獎。那年，我很快找到她唯一的在台中譯本著作《車諾比的悲鳴》，訪談文字，鏤刻了車諾比核災此恨綿綿的後遺症。我被感動了，記者可以做的事，真的很多。

終於她的四本記者眼光下的「文獻文學」作品，可以一次呈現於台灣讀者的面前了，我對台灣出版界的誠意，尤其感謝。

所有的文字敘述，都有「經驗層次」與「剪裁選擇」的交錯，既是紀實也是創作。亞歷塞維奇讓世人看到了記者的良心，看到了寫作的能量，她在媒體日漸商業化、庸俗化的年代，點起一盞溫暖的燈！

——蔡詩萍／台北之音台長、POP Radio節目主持人

亞歷塞維奇善用東歐歷史命運賦予的創作力量，其體現於《我還是想你，媽媽》、《戰爭沒有女人的臉》、《鋅皮娃娃兵》、《二手時代》等書中的「文獻文學」，彷彿讓讀者重回文字記錄土地人民生活感受的「美好時光」。

近兩百年來的東歐文學，從托爾斯泰的史詩小說《戰爭與和平》伊始，充斥各種兵荒馬亂的記憶滄桑，與其說戰爭主題將人帶入地獄，倒不如說，戰爭主題彰顯面對生死真諦的勇氣，啟發有情人克服世間荊棘，在喪失的苦痛中追尋尊嚴與哲學理念。

值得一提的是，亞歷塞維奇《二手時代》描繪以蘇聯解體後，人民如何面對價值體系重整的俗世百態，其實印證了任何群體的受難與反抗形象皆可折射出拓荒、冒險氣魄，即「西部使人敏銳」的生活理念。閱讀亞歷塞維奇的作品，絕非戰爭電子遊戲的輕鬆消遣，東歐作家如亞歷塞維奇、索忍尼辛等崇尚以文字為信仰之傳統，或許，讀者可試著從中汲取生活靈感與力量。

——賴盈銓／政治大學斯拉夫語文系教授

國際好評

亞歷塞維奇的作品值得我們最高的關注，書中內容遠遠跨越了俄羅斯以及前蘇聯的疆界。

——德國西南廣播公司「每週一書」

她的書具有危險的力量，記錄著二十世紀的暴力、愚蠢與殘酷，讓讀者毫無冷場。

——德國國家廣播電台

亞歷塞維奇為歷史中的灰色地帶舉起一盞明燈。

——瑞典赫爾辛伯格日報

那有如複調音樂般的作品，為當代世人的苦難與勇氣樹立了一座紀念碑。

——二〇一五年諾貝爾文學獎

■總導讀

亞歷塞維奇的口述紀實文學——聆觀世人的心聲與風塵

劉心華／政治大學斯拉夫語文學系教授

二〇一六年七月底，甫從波蘭返台，旅程中，實地訪視了其境內的奧斯威辛集中營，這是二戰期間德國納粹屠殺猶太人的發生地；令人真正感受到聆觀世間風塵的靜默與激盪，內心糾結，久久不能平息。

當代「新物質主義」談論到，物質或物件本身有著默默陳述它與人們生存活動之間相互關係的話語功能，譬如博物館所展出的文物正是呈現不同時代的文明內涵。奧斯威辛集中營所展現的遺留物，也正哭訴著當年被屠殺者悲慘命運的心聲，是那麼淒厲！是那麼悲鳴！當人們在現場看到一間間的陳列室——散落的鞋子、慌亂中丟棄的眼鏡……，立即在腦中浮現出當年他們是在怎麼樣的情境下被毒氣集體屠殺；另外，當人們再看到以死者頭髮做成的毯子，更可以了解他們在生死兩岸間的生命尊嚴是如何被踐踏的，真是慘絕人寰啊！這些遺留的物件真的會說話；它們正細述著物主在那個年代所承受的種種苦難。是怎樣的時空環境，又是怎樣的錯置，悲慘竟發生在他們的身上——他們的生命就這樣消失了，無聲無息，身體在極端的痛苦中、心靈在無助和驚恐的煎熬下，讓人熱淚盈眶；透過物件反映著當年的哀號，思想跨越時空的體會，喚起了人們對二戰這段歷史的傷痕記憶。

無論在歐洲、亞洲，甚至全世界，施暴者與被殘害者，是什麼樣的年代讓人類承受這樣的痛苦，甚至到了今天還牽扯著後代的子子孫孫。這也令人想起同時代承受相同苦難的中國人，還有發生在其他地區無數的痛苦靈魂。凡此種種都讓我想起一位白俄羅斯女作家斯維拉娜．亞歷塞維奇（Светлана А. Алексиевич）——二〇一五年諾貝爾文學獎得主。她的大部分作品描述著上個世紀的戰爭、政治、環境汙染等事件，帶給人類的迫害，陳述得那樣深刻、那麼令人感動。

斯維拉娜．亞歷塞維奇是一九四八年出生於烏克蘭斯坦利斯拉夫城的白俄羅斯人；出生後，舉家又遷回了白俄羅斯。一九七二年她畢業於國立白俄羅斯大學新聞系，前後在報社與雜誌社工作。一九九〇年起，因批判白俄羅斯的當權者，先後移居義大利、法國、德國等地。她的主要文學作品有：《戰爭沒有女人的臉》（原文直譯為：戰爭的面孔不是女人的，一九八五年出版）、《我還是想你，媽媽》（原文直譯為：最後的證人，一九八五年出版）、《鋅皮娃娃兵》（一九九一年出版）、《被死亡迷住的人》（一九九三年出版，目前已絕版）、《車諾比的悲鳴》（原文直譯為：車諾比的祈禱，一九九七年出版）、《二手時代》（二〇一三年出版）。

亞歷塞維奇的創作手法有別於傳統文本模式的文字敘述，也與一般的報導文學相異，而是透過現場訪談採取一種口述記錄的方式，呈現事件的真實感情。口述紀實文學是二十世紀後半葉發生於世界文壇的一種新文學體裁。它與電子科技的發展有密切的關係，譬如，錄音電子器材的廣泛運用，讓口述紀實文學的創作便捷可行。若與其他文學體裁相比，它最凸顯的特點在於作者本身放棄了敘述的話語權，將自己置身於受話者（聽眾）和記錄者的地位，但又維護了自己身為作者的身分。另外，這種創作，不像傳統文學，以「大敘事」為主，而是選擇「小人物」擔任敘事者，激發他們對事件的看法及觀點，抒發感情，讓眾聲喧譁，以致開放了作者／敘事者／讀者對故事或事件的對話空間，創造了多元共生的事件情境。

儘管口述紀實文學的文體尚未發展成熟，然而它具備了一些傳統文學所不及的特性：

一、作者在文本中的存在與缺席

口述紀實文學最突出的特點是作者於文本建構中所扮演的角色與發揮的功能。作者讓出了講述的發言權利，作為中立者隱身於文本之後，但是又成功地以引導訪談方向保有作者的地位。也就是說，一般的文學敘事，作者通常扮演著主要講述者的角色，無論講述自己的所見所聞，或是運用虛構人物講述事件，或是參與事件，或是隱身於事件之後，講述者終歸是作者。作者因此可藉此建立穩固的話語霸權。而在口述紀實文學中，作者處於受話者（receiver or listener）的地位，換句話說，作者已經不再是一般所認知的「作者」，他成了相關事件講述者的第一聽眾；他不再顯示自己的價值觀或偏好，對事件的人、事、物做直接的判斷或評論。然而，作者並非完全放棄自己的功能和身分，文本的總體構思仍掌握於作者本身；他雖然放棄講述者的地位，並不意味著他放棄了選擇、刪節與整合的功能和任務。因此，在口述紀實文學中，從讀者的閱讀和感覺來看，作者好像是缺席的，可是他又始終在場。

二、以多元的小人物為主角，並採取集結式整合的論述結構

大多數的口述紀實文學作品皆以「小人物」作為主角，以廣大、普遍、世俗的市民生活為主。作者面對所有人的是是非非只是真實記錄，而不隨意妄加判斷或褒貶；他將此權利保留給讀者。在眾多小人物從不同角度或途徑所呈現的表述中，真是名副其實的眾聲喧譁，對於事件常常表現出既矛盾又統一、既傳統又現代的面貌，其特色就是可以完整保留事件的「第一手文獻」。其實，從眾多小人物的言說中往往才能看到事件的真實性及完整性，也才能展示出當時背景的標本與足跡。

然而，從另一個角度來說，小人物畢竟是「人微言輕」，對事件的觀察或陳述過於表象，不夠深入；因此，口述內容也常出現陳述失衡的現象，這種現象就需由作者來調和。一般而言，大部分的口述紀實文學都不約而同採用了獨特的結構形式——集結式整合，亦即集合多數人的訪問稿，依事件的理路邏輯整合而成。讀者如果把一篇篇的個人訪問從整部作品中抽離出來，其陳述的內容就會顯得單薄而不具代表性與說服力。但是，一旦將它們納入整體，內容連貫起來，那麼每個單篇作品就會超越其原有的局限，從整體中獲得新的生命，共同結合成為一個有機的完整結構，呈現出深遠的意義和文學內涵。當然，為了使結構不分散，每部作品一定會環繞一個中心的話題發展，呈現出既向中心集中又如輻射般的放射結構。

三、採用作者與講述者之間直接對應方式的話語

一般的文學敘事，受話者即是讀者，是一個不確定的群體。因此，可以確定的是一種個體（講述者）對群體（讀者）的單向對應話語。而口述紀實文學的講述者是受訪者，他雖是被採訪者的身分，卻是事件陳述的實際作者；在整個創作過程中，形式上，採訪者是次要身分出現，然而在受訪者與作者之間卻能夠形成一種直接而明確的個體對應關係，也只有在這種對應關係中才能產生真實、坦率、鮮活的話語，呈現著真相，吸引著讀者。

由於受到複雜社會關係和其他種種因素的限制，人在現實生活中的話語常常會加以偽裝，甚至於個人的自傳作品也不可信，往往最後呈現出來的是別人的他傳。因此，只有無直接利害關係的陌生人或事件的旁觀者，才可能講出真實的觀感。口述紀實文學中的作者（採訪者）與受訪者都是素不相識的陌生人，一般也不會繼續交往，因此，其間的個體對應話語成為最能坦露心扉、最真實的話語。

了解了口述紀實文學的特性後，接著我們回頭來探討白俄羅斯女作家亞歷塞維奇的文學作品；它是有關戰爭事件的口述紀實，這裡將進一步分析她的創作特色及其作品的價值。

亞歷塞維奇之所以會採用此種獨特的方式從事文學創作，主要是來自於童年的經驗。她曾如此描述這種經驗：「我們的男人都戰死了，女人工作了一整天之後，到了夜晚，便聚在一起彼此分享她們的心事。我從小就坐在旁邊靜靜聆聽，看著她們如何將痛苦說出來；這本身就是一種藝

術。」除此之外，她的創作也深受亞當莫維奇（一九二七～一九九四）的影響，這位文學界前輩可以說是其寫作生涯的領航者。亞當莫維奇的作品《我來自燃燒的村莊》（一九七七），描寫二戰期間，隸屬蘇聯紅軍的白俄羅斯軍隊在前線與納粹德國的交戰情景，戰況慘烈，死傷人數多達白俄羅斯的四分之一人口。亞當莫維奇親自下鄉訪問生還者，這種寫作的模式和作品呈現的內容帶給了亞歷塞維奇莫大的震撼。

亞歷塞維奇也曾這樣描述自己的寫作方式：「我雖然像記者一樣蒐集資料，但可是用文學的手法來寫作。」她在寫一本書之前，都得先訪問好幾百個事件相關的人，平均需要花五到十年的時間。其實，透過採訪、蒐集資料，並非一般人想像得那麼容易。她也特別提到：「每個人身上都有些祕密，不願意讓別人知道，採訪時必須一再嘗試各種方法，幫助他們願意把噩夢說出來。……每個人身上也都有故事，我試著將每個人的心聲和經驗組合成整體的事件；如此一來，寫作對我來說，便是一種掌握時代的嘗試。」

亞歷塞維奇在文壇初露頭角的作品《戰爭沒有女人的臉》，就是以二戰為背景，對當時蘇聯女兵進行採訪的話語集結；這部作品在一九八四年二月刊載於蘇聯時代的重要文學刊物——《十月》，其主要內容是陳述五百個蘇聯女兵參與衛國戰爭的血淚故事。作品問世後，讚譽有加，評論界與讀者一致認為該書作者從另一種新的角度成功展現了這場偉大而艱苦的戰爭。當時，大家都難以置信，一位名不見經傳的白俄羅斯女作家，一位沒有參加過戰爭的女性，竟然能寫出男性作家無法感受到的層面。亞歷塞維奇用女性獨特的心靈觸動，揭示了戰爭的真實面，深刻陳述了戰爭本質的殘酷。她以非常感慨的口吻說：「按照官方的說法，戰爭是英雄的事蹟，但在女人的眼中，戰爭是謀殺。」

在這本文學作品的寫作過程，亞歷塞維奇用了四年的時間，跑了兩百多個城鎮與農村，用錄音機採訪了數百名參與這場衛國戰爭的婦女，記錄了她們的陳述，刻繪了她們的心聲與感受。作品最後做了動人的結語，它說到：戰爭中的蘇聯婦女和男人一樣，冒著槍林彈雨，衝鋒陷陣，爬冰臥雪，有時也要背負比自己重一倍的傷員。戰爭結束後，許多婦女在戰爭的洗禮下改變了自己作為女人的天性，變得嚴峻與殘酷；這也可以說是戰爭所導致的另一層悲慘的結局。

亞歷塞維奇成功讓這本書中的女人陳述了男人無法描述的戰爭，一場我們所不知道的戰爭面向——戰場上的女人對戰爭的認知。

> 男人喜歡談功勳、前線的布局、行動與軍事長官等事物；而女人敘述了戰爭的另一種面貌：第一次殺人的恐怖，或者戰鬥後走在躺滿死屍的田野上，這些屍體像豆子一樣撒落滿地。他們都好年輕：有德國人和我們俄國士兵。

接著，亞歷塞維奇又寫道：

> 戰爭結束後，女人也要面臨另一場戰鬥；她們必須將戰時的紀錄與傷殘證明收藏起來，因

為她們必須回到現實生活再學會微笑，穿上高跟鞋、嫁人……而男人則可以忘了自己的戰友，甚至背叛他們，從戰友處偷走了勝利，而不是分享……

這本書出版後，亞歷塞維奇於一九八六年以其另一部著作《我還是想你，媽媽》獲頒列寧青年獎章。

《我還是想你，媽媽》基本上也是描述戰爭，只不過不是從女人眼光和體驗看戰爭，而是透過二到十五歲孩子的眼睛，陳述他們如何觀察成人的戰爭以及戰爭帶給家庭與人們的不幸。這部作品和《戰爭沒有女人的臉》一樣，它不是訪談錄，也不是證言集，而是集合了一百零一個人回憶發生在他們童年時代的那場戰爭。主角不是政治家，不是士兵，不是哲學家，而是兒童。書中彙集了孩子的感受和心聲：在童稚純真的年齡，他們如何面對親人的死亡，以及生存的鬥爭；在親眼目睹戰爭的殘酷與非理性時，他們如何克服心中的恐懼與無奈。書中雖然沒有描述大規模的戰爭場面，許多受訪的孩子都表示，從目睹法西斯份子發動戰爭、進行殘忍大屠殺的那一刻起，他們就已經不是孩子了。他們也不自覺學會了殺人。

……戰爭爆發的很長時間以來，一直有一個相同的夢折磨著我；我經常夢見那個被我打死的德國人……他一直跟著我不放，一直跟著我幾十年，直到不久前他才消失。當時在他們的機關槍掃射下，我目睹了我的爺爺和奶奶中彈而死；他們用槍托猛擊我媽媽的頭部，她黑色的頭髮變成了紅色，眼看著她死去時，我打死了這個德國人。因為我搶先用了槍，他的槍掉在地上。不，我從來就不曾是個孩子。我不記得自己是個孩子……

整體來說，毫無疑義，亞歷塞維奇的紀實文學擺脫了傳統戰爭文學的視角。與擅長描寫戰爭題材的蘇聯男性作家，如西蒙諾夫（一九一五～一九七九）、邦達列夫（一九二四～）、貝科夫（一九二四～二〇〇三）等人相較起來，她的作品既沒有表現悲壯宏大的戰爭場面，也沒有刻意塑造的英雄形象和歌頌衛國的民族救星，更沒有以戰爭作為考驗人民是否忠誠的試金石。亞歷塞維奇所關注的是對戰爭本身的意義及個人生命價值的思考；她力圖粉碎戰爭的神話，希望能喚起參戰民族自我反省的意識；她應該可以說是一位典型的反戰作家。

其次，就敘事的風格而言，亞歷塞維奇的口述紀實文學是透過實地訪談的資料整理，是眾多被採訪者的心聲所共構的合唱曲。其中除了清唱獨白，有詠嘆曲調，也有宣敘曲調。而作家既是沉默的聆聽者，也是統籌調度眾聲的協調者。作者從眾人深刻的內心感受和記憶中，拼貼出時代的悲劇，並喚起大眾對生命與人性尊嚴的重視。

亞歷塞維奇還有另外一部關於戰爭的紀實作品——《鋅皮娃娃兵》；它並非描述蘇聯人民衛國戰爭的作品，反而是敘述從一九七九年十二月蘇聯入侵阿富汗到一九八九年二月撤軍，這段期間所歷經的戰爭故事。這場戰爭的蘇聯士兵已經不是保衛國家的英雄，而是成為入侵的殺人者，變成破壞別人家園的罪犯。在這本作品中，亞歷塞維奇寫出了蘇聯軍隊的內幕，描述了蘇聯軍隊上下官兵的心態和他們在阿富汗令人髮指的行徑。

該作品同樣是由數十位與入侵阿富汗有關人員的陳述內容組合而成的。這場戰爭歷時長達十年，時間比蘇聯衛國戰爭多出一倍，死亡人數不下萬人，而且主要的士兵是一群年僅二十歲左右的青年，即稚嫩的娃娃兵。也就是說，他們將十年的青春葬送在一場莫名其妙的戰場廝殺中。《鋅皮娃娃兵》中的陳述者除了參戰的士兵、軍官、政治領導員外，還有等待兒子或丈夫歸來的母親與妻子等人，內容都是他／她們含著血淚的回憶。作品中幾乎沒有作者任何的描述，但是透過戰爭的參與者描述出來的潛在思維與意識，讓人有更深一層的感受。從這部作品開始，亞歷塞維奇對於生命有更高、更深的看法，也讓她的作品有了新的發展方向：她企圖更深入探討人類生命的意義、揭露人間的悲劇與人內心的觸動。

在作品的創作上，亞歷塞維奇宣稱自己是以女性的視角探討戰爭中人的情感歷程，而非描述戰爭本身；她不諱飾訪談者的錄音紀錄，以毫不遮掩的方式，試圖探索一種真實。然而，除了真實外，讀者也可以感受到作者的反戰意態和情感；她反對殺人，反對戰爭（無論何種戰爭），她想明白告訴人們，戰爭就是殺人，而軍人就是殺人的工具。亞歷塞維奇就是極力想喚醒人們的認知：戰爭是一種將人帶進情感邊緣的極端場景，而文學作家就是要在這種特殊環境下重塑人的心靈感受與情感世界。

在《鋅皮娃娃兵》的作品裡，亞歷塞維奇對阿富汗戰爭進行了深刻的反思，進而還原了士兵在戰場上的真實面目，例如一位普通士兵回憶他在戰場上殘忍地殺死阿富汗孩子的瘋狂行為，與回國後的心理矛盾和反思：

對於打仗的人來說，死亡已沒有什麼祕密了。只要隨隨便便扣一下扳機就能殺人。我們接受的教育是：誰第一個開槍，誰就能活下來；戰爭的法則就是如此。指揮官說：「你們在這裡要學會兩件事，一是走得快，二是射得準。至於思考嘛，由我來承擔。」他讓我們往哪裡射擊，我們就往哪裡射。我就學會了聽從命令執行射擊。射擊時，沒有一個人是可憐的，就算擊斃嬰兒也行，因為那裡的男女老少都在和我們作戰。有一次，部隊經過一個村子，走在前面的汽車突然馬達不響了，司機下了車，掀開車蓋……一個十來歲的孩子，一刀子刺入他的背後……正刺在心臟上。士兵撲倒在發動機上……那個孩子被子彈打成了篩子……如果此時此刻下了命令，這座村子就會變成一片焦土。每個人都想活下去，沒有考慮的時間。我們的年齡都只有十八到二十歲啊！但我已經看慣了別人死，可是也害怕自己的死。我親眼看見一個人在一秒鐘內變得無影無蹤，彷彿此人根本不曾存在過。

作品當中亦有許多母親敘述著她們接到兒子死訊或屍體時那種難以形容的傷痛，例如有一位母親每天到墓地去探望在戰爭中死去的兒子，持續了四年，內心的痛楚一直無法平復。

……我急急忙忙向墓地奔去，如同趕赴約會。我彷彿在那兒能見到自己的兒子。頭幾天，我就在那兒過夜，一點也不害怕。到了現在，我非常理解烏兒為什麼要遷飛，草兒為什麼要搖曳。春天一到，我就等待花朵從地裡探出頭來看我。我種了一些雪花蓮……為的就是儘早得到兒子的問候……問候是從地下向我傳來的……是從他那兒傳來的……我在他那兒一直坐到傍晚，坐到深夜。有時候，我會大喊大叫，甚至把烏兒都驚飛了，可是卻聽不見自己的聲音。烏鴉像一陣颶風掠過。牠們在我的頭頂上盤旋，拍打翅膀，這時我才會清醒過來……我不再大叫了……一連四年，我天天到這兒來，有時早晨，有時傍晚。當我患了血管栓塞症，躺在醫院病床不許下床時，我有十一天沒去看他。等我能起來，能悄悄走到盥洗室時……我覺得我也可以走到兒子那兒去了。如果摔倒了，就撲倒在他的小墳頭上……我穿著病服跑了出來……

在這之前，我做了個夢：瓦列拉出現了！他喊著：

「媽媽，明天你別到墓地來，不要來了。」

可是我來了，悄悄地，就像現在悄悄地跑來了。

彷彿他已不在那兒，而我的心也覺得他不在那兒了。

書中，來自各個階層類似這樣哀慟的敘述比比皆是。然而，這種真實情景的呈現，在讀者眼前，卻換來兩極化的批評。有人感動不已，感謝終於有人說出真相；但是，同時也招致了許多嚴厲的批評，有些民族主義者就認為作者在汙衊蘇聯軍隊所做出的貢獻；甚至還有人告上法院，認為這種陳述是誹謗為國家付出貢獻的人。對於這些批評，亞歷塞維奇也在其作品的最後書頁中忠實反映出來。例如，書中把某位以電話表達的讀者批評摘錄如下：

好吧！我們不是英雄，照你說，我們現在反而成了殺人的凶手——殺婦女、殺兒童、殺牲畜的兇手。或許再過三十年，說不定我會親口告訴自己的兒子：「兒子啊，一切並不像一般書中寫得那麼英雄豪邁，也有過汙泥濁水。」我會親口告訴他，但是這要過三十年以後……而現在，這還是血淋淋的傷口，剛剛開始癒合，結了一層薄痂。請不要撕破它！痛……痛得很……

您怎麼能這麼做呢！您怎麼敢往我們孩子的墳上潑髒水，他們自始至終完成了自己對祖國應盡的責任。您希望將他們忘掉……全國各地創辦了幾百處紀念館、紀念堂。我也把兒子的軍大衣送去了，還有他學生時代的作業本。他們應該可以做榜樣！您說的那些可怕的真實，對我們有什麼用呢？我不願意知道那些！您根本就是想靠我們兒子的鮮血撈取榮譽。我堅信：他們是英雄！是英雄！您應當寫出關於他們優美的書來，而不是把他們當成砲灰。

亞歷塞維奇的戰爭紀實文學，表面上看來，是作家在受訪者面前傾聽並錄音，然後將這些口述的錄音資料轉成文字；而實際上，作者在這過程中並非單純的聽眾，她一方面要設法打開敘述者的沉痛記憶，同時必須將所有的痛苦先吞下，然後再吐出來，細細咀嚼，最後再組合成具有邏輯性、說服性、感性及共鳴性的文本。這對於受訪者與作者來說，他們的工作皆非易事。受訪者須遭受第二次的傷害，喚起他們沉重的回憶，共同回顧那段殘酷的歲月。通常他們開始講述的時候，語調還很平靜，講到快結束時，他們已經不是在說，而是在嘶喊，然後失魂落魄地呆坐著；那一刻，作者真覺得自己是個罪人。另外，還有許多自阿富汗回來的受訪士兵對作者的詢問懷有敵意，他們不願打開傷痛的記憶；有的退伍士兵走了，有的不願意說，有的又回頭再來找到作者。

亞歷塞維奇在這本書的後記放上了自己的日記談到，她是**「透過人說話的聲音來聆聽世界的」**，這是作者觀察世界的一種方法。開始，她覺得前兩部戰爭作品的「講話體」會成為之後寫作的障礙；然而，作者的擔心似乎成了多餘之物。亞歷塞維奇不願在作品中無時無刻地重複自己的角色及自己的觀點。她在寫作中認為，將娃娃兵們從日常生活、學校、音樂、舞蹈等地強拉出來，投入汙穢的戰場之中，將會扭曲他們的價值觀，以為自己參加的是偉大的衛國戰爭。但是，有一天他們終究會了解，自己投入的是另一場不是保國衛民的戰爭。引用某些娃娃兵的話說：**「我本想當英雄，如今我卻不知道自己變成了什麼人」**；根據這樣的訪談，亞歷塞維奇深信，總有一天，人性會覺醒的。顯然，口述戰爭紀實文學讓人以多角度的途徑看到了事件的真實面向，其作品帶給人們的震撼和感動，不亞於傳統的書寫文學經典，它們必然會在歷史的記憶中留下足跡。

除了上述三部戰爭題材的作品外，亞歷塞維奇的另外三部作品寫的是人類的災難：《被死亡迷住的人》寫的是政治災難；《車諾比的悲鳴》寫的是生態的災難；而二〇一三年的《二手時代》則是闡述共產主義的災難。

其中，《車諾比的悲鳴》描述一九八六年四月二十六日車諾比核電廠發生嚴重爆炸的核洩漏事故，該事故造成了蘇聯人生命與財產的巨大損失，並震驚了全世界。車諾比核電廠雖然位於烏克蘭境內，但由於氣流風向等因素，受害最嚴重的反而是相毗鄰的白俄羅斯，導致的災害難以估計。於是，亞歷塞維奇再次投入蒐集傷亡文獻的創作，著手書寫另一部口述紀實文學作品。與過去不同的特點在於此次的主題由戰爭轉向了人與科技發展、人與自然關係的哲學思考。

《二手時代》是屬於晚近的作品，談的是蘇聯瓦解前後之間各加盟共和國人們的生活寫照。蘇聯解體前後，許多曾經活在蘇聯時代的人認為，七十多年來馬、列實驗室的最大貢獻在於創造出獨特進化類型的人種——「蘇維埃人種」——這個詞充滿了負面的涵義，諷刺當年的共產主義政權堅信蘇聯體制將創造一個嶄新的、更進步的新蘇維埃人。然而，到了一九九一年的年終，這個夢想終究幻滅了。蘇聯解體後，人們極力避免去談它，現在二十多年過後，人們從創傷中走出來，反而開始回憶那段屬於彼此的共同歲月。這種情感的失落及殘餘，亞歷塞維奇有著深入的觀察及細緻的描述，她這樣寫道：

> 共產主義有很瘋狂的計畫——改造亞當「舊」人。而這件事實現了……，也許是唯一的，但是做到了。七十多年以來，馬克思—列寧實驗室製造出獨特的人種——蘇維埃人。有

些人認為這是悲劇性的人物，有些人稱他為蘇維埃公民。我知道這個人，我和他很熟識，我在他身旁，並肩活了多年，他就是我。這是我認識的人、朋友、父母。若干年以來，我走遍了前蘇聯，因為蘇維埃人不只是俄國人，他們也是白俄羅斯人、土庫曼人、烏克蘭人、哈薩克人……。現在我們住在不同的國家，說著不同的語言，但是我們不會和其他的人弄混，你立即就認出他們！我們所有的人都是從共產主義走過來的人，與其他世界的人相像，但又不相似：我們有自己的字典，自己對善與惡、悲哀與苦難的認知，我們對死亡有特別的態度。我所抄錄的小說裡，那些「射擊」、「槍決」、「整肅」、「驅離」等字眼已漸漸被拿掉；或者蘇聯時期的用語，如「逮捕」、「十年無權通信」、「移民」都消失了。個人的生命價值多少？如果我們還記得不久前才死了好幾百萬人。我們充滿了恨與偏見。所有的人都從「古拉格」（集中營）和可怕的戰爭走來。集體化、清算富農、人民大遷徙……

事實上，亞歷塞維奇本人可能也存有部分的「蘇聯人」殘留意識或情感；她承認自己在寫《二手時代》的時候，還是能感受到史達林不只是無所不在，甚至曾經是生活的價值座標。「……**我們告別了蘇聯時代，告別了那個屬於我們的生活。我試圖忠實聆聽這部社會主義戲劇每個參與者的聲音……。**」接著，她又回頭去探索人們對那一段歷史的殘留感情，**「歷史其實正在走回頭路，人類的生活沒有創新……多數人仍活在『用過』的語言和概念，停留在自己仍是強國的幻**

覺裡……」。受到這種「蘇維埃人」殘留的優越感，這些人對於外來的挑戰，油然發出了對抗的意識，亞歷塞維奇談到：**「……莫斯科的街頭，到處都可聽到有人在辱罵美國總統歐巴馬，全國人的腦袋裡住著一個普丁，相信俄羅斯正被敵國包圍。」**

從人類文明的進化路程來看，人類行為雖然一再犯下重複性的錯誤，然而透過文學作品的記錄與反省，深刻認知到人類具有的殘酷本質，也讓人們能夠從歷史的真相與經驗中學習與成長，期待能夠在上帝的救贖下，引領自我救贖，創造和諧的世界。

二〇一六・八・十五

■導讀

勝者為王敗者寇：《鋅皮娃娃兵》的悲劇

陳相因／中央研究院中國文哲研究所副研究員

在這網路橫行的時代，「記者」行業已不再像過去沒有網路的日子那般受人尊敬。不久前，我看到一則網路笑話。一位媽媽嚴厲地對著自己的孩子說：「如果你現在不好好唸書，將來就去當記者。」不知為何，光這句話足以讓我和身邊的朋友笑了很久。近年來台灣平面新聞記者與播報人員的專業水準普遍下降甚鉅，經常隨意擷取網路上三人成虎的消息，未經查證就直接播報，或是錯別字錯得十分離譜，或者訪談時提出令人傻眼的問題，上述問題比比皆是，不但令人無法信任，有時更讓人啼笑皆非。

二〇一五年秋天，當瑞典皇家學會宣布當年諾貝爾文學獎得主為斯維拉娜．亞歷珊德羅夫娜．亞歷塞維奇（Светлана Александровна Алексиевич，一九四八～）時，著實「攪亂」了俄國文壇一池春水。亞歷塞維奇的創作慣以新聞文體和紀實報導形式呈現，文本常用第一人稱敘述者陳述，用字遣詞往往以口語為表達形式，擅用強烈情緒的修辭色彩，故事情節緊貼著重大歷史與政治事件，在傳統以至當代的俄國文壇與發展中既非主流，亦不為當今的俄語讀者熟知。為此，二〇一六年七月當代著名的俄國女作家托爾斯塔雅（Татьяна Никитична Толстая，一九五一～）在自己的新書發表會上甚是吃味地批評諾貝爾獎，認為現在這個獎項玩著政論題材的遊戲，得獎的首要考量是政治與政論體裁，而且是大聲者贏，全然忘了有文學這麼一回事。她更批判亞歷塞維奇所寫的形式與內容，純粹是使人（受訪者與讀者）擠出眼淚，而不是文學，如此創作甚至連藝術都沾不上邊。然而讀者須知，托爾斯塔雅是蘇聯著名作家亞歷塞伊・托爾斯泰（Алексей Николаевич Толстой，一八八三～一九四五）的孫女，父親又是獲史達林獎而名滿蘇聯的物理學家，她誕生在一個捍衛蘇聯政權的知識份子家庭中，與亞歷塞維奇的政治立場兩極對立。

不可否認地，過去一個世紀以來六位以俄語創作的諾貝爾文學獎得主，除了蕭洛霍夫（Михаил Александрович Шолохов，一九〇五～一九八四），以及敢寫卻不敢離開蘇聯的巴斯特納克（Борис Леонидович Пастернак，一八九〇～一九六〇）之外，當中就有四位是膽敢公開站在政權與官方對立面的作家，包括亞歷塞維奇，但她是這六位中的唯一女性。對於托爾斯塔雅這樣成名甚早且始終受到體制眷顧的文壇寵兒而言，較難明白當一個人決定要在震耳欲聾的權威聲音中以一枝孤獨的筆對抗集體的強權需要多大的勇氣，及其背後的價值意義何在。所謂「文學」，並非僅是俄蘇（「俄羅斯—蘇聯」學術專有名詞之簡稱，當中「俄羅斯」一字涵蓋十九世紀與蘇聯解體後的政體與文化共同體）學術圈內，雄霸的形式主義文藝所讚揚的創作而已，也不是只有語言符號編織而成的、華麗宏偉又才氣縱橫的藝術境界。在後結構、後殖民、後共產與後女性主義一再被提及的二十一世紀，天花亂墜的語言、眼花繚亂的符號與五花八門的理論，只有更多沒有減少。此時，亞歷塞維奇的作品字裡行間再度透露著最基本的人文精神與傳統人道主義，似乎相當不合時宜。同時，她在作品中強調為下一代追求真相與探索真理（правда）的「信念」，在普丁主政下的俄羅斯風雲再起之際，顯得愚笨，既逆勢逆耳又格格不入，套用托爾斯塔雅的話語：「亞歷塞維奇以一種粗糙不精緻的方法創作，猶如殺雞使用牛刀（как серпом по яйцам，直譯應為「用鐮刀切蛋」）。」追查過去的真相並教育下一代真理的信念對當今的俄羅斯並不重要，因為它被認為導致了蘇聯的滅亡。重要的是，俄羅斯現在因為一位強有力的領導者而再度團結起來這一事實。更何況五連任的白俄羅斯總統盧卡申科（Александр Григорьевич Лукашенко，一九五四～）是普丁的重要政治夥伴，亦是俄羅斯企圖回到蘇聯時期強盛的重要憑恃。因此，可以想見，以華麗詞藻、用字遣詞精雕細琢聞名，聰明又才氣縱橫的托爾斯塔雅才是官方力捧的俄羅斯文學主流。

然而，追求最精緻的語言往往因為雕琢過度，失去原本人類本／該有的情感溫度。初見亞歷塞維奇創作的讀者，往往受限於自身的閱讀習慣與文化，對以一手口述資料說故事的形式是否真具有文學性產生懷疑。然而，如果我們能耐心地坐下來，靜靜地閱讀，甚至是聆聽亞歷塞維奇的作品中每一位「我」的自白、告白與祈求，他們的聲音在過去強者撰寫的歷史上只屬於空白。在「莫斯科不相信眼淚」的蘇維埃強權之下，弱者與失敗者不被同情，所以「勝者為王、敗者為寇」，在嚴峻的氣候與政治環境，與內亂、外患不斷，戰爭頻仍的國家裡，不啻是斯拉夫民族生活的金科鐵律，更是生存法則。在蘇維埃家庭教養與國家教育體制內，這個曾經打敗拿破崙與希特勒的偉大民族是無法示弱和承認失敗的。他們崇尚陽剛，渴望強權，這是他們賴以為生、保家衛國的方式。《鋅皮娃娃兵》一書，細數這些教養與教育下的蘇聯男孩子，因為集體地過度輕信國家與民族自尊心無限膨脹，而毫不猶豫地投入阿富汗的戰場。為國捐軀者，獲得一具外殼鍍鋅的棺材，故被作者稱為「鋅皮娃娃兵」，但那些少了雙腿或胳膊的，縱使在世，也因蘇聯—阿富汗戰爭（一九七九～一九八九）的失敗而無法獲得社會廣大群眾的尊敬，成為了沉默、無助又抬不起頭的一群弱勢團體。

亞歷塞維奇為這些社會弱勢與失敗者記錄，讓他們的聲音能為世上其他人，甚至是下一代人聽見。即使這些第一人稱敘述者的口語使用的語言有多麼平凡，而髒話與詛咒頻繁地掛在嘴中，但是這些聲音內含諸多情緒，需要他人理解，更待世人共感。同時，這些口述紀實或嘲笑、或控訴、或回憶、或懺悔等，《鋅皮娃娃兵》揭露了戰爭的殘酷、死亡的恐懼、真相的無情，以及社會的涼薄。閱讀與觀看蘇聯歷史、文學、紀錄片與政治電影時，在官方鼓吹的激昂戰鼓聲中，我們容易震懾於偉大的善惡兩極，是戰爭與和平的起因。然而，若能安靜傾聽亞歷塞維奇作品中每位、甚至是一弱者的懇求與禱告，這些聲音一開始會細微地鑽入我們的腦海中，然後久久縈繞不去。接著猶如擴大機一般，這些細微的聲音在心中不斷放大而產生了不停質疑的聲音。對於戰爭前因後果的思索與人性的探究，對於人道——人之所以為人，而非超人或神人——的理解，在於我們有共通的感情，但是對於「感情」的細緻討論，卻是蘇維埃教育中較為缺乏的。然而，正是這種共通情感透過亞歷塞維奇的紀錄文字激發了我們的良心，折磨著我們的心靈。使我們不能輕易地放過自己，將戰爭的一切簡化為僅僅是善與惡、勝與敗、王與寇的對立與對決，然後假裝看不見就將歷史這一頁掀開過去，最後失去對人文精神和人道主義的信任與信念。

蘇聯—阿富汗戰爭肇因於由蘇聯扶植的第一任阿富汗民主共和國的領導人塔拉基（Nur Muhammad Taraki，一九一七～一九七九），也是蘇共黨書記布里茲涅夫（Леонид Ильич Брежнев，一九〇六～一九八二）在莫斯科大學時的學弟，在一九七九年九月慘遭其副手阿明（Hafizullah Amin，一九二九～一九七九）的毒手。政變後，由曾經留學美國的阿明取代了塔拉基的地位。雖然在蘇聯解體後不少祕密檔案釋出，在在證實了當時布里茲涅夫對於塔拉基的死深感難受，然而阿明上位後公開表示離蘇並親美的傾向，阻礙了蘇聯在阿富汗的利益，才是導致蘇聯出兵最主要的原因。因此，布里茲涅夫在當年年底簽署了進軍阿富汗的決議，暗殺阿明並支持親蘇的卡爾邁勒（Babrak Karmal，一九二九～一九九六）上台，引發阿富汗內戰。蘇聯為確保卡爾邁勒政權穩固，只得增兵，大規模壓制反對勢力。布里茲涅夫當時躊躇滿志，原以為可以在一個月內解決阿富汗內戰問題，鳴金收兵，未料反政府軍受到美國資助，將蘇聯軍隊捲入游擊戰中。蘇軍為求快速勝利，報復游擊隊的方式往往是將整個村莊夷為平地，因此爆發阿富汗全民聖戰，致使蘇聯此後十年必須耗費三至十萬不等的作戰部隊在阿富汗長期駐紮，死傷達百萬人之多。

然而，上述這些死傷人數的數字與蘇聯軍隊報復阿富汗人民的手段等史實，卻從未在蘇聯主流媒體上被揭露。讀者可以從《鋅皮娃娃兵》中明白，蘇維埃政權編造了多大的謊言讓人民相信，蘇聯派軍入駐阿富汗是基於兄弟情、國際主義的目的，幫助對方造橋鋪路，建立起社會主義國家。就在一九八六年七月蘇聯尚未解體之前，如亞歷塞維奇在前言中寫道，她突然驚覺這場戰爭已經無聲無息地進行七年。但境內人民除了偶爾從電視實況轉播中得知一些敘述英雄事蹟的消息（這其實和美國版的《比利・林恩的中場戰事》（Billy Lynn's Long Halftime Walk，二〇一六）相去不遠）之外，而國家竟然能讓這場戰爭的諸多參與人沉默，而且沉默了這麼久！亞歷塞維奇就在眾人皆信／醉時她獨醒，遍訪蘇聯各地參與過這場戰爭的見證人與受難家屬，以記錄方式寫下他們的經歷與見聞，試圖喚醒大眾，歷史是可以建構、宣傳與說謊，特別在共產政權之下。

「不容青史盡成灰」是身為記者的亞歷塞維奇抱持的信念，也正因這一職業使後來成為作家與紀錄片導演的她相信，挖掘真相、探索原因、追求真理並改變社會是極其重要、極富教育意義的。而這些信念與信仰，從十九世紀以來一直為俄羅斯作家與文學作品所彰顯，與中國傳統知識份子的「文以載道」有異曲同工之任重。儘管她的作家同儕或是同胞都認為，時代不停在改變，回首過去意義不大，展望未來才是希望，然而輕易將過去歷史放下、得過且過的人，不但縱容自己在思考上的懶惰，也是任由獨裁極權與戰爭悲劇一再發生的同謀者。《鋅皮娃娃兵》記錄了這些戰爭見證者的心路歷程，除了表達作家的反戰立場、反對任何形式的殺人行為，以及為失敗者與弱者著書的慈悲胸懷之外，更重要的是藉由這些口述資料來告訴並警惕世人，人云亦云、盲目輕信的愛國主義，以及國家至上的保護主義為這個世界製造了多大的災難。多少戰爭與罪惡假這些冠冕堂皇的名稱以行之？

於是，亞歷塞維奇無法沉默，即使她完成了《戰爭沒有女人的臉》（У войны не женское лицо，一九八五）一書之後，宣稱她已心力交瘁，對於人間的諸多殘酷不忍卒睹，沒有辦法再寫關於戰爭的書了。可以想像，她再提起筆寫《鋅皮娃娃兵》需要極大的勇氣，而這勇氣包含著斯拉夫民族堅毅的性格，更具備了傳統俄羅斯文學對道德良心的堅持與信仰。她無懼威權的恫嚇、威脅與旁人的冷嘲熱諷，也不管世界如何在變，依然堅持走自己的道路，始終如一。

在這網路橫行的時代，資訊發達的世界，人們「知」的範圍與權利比任何時代來得更廣泛充足。然而，或許正因為得來過易、快速且人云亦云，我們其實某方面同新聞從業人員一樣，競爭效率而失去了挖掘真相的信念，觀看表象卻沒有探索原因的耐性。因此，亞歷塞維奇的得獎，為新聞從業人員注入一劑強心針，鼓舞了不少記者重新審視進入這一行業的初衷，而非僅在意收視率的勝敗，抑或誰王誰寇的結果。至於追求真理，或許會有不少人問，那是什麼東西？儘管如此提問使人沮喪，然而，如同亞歷塞維奇撰寫《鋅皮娃娃兵》的目的一樣：就算以孤筆抗強權猶如以卵擊石，吾往矣！即使在最極權黑暗的時刻，身為記者與作家且被政治迫害的她也沒有絕望過，吾人又有什麼悲觀的權利？亞歷塞維奇其人及其創作，正是這個知識爆炸時代最缺乏的，也是這個資訊發達的世界最迫切需要的另類聲音，值得讀者閱讀，再三思考。

鋅皮娃娃兵：聆聽死亡的聲音

目次

編者弁言

本書根據最新俄文版增補早期未收錄之內容。「序幕」到「墓誌銘」中新增文字由陳翠娥小姐補譯；書末「對《鋅皮娃娃兵》的審判（歷史文獻）」為舊版所無，由魏岑芳小姐和陳志豪先生翻譯。

一八〇一年一月二十日諭旨：頓河首領瓦西里・奧爾洛夫率其哥薩克人向印度進軍。當月內他們就抵達了奧倫堡，再由該地繼續挺進，三個月之內「經布哈拉與希瓦，抵達印度河」。不久，三萬名哥薩克人渡過伏爾加河深入哈薩克草原。

——《為政權而戰——俄羅斯17世紀政治史片段》。莫斯科，思想出版社，一九八八年版，第四七五頁。

一九七九年十二月，蘇聯政府決定進軍阿富汗。戰爭自一九七九年至一九八九年，一共持續了九年一個月又十九天，計超過五十萬名蘇軍有限人員*曾經派駐阿富汗，蘇聯軍隊折損人數達一萬五千零五十一人，失蹤及被俘虜的軍方人數為四百一十七人。二〇〇〇年資料顯示，被俘未歸及失蹤尚未尋獲的人數共計二百八十七人……

——《Polit.ru網站，二〇〇三年十一月十九日》

---

*蘇聯政府刻意使用的用語，企圖掩飾入侵阿富汗動用的軍人數量。

序幕

我獨自前行……從現在起，我得獨自前行一段很長的路……

他殺了人……我的兒子……用的是我平常剁肉的刀。他從戰場回來，就殺了人……早上回到家後，他把刀子擺回我存放餐具的櫥櫃。印象中，那天我替他煎了肉排……過了一陣子，電視新聞和晚報報導釣魚的人在城裡的湖裡撈到屍體……一塊一塊撈出來的……女性友人打電話給我：「妳有看到報導嗎？說殺人的手法很專業……是阿富汗軍人的手段……」

兒子當時正躺在家裡的沙發上看書。我還被蒙在鼓裡，也沒有起疑，只是不知道什麼原因，聽到朋友這麼說的時候，看了兒子一眼……是做母親的直覺……

您有聽見狗在叫嗎？沒有嗎？但是我有聽見。一開始講這件事情的時候，就聽見狗在叫。狗跑步的模樣……兒子現在關的監獄裡有幾隻大型的黑色牧羊犬……裡頭的人也都穿黑色的衣服，只穿黑色的……我回到明斯克，走在街上，經過麵包店、幼兒園，手上提著麵包和牛奶，一直聽見狗在叫。吠叫聲震耳欲聾，叫得我看不見眼前的景物……有一回差點因此被車子撞上……

要我探視兒子的墳墓，或是跟他一起躺在墓地裡，我都心甘情願……但是我不知道……不知道該怎麼接受這個事實活下去……有時候我很害怕進廚房，看見那個擺放剁肉刀的櫥櫃……您沒有聽見嗎？什麼都沒聽見……沒有嗎？

我不知道兒子現在是什麼模樣。十五年以後，我接回來的兒子會是什麼樣子？他被判監禁在重刑犯監獄十五年……我是怎麼教育他的？他喜歡跳社交舞……我們會去列寧格勒參觀艾米塔吉博物館，會一起看書……（哭泣）是阿富汗奪走了我的兒子……

……我們接到從塔什干來的電報：請接機，班機號碼為……我跳到陽台上，巴不得使盡全力大喊：「還活著！我的兒子從阿富汗活著回來了！這場可怕的戰爭對我來說結束了！」接著便暈了過去，前往機場的時間自然被耽擱了，等我們到機場時，班機早已經抵達，我們在小公園裡找到兒子。他躺在草地上，手裡抓著青草，很驚訝草是如此翠綠。他不敢相信自己回來了……臉上卻沒有雀躍的神情……

晚上鄰居來訪。他們有個小女兒，頭上繫著鮮豔的藍色蝴蝶結。他把她抱到膝頭上，抱著她哭泣，眼淚流個不停。因為他們在那裡殺人，他也……這是我後來才了解的。

在邊界時，海關人員剪斷了他的泳褲，因為是美國的進口貨，不准攜帶入境……因此他抵達時，沒有穿底褲。那一年我滿四十歲，他帶了一件長袍打算送給我，但是被沒收了，帶給祖母的頭巾也被拿走。回到家時，他只帶了花，是劍蘭，臉上卻沒有雀躍的神情。

他早上起床時還很正常，會喊我：「媽媽！媽媽！」近傍晚時，便臉色陰沉，眼神凝重……我沒法向您形容……他一開始滴酒不沾……經常呆呆坐著，盯著牆壁，接著會從沙發上跳起來，跑去取短外套……

我擋在門前：

「你要去哪裡呀，瓦留希卡？」

他看著我，卻彷彿視而不見，接著就出門了。

工廠很遠，我輪值第二班，因此下班後很晚到家。我按門鈴，他沒來開門。他認不出我的聲音實在太奇怪了，不認得朋友的聲音還說得過去，居然不認得我的聲音！何況，只有我會喊他「瓦留希卡」。他好像無時無刻都在等待什麼人，一直很害怕。我替他買了一件新的襯衫，替他試尺寸的時候，看見他雙手都是傷痕。

「這是什麼？」

「小事情，媽媽。」

後來我知道那是什麼，是在審判之後才曉得的……是他在軍訓期間割腕造成的……他是無線電報務員，示範演習的時候，因為來不及將攜帶式無線電台扔到樹上，沒能在規定時間內完成任務，於是中士逼他從廁所扒出五十桶穢物，提著桶子在隊伍前走過。他聽從命令照做，最後昏倒了。在醫院裡，醫生診斷他是「神經受到輕微刺激」。當晚他試圖割腕自殺。第二次是在阿富汗……進行突襲任務前檢查裝備時，發現攜帶式無線電台壞了，短少了一些缺貨的零件，被自己人摸走了……是誰呢？指揮員指責他膽小，意指是他為了不和大夥兒一同出任務，故意把零件藏了起來。但是那裡每個人都互相偷東西。在修車部門，他們會分解汽車，把零件拿到商店去賣，然後買毒品……毒品，還有香菸和食物。他們總是吃不飽。

我們一起收看電視上播出的法國女歌手愛迪．琵雅芙的節目。

他問我：「媽媽，你知道什麼是毒品嗎？」

我對他撒謊：「不知道。」之後開始留意他是不是有吸毒。

沒有使用毒品的跡象。不過他們在那裡會使用毒品，這一點我心知肚明。

有一回我問他：「阿富汗那邊是什麼樣的情形？」

「閉嘴，媽媽！」

他出門的時候，我會重讀他在阿富汗時寄來的信件，試圖搞清楚在他身上到底發生了什麼事，但是看不出任何蹊蹺。他寫很想念翠綠的青草，並請祖母站在雪地照張相，把相片寄給他。可是我看得出來，也感覺得到他不對勁。政府還給我的是另外一個人……那不是我的兒子。然而，是我把他送進軍隊的。他原本可以延緩入伍，但是我希望他變得勇敢，於是說服他，同時說服自己，說軍隊會讓他成為一個更好、更堅強的人。我讓他帶著吉他去阿富汗，準備了滿桌的甜食替他舉辦歡送會。他請了好朋友和一些女孩子……我記得當時買了十個大蛋糕。

他只有一回開口提起阿富汗。接近傍晚……他進到廚房，我正在處理兔肉，碗公裡都是血。他把手指浸到血裡，看著碗裡頭的血，仔細地瞧著，一邊自言自語：

「朋友被運回來的時候肚破腸流……他求我開槍打死他……我就開槍了……」

他手指都是血……是兔肉的血，肉是新鮮的……他用沾血的手指拿了香菸，走到陽台上，當晚再也沒有跟我交談。

我去找醫生，請他們把我的兒子找回來！請他們救救他！我把原委告訴他們……他們讓他做身體檢查，進行問診，除了脊椎神經根發炎以外，沒有找到其他問題。

我回到家，看見桌旁坐了四個陌生的年輕人。

「媽媽，他們是從阿富汗回來的。我在車站遇見他們，他們沒有地方過夜。」

「我替你們烤個甜餡餅。馬上就好。」我莫名地開心起來。

他們在我們家裡住了一個星期。我沒仔細數，不過我想他們喝掉了三箱伏特加。每天晚上我都在家裡遇見五個陌生人，第五個是我兒子……我不想聽他們的對話，不敢聽，但是同在一個屋簷下……難免不經意聽到……他們說，遇上得埋伏兩個禮拜的時候，隊裡會發放興奮劑提振他們的勇氣，不過這是祕密。什麼武器殺人最俐落……在什麼樣的距離……凶殺案發生以後，我記起了這些對話……事後我開始想，拚命回想。但是，事發之前，我只是感到害怕。我告訴自己：「唉呀，他們像一群瘋子，每個人都不太正常。」

晚上……他犯案的前一天……我夢見自己正在等待兒子。他一直沒有出現。突然間，有人把他載了回來……載他的是那四個「阿富汗人」。他們把兒子丟到骯髒的水泥地板上。您知道的，家裡的水泥地板……就在我們的廚房裡……跟監獄的地板沒兩樣。

當時他已經進了無線電技術學院的預科班。他寫了一篇優異的文章，很開心一切都很順利。我甚至開始認為他會逐漸平靜下來，去唸書，然後結婚。但是，當傍晚到來時……我害怕傍晚……他總是坐著，盯著牆壁發呆，然後在沙發椅上睡著……我忍不住想跑向他，用全身掩護他，那兒都不讓他去。現在我會夢見兒子，夢見他還小的樣子，央求要吃東西……他總是肚子餓。他伸出雙手……在夢裡的他總是很小，滿腹委屈。在現實生活中呢？我每兩個月可以見他一次面，隔著玻璃講上四個小時的話……

一年裡有兩次會面我至少可以讓他好好吃一頓。狗叫聲……我會夢見那狗叫聲。聲音來自四面八方，不斷追趕我。

有個男人對我獻殷勤……送我花……他帶花給我時，我對著他大喊：「離我遠一點，我是兇手的母親。」一開始，我很怕碰見認識的人。我把自己關在浴室裡，等著牆壁崩塌。我覺得街上的人都認得我，對我指指點點，同時竊竊私語：「您還記得那個可怕的事件嗎……殺人的是她兒子，把人給分屍了。是阿富汗軍人的手法……」我只有晚上才會出門。我仔細研究過所有夜間的飛鳥，憑聲音便可以分辨出不同的鳥兒。

偵查在進行……進行了幾個月……他一直保持沉默。我搭車到莫斯科的布爾鼎科軍醫院，找到跟他一樣在特種部隊服過役的年輕人，把一切都告訴他們……

「小夥子呀，我兒子為什麼下得了手殺人？」

「既然事情發生了，肯定有他的理由。」

我得親自確認，他做得出來……殺人這種事……我花了好長一段時間請他們回答我的問題，最後終於了解：他確實下得了手！我問有關死亡……不，不是有關死亡，而是有關謀殺的話題。不過，這段對話並沒有引發他們特殊的情緒，那種一般沒見過血腥場面的正常人談到謀殺時會產生的特殊情緒。他們談起戰爭，彷彿談論著某件上工就是得殺人幹活的工作。後來我遇見一群同樣待過阿富汗的小夥子。當亞美尼亞發生地震時，他們和搜救隊伍一同前往災區。我想知道他們是否感到害怕？看見死亡時，他們有什麼感受？我已經習慣緊抓著這些問題不放。不，他們絲毫不感到害怕，連同情的感覺都遲鈍了。看見支離破碎……被壓扁的屍體……頭殼、骨頭……整座被埋在瓦礫堆下的學校……教室……孩童正坐在課堂上課，就這樣被埋進地裡，那群小夥子回憶和談論的卻是他們挖到了庫藏多麼豐富的葡萄酒窖，喝了多麼美味的白蘭地和啤酒，還一面開玩笑，說最好哪裡再來場地震，但希望是在一個溫暖，盛產葡萄，出產美酒的地方……他們心理健全嗎？心態正常嗎？

「他死了，我還是恨他。」這是他不久前寫信告訴我的。距離事發五年……當時發生了什麼事？他不肯說。我只知道，那個年輕人叫尤拉，炫耀自己在阿富汗賺了很多兌換券。事後查證，他其實是在衣索比亞擔任准尉，說自己在阿富汗服過役是撒謊……

法庭上，只有律師說我們是在審判一個病人。被告席上坐的不是罪犯，是個病人。他需要接受治療。不過當時，這是七年前的事情了，當時在阿富汗的實情還沒有公開，大家都稱呼軍人是英雄，是國際主義*軍人。我兒子卻是殺人凶手……因為他在這裡做了跟他們在那裡做的一樣的

*指繼承馬克思的理想，為全世界無產階級而努力。蘇聯運用此理想來鞏固蘇聯本身的利益，在一九七九至一九八九年蘇聯攻打阿富汗，即利用此一口號動員人民上戰場。

事情，跟他們在那裡因此獲得勳章一樣的事情……為什麼只有他一個人遭到審判？那些送他去戰場的人卻沒有受到審判？他們教人殺人！我沒有教他殺人……（情緒失控，高聲叫嚷）

他用我剁肉的刀殺了人……早上回到家，把帶回來的刀子放回櫥櫃，彷彿是一般的湯匙或叉子似的……

我嫉妒那些兒子缺著雙腳回來的母親……即使他喝醉時對母親滿心怨懟。即使他仇恨全世界，像野獸般攻擊她。做母親的會付錢替他招妓，以免他發瘋……我自己有一回當了兒子的愛人，因為他爬到陽台，想從十樓跳下去。我願意犧牲一切……我嫉妒所有的母親，甚至包括那些兒子躺在墳墓裡的母親。如果我能坐在墓地旁，肯定會心滿意足。如此一來，我便可以帶花去探望他。

您有聽見狗叫聲嗎？他們在後面追我。我能聽見牠們的叫聲……

——一位母親

摘自記事本（戰場記事）

一九八六年六月

我再也不願意書寫戰爭了，不願意再活在「消逝哲學」之中，蒐集無止無盡的死亡經驗。我，想活在「生命哲學」之中。完成《戰爭沒有女人的臉》一書後，有很長一段時間，我都不敢正視因為普通磕碰而流著鼻血的孩子。在別墅區，看到捕魚人歡天喜地從深水中把魚甩到岸上時，我扭頭就跑開，那雙靜止不動的凸魚眼會讓我作嘔。我們每個人，大概在生理與心理方面都有自己的痛苦免疫儲備，而我的儲備已經用盡了。聽見貓被汽車撞死時的慘叫聲，我覺得自己快瘋了；見到被踩死的蚯蚓，我就急著閃開。還有，曝曬在路上的死青蛙……我不止一次地想到，動物、鳥類、魚類，如同所有生物一樣，也有權編寫自己的苦難歷史。將來總有一天，有人會把牠們的歷史寫出來。

然而，意外的事發生了！如果這事可以稱為「意外」的話。戰爭已經進行到第七個年頭……不過，除了電視報導的英勇事蹟之外，我們對這場戰爭一無所知。偶爾，從遠方運載來的鋅皮棺材會讓我們猛然驚醒。赫魯雪夫公寓那盒子般的狹小空間，容納不了那些棺材。哀悼的禮砲鳴放完以後，一切再度歸於沉寂。我們神話般的心理狀態異常牢固：我們既公正又偉大。而且，我們永遠是對的。世界革命理想的餘火即將燃燒殆盡……沒人注意到，火已經燒到家裡，自家房子著火了。戈巴契夫的重建工作展開了，人民爭先恐後地迎接新生活。在前方等待我們的，又是什麼呢？經過這許多年人工造夢的歲月之後，我們還有能力成就什麼呢？而我們的孩子正在某個遙遠的地方，莫名地犧牲生命……

周遭的人都在議論紛紛，他們在談些什麼呢？在撰寫什麼呢？他們議論的、撰寫的，都是國際主義義務、地理政治、國家利益，還有南部的國境線。人民相信這些說法，深信不疑！不久以前，那些母親還撲在釘得嚴嚴實實的鐵箱子上，絕望地哭天搶地，她們的兒子便是被裝在鐵箱子裡送回來的。但這時候，她們又在學校裡和軍事博物館裡，號召其他的孩子要「完成對祖國應盡的義務」。在書報檢查機關密切注意的戰爭文章中，從不提蘇聯士兵的死亡。他們硬要我們相信，「蘇聯軍人」正在幫助友邦的人民鋪橋造路、蓋學校，正往村子裡運送肥料和麵粉，而我國的軍醫正在為阿富汗的婦女們助產接生，很多人都信以為真。回國的士兵，帶著吉他去學校裡，把他們分內必須大聲疾呼的事唱了出來。

我和一個人談了很久。我想從他口中聽到，做出開槍或不開槍的選擇時，他真切的痛苦掙扎。但對他來說，這事似乎算不上什麼悲劇。什麼是對的？什麼是錯的？「為了社會主義，殺人是對的！」這類的軍令已經為孩子們畫定了道德的規範。談到死亡，他們確實比我們謹慎。一碰觸到這個話題，我們之間立刻出現一道鴻溝。

該如何在經歷著歷史的同時，又記述著歷史呢？不能任意擷取一段生活，或是將人類喪德的一面全部寫進書裡、帶入歷史，而是要能「突破時間的限制」，並「掌握時代的精神」。

人世間的悲痛有千百種反應。（莎士比亞《理查三世》）

一名軍官帶著行李坐在汽車站的候車室裡，候車室裡有一半空著。他身旁是一個又瘦又小的男孩，腦袋剃成士兵的光頭，用叉子在盛著無花果乾的盒子裡挖來挖去。幾位農村婦人老實地湊到他們身邊，坐了下來，她們問：「到哪裡去？去幹什麼？他是什麼人？」那名軍官是護送精神失常的小兵回家的。「從喀布爾*開始他就亂挖，手裡有什麼東西就用什麼挖，不管是鐵鍬、叉子、棍子，還是原子筆。」那個孩子仰起頭來說：「應當掩蔽起來，我在挖戰壕。我挖得可快了，我們把戰壕叫做陣亡將士公墓，我要為你們大家挖一條大戰壕……」

我生平第一次看見和眼睛一般大的瞳孔……

我站在城裡的墓園，周圍有數百人，中央是九口用紅色印花布包覆的棺木，軍樂隊正在演奏。將軍致詞，穿著黑色喪服的女人在哭泣。人群沉默不語。一位綁著辮子的小女孩在棺木旁

---

*阿富汗首都。

哭得上氣不接下氣：「爸爸！親愛的爸——爸！你在哪裡？你答應要帶一個洋娃娃回來給我。一個漂亮的洋娃娃！我畫了一整本的小房子和小花朵要給你……我在等你……」年輕的軍官抱起小女孩，帶往一輛黑色的「伏爾加」轎車。但是，我們還持續聽見她的哭喊：「爸爸！親愛的爸——爸……我最愛的爸——爸……」

將軍致詞，穿著黑色喪服的女人在哭泣。我們沉默不語。為什麼我們沉默不語？

我不想再沉默下去了，但我也無法再書寫戰爭了。

一九八八年九月

九月五日

塔什干*機場裡很悶熱，處處是香瓜味，簡直不像空港而是瓜棚。半夜兩點鐘。半野不野的肥貓，據說是阿富汗種，毫不膽怯地往計程車下邊鑽。年紀輕輕的士兵（他們還是娃娃呢）拄著枴杖，在一群從療養地歸來的、皮膚曬成醬紫色的人之間、在木箱之間、在水果筐之間一跳一跳地走動。誰也不理會他們，大家都習以為常了。他們鋪上一張舊報紙或一本舊雜誌，席地而睡、席地用餐，過了一週又一週，就是買不到飛往薩拉托夫、喀山、新西伯利亞、基輔的機票。他們在什麼地方被弄成殘廢的？他們在那邊保衛了什麼？沒人對這些事有興趣。只有一個小孩睜大眼睛盯著他們，還有一個醉醺醺的女乞丐走到小兵面前說：

「你過來，……讓我可憐可憐你……」

他拿起枴杖把她轟走了。但她沒有生氣，還說了兩句只有女人才能說出來的、讓人傷心的話。

我身旁坐著幾名軍官，他們在議論我國生產的義肢如何不好，還在談論傷寒、霍亂、瘧疾和肝炎。他們說，頭幾年沒有水井，沒有廚房，沒有浴室，沒有東西可以刷洗鍋碗瓢盆。還議論誰

---

*烏茲別克首府。

帶回來什麼東西，有人帶回來攝影機，有人帶錄音機——「夏普」牌或「索尼」牌。我還記得他們用怎樣的目光觀望那些休假歸來的漂亮婦人，她們身穿袒胸露背的洋裝。

我們長時間等候飛往喀布爾的飛機。聽說會先裝載設備，然後才讓人登機。大約有一百個人在候機，清一色是軍人。突然間，出現了很多女人。

以下是她們談話中的零碎句子：

「我的耳朵開始聽不清了。最初是聽不見鳥兒在高空鳴唱，這是頭部挫傷的後遺症。……比如，我一點兒也聽不見鵪雀的叫聲。我把牠們的叫聲錄了音，調到最高頻率……」

「你得先開槍，然後再查明情況，被打死的是婦女還是嬰兒……人人都有自己的噩夢……」

「槍聲一響，毛驢就躺下；槍聲停了，牠就站起來。」

「我在蘇聯是什麼人？是妓女？這事我們最清楚。哪怕是在合作社裡賺幾個錢……可是男人呢？男人又怎樣？個個是酒鬼。」

「將軍說過要履行國際主義義務，要保衛南邊國境。他甚至動了感情，說：『給他們帶點水果糖。他們都是娃娃兵，糖果是最好的禮物。』」

「我們的軍官很年輕，當他得知有條腿要被截掉時，便哭了。他長得像個大姑娘，皮膚粉紅白皙。起初我害怕看到死人，特別是缺腿或缺胳膊的死人，但後來就習慣了。」

「一旦當了俘虜，他們會先砍掉他的四肢，然後又把砍斷四肢的地方用止血帶包紮起來，免得失血過多死了。他們就這樣把人扔下，我們的人把俘虜找回來時，是一堆一堆的肉。那些人想死，但硬是被強迫治療。出院後，他們都不願意回家。」

「海關看見我的空行李包：『你帶了什麼東西？』我什麼也沒有帶。什麼也沒有帶？他們不相信，逼我脫掉衣服，只剩下一條內褲。因為人人都帶了兩三個行李箱。」

上了飛機後，我被分配坐在一部用鏈條固定的裝甲運輸車旁邊。周遭的人都喝醉了，幸運的是，我身旁的少校是清醒的。不遠處，有個人睡在馬克思的胸像上（社會主義領袖的肖像和胸像沒有包裝，直接堆在一起）。除了武器以外，飛機還載運蘇聯各種儀式不可或缺的成套物品。地上堆放著紅色的旗幟、紅色的緞帶……

警報聲響起……

「起來，否則就要睡過站了。」飛機已經進入了喀布爾的上空。

飛機正在下降。

砲聲隆隆，巡邏兵端著自動步槍、穿著防彈背心檢查通行證。

我本來不想再書寫戰爭了，但我已經置身在真正的戰場上。到處都是打仗的人、作戰用的物品。戰爭的時刻來了。

九月十二日

觀察他人怎樣展露勇氣，怎樣去冒險，多多少少有些不道德。昨天我到食堂去吃早飯，路上跟哨兵打了個招呼，半個小時以後，這位哨兵被一塊飛進衛戍區的流彈碎片打死了。我一整天都在努力回憶這個孩子的相貌……

此地把記者稱為編故事的人，作家也一樣。我們作家小組裡幾乎清一色都是男人，他們都急於到最遠的哨所去，想衝鋒陷陣。我問其中的一個人：

「為了什麼？」

「我對這事感興趣，我將來可以說：我到過薩蘭格……我要放幾槍……」

我怎麼也擺脫不了一種感覺：打仗是男人天生的特質。對我來說，這是難以理解的。但是，戰爭使用的配備卻很華麗。法國詩人阿波利奈爾*寫道：「啊，戰爭是多麼美麗呀。」

在戰場上，一切都截然不同，包括你、大自然，以及你的見解。在那裡我了解到，人的見解可以殘酷無比。

我四處詢問、傾聽，不管是在兵營、餐廳、足球場，或是在戰時難得舉辦的跳舞晚會上：

「我靠近開了一槍，眼看著那個人的頭骨爆開了。我心想：這是第一個。開打之後，有些人受了傷，有些人被打死，大家都不言不語。我在這兒夢見了無軌電車，夢見我搭乘電車回家……我最喜歡回想媽媽烤餡餅的情景，家裡頭充滿了揉麵的香味。」

「你和一個小夥子交上了朋友，後來，你看見他的腸子一串串掛在石頭上。這時，你就開始想要替他報仇了。」

「我們在等待馱運隊，等了兩三天。我們躺在滾燙的沙子上，就地拉屎撒尿。等到第三天晚上，你都快急瘋了，你滿肚子仇恨，射出了第一發子彈。一陣槍擊之後，一切都結束了。這時，我們發現馱運隊載的是香蕉和果醬，那次吃的甜食夠我回味一輩子了。」

「俘虜了幾個『杜赫』†，我們審訊他們：『軍用倉庫在哪兒？』他們不發一語。我們用直升機把其中兩個人吊到半空中：『在哪兒？指給我們看。』他們依然不開口。於是，我們把一個人拋向山岩。」

「戰時和戰後做愛的感覺不一樣。戰爭時期，彷彿都是第一次似的……」

「格勒式飛彈發射、地雷引爆……在這一切之外，只有一個念頭：活下去！活下去！活下去！你不知道，也不想知道敵方所受的苦，一心只想活下去。活下去！」

按普希金的看法，一個人若想把自己的真實情感都寫出來（或講出來），是力有未逮的。在戰場上，多虧意識會抽離、會渙散，人因此能夠得救。周遭的死亡既荒謬又毫無道理，缺乏崇高的意義。

---

* 阿波利奈爾（Guillaume Apollinaire，一八八〇～一九一八），法國詩人，劇作家，藝術評論家。被認為是超現實主義的先驅之一。

† 蘇聯軍隊對阿富汗聖戰者的稱呼。

……坦克上寫著紅色的大字：「為瑪律金報仇雪恨。」

一個年輕的阿富汗女人跪在街道中心號啕大哭，她面前躺著被打死的嬰兒。大概只有受了傷的野獸才能嚎得這麼淒慘。

我乘車經過一個個被摧毀的村莊，村莊活像是翻耕後的田地。不久以前，這兒還是一座座農舍，現在成了一堆堆沒有生命的泥土，比開槍的黑夜還可怕。

我在軍醫院把一個絨布小熊放在一名阿富汗男孩的床上，他用牙叼著玩具在玩、在微笑，他的兩條手臂都沒了。有人把他母親的話翻譯給我聽：「是你們俄國人開槍打的。」又問：「你有孩子嗎？是男孩或女孩？」我怎麼也弄不明白，在她的話裡，更多的是恐懼還是寬恕？

大家在講聖戰者對付我方俘虜的殘酷手段，活像是中世紀時的所作所為。這個國家的確生活在另一個時代，他們的時間還是十四世紀。

在萊蒙托夫*的小說《當代英雄》中，馬克西莫維奇評價一個山民殺死貝拉父親的行為時說：「當然嘍，按他們的觀點，他做得合情合理。」可是按俄國人的觀點，那是獸性行為。作家發現了俄羅斯人民的這一驚人特點：善於站在另一民族的立場上，並用「他們」的觀點來觀察、理解事物。

然而，現在……

九月十七日

我每天都看見人如何沉淪，極少看見相反的例子。

杜斯妥也夫斯基小說中的伊萬．卡拉馬助夫†說：「野獸永遠不會像人那麼凶殘，凶殘得那麼巧妙，又那麼藝術。」

是的，我預料到我們不願意聆聽，也不想寫下這些事。但是任何一場戰爭，不管是誰指揮的，是為何而戰的，凱撒也好，史達林也罷，都是人和人彼此殘殺。這是殺人，但我們國人對這事不能深入思考，不知為什麼學校裡不提愛國主義教育，卻提軍事愛國主義教育。其實，我何必驚訝呢？一切都是可以理解的，不管是軍事社會主義、軍事國家，還是軍事思維方法。

不能如此考驗一個人，人是禁受不住這種考驗的。在醫學上，這叫「活體試驗」，也就用活人進行實驗。

晚上，在旅館對面的士兵宿舍裡打開了收音機，欣賞〈阿富汗人〉的歌曲。孩子的嗓音還沒有定型，他們模仿維索茨基‡，沙啞地叫著：「太陽像顆大炸彈，落在村莊上」、「我不需要榮

---

* 萊蒙托夫（Mikhail Lermontov，一八一四～一八四一），俄國作家、詩人，被視為普希金的後繼者。

† 這是杜斯妥也夫斯基最後一部長篇小說《卡拉馬助夫兄弟們》的主角之一。

‡ 弗拉基米爾．維索茨基（一九三八～一九八〇），蘇聯著名詩人、戲劇演員和音樂家，一九七〇年代盛行的行吟詩歌的主要代表人物。因歌詞內容的敏感性，無法公開出版，只能透過錄音機轉錄的形式在聽眾之間傳播。

譽，我們能活下去就算是褒獎」、「我們為什麼要殺人？為什麼要殺我們？」、「我已經開始忘記人的長相」、「阿富汗，你比我們的責任更重大，你是我們的宇宙」、「獨腿漢子像隻大鳥，在海濱跳躍」、「死者已不屬於任何人，他臉上已經沒有了仇恨」。

夜裡我做了一個夢，夢見我們的士兵返回蘇聯，我站在送行的人中間。我走到一個娃娃兵面前，他沒有舌頭，成了啞巴，他被俘虜過，小兵制服裡邊露出軍醫院的病號衣。我問他話，他一個勁兒地寫自己的名字：萬涅奇卡、萬涅奇卡……他寫的名字，我看得清清楚楚——萬涅奇卡。他長得很像跟我白天談過話的那個小夥子，他反反覆覆地說：「媽媽在家裡等我。」

我們乘車穿過冰雪覆蓋的喀布爾市區巷道，在市中心人人熟悉的海報前開過去：「共產主義是光明的未來」、「喀布爾是和平的城市」、「黨和人民團結一致」。這是我國印刷廠印製的海報。我們的列寧站在這裡，舉著一隻手……

我認識了來自莫斯科的電影攝影師，他們在拍攝裝運「黑色鬱金香」*的過程。他們講話時不抬眼皮，講如何給死者穿上四〇年代的舊軍服，還有馬褲，有時這類衣服也不夠用，就光著身子裝進棺材。舊木板、生鏽的釘子，「冰庫裡運來了新的死者，好像有一股不新鮮的野豬肉味……」

如果我把這些事都寫出來，誰會相信我？

九月二十日

我親眼目睹了一場戰爭……

有三名士兵被打死了。傍晚大家一起用餐時，沒有人提起這場仗或陣亡的人，儘管他們就躺在不遠的某處。

不殺人的權利，不學習殺人的權利。在任何一部憲法裡都找不著這樣的權利。

戰爭是一整個世界，而不是單一事件。在這個世界裡，所有一切都截然不同：風景、人和話語。戰場的景象會刻印在腦海裡：正在轉彎的坦克車、發號施令的聲音，以及子彈在黑暗中畫出來的明晃晃的路徑。

想到死亡，彷彿想到未來。當你想到死亡，並看見死亡時，時間似乎發生了變化。害怕死亡的同時，又受到死亡所吸引。

不需要任何杜撰。偉大書籍的片段俯拾皆是，就寫在每個人的身上。

---

*黑色鬱金香：指戰爭期間死亡的士兵的棺材。阿富汗戰爭期間，蘇聯用安—12飛機把犧牲的蘇聯軍人的屍體從阿富汗運送回國。

讓人訝異的是，我們的孩子所講的故事非常天真（而且為數不少）。這是一群不久前在蘇聯剛從十年級畢業的學生，我希望從他們身上挖掘出一個人與內在自我的對話。

話說回來，我們和自己，或者我們和他人，使用什麼樣的語言溝通呢？我喜歡沒有任何負擔的日常口語，可以自由發揮。不管是句法、聲調或口音，所有成分都無牽無掛，而且能精準地重塑感受。我觀察的是感受，並非事件。觀察我們的感受如何發展，而不是事件的進展。或許我從事的工作和歷史學家很相似，不過我是研究亡佚的歷史學家。重大事件面臨什麼樣的命運？它們會遷移到歷史中。而那些看似微小，對小人物來說卻重大無比的事件，會消失得無影無蹤。今天一個孩子（一副弱不禁風、體弱多病的模樣，看起來不像個士兵）講述自己是多麼不習慣殺人，卻又跟大夥兒一起殺得很起勁。還說射擊是多麼可怕的一件事。

難道這些敘述會留在歷史裡嗎？我絕望地從事著一成不變的工作（從一本書到下一本書）——將歷史濃縮至單獨的個人。

我想，要在戰場上寫一本有關戰爭的書是不可能的，因為會受到同情、憎恨、身體上的疼痛，以及友誼的干擾……還有家書，讀完家書之後，是如此地想要活下去。他們說，大開殺戒的時候，即使殺的是駱駝也要避開牠的眼睛。在這裡沒有無神論者，每個人都很迷信。

有人（軍官尤其多，士兵較少）指責我，說我自己不曾開槍，也不曾在槍口下受到威脅，有什麼資格寫戰爭？或許我不曾開槍，反倒好。

一想到戰爭就痛苦的那個人在哪裡？我找不到他。然而，昨天總部外頭死了一隻不知名的鳥兒。奇怪的是，士兵走近鳥兒，試圖猜測是誰幹的，並為牠感到難過。

死人臉上總帶著某種激昂的神情……我始終無法適應人在戰場上會為了水、香菸和麵包等等日常事物瘋狂，尤其當我們離開駐地，前進到山裡時。在山裡，人不得不跟大自然及機遇直接面對面。子彈會不會從身邊擦過？誰會第一個開槍，你還是他？在那裡，你會開始從自然的角度，而不是從社會的角度，去看一個人。

然而，在蘇聯，電視上播出的是士兵如何種植友誼林蔭道。我們當中，既沒人見過這些道路，也沒人種過這些樹。

杜斯妥也夫斯基在長篇小說《附魔者》中寫道：「人和他的信念完全是兩回事……每個人都有錯……如果大家都能了解這一點就好了！」除此之外，他還認為，人類對於自己的了解要比文學或科學裡記載得多。他表示自己是引用俄國思想家索洛維約夫*的想法。

倘若我不曾讀過杜斯妥也夫斯基的作品，應該會感到更絕望。

*十九世紀俄羅斯傑出的哲學家、宗教思想家、政論家及詩人。

九月二十一日

格勒式飛彈在遠處發射。即使隔著一段距離，還是覺得很駭人。

經過二十世紀的大戰和大量死亡之後，要寫像阿富汗這樣的現代（小）戰爭，必須採取不同的道德觀和形而上學的立場。應當尋找微小、私人，以及個別的面向。尋找一個人。對某個人而言，是唯一的一個人。不是政府如何看待這個人，而是對母親、妻子、兒子而言，這個人是誰。我們要如何再度用正常的眼光來看世界？

我也對身體感興趣。我視人類的身體為自然與歷史、獸性及言語之間的聯繫。所有物理的細節都很重要：血液在太陽底下會產生什麼變化，人在死前的狀態……生活本身便具有不可思議的藝術性，而且——無論這句話聽起來多麼殘忍——人類的痛苦尤其富有藝術性。這是藝術的黑暗面。昨天有個年輕人遭反坦克地雷炸碎，我看了撿拾屍塊的場面。我可以不用去看的。我去，是為了記錄。即時的記錄……

那麼，去這一趟到底有沒有必要呢？我聽見軍官在我背後竊笑：「這位大小姐肯定會嚇破膽。」我去現場根本不是什麼英勇之舉，因為我在那裡暈了過去。不知道是因為天氣太熱，還是因為過於震驚。我想要坦誠以對。

九月二十三日

我登上直升機。從上空看見好幾百口備用的鋅皮棺材在太陽底下閃閃發亮，既絢麗又怵目驚心。

看見類似的景象，腦中會立刻浮現這樣的想法：文學畢竟力有未逮……拷貝與事實只能表達雙眼所見到的景象，但是又有誰需要事發經過的詳細報告呢？我們需要的是一種有別於以往、擷取自生活片刻的記載。

九月二十五日

離開時，我將不再是個被蒙在鼓裡的人。在這裡親眼見到我方的所作所為之後，我才認清事實。我感到害怕，又孤獨。回去以後，我再也不會造訪任何一座軍事博物館。

＊　＊　＊

我在本書中不寫真名實姓。有人請求我為他們的懺悔保守祕密，而另外一些人則是希望忘掉所有一切。托爾斯泰曾說過一句話：「世人來來往往，他本身就承載了一切。」

我在日記本裡保留了他們的姓名。也許有朝一日，我的主人翁們會希望別人能了解他們：謝爾蓋．阿米爾哈尼揚（大尉）、弗拉基米爾．阿加波夫（上尉，小隊長）、塔契亞娜．別洛澤爾斯基赫（女職員）、維克托利婭・弗拉基米羅夫娜・巴爾塔舍維奇（犧牲列兵尤里・巴爾塔舍維奇的母親）、德米特里・巴勃金（列兵，瞄準手—操作員）、瑪莎婭・耶米里揚諾夫娜・巴布克（犧牲女護士斯韋特蘭娜・巴布克的母親）；瑪麗婭・傑列恩切夫娜・博布科娃（犧牲列兵列昂尼德・博布科夫的母親）、奧林匹阿達・羅曼諾夫娜・巴烏科娃（犧牲列兵亞歷山大・巴烏科夫的母親）、塔伊霞・尼古拉耶夫娜・博古什（犧牲列兵維克托・博古什的母親）、維克托利婭・謝苗諾夫娜・瓦洛維奇（犧牲上尉瓦列里・瓦洛維奇的母親）、塔契婭娜・蓋辛科（護士）、瓦基姆・戈魯什科夫（上尉，翻譯）、蓋納基・古巴諾夫（大尉，飛行員）、妮娜・謝爾蓋耶夫娜・加洛夫涅娃（犧牲上尉尤里・加洛夫涅夫的母親）、阿納托利・傑維契亞羅夫（少校，砲兵團宣傳員）、鄧尼斯（列兵，擲彈筒手）；塔瑪拉・多夫納爾（犧牲上尉彼得・多夫納爾的妻子）、葉卡捷琳娜・尼基京奇娜・普拉奇欽（犧牲少校亞歷山大・普拉奇欽的母親）；弗拉基米爾・葉羅赫維茨（列兵，擲彈筒手）；索菲婭・格利高里耶夫娜・茹拉夫廖娃（犧牲列兵亞歷山大・如拉夫廖夫的母親）；娜塔麗婭・熱斯托夫斯卡婭（護士）、瑪麗婭・奧奴弗里耶夫娜・吉里菲加羅（犧牲列兵奧列格・吉里菲加羅的母親）；瓦基姆・伊萬諾夫（上尉，工兵排指揮員）；加麗娜・費多羅夫娜・伊里欽科（犧牲列兵亞歷山大・伊里欽科的母親）、葉甫蓋尼・克拉斯尼克（列兵，摩托化步兵）、康斯坦丁・M（軍事顧問）、葉甫蓋尼・科傑里尼科夫（准尉，偵察連衛生指導員）、亞歷山大・科斯塔科夫（列兵，通信員）、亞歷山大・庫夫什尼科夫（上尉，迫擊砲連指揮員）、娜傑日達·謝爾蓋耶夫娜·科茲洛夫（犧牲列兵安德列·科茲洛夫的母親）、瑪麗娜·基謝廖娃（女職員）、塔拉斯·凱茨姆爾（列兵）、彼得·庫爾巴諾夫（少校，山區步兵連指揮員）、瓦西里·庫比克（准尉）、奧列格·列留申科（列兵，擲彈筒手）、亞歷山大·列列特科（列兵）、謝爾蓋·羅斯庫托夫（外科軍醫）、瓦列里·利西欽諾克（中士，通訊兵）、亞歷山大·拉夫羅夫（列兵）、維拉·雷辛（女職員）、阿爾圖爾·米特例次基（列兵，偵察員）、葉甫蓋尼·斯捷潘諾維奇·穆赫爾托夫（少校，大隊指揮員）以及他的兒子安德列·穆赫爾托夫（少尉）、利季婭·葉菲莫夫娜·曼克維奇（犧牲中士德米特里·曼克維奇的母親）、加麗娜·穆里亞瓦（犧牲大尉斯傑潘·穆里亞瓦的妻子）、弗拉基米爾·米霍拉普（列兵，迫擊砲手）、馬克西姆·梅德維捷夫（航空引導員）、亞歷山大·尼古拉因科（大尉，直升機小隊指揮員）、奧列格（直升機飛行員）、娜塔麗婭·奧爾洛娃（女職員）、加麗娜·帕甫洛娃（護士）、弗拉基米爾·潘克拉托夫（列兵，偵察員）、維塔利·魯任采夫（列兵，司機）、謝爾蓋·魯薩克（列兵，坦克手）、米哈依爾·西羅京（上尉，飛行員）、亞歷山大·蘇霍魯科夫（上尉，山區步兵指揮連指揮）、季莫費依·斯米爾諾夫（砲兵中士）、砲瓦列京娜·基里羅夫娜·薩恩科（犧牲列兵瓦列京·薩恩科的母親）、妮娜·伊凡諾夫娜·西捷爾尼可娃（母親）、弗拉基米爾·西曼寧（中校）、湯瑪斯·M（中士，步兵連指揮）、列昂尼德·伊萬諾維奇·塔塔爾欽科（犧牲列兵伊戈爾·塔塔爾欽科的父親）、瓦基姆·特魯賓（中士，特種部隊隊員）、弗拉基米爾・烏拉諾夫（大尉）、塔瑪拉・法捷耶娃（細菌學醫生）、柳德米拉・哈利頓契克（犧牲上尉尤里・哈利頓契克的妻子）、安娜・哈卡斯（女職員）、瓦列里・胡佳科夫（少校）、瓦列京娜・雅科夫列娃（准尉，機要科科長）……

第一天

有好些人冒我的名來⋯⋯

早晨還沒睡醒，電話就像自動步槍叮叮叮地響了起來，響了好一陣子。

他沒有做自我介紹，劈頭就說：「你聽著，我讀了你的誹謗文章，如果你再敢發表隻言片語……」

「您是哪一位？」

「我是你寫的人物當中的一個。國家還會徵召我們，給我們武器，好讓我們重整秩序。到時候，你們這些人得負全責。你們可要把自己的名字印大一點，不要躲在筆名後頭。我恨和平主義者！你全副武裝爬過山嗎？你在攝氏五十度的高溫下坐過裝甲輸送車嗎？你曾一整夜地聞過蒺藜那股嗆人的臭味嗎？你沒有聞過，既然如此，就別插手，這是我們的事！你何必狗拿耗子？你這婆娘，只管生孩子就好！」

「您為什麼不報上自己的姓名？」

「你別插手此事！我把自己最要好的朋友、情同手足的人，用塑膠紙包裹著從戰場上運了回來。一處是頭顱，一處是手臂，一處是大腿，還有剝下來的皮。一堆肉代替了一個健壯英俊的小夥子。他當年拉過小提琴、寫過詩，是他才配寫這些事，不是你。給他開過追悼會之後，過沒兩天，他母親就被送進了精神病院。她曾深夜跑到墳地去，打算和他躺在一起。冬天睡在雪地上。你！你……這事你別插手！當年我們是兵，我們是被派往那邊去的。我們執行的是軍令，完成的是軍人的誓言。我親吻過軍旗。」

「你們要謹慎，不要受迷惑；因為將來有好些人冒我的名來。*」

「聰明人！過了十年，都變成了聰明人。人人都想成為純潔無瑕的人。所以說，我們是壞人……你甚至不知道子彈怎麼飛，你沒有開槍殺過人。我才不在乎你們的《新約》。我的真理是我用塑膠袋裝回來的，一處是頭顱、一處是手臂……沒有第二個真理……」話筒裡嘈雜了起來，聽起來像是遠方的爆炸聲。

不管怎麼說，我很惋惜，我和他沒有把話說完。也許，他正是我書中重要的主人公之一？

——作者

無論我怎麼聚精會神，我都只能聽見聲音，沒有臉孔的聲音。聲音時隱時現，好像我還來得及想道：「我要死了。」這時，我睜開了眼睛。

爆炸後第十六天，在塔什干，我從昏迷中甦醒過來。意識逐漸清明時，感覺遭透了，簡直生不如死。死了倒好，但是已經無法回頭。意識模糊，感覺想吐，甚至不是想吐，而是呼吸困難，好像肺裡浸滿了水。得花費好一段時間擺脫那種狀態。意識模糊，感覺想吐……小聲說話也會震得頭疼，只能小聲，大聲不了。我已經接受過喀布爾軍醫院的治療，在那裡，我被切開了顱骨：腦袋裡像是一鍋粥，清除了碎骨渣，用螺絲釘把左手接了起來，但沒有骨節。我的第一種感覺是惋惜，惋惜一切都不可挽回了，看不見朋友了，而最難過的是，我再也上不了單槓了。

*出自《馬太福音》第二十四章四～五節。

我在幾家軍醫院裡躺到差十五天就滿兩年，先後動了十八次手術，有四次是全身麻醉。講習班的大學生根據我的狀況寫著我有什麼，缺了什麼。我自己不能刮臉，學生替我刮。第一次刮臉時，他們把一瓶香水全灑在了我身上，可我還在喊：「再來一瓶！」我聞不到香味，聞不到。他們從床頭櫃裡取出了所有東西：香腸、黃瓜、蜂蜜、糖果，都沒有味道！看東西有顏色，吃起來有味道，但就是聞不到。我幾乎快抓狂了！春天來了，滿樹的鮮花，這些我都看見了，但聞不到香味。從我的頭裡取出了一．五毫升的腦漿，顯然把某種與氣味有關的神經剔除了。五年過去了，我到現在仍然聞不到花香、菸味、女人的香水。如果香水氣味又嗆又濃，把香水瓶塞在鼻子底下，我還是能夠聞出味來的，顯然腦髓中剩餘的部分承擔了喪失的功能。

我在醫院治療時，收到一位朋友的來信。從他的信中，我才知道我們的裝甲運輸車碾到了義大利地雷，被炸毀了。他親眼看到一個人和發動機一起飛了出去，那個人就是我。

出院以後，我領了一筆補助金——三百盧布。輕傷——一百五十盧布，重傷——三百盧布。以後的日子，自己看著辦吧！撫卹沒有幾個錢，只好依靠爸媽養活。我老爸過著沒有戰爭勝似戰爭的日子，他頭髮全白了，患了高血壓。

我在戰爭中沒有醒悟，是後來慢慢醒悟過來的。一切都倒轉了方向。

我是一九八一年應召入伍的。那時戰爭已經打了兩年，但在「非軍事化生活」中的人對戰爭還是知之甚少，談論得也不多。我們家人認為：既然政府派兵到那邊去，就是有這種需要。我父親就是這麼認為的，左鄰右舍也一樣。我不記得哪個人有不同的看法，甚至婦女也不哭，也不感到可怕，一切都離自己遠著呢。說是戰爭，又不像是戰爭。如果是戰爭，那麼它也是一種莫名其妙的戰爭，沒有傷亡，沒有俘虜。那時還沒有人見過鋅皮棺材，後來我們才得知：城裡已經運來過棺材，但是趁夜裡偷偷埋了，墓碑上只寫個「亡」而不是「陣亡」。可是沒人打聽過，我們這些十九歲的小夥子，怎麼會一個個突然死亡？是伏特加喝多了，還是患了流感，或者是吃柳丁撐死的？只有親友的啼哭，其他人的生活和往常一樣，因為這種事還沒有輪到他們頭上。報紙上寫的是：「我們的士兵在阿富汗築橋、修友誼林蔭路；我國的醫務人員正在為阿富汗的婦女嬰兒治病。」

在維捷布斯克軍訓期間，他們準備把我們派往阿富汗，這事已不是祕密。許多人不惜任何代價都要逃避兵役。有個人坦白說，他擔心我們在那邊會被打死，一個都回不來。一開始，我很瞧不起他。啟程前，又有一個人拒絕去。他先是撒謊，說他丟了共產主義青年團（以下簡稱共青團）的團員證。但是團員證找到後，他又編了瞎話，說他的情人臨盆要生產了。我認為他精神不正常。我們是去搞革命的！他們就是這麼告訴我們的，我們就相信了。我們想像以後的日子會充滿浪漫主義色彩。

子彈射進身體時，你可以聽得見，如同輕輕的擊水聲。這聲音你忘不掉，也不會和任何其他聲音混淆。有個我認識的小夥子，臉朝下倒在地上，倒在氣味嗆鼻、灰燼般的塵土裡。我把他的身子翻過來，讓他後背貼著地躺著。他的牙齒還咬著香菸，我剛剛遞給他的香菸，菸頭還冒著煙。我尚未脫離和平生活的狀態，還沒準備好要對人開槍。我來自和平的生活……有生以來第一次，我感到自己彷彿活在夢中，奔跑、拖拽、開槍射擊，什麼都記不住。打過一仗後，我什麼也講不清楚，一切都像是隔著一層玻璃，恍如一場噩夢。嚇醒後，什麼事也想不起來。一旦嘗到恐懼的滋味，就得把恐懼記在心裡，還得習慣。過了兩三週，以前的你已經煙消雲散，只留下了你的名字。你已經不是你，你成了另外一個人。我想是這麼回事，顯然是如此。而這另外一個人，即便見到死人也不再害怕，他會心平氣和或略帶懊惱地尋思：「怎樣才能把死者從山岩上拖下去，或者如何在火辣辣的熱氣裡背他走上幾公里路。」這個人已經不是在想像，而是已經熟悉了大熱天裡五臟六腑露在肚皮外的味道，這個人已經了解糞便和鮮血的氣味為什麼久久不散。想像力呢？想像力逐漸沉寂。他知道，在被滾熱的彈片燙得沸騰的髒水坑裡，被燒焦的人頭齜牙咧嘴的表情，彷彿臨死前不是叫了幾個小時，而是一連笑了幾個小時。然而，一切突然變得稀鬆平常了起來，簡單又明瞭。當他見到死人時，他有一種強烈的、幸災樂禍的感受：「還好死的不是我！」這些事情發生得飛快，變化就是如此，非常快。幾乎人人都有這樣一段過程。

對於打仗的人來說，死亡已沒有什麼祕密了，只要隨隨便便扣一下扳機就能殺人。我們接受的教育是：「誰第一個開槍，誰就能活下來。」戰爭法則就是如此。指揮官說：「你們在這兒要學會兩件事：一是走得快；二是射得準。至於思考嘛，由我來承擔。」命令讓我們往哪兒射擊，我們就往哪兒射擊，我就學會了聽從命令射擊。射擊時，面對任何一個人都不用可憐，就算是嬰兒也一樣。因為那邊的男女老少，人人都跟我們作戰。部隊經過一個村子，領頭的汽車馬達不響了，司機下了車，掀開車蓋時，一個十來歲的毛孩子冷不防一刀就刺入了他的後背，就刺在心臟上。士兵撲倒在發動機上，那個毛孩子被子彈打成了篩子。只要此時此刻下令，這座村子就會變成一片焦土。每個人都想活下去，不容考慮的時間。我們只有十八歲、二十歲呀！我已經看慣了別人死，但是害怕自己死。我親眼看見一個人在一秒鐘內變得無影無蹤，就像他根本沒有存在過。然後，用一口棺材裝上一套軍禮服，運回國去。棺材裡還得再裝些外國的土，讓它有一定的重量。我想活下去，從來沒有像在那邊那樣想活下去。打完一仗，回來時就笑。我從來沒有像在那邊那樣大笑過。老掉牙的笑話，我們當作一流的新作品來聽。舉個例子……

有個坑蒙拐騙的人來到戰場，第一件事就是打聽抓一個「杜赫」能得多少兌換券。一個「杜赫」價值八張兌換券。兩天以後，衛戍區附近塵土飛揚，他帶來兩百名俘虜。有個朋友央求道：「賣給我一個，給你七張兌換券。」「乖乖，看你說的，我買一個還花了九張兌換券呢！」

有人講一百次，我們就能笑上一百次。任何一件無聊的事，都能讓大家笑破肚皮。

有個「杜赫」躺著看字典。他是個神槍手，他看見一個人肩上扛著三顆小星星，是上尉。……他翻了翻字典，三顆小星星價值五萬阿富汗幣。砰的一槍，一顆大星星，是少校——價值二十萬阿富汗幣；砰的一槍，兩顆小星星，是准尉。到了夜裡，首領開始按人頭付款：打死了一個上尉——發給阿富汗幣；打死了一個少校——發給阿富汗幣。打死了……什麼？准尉？你把咱們的財神爺給打死了，那以後誰給咱們發煉乳、發被褥？把他吊死！

關於錢的問題談得很多，談得比死還多。我什麼東西也沒有帶回來，只帶回從我身上取出來的一個彈片，僅此而已。有人在打仗時竄進村子，拿走了瓷器、寶石、各種裝飾品、地毯。有人花錢買，有人用東西換，一匣子彈可以換一套化妝品，眉筆、香粉、眼影膏送給心愛的女孩。出售的子彈用水煮過，煮過的子彈出膛時，不是射出去而是吐出去，這種子彈打不死人。一般都是弄一個鐵桶或者一個臉盆，把子彈扔進去，用水煮上兩個小時。煮好了，晚上拿著這些子彈去做買賣。指揮員和戰士、英雄和膽小鬼，都做這種買賣。食堂裡的刀子、碗、勺子、叉子常常不翼而飛，兵營裡的水碗、凳子、錘子總是不夠用，自動步槍的刺刀、汽車的鏡子、各種各樣的零件、獎章，什麼都能賣，商店什麼都收，甚至從兵營駐地運出去的垃圾，比如罐頭盒、舊報紙、生鏽的鐵釘、破爛的膠合板、塑膠小口袋都能賣錢（以一車計價）。美金和水永遠暢行無阻，無論在哪裡都一樣。士兵都有三個夢想：買一條頭巾給母親，一套化妝品給女朋友，還有一條泳褲給自己。當時在蘇聯買不到泳褲。這場戰爭就是如此。

我們被叫做「阿富汗人」，成了外國人。這是一種標記，一種記號。我們與眾不同，我們是另一種人。哪種人？我不知道我是什麼人，是英雄或是千夫所指的混蛋？我也許是個罪犯，已經有人在議論，說是犯了一個政治錯誤。今天還在悄悄地議論，明天聲音就會高漲一些。可是我把血留在那邊了，我本人的血，還有別人的血。上頭給我們頒發了勳章，但我們都不佩戴，將來我們還會把這些勳章退回去。這是我們在不真誠的戰爭中憑真誠贏得的勳章。有人邀請我們去學校演講。要講什麼？講戰爭，講打仗，講頭一次殺的人？還是講我至今仍怕黑？講有什麼東西一掉下來，我就會嚇得全身發抖？講怎麼抓了俘虜，可是沒有一個能押回團部？（沉默）一年半的時間裡，我沒有見過一個活的「杜什曼」*，我見到的都是死的。那麼，講收集死人的乾耳朵如何？講戰利品……有人會拿來炫耀……講砲轟後的村莊？村莊已經不像是人住的地方了，反而像挖得亂七八糟的田地。難道我們的學生想聽這些？不，我們需要的是英雄人物。可是我記得我們是一邊破壞、殺人，一邊建設、餽贈禮物，這些行為同時並存，至今我也無法把它們分開。我害怕回憶這些事，我躲避記憶，逃離過去。從那邊回來的人當中，我不知道有誰是不喝酒、不抽菸的。清淡的香菸抽不過癮，我尋找在那邊吸過的「獵人」牌香菸。不過醫生不准我抽菸，我現在半顆腦袋都是鐵做的，當然也不能喝酒……

您千萬不要寫我們在阿富汗的兄弟情誼。這種情誼是不存在的，我不相信這種情誼。打仗時我們能夠團結一起，是因為我們會一起上當受騙，因為我們都想活命，都想要活著回家。而如今在這裡，我們能聯合起來，那是因為我們都一無所有。在我們國家，財富是依據私人關係和特權分配的，我們則是得付出鮮血。我們關心的只有這些問題：撫卹金、房子、好藥、義肢、成套的家具。這些問題解決了，我們的俱樂部也就解散了。等我絞盡腦汁，千方百計把房子、家具、冰箱、洗衣機、日本電視機弄到手，就算是大功告成了！那時，我馬上就會明白：我在這個俱樂部裡已經無事可做。年輕人不接近我們，不理解我們。表面上，我們像是和偉大衛國戰爭†的參加者享有同等的待遇，但他們是保衛了祖國，而我們呢？我們像是扮演了昔日德國鬼子的角色，有

---

* 杜什曼：蘇聯軍人對阿富汗游擊隊隊員的稱呼。

† 指第二次世界大戰，德國入侵蘇聯的戰事。

個小夥子就是這麼對我說的。我想他們就是用這樣的眼光……這樣的眼光來看我們的。我們恨透了那些年輕人。當我們在那邊吃半生不熟的飯，在那邊把命交給地雷時，他們卻在這兒聽音樂，和女孩跳舞，翻看各種書籍。誰沒有在那邊和我生死與共，沒有和我一起耳聞目睹一切，沒有和我實地體驗與感受，那麼，那個人對我來說，就分文不值。

等到十年以後，肝炎、挫傷、瘧疾在我們身上發作時，人人就該回避我們了。在工作崗位上、在家裡，都是如此，不會再讓我坐上主席台。對大家來說，我們會成為負擔……

您寫這書有什麼用？為誰而寫？為從那邊回來的我們？反正不會討我們的歡心。難道您能夠把發生過的事都講出來？被打死的駱駝、被打死的人躺在一塊，躺在一片血潭裡，鮮血混在一起，這能講出來嗎？誰會需要這樣的書呢？所有人都把我們看成是外人。我剩下的，只有我的家、我待產的妻子，以及即將出生的孩子，還有從那邊回來的幾個朋友。其他人，我一概不相信。

不再相信。

——一位列兵，擲彈筒手

我沉默了十年，對所有一切保持緘默。

報紙上說有一個團在進行軍事演習和射擊訓練，我們讀到這條消息時，覺得很不是滋味。我們曾經搭乘汽車去過那些地方，這種汽車的輪胎用錐子一捅就漏氣，對敵軍來說是再好不過的射擊靶子。每天都有人向我們開槍，每天都有人被打死。和我並排坐的一個小夥子就這樣死了，他是我親眼見到的第一個被打死的人。那時，我們還不太了解彼此。敵軍是用迫擊砲打的，他身上留下了很多彈片，拖了很長時間才嚥氣，斷氣前他有時還能認得出我們。他死前呼喚的，是我們不熟悉的人名。

被派到喀布爾前不久，我差點和一個人打起來，他的朋友把他從我身邊拖走，對他說：「你和他吵什麼，他明天就要飛往阿富汗了！」

我們在那邊，可不像這裡每個人都有自己的鍋子，自己的勺子。在那邊，大家共用一個鍋，我們有八個人。不過，阿富汗的故事不是在上映偵探片，也不是冒險。一個被擊斃的農民躺在地上，孱弱的身軀，一雙大手……射擊時，你會祈求（祈求誰，我不知道，也許你是在祈求上帝）：「大地裂個縫，讓我躲進去；石頭裂個縫……」幾條專門用來尋找地雷的狼狗，在夢中可憐巴巴地齜著牙。狗也會負傷，也會被打死。被打死的狼狗和被打死的人並排躺在一起，纏著繃帶的狗和纏著繃帶的人並排躺在一起。人沒有大腿，狗也沒有大腿。雪地上分不清哪些是人血，哪些是狗血。繳獲的武器堆放在一起：中國造的、美國造的、巴基斯坦造的、蘇聯造的、英國造的。我很驚訝，這些武器很精良，但是，這些東西是用來消滅你的。恐懼！我不因為恐懼而感到丟臉。恐懼比勇敢更有人情味，我了解到，因為害怕，你就會憐憫，即使是憐憫自己。看看四周，你會開始留意生活，一切都會繼續存在，而你會消失。你不願意去想自己會躺在離家千里之外的地方，樣子又可憐又渺小。人已經飛向宇宙了，可是人現在還是和幾千年前一樣，相互殘殺，用子彈，用刀子，用石頭。在村莊裡，他們用木杈捅死我們的士兵。

我在一九八一年回國。到處是一片歡呼聲，我們完成了國際主義使命。是聖人！是英雄！火車抵達莫斯科時是早晨，天剛濛濛亮。等到晚上再換搭公車，就得白白浪費一天時間，我可辦不到。有什麼車子順路，我就搭什麼車：先是搭電氣火車到莫扎伊斯克，再搭公車到加加林站，然後搭過路車到斯摩棱斯克，從斯摩棱斯克搭貨車到維捷布斯克，全程六百公里。當他們知道我是從阿富汗回來時，誰也不收費，我清楚記得這點。最後兩公里我是用跑的，就這樣一路跑回家。

回到家中，撲鼻的白楊味道，電車叮噹噹，小女孩在吃冰淇淋。白楊，多麼芳香！可是在那邊，那是綠帶區，有人會躲在那裡開槍射擊。我多麼想看到家鄉的小白樺樹和小山雀呀！我害怕拐彎的地方。走出屋外，只要一見到前邊是拐彎的地方，整個身心都會緊縮成一團，什麼人躲在拐角後邊？整整一年時間，我不敢上街，身上沒有防彈背心，頭上沒有鋼盔，肩上沒有衝鋒槍，活像一個光著身子的人。到了夜裡盡做噩夢：有人瞄準我的額頭，可以掀掉半邊腦袋的大口徑。只要電話鈴聲一響，我額頭上就會冒汗，有人在射擊！從哪個方向來的？我開始四下張望，往書櫃方向躲……唉呀！我是在家裡呢！

報紙上依舊在報導：某架直升機完成了飛行演習；某某人被授予紅星勳章；蘇聯士兵參加在喀布爾舉辦的慶祝五一國際勞動節的音樂會……這時，我的病被「徹底治好了」。阿富汗治好了我輕信一切的病，過去我以為國家一切都正確，報紙上寫的都是確有其事，電視中講的都是事實。「怎麼辦？怎麼辦？」我反問自己。我總想幹點什麼事，總想到什麼地方去。但是要去哪裡呢？我母親阻止了我，朋友也都不贊成。他們說：「大家都忍氣吞聲，表示日子就應當這樣過。」

這會兒，我告訴您了。頭一次試著說出心裡話，真不習慣。

——一位摩托化步兵營射手

我怕開口講這些事情，怕那些陰影再次逼近。

每天……我每天都對自己說：「真蠢啊，真蠢。我為什麼要這麼做呢？」特別是夜裡不工作時，這種念頭總在腦子裡翻騰。白天，腦子裡考慮的是另外一些事：怎麼幫大家？傷勢怎麼嚴重得嚇人，更令我震驚的是，為什麼會有這種子彈？誰想出來的？難道是人想出來的嗎？子彈入口很小，可是會在體內把腸子、肝臟、脾臟攪得一塌糊塗，把五臟六腑都炸爛了。把人打死打傷還不夠，還要他受盡折磨。疼的時候，害怕的時候，他們總是喊：「媽！」我沒聽他們喊過別人。

我當時確實想離開列寧格勒，不管是一年或兩年，總得離開。先是我的孩子夭折，後來我丈夫去世。那座城市沒有任何東西讓我留戀，相反地，處處都能勾起我的回憶，催我離開。我們兩人是在那裡相遇的，我們初次親吻是在那裡，還有在這個產房裡我生下了我的兒子……

主任醫生找我過去談話：

「你願意去阿富汗嗎？」

「我去。」

我想要看到別人比我更痛苦；而我真的見到了。

那時，他們告訴我們，那是一場正義的戰爭，我們要幫阿富汗人消滅封建主義，以便建設光明的社會主義社會。至於我們的小夥子在那裡送了命，卻一字不提。我們還以為，他們是在那裡得了種種傳染病死的，好比瘧疾、斑疹、傷寒、肝炎。一九八〇年，那一年才剛剛開始，我們就搭了飛機來到了喀布爾。英國人在這裡的一座馬廄被改成了軍醫院，裡頭什麼東西也沒有，那麼多人，只有一支注射器。軍官把酒精喝光了，我們只好用汽油消毒傷口。氧氣稀薄，傷口難以癒合。太陽倒是幫了大忙，燦爛的陽光可以殺菌。我見到的第一批傷患只穿著內衣和皮靴，沒有病號服，病號服運來得很晚。沒有拖鞋，也沒有被褥。當時有個娃娃兵，我記得那個娃娃兵：他全身扭曲變形，彷彿沒有骨頭似的，雙腳纏在了一起。從他身上取出了二十片左右的炸彈碎片。

整個三月份，從我們的官兵身上切除的肢體——手臂、大腿等，都堆放在帳篷外。屍體堆在另外一個帳篷，都半裸露著，有的眼睛被挖掉了，有的後背、肚皮上被劃開一個五角星的形狀……過去我只在描寫國內戰爭*的電影裡見過這種慘狀。那時還沒有鋅皮棺材，還沒有開始製作這種棺材。

這時，我們才開始多多少少懂得思考了：「我們究竟是什麼人？」我們的懷疑令某些人反感。沒有拖鞋，沒有病號服，可是到處掛著運來的標語口號、海報。站在標語前的，是我們那些骨瘦如柴、愁眉苦臉的娃娃兵，他們的樣子永遠銘刻在我的記憶裡。一週兩次政治學習，反反覆覆教育我們：「神聖的職責，邊境必須固若金湯。」部隊裡最討人嫌的是告密行為，密告每一件雞毛蒜皮的小事，每個傷患、甚至每個病號的情況都是祕密。這就是所謂「掌握眾人的情緒」，部隊本應是健康的，必須對所有人都「敲敲打打一番」，不能有憐憫之心。可是我們憐憫人，那邊一切都靠憐憫而存在。

救人、助人、愛人，我們為此來到這裡。過了一段時間，我忽然發現自己產生了仇恨的心理。我恨這片細軟的沙子，它像火一般燙人。我恨這些山，我恨這些房屋矮小的村莊，從那裡隨時隨地都可能開槍射擊。我恨偶然相遇的阿富汗人，不管他是扛著一筐瓜果，還是站在自己的屋子前，誰知道他昨夜去過什麼地方。我們認識的一位軍官被打死了，不久前他在我們的醫院裡治過病；兩個帳篷的士兵都被殺了；另一處的水裡被放了毒。有個人撿起一個漂亮的打火機，打火機在他手中爆炸了……死的都是我們的娃娃兵呀。我們年輕的小夥子，應當明白這一點。您沒有見過被火燒焦的人吧？沒有臉，沒有眼睛，連身體也沒有，只剩下一團黃色硬皮包裹的皺巴巴東西，表面有一層淋巴液。他發出來的聲音不是叫喊，而是咆哮……

在那邊，我們靠仇恨生存，靠仇恨活下去。那麼，負罪感呢？出現這種感覺不是在那邊，而是在這裡，當我在這裡開始當個旁觀者的時候。在那邊，我覺得事事都是正義之舉，可是回到了這裡，我嚇了一跳。我想起一個小女孩，她躺在塵土裡，沒了手也沒了腿，活像是一個損壞了的

---

*指一九一七年十一月到一九二二年十月，蘇聯發生的一場戰爭，交戰雙方是建立蘇聯的布爾什維克紅軍和支持沙皇的保皇黨、地主等組成的白軍。

洋娃娃，那是在我們轟炸過後……我們那時還覺得奇怪，他們為何不喜歡我們。他們躺在我們的軍醫院裡，你把藥遞給一名婦人，她頭也不抬，不看你一眼。她永遠不會對你笑，這真讓人委屈。在那邊感到委屈，但回到這裡就不會了。在這裡，你是個正常人了，所有的感情又復甦了。

我從事的是一種美好的職業——救死扶傷，這個職業拯救了我，讓我解脫了。我們在那邊，人人都需要我們，最可怕的是沒能拯救所有的人，只拯救了能夠拯救的人。本來可以拯救一個人，卻沒有必需的藥品；本來可以拯救一個人，送來時已經遲了（在衛生連裡工作的，都是些什麼人？都是一些沒有受過良好訓練、只會包紮的士兵）；本來可以拯救一個人，但怎麼也叫不醒喝得爛醉如泥的外科醫生；本來可以拯救一個人，可是……我們甚至不能在死亡通知書寫明真實的情況。有些人踩上地雷被炸死了，一個活生生的人往往只剩下半桶肉漿。但我們寫的是：「在車禍中殉難，墜入深淵身亡」或「食品中毒」等等。當死亡的人數超過一千人時，我們才被允許向家屬講真話。我對屍體習以為常，但那是人啊，是我們的人、我們的同胞、我們的小夥子。一想到這些，我怎麼也想不通。

送來了一個年輕人，那天正趕上我值班。他睜開眼睛，看了看我：

「喏，這下好了。」說完就斷了氣。

在深山裡，找了他三天三夜，找到了，運回來了。他不斷地說著囈語：「快叫醫生，快叫醫生！」他看見了白袍，心想：「這下得救了！」可他受的是致命傷。那時我才知道，什麼是顱骨受傷。我們每個人的記憶中都有自己的墳墓，自己的一座肖像藝廊。肖像都鑲在黑框裡。

他們死的時候，也是不平等的。不知為什麼，大家對戰死沙場的人就多一些憐憫，對死在軍醫院裡的人就少了一些憐憫。可是他們死的時候，叫聲都一樣慘啊……我還記得搶救一位瀕死的少校時的情景。他是軍事顧問，他的夫人來了，她眼看著他死去……她開始號啕大哭，像頭隻野獸……真想把所有的門窗都關死，別讓任何人聽見……因為隔壁的小兵也奄奄一息……他們都是娃娃兵，沒人能過來為他們哀泣，最後就在孤獨中死去。這位夫人，成了我們當中多餘的人。

「媽媽！媽媽！」

「我在這兒，好兒子。」你應著，在騙他。

我們變成了他們的媽媽，他們的姊姊。總想找個理由，說明我們這樣做對得起他們的信賴。

戰士們送來了一個傷患，交差後卻不肯離去。

「女孩們，我們什麼也不需要。我們就想在你們這裡坐一會，可以嗎？」

在國內，在家裡，他們有自己的媽媽、自己的姊妹、妻子，他們在家裡不需要我們。但是在那邊，他們相信我們，甚至能把今生不會對任何人講的心裡話全告訴我們。偷吃了同志的一塊糖，在國內那是不值一提的小事；但是在那邊，這是會使自己丟臉的大事。各種舉動都能使人曝光。如果是膽小鬼，過不了多久，人人都能看清他是膽小鬼；如果是告密者，大家馬上就能知道他是告密者；如果這個人好色，大家都會曉得他是個色鬼。殺人也可以成為嗜好，殺人也可以變成樂趣。在這裡，是否有人承認自己會說這種話，我沒有把握，但在那邊，我不止聽到一個人如此誇口。我認識一名准尉，他返回蘇聯前毫不隱諱地表示：「以後我要怎麼活呀？我總想殺人。」他們講這種話時，臉不紅心不跳。小夥子們談起怎樣一把火燒了村莊，怎樣踐踏一切時，總是眉飛色舞。他們並非人人都是瘋子啊！有多少這樣的小夥子回來了，對他們來說，取人性命輕而易舉。有一次，一名軍官到我們這兒做客，他來自坎達哈市近郊。到了傍晚，應當道別了，但他卻躲進一間空屋子裡，開槍自殺了。別人說他喝醉了，我可不曉得。難受啊，天天都在痛苦中度日！一個年輕人站崗時尋了短見，他是個嬌生慣養的小孩子，在太陽底下要站三個小時，忍受不了。很多人都成了瘋子，最初瘋子住在普通病房裡，後來把他們隔離了。他們開始逃跑，他們害怕鐵窗，他們和大家在一起時感到輕鬆些。有個小夥子，他的樣子我現在還記憶猶新。

「你坐下，我給你唱一首復員歌。」

他醒來就說：

「我想回家！回家！去找我媽，這邊太熱。」

他總是請求讓他回家。

很多人吸毒。白粉、大麻，弄到什麼就吸什麼。吸了以後，人就變得有勁了，自由自在、無拘無束。首先是靈魂脫殼，好像騰雲駕霧，覺得每個細胞都輕飄飄的，每塊肌肉都硬梆梆的。你只要想飛，就像是在空中飛了！這種歡樂無法抑制，什麼都喜歡，見了無論多麼無聊的事都要笑。耳朵更靈，眼睛更銳利，味道、聲音都能分辨得更清楚了。在這種狀態下，殺人易如反掌。你擺脫了痛苦，喪失了憐憫心。死也容易，因為不知道什麼是恐懼。你覺得自己像是穿了防彈背心，成了刀槍不入的人。我試吸過兩次，都是在覺得自己的力量不夠時，那時，我在傳染病房工作，三十個床位，三百名病號。斑疹、傷寒、瘧疾……雖然給病號發了行軍床、被褥，但他們卻躺在自己的軍大衣上，地上什麼鋪的也沒有，身上只剩下一條三角內褲。他們的身體剃得光光的，但蝨子還是成群地往下掉，衣服上的、腦袋上的，我以後再也沒見過這麼多蝨子。附近村莊裡的阿富汗人，卻穿著我們醫院的病號服、頭上頂著我們的床單，床單代替了他們的纏頭。的確，我們的小夥子把什麼東西都賣了。我不怪他們，或者不經常怪他們。他們為了一個月掙三個盧布而賣命，我們的士兵每月收入是八張兌換券。三個盧布，給他們吃的是生蛆的肉、腐爛的魚，我們全都患了敗血症，我前邊的幾顆牙都掉光了。他們賣掉被子、床單，買白粉或者糖果、小玩意……小鋪子裡的東西琳琅滿目，那邊的東西會讓你眼花撩亂，那些東西我們這兒都沒有。士兵們把武器、子彈賣了，好讓人家用我們的槍來殺我們。他們拿到手的錢，則去買了巧克力、餡餅。

在那邊經歷了這一切之後，我以另外的視角看清了自己的祖國。開了眼了……

我害怕回國呀！說來也奇怪，彷彿從你身上剝下了一層皮，我總是哭。除了到過那邊的人以外，我誰也不想見，我和那些人可以整天整夜在一起。其他人的談話，我覺得無聊，純粹是瞎扯，如此持續了半年。如今，我排隊買肉時，也能破口罵街了。我想過正常人的生活，像「在這之前」那樣的生活，但是辦不到。我對自己，也對自己的生活已經漠不關心了。使命結束了，一切都完了，習慣這種生活的男人要更痛苦。女人可以一心去管教孩子，但男人就沒事可幹了。他們回到國內，戀愛、結婚、生兒育女，但阿富汗對他們來說高於一切。我自己也想弄個明白，為什麼會如此？這究竟是怎麼一回事？為什麼會發生這種事？為什麼這些事如此讓人揪心？在那邊時，一切都壓在心底，回來以後，一切又都冒了出來。

應當憐憫他們，憐憫所有到過那邊的人。我是個成年人，當時已經三十歲了，還要禁受這樣的劇變，而他們都是些孩子，什麼也不懂。國家把他們從家裡帶走，發給他們武器，對他們說：「你們是去從事神聖的事業。」還向他們保證，「祖國不會忘記你們。」可現在，誰也不理他們，還極力想把這場戰爭忘掉，所有人都是如此，包括那些派我們到那邊去的人。甚至跟我們見面時，也愈來愈少談論戰爭，誰也不喜歡這場戰爭。但是直到現在，每次奏起阿富汗國歌時，我還會落淚。我愛上了阿富汗所有的音樂，它們像是麻醉劑。

不久以前，我在公車上遇見一名士兵。我們給他治過病，他失去了右臂。我對他記憶猶新，他也是列寧格勒人。

我問：「謝廖沙，也許，你需要一些協助吧？」

可是，他惡狠狠地說：

「滾你的吧。」

我知道他會找到我，向我道歉。但，誰會向他道歉呢？誰會向所有到過那邊的人道歉呢？誰會向那些遭到摧殘的人道歉？更不用說有人會向那些變成瘸子的人道歉了。一個國家是怎樣地不愛自己的人民，才能派他們去幹那些事？我現在不僅仇恨任何戰爭，甚至仇恨頑童打架。請您不要對我說：「這場戰爭已經結束了。」每年夏天，只要呼吸一口灼熱的塵埃，見到一潭死水裡的閃光，聞到乾枯花朵的刺鼻香味，我的太陽穴就像是挨了一拳。

這種感受將會伴隨我們一輩子。

——一位女護士

我已經擺脫了戰爭，停頓了好一陣子，不再過問此事了。我該怎樣講述過去發生的一切呢？渾身戰慄、滿腔怒火，該如何敘述？參軍之前，我畢業於汽車運輸技術學校，他們派我幫營長開車。我對這個工作沒有意見，可是大家一再談論蘇軍在阿富汗的有限名額，每個政治部都收到這樣的資訊：「我們的軍隊正牢靠地守衛著祖國的邊疆，提供友好國家和人民援助。」我們感到不安，說不定會派我們去打仗。為了消除士兵的恐懼，當官的就要了一套騙人的手法，這是我現在的理解。

部隊長官把我們叫去，問道：

「弟兄們，你們想開新車嗎？」

這還用問嗎？大家異口同聲地說：

「是，想開！」

長官接著說：

「不過，你們要先到墾荒的地方去，幫助收割莊稼。」

大家都表示同意。

在飛機上，我們偶然從飛行員口中得知，飛機正在飛往塔什干。我不由得產生了懷疑：「我們是去開荒的地方嗎？」飛機確實降落在塔什干。我們排著隊，被帶到離機場不遠的一塊用鐵絲圍起來的地方。我們坐著，指揮員們心神不寧地走來走去，竊竊私語。到了午飯時間，他們往我們駐紮的地方搬來一箱又一箱的伏特加。

「成兩列縱隊，集——合！」

我們排好後，他們當即宣布：「幾個小時以後，飛機會來接你們，你們要到阿富汗共和國去履行軍人的義務，去實現軍人的誓言。」

這下可熱鬧了，恐懼、驚慌把人變成了牲畜。有的人一聲不響，有的人怒氣衝衝，有的人因為委屈哭了，有的人傻了。這種出乎意料的、對我們進行的卑劣的欺騙，讓人驚呆了。原來伏特加是為這事而準備的，這樣就可以輕而易舉地搞定我們。伏特加下肚之後，趁著酒勁發作，有些士兵企圖逃跑。他們去找軍官打架，可是營盤已經被其他部隊包圍了。那些士兵把大家推上飛機，然後像裝箱似的把我們塞進空空的鐵皮艙裡。

我們就這樣來到了阿富汗。過了一天，我們就看到了傷患和死人。我們聽到了這樣的詞語：「偵察、戰鬥、戰役」。我彷彿覺得，發生的這些事一度讓我休克昏過去了，直到過了幾個月以後，我才漸漸甦醒過來，清楚意識到周圍的一切。

當我的妻子問：「我丈夫是怎麼去了阿富汗的？」回答她的是：「他自願申請的。」我們部隊裡所有人的母親和妻子，聽到的也是這樣的回答。如果偉大的事業需要我獻出生命、獻出鮮血，我會自願地說：「把我也列入志願者中！」可是我兩次受騙，他們沒有告訴我真相，沒有說明那是一場什麼樣的戰爭。過了八年，我才知道真相。我的朋友躺在墳墓裡，他們不知道自己是怎樣被騙去參加那場卑鄙的戰爭的。有時我甚至羨慕他們，他們永遠不會知道這一切，他們也不會再次上當受騙。

——一位列兵，司機

我在遠方思念故鄉……

我丈夫長期在德國服役，後來又去了蒙古。我有二十年時間是在境外度過的，我對祖國的愛無法抑制。我給總參謀部打了一個報告，說：「我一輩子都在國外，再也過不下去了。請幫我們回家吧！」

我們已經坐上了火車，可我還不相信，每隔一分鐘就問我丈夫一次：「我們是回去蘇聯嗎？你沒騙我吧？」

到了國內的第一站，我就抓了一把祖國的土，一邊看一邊微笑，這是家鄉的土啊！請您相信我，我甚至吃了一口，還用它擦洗了臉。

尤拉是我的大兒子。我愛他甚於其他家人，雖然當母親的承認這一點是不好的。我愛他甚於丈夫，甚於小兒子。他小時候，我睡覺時都會摸著他的小腳丫。有的媽媽為了看電影，會把兒子託給別人帶，我無法想像自己能做出這種事。他三個月大的時候，我就抱著他，帶上幾瓶牛奶，一起去看電影。可以說，我打算一輩子都和他在一起。我全是按書上的話，按書中主角保爾・柯察金、青年近衛軍英雄奧列格・柯舍沃伊及前蘇聯游擊隊員卓婭・科斯莫傑米揚斯卡婭*這些理想人物的標準在教育他。他讀一年級時，背誦的不是童話故事，不是兒童詩歌，而是一整頁的尼古拉・奧斯特洛夫斯基的小說《鋼鐵是怎樣煉成的》†。

女老師驚歎不已：

「尤拉，你媽媽是幹什麼的？你已經讀了這麼多作品了。」

「我媽媽在圖書館工作。」

他知道理想，但不知道人生。我也這樣，多年生活在遠離祖國的地方，以為人生就是由理想組成的。有這麼一件事，那時我們已經回到了故鄉，住在契爾諾夫茨市，尤拉在軍事學校讀書。有一天半夜兩點鐘，門鈴響了，是他站在門口。

「是你呀，兒子？怎麼這麼晚回來？為什麼還冒著雨？看你全身都濕透了。」

「媽媽，我回來是要告訴您：我活得太艱難了。您所教的一切，生活中都沒有。您是從哪兒找來的？這還只是開始，以後我該怎麼生活呢？」

我們兩人在廚房裡坐了整整一夜。我能說些什麼呢？不外乎還是那些：「生活是美好的，人是善良的。」這都是真理。他靜靜地聽我講。天一亮，他又回去學校了。

我不止一次對他說：

「尤拉，放棄軍校，到非軍事學校去讀書吧。你的位置在那兒！我能看見你現在有多麼痛苦。」

他對自己的選擇並不滿意，是一個偶然的機會讓他成為軍人的。他本可以成為一名優秀的歷史學家、一名學者，他應該生活在《古希臘——何其美好的國度》這樣的書裡。他讀的盡是有關希臘的書，講到義大利時，他說：「媽媽，達文西思考過上太空這回事。總有一天，有人會解開『蒙娜麗莎微笑』的祕密……」十年級寒假時，他去了一趟莫斯科。我有個哥哥住在那裡，是退役中校。尤拉跟舅舅說：「我想報考大學的哲學系。」舅舅不贊成：

「尤拉，你是誠實的小夥子。我們這個時代，當一名哲學家是不容易的，既要欺騙自己，又得欺騙別人。你要是講真話，就可能會嘗到鐵窗的滋味，也許會把你送進瘋人院。」

到了春天，尤拉決定了：

「媽媽，您什麼都不要問，我要當軍人。」

我在一個軍事小鎮見過鋅皮棺材。那時老大在讀七年級，老二還很小。我當時盼望著，等他們長大，戰爭也就結束了。難道戰爭會持續那麼久？「沒想到戰爭和上學時間一般長，也是十年。」有人在尤拉的追悼會上說。

軍校畢業晚會後，兒子當了軍官。可是我不明白，尤拉為什麼要到外地去。我從沒想過，生活中會有一瞬間沒和他在一起。

* 前蘇聯游擊隊員，在戰爭期間被德軍公開絞死，戰後追授蘇聯英雄名號，是首位獲得此一稱號的蘇聯女性。

† 這自傳體小說於一九三三年寫成，是共產世界裡十分著名且影響深遠的一部作品。

「要把你派到什麼地方去呢?」

「我申請去阿富汗。」

「尤拉!!!」

「媽媽,是您把我培養成了這樣的人,現在您休想改造我了。您對我的教育是正確的,我在生活中遇到過那些敗類,他們不是我們的人民,也不能代表我們的祖國。我去阿富汗,是為了向他們證實:人生中還有更崇高的目標,不是每個人都認為有了滿冰箱的肉食和日古利汽車,就有了幸福。人生不只這些,這是您教我的。」

申請去阿富汗的並非他一個人,許多男孩都填了申請書。他們都是良家子弟,有的父親是集體農莊主席,有的父親是老師,有的母親擔任護士……

我能對自己的兒子說什麼呢?說祖國不需要你這樣做?他想向那些人證明人生中還有更崇高的目標——那些人過去認為,將來也會認為,他們去阿富汗只是為了撈點兒破爛衣服,撈點兒兌換券,撈幾枚勳章,撈個一官半職。對那些人來說,游擊隊員卓婭·科斯莫傑米揚斯卡婭不過是個狂熱份子,而不是理想人物,因為正常人是不會那麼做的。

哭訴、哀求,我不知道我都幹了些什麼。我向他坦承我對自己都不敢承認,那些已經有人開始私下議論的事情。我央求他:

「小尤拉,生活完全不像我教你的那樣。一旦我知道你去了阿富汗,我就會到廣場上,到斷頭台上。我會把汽油淋在自己身上,然後自焚。你在那邊會被打死的,不是為了祖國,你會被打死的，卻不知道為何會這樣。如果沒有偉大的理想目標，難道祖國可以派自己優秀的孩子去送死嗎？」

他騙了我，說去蒙古。但我知道他一定會去阿富汗，他是我的兒子。

和大兒子同時，我的小兒子蓋納也參軍了。我對他很放心，他長成了另一種人。他們哥倆總是吵個沒完。

尤拉：

「蓋納，你看書看得太少了。從來不見你膝蓋上放著一本書，總是在擺弄吉他。」

蓋納：

「我不想成為你那種人，我想和大家一樣。」

他們哥倆都走了，我搬到他們房間裡。除了他們的書、他們的東西和他們的來信以外，我對一切都沒了興趣。尤拉來信提到蒙古，他把地理位置講得混亂無比，這樣我對他身在何處就不再存疑了。白天夜裡，我想的盡是自己的經歷，我彷彿把自己切成了碎塊。這種痛苦，用任何一種語言都講不清。

是我親手把他送去那邊的，我親手送的呀！

幾個陌生人走進家裡，看到他們的表情我就知道，他們給我帶來了不幸的消息。我退到屋裡去，剩下最後一個可怕的希望：

「蓋納？」

他們的目光轉向一旁，我下決心把一個兒子交給他們，以便拯救另一個。

「蓋納？」

他們中間有個人輕聲說：

「不，是尤拉。」

我講不下去了，講不下去了。我已經死了兩年，我沒有任何病痛，但我已經死了。我沒有在廣場上自焚，我丈夫沒有把黨證退回去，也沒有把它扔到他們的臉上。

但，我們已經形同死人了。

——一位母親

我一下子就說服了自己：「我什麼都記不住，什麼都記不住。」我們家裡禁止提這事。我妻子四十歲就已滿頭白髮，女兒原來留長髮，現在是短髮。夜間砲轟喀布爾時，怎麼也喚不醒她，只好扯她的辮子。

可是過了四年，我突然喜歡胡言亂語了，總想說話。昨天家裡偶然來了幾位客人，我的話就是止不住。有人送來了一本相冊，有人放幻燈片：直升機在村莊上空盤旋，一位傷患被抬上擔架，身邊放著他那條被炸掉的大腿，腳上還穿著越野鞋……被判處死刑的俘虜天真地望著鏡頭，再過十分鐘他們就沒命了。

萬能的主啊！我回過頭去，男人在陽台上抽菸，女人進了廚房。只有他們的孩子坐在那裡，都是些小娃娃，小娃娃對這些事挺好奇。我不知道自己身上發生了什麼事，但總想說話。為什麼突然會如此？為了永遠不要忘記任何一件事。

那時我怎麼樣，有什麼感覺，用言語講不清楚。也許再過四年，我就能說清我的各種感受。也許再過十年，一切聲音都會變調，說不定變得無影無蹤。

一種仇恨埋在我心頭，有些懊喪。為什麼我應當去？為什麼這事讓我遇上了？我感覺到了重擔，但沒有屈服，這點令我感到心滿意足。我開始從瑣瑣碎碎的事上做準備：隨身帶上一把小刀、一套刮臉用具……收拾完畢後，就急不可耐了，希望快點和陌生的世界見面，免得熱情冷卻，激情過去。設想形成了，任何人都可以講給你聽……但是我身上發冷，或許是額頭在冒汗。還有一種情況：飛機著陸時，感到輕鬆又覺得興奮，現在一切就要開始了，我們會親眼看見，用手摸到，可以在生活中感受一番。

三個阿富汗人站在那裡，他們在議論些什麼，他們在笑。一個骯髒的小男孩繞著貨攤奔跑，一下子鑽到櫃台下邊的厚布簾中不見了。鸚鵡綠色的眼睛瞪得圓圓的，盯著我。我望著這一切，不理解發生了什麼事。他們沒有中斷談話，背對我的人轉過身來，我看見了手槍的槍口。手槍慢慢舉了起來，舉了起來，瞧，那個窟窿眼兒，我看見了。與此同時，我聽見了扣扳機的生硬聲音，我不存在了，我在同一時刻既在這兒又在那兒，但我還沒有倒下，我挺立著。我想和他們說話，卻出不了聲。「啊——啊——啊——」

世界像沖洗照片似的漸漸顯現了出來，窗戶，高聳的窗戶，還有一種白色的東西，很大的東西，白色套著很重的東西。有人……眼鏡礙事，看不清臉龐，汗水往下滴，汗珠落在我的臉上，打得生疼。我想睜開那睜不開的眼瞼，我聽到放鬆下來的歎息：

「喏，好了，中校同志，出了一趟差，回來了。」

可是當我抬頭時，哪怕是轉一下頭，我的腦子就像掉到什麼地方去了。意識閃爍不定……又是那個小男孩往櫃台下的厚布簾裡鑽，鸚鵡綠色的眼睛瞪得圓圓的，盯著我……三個阿富汗人站著，背向我的人轉過身來，我的視線對著槍口。那是個窟窿眼兒，我看見它了。只是這次我不再等那熟悉的扣扳機聲了，我大喊一聲：「我應當把你打死的！我應當把你打死的！」

喊聲是什麼顏色，有什麼味道？血是什麼顏色？在軍醫院裡血是紅色的，乾沙上的血是灰色的，山岩上的血到了傍晚是蔚藍色的，已經不新鮮了。而重傷患身上的血，就像是從打碎的玻璃瓶裡流出來的一樣，流得很快，人慢慢斷氣了，慢慢斷氣了。只有兩隻眼睛至死還閃著光，視線從你身邊射過去，目不轉睛地望著別處。

一切都付出了代價！我們為一切付出了代價！全部付清了。（開始焦躁不安地在房裡踱步）

您從山麓往上看，重巒疊嶂，高不可攀。您坐上飛機，飛到上空，從上往下看，下邊是一個個翻倒的獅身人面像。您明白我說的意思嗎？我說的是時間，是事件之間的距離。當時連我們這些當事人也不知道，那是一場什麼樣的戰爭。請您不要把今天的我與昨天的我，即一九七九年到過那邊的人弄混了。是的，我當時還深信不疑！一九八三年，我回到莫斯科，城裡人的生活，城裡人的活動，感覺就像是我們這些人從未去過阿富汗一樣，也沒有發生過任何戰爭。在地鐵裡，大家跟往常一樣開懷大笑、親吻或看書。我走在阿爾巴特街上，問了幾個人：

「阿富汗戰爭打了幾年了？」

「不知道。」

「戰爭打了幾年了？」

「我不知道，您問這事幹什麼？」

「幾年了？」

「好像是兩年。」

「幾年了？」

「怎麼，那邊打過仗？真的嗎？」

現在可以儘管嘲笑我們，說我們跟羊群一樣盲目又愚蠢，是一群聽話的牲畜！戈巴契夫已經允許大家這麼做了，再沒有禁忌，就儘管笑吧！但是，中國有句智慧的諺語：「站在死獅腳下吹牛的獵手令人厭惡，靠近傷獅身旁自豪的獵手值得尊重。」*有人可以談論錯誤。說真的，我不知道那個人是誰，但我不談。有人問我：「為什麼您當時沉默？那時您已不是孩子了，那時您已經快五十歲了。」我應當明白事理……

您要知道，我在那邊開過槍，但同時我又尊敬那個民族，我甚至熱愛那個民族。我喜歡他們

*這句諺語未查到出處，也許是假託。

的歌曲，他們的祈禱聲平緩舒展，悠悠纏綿，如同他們的山巒。但是我，只談我自己，我真誠地相信，帳篷不如五層樓房好，沒有抽水馬桶就沒有文明。我們給他們一大堆抽水馬桶，幫助他們建築石頭樓房，教他們開拖拉機。我們給他們運去辦公桌、盛水用的玻璃瓶、正式會議用的紅色桌布，還有成千上萬張馬克思、恩格斯、列寧的相片。這些相片掛在所有的辦公室裡，掛在每一位首長的頭上。我們給他們運去黑色的伏爾加牌轎車，還有我們的拖拉機，我們的種牛。農民不願意接受分給他們的土地，因為土地屬於真主所有，人既不能給，也不能取。被炸毀的清真寺塔頂，像是從宇宙深處向我們窺視。

我們永遠不會知道，螞蟻是怎麼觀看世界的，請您在恩格斯的著作中找找看吧。東方學者斯賓塞羅夫說：「阿富汗是不能收買的，只能轉讓。」有天清晨，我抽菸時看到菸灰缸上有隻小壁虎，像五月金龜子。過了幾天，我回來了，壁虎仍在菸灰缸上，還是那個姿勢，連頭也沒有轉動一下。我明白了，這就是東方。我消逝十次，再生十次，我粉身碎骨，再挺身而起，可是牠還沒有轉動一下牠的小腦袋。按照牠們的日曆，現在是一三六五年*。

我坐在家裡的沙發上，靠近電視機。我能夠殺人嗎？我連蒼蠅也不會打死！頭幾天，甚至頭幾個月，看到子彈打斷桑樹枝，就覺得不像是現實。戰鬥心理學是另一種樣子，一邊跑，一邊捕獲目標，注意前方，斜視左右。我沒有統計過我殺死了多少人，但是我跑過，一路捕獲目標，這裡、那邊，尋找移動的、活生生的目標。我自己也當過目標，當過靶子。不，從戰爭中回來的人，裡頭沒有英雄，從那邊回來，不可能像英雄一樣歸來。

一切都付出了代價，我們為一切付出了代價！全部付清了。

您可以想像，一九四五年時某個士兵的樣子，您會喜歡他，整個歐洲都喜歡他。他天真，帶點傻氣，腰間繫著寬皮帶。他什麼都不需要，他需要的是勝利，是回家！可這個士兵呢，回到你們那棟樓房、那條街時，已經成了另一種人了，這個士兵需要牛仔褲和答錄機。他已經見識過另外一種生活，牢牢記在心裡，想要的東西多了起來。古人早就說過：「不要喚醒沉睡的狗。」不要給人以非人的考驗，他禁受不住。

我在那邊無法閱讀我喜愛的杜斯妥也夫斯基的作品，陰森森的。我隨身帶的是科幻小說，雷・布萊伯利†的作品。誰願意永恆不死？沒有這樣的人。

可是有過那種人啊，有過！我還記得，我在監獄裡見過一位那樣的人，那時我們把他稱為匪幫首領，他躺在鐵床上看書。書的封面很熟悉，列寧的《國家與革命》。他說：「可惜我讀不完了，也許我的孩子能把它讀完……」

學校被大火燒毀了，只剩下一堵牆。每天早晨孩子來上課時，會用大火後留下的木炭在牆上寫字。下課以後，再用石灰把牆粉刷一遍，於是牆又像一張乾淨的白紙。

從林區運來一位缺胳膊斷腿的中尉，一切男性特徵都沒有了。他從休克中甦醒以後，說的第

---

* 此處應指伊斯蘭曆法，以西元六二二年為伊斯蘭曆法元年，故敘述當下的一三六五年即為西元一九八七年。

† 雷・布萊伯利（Ray Bradbury，一九二〇～二〇一二），美國科幻、奇幻、恐怖小說作家，代表作品有《火星紀事》及《華氏451度》。

一句話是：「我的弟兄們在那邊怎樣了？」

為這一切付出了代價！我們付出的比任何人都多，比你們更多……

我們什麼也不需要，我們什麼都禁受了。請您聽完我們的話，希望您能理解我們。大家都習慣於給藥品、給退休金、給住房，給予，然後遺忘。這個「給」字是用昂貴的「外匯」——鮮血換來的。我們是來向你們懺悔的，我們在懺悔。

請不要把懺悔的祕密忘記了。

——一位軍事顧問

這樣結束還真算不錯，以失敗告終，這樣會擦亮我國人民的眼睛。

我無法講述發生的一切。過去的事已經過去了，剩下的事是我親眼所見的。我記得的事，只是整體中的一部分。後來出現的事，是我能夠講述的。能說出來的，最多也只剩十分之一，如果我夠努力的話。我會努力回想。為誰而講呢？為了阿廖沙，他死在我懷裡，肚子裡有八個彈片。我們從山上把他運下來，花了十八個小時。他活了十七個小時，到了第十八個小時，他就死了。為阿廖沙而回憶，我這麼做是從相信「人有所需」這個宗教觀點出發的，尤其是人在天上的時候。我相信他再也不會疼了，再也不會怕了，再也不會害羞了。既然如此，何必再讓往事翻騰呢？您想從我們這裡探聽些什麼？是啊，我們無疑被烙上了印子……您想知道我們有什麼理想？您大概把我們看成另一種人了吧？您應當了解，在異國他鄉有多麼困難，不知為何而戰，還能有什麼理想？我們在那邊的時候，大家都是同樣的人，但不是志同道合者。就跟在這裡一樣，在這個正常的世界裡。但僅僅把到過那邊的人，跟沒到過那邊的人，調換一下位置，那就一丁點都不難理解了。我們毫不相同，但我們又處處相同，無論在那邊或是在這裡。

我記得在六年級或七年級時，教俄羅斯文學的女老師把我叫到黑板前：

「誰是你敬愛的英雄人物，是恰巴耶夫或保爾．柯察金*？」

「是哈克貝利．費恩†。」

「為什麼是哈克貝利．費恩？」

「當哈克考慮是要出賣逃亡的黑奴吉姆，還是為他下地獄，讓大火把自己燒死時，他對自己說：『管他呢，讓我下地獄去讓火燒吧。』他沒有出賣吉姆。」

下課以後，我的朋友阿廖沙問我：「如果吉姆是白軍，你是紅軍，怎麼辦？」

我們一輩子就是這麼活著的——白軍和紅軍，誰不在同一陣線，就反對誰。

在巴格拉莫附近，我們走進一個村子，請村民給點東西吃。按他們的教規，如果一個餓肚子的人來到你家，你不能拒絕給他熱餅吃。婦人讓我們坐在桌前，給了我們吃的。我們離開後，全村人用石頭和棍棒活活把她們和她們的孩子砸死了。她們本來就知道自己會被打死，但是沒有把

---

* 瓦西里．恰巴耶夫（一八八七～一九一九），蘇維埃國內戰爭時期的英雄，紅軍指揮。保爾．柯察金是革命小說《鋼鐵是怎樣煉成的》的主角。

† 哈克貝利．費恩是馬克．吐溫小說《頑童歷險記》的主角。

我們趕走，而我們也帶著自己的教規走進她們的家。我們甚至還戴著帽子出入他們的清真寺……

為什麼要逼著我回憶？這一切都是不便公開的事，我打死的第一個人，我流在細沙裡的血，還有像煙囪一樣高的駱駝腦袋，在我失去意識之前，牠在我頭上搖晃了一下。當時在那邊我和大家一樣，而我這一生中，只有一次拒絕和大家一樣。只有一次。那是在幼兒園裡，保育員讓我們手拉著手，但我喜歡獨來獨往，年輕的保育員對我不守規矩的行為容忍了一段時間。過了不久，她們之中有一位出嫁了，走了，克拉娃阿姨被派來代替她。

「和謝廖沙，拉著手。」克拉娃阿姨把另一個小男孩領到我面前。

「我不要。」

「你為什麼不要？」

「我喜歡一個人走路。」

「你要像所有聽話的男孩和女孩一樣，手拉手。」

「我不要拉。」

那天散完步以後，克拉娃阿姨把我脫了個精光，連小內褲和小背心也扒掉了。然後她把我帶到一間空蕩蕩、黑漆漆的房間裡，讓我在那兒待了三個小時。小時候，再沒有比落單更可怕的事了。在黑暗裡，你會覺得大家都把你忘了，永遠都找不到你。第二天，我和謝廖沙手拉手散步，我變得和大家一樣了。在小學裡由班集體做決定，在學院裡由系集體做決定，而在工廠裡由全體職工做決定，處處都有人替我做決定，對我的教育是：「單槍匹馬，一事無成。」我在某本書裡讀過這麼一句話：「扼殺勇氣。」派我到那邊去時，我心裡已經沒有什麼東西值得扼殺了。「志願戰士，向前邁兩步。」所有人都向前邁了兩步，我也向前邁了兩步。

在中丹德，我見到兩個精神失常的我國士兵，他們一直在和「杜赫」交談。他們按十年級歷史課本裡的說法，給他們講解什麼是社會主義，誰是列寧……「問題是，偶像是個空殼，祭司坐進去，坐在裡邊教訓百姓。」這是寓言作家克雷洛夫*老爺爺說過的話。我十一歲時，有一天，一位獲得「特等射手」稱號的大嬸來到學校，她說她打死過七十八個德國鬼子。那天我回家以後，說話結結巴巴，夜裡發起高燒。父母認為我患了流行性感冒，這種病容易傳染，我在家裡待了一週，天天看自己喜歡的小說《牛虻》†。

為什麼逼我回憶往事？我回來以後，再也不肯穿上打仗前穿過的牛仔褲、襯衫，那是我不熟悉的陌生衣服，雖然衣服上還留著我身上的氣味（按媽媽的說法）。從前那個人已經不存在了，那個人不存在了。另一個人，也就是現在的我，只是頂著他的名字而已。從軍以前，我曾和一位女孩交往，回來以後，我沒有打電話給她。她偶然知道我人已經在城裡，就跑來找我。她不該來找我的，我們根本不該見面。我對她說：「那個和你相愛的人已經不在了，現在的我是另一個

---

* 克雷洛夫（Ivan Andreyevich Krylov，一七六九～一八四四），俄國著名的寓言作家及詩人。

†《牛虻》（The Gadfly）是愛爾蘭女作家艾麗·伏尼契（Ethel Lilian Voynich）的代表作，一八九七年於英國出版，描寫的是十九世紀初期義大利人推翻奧地利殖民統治的故事。譯成俄文後，激勵了無數的俄國革命者。

人，另外一個人！」她不斷哭泣，來找過我很多次，還打了電話。何苦呢？我已經是另一個人！（沉默半晌後，他平靜了下來）不過我還是喜歡原來那個人，我想念他，經常想起他。「神父，」牛虻向蒙泰尼里問道，「現在你的上帝得到滿足了吧？」

現在我能向誰拋出這如手榴彈一般的問題呢？

——一位普通砲兵

我怎麼會來到這裡？很簡單，因為我相信報紙上所有的話……

我對自己說：「以前的人建功立業，勇於自我犧牲，如今我國青年什麼事也幹不成，我也是這路貨色。那邊在打仗，但我在為自己縫製新洋裝、設計新髮型。」媽媽哭哭啼啼：「我寧肯死，也不答應。我生你們，不是為了到頭來分別埋葬你們的胳膊和大腿。」

最初的印象是喀布爾的轉運站——鐵蒺藜＊，肩挎自動步槍的士兵，還有狗吠聲。全是女人，有幾百名女人。軍官來了一個又一個，挑選比較年輕可愛的女孩，明目張膽地選。有個少校把我叫過去：

「如果你不嫌棄我這部汽車，我就把你送到我的軍營裡去。」

「什麼汽車？」

「運輸載重二〇〇。」我當時已經知道了，「載重二〇〇」就是運送死人、運送棺材的車子。

「有棺材嗎？」

「現在馬上卸下來。」

裝了帆布篷的普通「卡瑪斯」載重卡車。士兵卸棺材時如同往下扔子彈箱，我嚇了一跳。他們明白了：「這是個新來的妞兒。」我來到了駐地，氣溫高達六十度，廁所裡，蒼蠅多得似乎可以用翅膀把你抬起來。沒有浴室，水跟黃金一樣珍貴。我是此地唯一的女人。

兩個星期後，營長召見我：

「你得和我住在一起。」

我抗拒了兩個月，有一次幾乎把手榴彈拋了過去，另一次我操起了刀子。這些話聽得我耳朵都磨出了老繭：「你想挑選個官階更高的……你想喝茶，還能吃上奶油……遲早你會自己找上門來……」

我從來沒有罵過人，這次憋不住了：

「你給我他媽的從這兒滾開！」

我愛罵人了，我變得粗野了。我被調到喀布爾招待所當管理員。最初，我像頭野獸似的對待所有人。別人都認為我有毛病：

「你發什麼瘋？我們又不想咬你。」

＊一種古代軍用的障礙物。以尖銳的三角形鐵片聯綴成串，形若草本植物蒺藜，通常布置於道路上或淺水中，用以阻止敵人的侵入。

可是我已習慣於自衛，改不了。每當有人喚我：

「進來喝杯茶。」

「你是叫我進去喝茶，還是上床？」

就這樣，一直延續到出現我的……真愛？這裡沒有人這麼說的。他把我介紹給他的朋友時，說：

「我的妻子。」

我跟他咬耳朵：

「阿富汗時期的？」

我們乘坐裝甲運輸車外出，我用自己的身軀掩護了他，所幸子彈打在艙門上，那時他正好背對坐著。我們回來以後，他給妻子寫了封信，講了我的事。後來足足兩個月，他沒有收到家中的來信。

我喜歡出去射擊，一打就是滿滿一彈匣，打完我就覺得輕鬆多了。

我親手打死了一個「杜赫」，那次我們進山去呼吸新鮮空氣，觀賞風景。聽到石頭後有「沙沙」一聲，我像觸了電，往後退了幾步，隨即連開了幾槍，是我先開的槍。我走過去看了看：一個健壯漂亮的男人躺在地上。

弟兄們說：「我們可以和你一起去偵察了。」

我好不神氣！我沒有伸手去取他包裡的東西，只拿走了手槍，這事也讓他們高興。後來，他們一路上都在保護我，怕我不舒服、噁心，但我啥事都沒有。身體突然變得很輕盈……回來以後，我打開冰箱飽餐了一頓，足足頂得上我平常一週的飯量，我的感覺神經失常了。有人送來一瓶伏特加，我喝了，可是沒有醉。我有些害怕，當時如果沒有命中目標，我媽就會領到「載重二〇〇」。

我想參加戰爭，但不是這場戰爭，而是偉大的衛國戰爭。

哪兒來的仇恨？很簡單，一個戰友被打死，當時你和他在一起，兩人共用一個飯盒吃飯。他正在跟你說自己的女朋友和媽媽的事，但這會兒，他滿身是血躺在地上。看一眼，什麼都明白了，這時的你會瘋狂地射擊。我從不習慣於考慮大問題，比如：「這場戰爭是誰挑起來的？責任在誰？」像這樣的問題，我們有一個喜歡講的笑話。有人問亞美尼亞電台：「什麼是政治？」亞美尼亞電台回答說：「您聽見過蚊子的叫聲嗎？那麼政治——比牠的叫聲還細。」就讓政府從事政治吧，人在此地見到的是血，人變野蠻了。看到燒焦的人皮怎樣捲成筒，彷彿是蹭破了卡普綸長襪，看一回便夠了。槍殺動物時的情景也慘不忍睹，向馱運隊開槍，因為他們在運武器。人單獨處決，騾子也單獨處決。他們都默不作聲，等待死亡。受傷的騾子嚎叫起來，活像用尖銳的鐵器在鐵板上劃拉，令人不寒而慄。

我在這兒有另外一副長相，另外一種嗓音。聽聽我們這些女孩坐在一起講著怎樣的話，你就可以想像我們當時都是些什麼樣子的人：

「他可真是個混蛋！跟中士吵一架就去投奔『杜赫』，還不如一槍把他撂倒，可以記入陣亡名單。」

話講得直截了當。很多軍官以為那邊和蘇聯國內一樣，也可以隨便打罵士兵，可以隨便汙辱他們。錯了，幹這種事的人在那邊會被打死。打仗時有人會從背後開槍，到時你就自己去想法子查出那人是誰吧。

深山哨所的弟兄好幾年都見不到人影，直升機一週起飛三次，我去了。大尉走到我跟前：「請您摘掉軍帽，把頭髮放下來。」我那時留著長髮。「已經兩年了，看到的盡是戰士的平頭。」

所有士兵都從戰壕裡鑽出來看熱鬧。

一次戰鬥中，有位士兵用自己的身體掩護了我。不管能活多久，我永遠不會忘記他，會在教堂替他點蠟燭。他不認識我，他之所以那麼做，就因為我是個女人。這種事，你能忘嗎？日常生活中，你怎樣檢驗一個人是否會用自己的身體掩護你？雙方在交火，好人在這兒更好，壞人在這兒更壞。這是另外一次事件，有個士兵朝我喊了一句下流話，一句髒話。我心裡想：「你該死！」結果他就被打死了，炸掉了半顆腦袋、半個身子。他就死在我眼前，我像得了瘧疾，全身顫抖。儘管在這之前，我見過裹著屍體的大塑膠袋，屍體用金屬薄片包著，就像……我不知道該如何比喻，真要描寫，只能不斷尋找適當的用詞，如果可以，我還想嘗嘗那些字詞的味道。喏，就像大型玩具，讓我全身顫抖的事我以前沒遇到過，那次我怎麼也平靜不下來。

我從來沒有見過佩戴戰鬥獎章的女孩，她們即使有也不戴。有個女孩戴上了「戰功」獎章，大家都笑她，說那是「性功」獎章。因為大家都知道：和營長睡上一夜就可以得一枚。為什麼女人會出現在這兒？沒有女人，他們就活不下去，這您了解嗎？這樣下去，有些軍官會變成瘋子。為什麼女人爭著要來到這兒？你會有錢，會買一台收音機，還會買一些東西。回國以後，你可以把東西賣掉。在蘇聯掙的錢，沒有在這兒、在阿富汗掙得多。沒有統一的真相，真相是各式各樣的，這就是真相。咱們談的是真實情況，有的女孩為了弄到一件衣服，便和當地人廝混。你一走進阿富汗商店，孩子就叫喊著：「女孩，幹不幹……」然後指指偏房。本國軍官付的是兌換券，有的女人平常就這麼說：「我去找個給兌換券的主兒。」您聽過這個笑話嗎？多頭蛇先生、永生先生和巫婆在喀布爾轉運站相遇，他們三個人都要去參加戰爭。兩年以後，他們在歸國的路上重逢了。多頭蛇先生只剩下一個頭，其他部分都被割掉了；永生先生奄奄一息，因為他是「永生」的；至於巫婆則穿著一身華麗衣裳，戴著首飾，滿面春風。

「我在辦理手續，要求再留一年。」

「巫婆，你瘋了！」

「我在蘇聯是巫婆，在這兒可是美女瓦西麗莎*。」

是啊，在這裡造就的都是扭曲的人，特別是那些小兵，十八九歲的孩子。他們在這兒見的世面太多了，太多了。他們看到一個女人為了一箱豬肉罐頭，甚至不是一箱，僅僅是兩罐，便出賣

---

*多頭蛇、永生先生、巫婆、瓦西麗莎，都是俄羅斯童話中的主要人物。

了自己的身體。見過這種場面的小兵，將來會用這雙眼睛看待自己的妻子，看待所有的女人。他們的心智在這兒被扭曲了。以後他們回到蘇聯，如果品行不端，也不必大驚小怪。我認識的一個人，已經在牢裡。他們禁受的是另一種體驗，已經養成用自動步槍，用武力解決一切問題的習慣。阿富汗小販在賣西瓜，一個西瓜一百阿幣。我們的士兵希望再便宜些，小販不幹。「啊，既然如此！」有個士兵端起自動步槍，把堆積如山的西瓜全都給打個稀巴爛。萬一你在電車裡踩了這麼一個人的腳，或者排隊時不讓他插隊，那你就等著瞧好了。

我曾經夢想過回家以後，要把折疊床搬到花園裡，在蘋果樹下美美地睡一覺。但如今我會感到害怕，特別是現在。我軍準備撤退之前，我聽很多人說：「我害怕回到蘇聯。」為什麼？很簡單。我們回來了，國內的一切都變了。兩年後，大家穿的是另一種時裝，聽的是另一種音樂，街道也變了模樣，而且大家對戰爭的態度也不同了。我們將會像是一群白色的烏鴉*。

一年以後，請來找我，到我家來。我給您我的住址……

——一位女公務員

當時我太相信了，所以現在也改變不了自己的看法。

現在，無論別人對我說什麼，無論讀到什麼，我每次都會為自己留一條小小的後路。這是自我保護的本能。參軍前，我畢業於體育學院。最後一次畢業實習，是在兒童夏令營「阿爾捷克」進行的，我擔任輔導員，在那兒講了很多次崇高的話語，比如少年先鋒隊的誓詞、少年先鋒隊的志業等等。現在聽起來很愚蠢，可是當時感動到眼眶泛淚。

我主動到軍事委員會申請：「派我去阿富汗吧！」政治部副主任為我們做報告，講的是國際形勢。他說我們比美國「綠色貝雷帽」†僅僅搶先了一個小時，他們已經在空中了。自己的輕信使人感到難堪，他們一而再、再而三地向我們灌輸，說這是「國際主義義務」，最後把這種思想硬灌進了我們的腦袋裡。但我永遠也做不到完全相信這一點。我對自己說：「把粉紅色的眼鏡摘掉吧！」我不是一九八〇年去的，也不是一九八一年，而是一九八六年，那時大家還守口如瓶。一九八七年我已經到了赫斯特，我們占領了一個小山頭，七個弟兄被打死。莫斯科的新聞記者來了，給我們帶來了幾個「綠人」（即阿富汗人民軍），就像是他們奪回了小山頭。做樣子的是阿富汗人，而在停屍房裡躺著的是我們的士兵。

他們選擇最優秀的士兵到阿富汗去參加「軍訓」。誰都怕被派到圖拉、普斯科夫或基羅沃巴德，因為那些地區又髒又悶，大家都要求去阿富汗，爭著到那裡去。茲多賓少校勸我和我的朋友薩沙．克里夫佐夫收回自己的申請書：

「讓你們兩人當中某個人去送死，還不如讓西尼欽去。國家培養你們花了不少錢。」

西尼欽是個農村小夥子，開拖拉機的。我已經拿到了畢業文憑，薩沙正在克麥羅沃大學日爾

＊白烏鴉指標新立異或與周圍格格不入的人。

†綠色的貝雷帽綽號「綠扁帽」，指的是美國陸軍中規模最大的一支特種部隊。

曼─羅馬語系讀書。薩沙歌唱得非常好，會彈鋼琴、拉小提琴、吹橫笛、彈吉他，還能譜曲，他畫畫也好。我和他情同手足。上政治課時，教官講功勳、論英雄，說到阿富汗就是當年的西班牙時，對我們說：「與其讓你們犧牲，不如讓西尼欽去。」

從心理學觀點審視戰爭，很有意思。首先，你得研究自己，這事挺吸引我。我曾問了去過那邊的熟識弟兄，有個人，按我現在的理解，是跟我們胡吹亂編了一通。他胸口有一道很大的傷疤，好像是被燒傷的字母「P」，他為此特意穿著開襟汗衫，以便向人炫耀。他編造說他們怎樣在深夜乘直升機降落在山上，我還記得他說：「空降兵拉開降落傘的前三秒鐘是天使，空中飛翔時的三分鐘是雄鷹，其餘時間是拉套的馬。」我們對這一切都信以為真。現在我真想再見見這位荷馬！像他這種人，後來都被當面揭穿了：「如果有腦子的話，那一定是受了挫傷。」另一個小夥子和他相反，他一再勸說：

「你不要去那邊。那邊是汙穢天地，不是浪漫世界。」

但，我不愛聽他的話：

「你嘗過那種滋味了？我也想去嘗一嘗。」

他教我怎麼活命。

「放一槍後，就趕快閃開，躲到離開槍地點兩公尺的地方。把自動步槍的槍筒藏到農舍或山岩後邊，免得被對方發現火苗，記下你的位置。走路時，不要喝水，否則走不到目的地。站崗時，不要打盹，可以用手指撓臉，用牙咬手。空降兵先是要拚命跑，而後是能跑多少算多少。」

我父親是個學者，我母親是工程師，他們培養我從小要有個性。我想成為一個有個性的人，為了什麼（笑）？我曾被踢出十月兒童團*，很長一段時間都不讓我加入少年先鋒隊。我為榮譽進行了鬥爭，後來給我戴上了紅領巾，我不肯摘掉，睡覺時也戴著。上文學課時，女老師打斷我的發言：

「你不要講自己的看法，你要照書本上那樣說。」

「難道我講得不對？」

「你講的，和書本上的不一樣。」

這像是童話故事中，皇帝除了灰色不喜歡其他顏色，所以這個國家裡所有東西的顏色都是老鼠灰。

我現在告訴自己的學生（我在學校工作）：

「你們要學會動腦子，免得又被造就成一批新的糊塗蟲，一批小錫兵。」

參軍前，是杜斯妥也夫斯基和托爾斯泰教我如何生活，在部隊裡是中士教我如何生活。中士的權力無限大，三個中士一個排。

「聽我的命令！空降兵應當具備什麼？重複一遍！」

「空降兵應當有一張惡臉、一雙鐵拳和一顆黑心。」

---

*十月兒童團是蘇聯兒童加入少年先鋒隊之前的組織，吸收一至三年級的小學生或學齡前的兒童。

「良心——對空降兵來說是無用之物。重複一遍！」

「良心——對空降兵來說是無用之物。」

「你們是衛生營，衛生營是空降部隊的貴族。重複一遍！」

摘錄一段某士兵的信：「媽媽，你買一隻小狗崽，給牠起個名字叫中士，等我回家以後，我就把牠宰了。」

制度本身在愚弄人的意識，人家可以隨意捉弄你，你沒有能力抗拒。

早晨六點起床。起床——重來。下床——上床——反覆三次。

三秒鐘之內，要在起跑線上排好隊——白色的油漆布，白色的，以便經常洗刷、擦亮。三秒內，一百六十個人要從床上跳下來、排好隊。四十五秒內穿好三號軍服，也就是全套衣服，不過不扎腰帶、不戴帽子。有個士兵有一次沒來得及纏好包腳布。

「全體解散，重來一次！」

他又沒能跟上。

「全體解散，重來一次！」

體操鍛鍊、白刃戰，學習還包括空手道、拳擊、桑勃式摔跤，以及學會跟持刀者、持棒者、持工兵鍬者、持手槍及持自動步槍的人進行種種格鬥的方法。他手持自動步槍，你空手；你手持工兵鍬，他空手。像兔子那樣跳著前進一百公尺，單腳跳，用拳頭砸碎十塊磚。我們在練兵場上累得半死不活。「你們學不會就別想離開這兒。」最困難的是戰勝自己，不怕疼。

洗漱時間五分鐘。一百六十個人只有十二個水龍頭。

「集合！解散。」五分鐘後，「集合！解散。」

清早查房，檢查各種金屬牌，它們必須閃閃發光，如同公貓的某個部位；檢查白色衣領；帽子裡要有兩根帶線的針。

「向前，齊步走！回原位！」

一天只有半小時的自由時間。午飯後，是寫信的時間。

「列兵克里夫佐夫，為什麼你坐在那兒不寫信？」

「報告中士，我正在想。」

「為什麼你回答的聲音這麼小？」

「報告中士，我在想。」

「為什麼不像教你的那樣大聲喊？看來，需要讓你『對著窟窿』進行一番訓練。」

「對著窟窿」訓練，就是對著便桶大聲叫喊，練出發號施令的嗓門。中士站在背後看著你，要聽到隆隆的回聲。

以下摘錄士兵的一些暗語：

解除——我愛你，生活；清晨查房——大家，相信我吧；晚間查房——我見過他們的面；關禁閉——遠離祖國；復員——遠方的星光；戰術訓練場地——蠢人樂園；洗盤器——光碟（盤子像光碟那樣旋轉）；政治部副主任——灰姑娘（在軍艦上被稱為乘客）。

「衛生營——空降部隊的貴族。重複一遍！」

我們總覺得吃不飽，夢寐以求的地方是軍人商店，在那兒可以買到蛋糕、糖塊、巧克力。射擊得了五分，允許你逛一次商店。沒錢花了，就賣幾塊磚。我們拿上一塊磚，兩個彪形大漢走到新兵跟前，知道他兜裡有錢：

「你，買下這塊磚。」

「我買它幹什麼？」

我們把他圍了起來：

「買下這塊磚。」

「多少錢？」

「三盧布。」

他給我們三盧布，然後走到拐角處，把磚扔了。我們用這三盧布可以飽餐一頓，一塊磚值十塊蛋糕。

「良心——對空降兵來說是無用之物，衛生營是空降部隊的貴族。」

看來，我是個不錯的演員，因為我很快就學會扮演我應當扮演的角色。如果被人說成「嬰兒」就最倒楣了，這個詞裡含有陰柔、缺乏陽剛氣的意思。三個月以後，我被除名了。怎麼什麼都忘了呢？不久前我和一個女孩接過吻，坐在咖啡廳裡，還跳過舞。彷彿不是過了三個月，而是三年，你又回到了文明世界。

到了晚上。

「猴子們，站隊！空降兵最重要的是什麼？空降兵最重要的是別從地球邊上飛過去。」

臨行前舉行了新年晚會。我化裝成嚴寒老人，薩沙化裝成白雪公主，這很像是在學校裡舉辦的活動。

我們徒步跋涉了十二個晝夜，只有山比山更可惡，我們在躲避匪幫，我們靠興奮劑行軍。

「衛生指導員，給我一點『發瘋的藥』。」這是精神麻醉藥物美舒卡，我們把所有的藥都吃光了。

還會開玩笑。

「您哪兒不舒服？」醫生問「貓先生」列奧波利德。不知誰先開的口。

「我討厭老鼠。」

「討厭老鼠，明白了。您太善良了。您應當發瘋。這是『發瘋的藥』，一日三回，每次飯後一片。」

「效果呢？」

「您會變得像頭野獸。」

第五天，有個士兵等所有人都走到前邊去以後，把自動步槍對準喉嚨，開槍自殺了。我們不得不拖著他的屍體、他的旅行袋、他的防彈背心、他的頭盔。我們沒有悲傷。他知道，我們不會拋下他的屍體不管，我們會把屍體帶走。

當我們退伍準備回家時，第一次可憐起他來了。

「一日三回，每次飯後一片。」

「效果呢？」

「您會變得像頭野獸。」

炸傷最可怕，一條腿從膝蓋處被炸掉了，骨頭露在外面，另一條腿炸掉了腳後跟，生殖器也被削掉了，一隻眼睛炸沒了，一隻耳朵也炸掉了。心臟第一次跳得這麼厲害，喉嚨發癢，我對自己說：「你現在不動手，永遠當不了衛生指導員。」截掉兩條腿，用止血帶纏緊，止血、鎮痛、催眠。爆破彈打入肚子，腸子掛落在外面……包紮、止血、鎮痛、催眠……堅持了四個小時，最後還是斷了氣。

藥品不夠用，連一般的綠藥水也沒了。不知是未能及時運到，還是份額已經用完了，咱們是計畫經濟呢。想辦法弄了些繳獲品，都是進口藥。我的藥包裡永遠有二十支日本製的拋棄式注射器，聚乙烯軟包裝，摘掉套子就可注射。我國產的「列科爾德」注射器，墊紙被磨損後，就變成沒有消毒的注射器了，一半不能注射，也不能用來抽血，成了報廢品。我國的瓶裝人造血漿容量為半公升，搶救一位重症傷患需要兩公升，也就是四瓶。在戰場上舉著點滴袋能待一個小時嗎？這是辦不到的。你又能背上幾瓶呢？義大利人採取什麼辦法？他們的聚乙烯袋容量一公升，你就是穿著皮靴跳起來踩它，也不會破。還有，普通的蘇聯消毒藥布，包裝極差，包裝的重量甚至超過藥布本身。而進口的呢？泰國的、澳洲的，不知為什麼就又薄又白，我們根本就沒有彈性藥布。我們使用的夾板也是繳獲來的，法國的、德國的；而我們國產的夾板呢？簡直就像是滑雪板，而不是醫療器材。你隨身能攜帶幾條？我曾經用過英國製的，分別用在前肩、膝蓋、腰部，有拉鍊，還可充氣。把手伸進去就可以拉上，斷的骨頭就固定住了，運輸時還可以防震。

九年來，我國沒有開發任何新產品。藥布和原來的一樣，夾板也是原來的那種。蘇聯士兵是最廉價的士兵，也最耐用，最容易打發。缺乏裝備，毫無防護，像消耗品。一九四一年如此，五十年後仍然如此，為什麼？

別人對著你開槍，而不是你朝他們開槍，那是可怕的。如果經常想這些事，就可以活下來。我時時刻刻都惦記著這一點。我從來沒坐過第一輛和最後一輛裝甲運輸車，從來不把雙腿伸進艙口，最好讓它們在裝甲鋼板外邊吊著，免得爆炸時被炸斷。我總是隨身帶著能抑制恐懼的德國藥片，可是沒人用過。我有一件防彈背心，但一樣糟糕！我國生產的防彈背心抬不動，穿起來重到根本無法行動，而美製的防彈背心沒有一點鐵的東西，使用的是一種子彈穿不透的材料，穿起來跟穿運動服差不多。用「馬卡洛夫」牌手槍近射也打不穿，用自動步槍在一百公尺內才能打穿。我們的頭盔是三〇年代的愚蠢樣式，是二次大戰留下來的……（陷入沉思）那裡許多事情都讓人覺得丟臉，為什麼我們這麼落後？美國睡袋是一九四九年的樣式，天鵝絨非常輕。日本睡袋品質很好，只是短了些。我國的棉襖至少有七公斤重。我們從擊斃的傭兵身上扒下上衣、長簷帽、中國褲子，中國褲子不會勒股溝。什麼都要，連三角內褲也不放過，因為內褲不夠用，還有襪子、休閒鞋。我弄到一把小手電筒、一把匕首。

隨時隨地都感到肚子餓，餓得厲害！我們獵野羊，凡是離群五公尺的羊都算是野羊。有時也以物換物，用兩公斤茶葉可以換一頭羊，茶葉是繳獲的。從火線上還能帶回一些錢——阿幣，誰官大，誰就從我們手中搶走。他們當著我們的面就把錢分了，不回避，不躲躲藏藏。你要是把阿幣塞進彈殼裡，上邊撒點火藥，或許還能留下兩張。

有的人想喝醉，有的人想活命，有的人盼望獲獎，我也想獲獎。在蘇聯國內見了面，人家會問：

「喏，你得了什麼？怎麼，司務長，你只管過軍需？」

我為自己的輕信感到委屈。政治部副主任讓我們接受的是他們早已弄清楚，自己也不信的事。回國前，政治部副主任叮囑我們什麼可以講，而什麼不可以講。不能講陣亡的人，因為我國軍隊既龐大又強大。違反規定的關係也不能傳播開來，因為我國軍隊既龐大又強大，道德也是健康的。照片要撕碎，底片要銷毀。我們在這邊沒有射擊，沒有轟炸，沒有下毒，也沒有爆破，我們是龐大的、強大的、道德無虞的軍隊……

海關把我們攜帶的各種禮品都沒收了：化妝品、頭巾、手錶……

「弟兄們，禁止攜帶這些東西。」

沒收的東西根本不登記，成了他們撈的外快。春天的綠葉真香，女孩身穿薄薄的洋裝走在路上。腦海裡閃現出斯維特卡．阿弗什卡，然後又消逝了（我不記得她的姓，大家都叫她阿弗什卡）。她到達喀布爾的第一天，就和一個士兵睡了一夜，得了一百阿幣。後來她弄清楚了行情，兩週以後，收費三千阿幣，士兵付不起。「保爾．柯察金」哪裡去了？他的本名叫安德列．柯察金，因為姓柯察金，所以便叫他「保爾．柯察金」了。

「保爾，你瞧瞧，多麼漂亮的女孩！」

安德列有個女友，她把自己的結婚照寄給他。我們一夜一夜地陪著他，怕他出事。有一天早晨，他把照片掛在山岩上，然後用機關槍打得粉碎。

「保爾，你瞧，多麼漂亮的女孩！」

我在火車上做了一個夢，夢到我們準備出發去打仗。薩沙．克里夫佐夫問道：

「為什麼你只有三百五十發子彈，而不是四百發？」

「因為我這兒裝著藥。」

他沉默片刻，又問了一句：

「你能夠打死那個阿富汗女孩嗎？」

「哪一個？」

「就是那個讓我們中了埋伏的女孩。你還記得吧，咱們犧牲了四個人的那次？」

「我不知道，也許不會把她打死。我在幼兒園和小學時，大家就都說我喜歡女孩，因為我總是保護女孩子。你能打死她嗎？」

「我感到羞恥……」

他沒有把話說完，不知他為什麼感到羞恥，這時我醒了。

到了家裡，薩沙母親的電報已經在等我：「速來，薩沙已陣亡。」

「薩沙，」我來到墓地，「畢業考時，回答關於科學共產主義的問題，我對資產階級多元論進行了批判，因而得了五分*，我為此感到羞恥。你了解我的意思……當時去阿富汗時，我們是盲目的。現在大家都說這場戰爭是我們的恥辱，可是不久前，上頭才頒發給我們國際主義軍人紀念章。我沒有吭聲，還道了謝。」薩沙，你在那邊，而我在這裡。

我必須跟他說說話……

——一位司務長，偵察連衛生指導員

我的孩子個頭小，出生時只有兩公斤、三十公分，很小一個，像個小女孩。我抱他的時候，總是戰戰兢兢。

我摟著他說：

「你是我的小太陽。」

除了蜘蛛以外，他什麼也不怕。那年他剛滿四歲，我們給他買了一件新大衣。有一次，他從街上回來，我把大衣掛在衣架上，後來我在廚房裡聽到啪嗒啪嗒的聲音。我跑了出來，只見門廳到處是青蛙，青蛙是從他的大衣口袋跳出來的。

他把青蛙捉起來：

「媽咪，你別怕，青蛙可善良了。」然後他又把青蛙裝進大衣口袋。

「你是我的小太陽啊！」

他喜歡戰爭玩具。我們送給他坦克、衝鋒槍、手槍，他把槍掛在身上，滿屋子昂首闊步地走來走去。

「我是兵，我是兵。」

「你是我的小太陽喲，你玩點和平的玩具吧。」

「我是兵，我是兵。」

他該上小學一年級了，到處買不到適合他穿的衣服，每一件都嫌大。

「你是我的小太陽啊。」

他應徵入伍。我祈禱上帝，不是別把他打死，而是不要有人打他。我怕比他力氣大的孩子會欺負他，他個頭太小了。我聽說，有人被逼著用自己的牙刷清洗馬桶，給別人洗內褲。我真怕這些事。

他來信要求：「把你們的照片都寄來給我，媽媽的、爸爸的、妹妹的，我要出發了。」

信裡沒有寫他到哪兒去。兩個月以後，他從阿富汗寄來一封信：「媽媽，你別哭，我們的裝甲非常牢固。」

你是我的小太陽啊……我們的裝甲非常牢固。

＊從一九一七年起，蘇聯和解體後的俄羅斯等國家，教育評分實行五分制，最高分五分即為優秀。

我已經開始在等他回家了，再過一個月他的服役期就滿了。我給他買了小襯衫、小圍巾、小皮鞋，這些東西現在都放在櫃子裡。哪怕下葬，也要讓我親手幫他穿上。我會親手給他穿上，但就是不准開棺……我真想再看一眼我的小兒子，再摸摸他……他們是不是給他找到了合身的制服？他躺在棺材裡，身上穿的是什麼衣服？

頭一個來到家裡的，是軍委會的一位大尉：

「請您保重，伯母。」

「我兒子在哪裡？」

「在這兒，在明斯克，馬上就會把他運回來。」

我一下子跌坐在地上：

「你是我的小太陽啊！！！」我站起來，舉著雙拳撲向大尉：

「為什麼你活著，可我的兒子卻不在了？你這麼壯、這麼有力，他那麼小。你是個大男人，他還是個小孩子。為什麼你活著！」

他們把棺材運來了，我敲打著棺材：

「你是我的小太陽！你是我的小太陽啊！」

我現在常到他的墳上去，撲在墓碑上，摟住它：

「你是我的小太陽啊！」

——一位母親

我抓了一把故鄉的土，裝在衣服口袋——在火車上產生了這麼一種感情……

耶！戰爭！我要去打仗了。我們之中當然也有膽小鬼。有個小夥子，檢查視力時審批委員會沒有通過，他興高采烈地跳著出來：「真走運！」跟在他後頭的是另一個小夥子，他也沒有通過。這個小夥子差點哭了：「我有什麼臉回自己的部隊呀？那裡為我舉行了兩個星期的歡送會。如果發現我有胃癌還說得過去，結果是牙病。」他穿著內褲就衝到將軍面前：「只因為我的牙齒有毛病就不要我，那麼讓他們把我那兩顆牙拔掉就是了！」

在學校裡，我的地理課是五分。我閉上眼睛想像：山巒、猿猴，我們曬太陽，吃香蕉；而實際情況是這樣的：我們坐在坦克上，一身軍大衣，一架機槍朝右，一架機槍朝左，後邊的一輛坦克上機槍朝後，所有砲眼都開著，自動步槍從砲眼裡伸向外邊，坦克活像一隻鐵刺蝟。路上遇見了我們的兩輛裝甲運輸車，小夥子坐在車上，穿著白色條紋汗衫，戴著巴拿馬帽。他們望著我們，笑得東倒西歪。我看見一個被擊斃的傭兵，受到很大震撼。那個小夥子鍛鍊得像個大力士。我進了山，不知道應該怎麼踩著石頭走路，不知道是否應該先邁左腳。背著電話機爬十公尺高的山崖……一聽到爆炸聲就閉上嘴巴，其實應當張開嘴，否則耳膜會被震破。他們分發防毒面具給我們，頭一天，我們就把防毒面具扔了，「杜赫」沒有化學武器。我們把鋼盔也賣了，戴在頭上只是多餘的負擔，而且像炒鍋似的燙人。我有一個問題：「從哪兒能再偷一個裝滿子彈的角狀子彈盒？」他們發給我們四個，第五個是用第一次領到的軍餉從同志那兒買的，第六個是別人送給我的。作戰時要留下最後一個角狀子彈盒和最後一顆子彈——這是為自己準備的，必要時對準自己的牙齒來一槍。

我們來到這裡是為了建設社會主義，可是卻用鐵蒺藜把我們給圈了起來：「弟兄們，不能到那兒去，不要進行社會主義宣傳，因為已經為宣傳工作派來了專門人才。」不信任我們，真讓人氣惱。我和一個阿富汗商人說：

「你過去的生活方法不對，我們現在教會你，我們來建設社會主義。」

他微微一笑：

「革命前我做生意，現在照樣做生意。你回家去吧！這是我們的山。我們自己知道怎麼辦。」

在喀布爾市裡，女人向我們的坦克扔木棍、石頭，小孩子罵娘，不帶口音*：「俄國人，滾回家吧！」

我們在這兒幹什麼？

對方用火箭筒朝我們射擊，我及時端起了機槍，這一次救了我的命。子彈向前胸飛來，打穿了我的一隻手，彈片刺入另一隻手。我還記得，那是一種軟綿綿的、舒服的感覺，一點也不疼。我還聽到有人在我頭上喊了一聲：「射擊！射擊！」我扣動扳機，但機槍不響，我一看，我的一隻手已經無力垂下了，流滿了鮮血。我還以為自己在用手指扣扳機，但其實我已經沒有手指了。

我還沒喪失意識，和大家一起從坦克車裡爬了出來，有人給我纏上了止血帶。必須往前走，我邁了兩步就昏倒了，我流了大約一．五公升的血。我聽見有人在喊：

「我們要被包圍了。」

有人說：

「必須把他甩掉，否則我們都得完蛋。」

我央求道：

「開槍把我打死吧。」

有個小夥子馬上走開了，另一個小夥子拉了一下自動步槍，但他的動作很慢。慢的時候，子彈可能會卡住。子彈果然卡住了，他把自動步槍扔掉了：

「我下不了手！給你，自己動手吧。」

我把自動步槍挪到身邊，但一隻手怎麼也不行。

我很走運，不遠處有個小溝，我躲在溝裡的一塊石頭後邊。「杜赫」從旁邊走過，沒有發現我。我心想：「一旦被他們發現，就得用什麼東西把自己打死。」我摸到一塊大石頭，挪到自己身邊，比畫了一下。

早晨，我們的人發現了我。昨晚逃走的那兩個人，用短呢衣把我抬了回去。我明白了，他們怕我把實情講出來，其實我已經無所謂了。到了軍醫院，有人馬上把我抬上手術台。外科醫生走到跟前：「截肢。」我醒過來後，發現缺了一條手臂。躺在軍醫院裡的人什麼樣子的都有，少一

＊指阿富汗小孩用俄語罵人，發音很純正。

條手臂的、少兩條手臂的、缺腿的。大家都在偷偷地哭泣，有時借酒澆愁。我開始學習用左手拿鉛筆。

我回家後去看望外公外婆，再沒有別的親人了。外婆哭個沒完，心愛的外孫缺了一條手臂。外公對她喊了一聲：「你不懂黨的政策！」熟人見了面，便問：

「帶回羊皮短衣了嗎？帶回日本錄音機了嗎？什麼也沒帶，難道你這也算去了一趟阿富汗嗎？」

我應當帶一枝自動步槍回來的！

我開始尋找自己的弟兄。他們到過那邊，我也到過那邊，我們有共同的語言，我們相互理解。校長找我談話：「我們錄取你了，你的成績是三分，我們給你發獎學金。你不要再去找他們……你們為什麼要在公墓裡聚會？這是鬧事。」上頭不許我們聚會，說是怕我們散播不當的謠言，引起騷動。如果我們組織起來，就會為自己的權利而戰。他們應當分給我們房子，我們要求他們援助長眠在墳墓中的小夥子的家人，我們還要求他們豎立墓碑，把墳墓用欄杆圍起來。請告訴我，誰需要這些呢？有人勸我們：「弟兄們，不要大肆散播發生過的事和你們所見到的一切，那是國家機密！」十萬士兵駐紮在另一個國家，而那是機密。甚至喀布爾的天氣有多麼炎熱，也是機密。

戰爭不會使人變好，只能變壞。反正都一樣。我永遠不會回到參戰前的那一天了，不會成為戰爭前的那個人了。我見過有人用兌換券，從醫務人員手中購買黃疸病人的兩杯尿，他喝下去後，病了，醫務委員會讓他病退。我見過有人怎樣用槍打掉自己的手指頭，怎樣用雷管、機槍的閉鎖機讓自己殘廢。我還見過有人怎樣用一架飛機同時把鋅皮棺材，還有裝滿皮毛、牛仔褲、女人內褲，以及中國茶葉的箱子運回國去……見過這些以後，我還怎麼能變好？

過去一提到祖國，我的嘴唇就會激動得發抖。如今我什麼也不相信了。為什麼而戰呢？讓我們去打仗，我們打了。喏，這就行了。也許是為我們的某種事業去打仗？每個世代，都免不了有自己的戰爭。現在各家報紙都說：「一切都正確。以後也正確。」與此同時，又開始說我們是殺人犯。相信誰呢？我不知道。我現在已經誰也不相信了。報紙？我現在不看報，連報紙也不訂了。今天這麼寫，明天那樣寫。現在的時局就是這樣，重建，琳琅滿目的真相，而我的真相在哪裡？我有一些朋友，我相信他們，他們幹什麼我都信得過。其他人，我誰也不信。我在這兒已經六年了，我什麼都見過。

發給我一張殘障軍人證書——享受優待吧！我走向為參過戰的人所準備的專用窗口：

「毛孩子，往哪兒擠？你走錯地方了。」

我咬緊牙關，一聲沒吭。我聽到背後有人在說：

「我保衛過祖國，但這個小子……」

不認識的人問：

「你的手呢？」

「喝醉酒，摔倒在電車下邊，壓斷了。」

他們相信，還連連惋惜。

不久前，我在作家瓦連京．皮庫里的長篇小說《我有幸》*中讀到這麼一段話：「現在（指一九〇五年俄日戰爭的可恥結局）很多軍官申請退伍，因為不管他們出現在哪裡，都會遭到鄙視和嘲笑。事情發展到軍官連穿軍服都感到丟臉，所以他們總是儘量穿便服露面。軍人裡甚至連嚴重傷殘的瘸子，都引不起他人的憐憫。如果沒有腿的乞丐說，他的腿是在涅瓦大街和鑄造大街拐角處被電車壓斷的，說他們與在瀋陽和遼陽的戰役毫無關係，那麼施捨給他們的錢還會更多些。」再過不久，關於我們也會這麼寫了。

我覺得，現在我甚至可以考慮換一個國家，離開此地。

——一位通信兵

我是自己申請的，總想參加這場戰爭，覺得有意思。

我心裡想像著那邊的情景。我想知道，如果我有一顆蘋果、有兩個朋友，我餓，他們也餓，我把蘋果給了他們，我會有怎樣的感受？我以為在那邊，大家會和睦相處，人人都是兄弟。所以我才想去那邊。

我下了飛機，瞪圓眼睛望著群山，一個退役的小夥子戳了一下我的腰（他已經準備飛回蘇聯了）：

「把皮腰帶給我。」

「什麼？」這條皮帶是我從外國人手裡買來的。

「混蛋！反正早晚會從你手中收走。」

第一天，皮帶就被收走了。我還以為「在阿富汗，大家都和睦相處」是真的呢！白痴！新兵也不過是一件物品罷了。夜裡可以把他叫醒，用椅子、棍棒或用拳頭打他，用腳踢他。白天可以在廁所裡揍他，把他打個半死不活，搶走他的旅行包、豬肉罐頭、餅乾（誰有就搶誰的，誰帶來了就要誰的）。沒有電視機，沒有收音機，沒有報紙，大夥兒按恃強凌弱的法則找樂子。「小黃雀，給我洗洗襪子。」這還算客氣。有的人會說：「喂，小黃雀，給我把襪子舔乾淨了。好好地舔一舔，讓大家都能看見。」溫度高達七十度，走在路上晃晃悠悠。怎麼欺負你都可以，可是打起仗來，這群「爺爺兵」衝在前邊，掩護我們，搭救我們，這也是事實。但一回到兵營：「喂，小黃雀，給我舔舔襪子……」

這些比第一次參加作戰還可怕。第一次參戰還滿有意思的，好像在看電影。我在電影裡見過幾百次衝鋒陷陣的場面，原來都是胡編濫造的。真正打起仗不是步行前進，而是奔跑，不是弓著身子、姿勢很美地碎步跑，而是拚著命奔跑，運足氣力，像瘋子，像發瘋的兔子轉來轉去地奔跑。我過去愛看紅場閱兵式，愛看那些武器裝備從眼前經過。現在我明白了，以此誇耀是不合適的。我現在的感覺是快把這些坦克、裝甲運輸車、自動步槍放回原地，加上護套，愈快愈好。因

* 俄羅斯總參謀部一名軍官的懺悔錄。

為那些設備都是要用來消滅人的，要把人炸成灰燼，化為塵土的！要把像你這樣的人……最好是讓所有在阿富汗戰爭中裝上義肢的人，都在紅場上走一趟。那麼，我會去的，我要讓大家看看。像我這樣，兩條腿從腰部以下被截掉的人……如果只從膝蓋以下截肢，那該有多幸運！那麼，我就是個幸運的人了。我羨慕只從膝蓋以下截肢的人。包紮之後，我蠕動了一個多小時，沒有義肢，身體突然變得這麼小了。我躺在那裡，穿著泳褲和空降隊員的條紋衫，條紋衫那麼大件，和我的身體一樣長。一開始，我不讓任何人來看我，我一句話也不說。哪怕留下一條腿也好啊，現在連一條腿也沒了。最難做到的，就是要忘掉你曾經有過兩條腿。

我對母親下了最後通牒：「你要再哭，就別來了。」我在那邊最擔心的是被打死，把我的屍首運回家，那樣母親肯定會哭死。每場戰役之後，我們可憐傷患，但不可憐死者，而是可憐他的母親。在軍醫院裡，我本想對護理員說聲謝謝，可是說不出來，連這樣的話都忘了。

「想不想再去阿富汗一次？」

「想啊。」

「為什麼？」

「在那邊，朋友是朋友，敵人是敵人。但是在這兒，我常常問自己：『我的朋友為何陣亡？為這些腦滿腸肥的投機商？為了上頭當官的？還是為了那些只要早上有瓶啤酒就好，對其他事情一概不在乎的年輕人？』這兒的一切都不對勁，我總覺得自己是個陌生人。」

我在學習走路。走在路上，後邊有人催我，我摔倒了。我命令自己：「保持鎮靜。」第一道命令，翻過身，用手撐住；第二道命令，起立，向前走。「頭幾個月不像走路，更像爬行。我在爬行。這是那邊最鮮明的畫面：長著一副俄羅斯面孔的黑小子，那邊這樣的人很多。要知道，從一九七九年起我們就在那邊了。七年啊！我還會到那邊去的，一定去！如果兩條腿不是從腰部以下被截的話，如果只是從膝蓋以下截肢的話……

我會去的。

——一位迫擊砲手

我曾經問自己：「我為什麼會去？」我能講出一百個理由，但主要的答案在這首詩裡，不過我已不記得是誰寫的了。或許是我們其中一個人寫的吧？

世上有兩件東西，好像是一個：
第一是女人，第二是美酒。
比酒更甘美、比女人更香甜的，
對男人來說，是戰爭。

我曾經羨慕那些到過阿富汗的同事，認為他們積累了非常豐富的經驗。這些經驗在和平的年代怎能學到？我在市立大醫院當外科醫生，已經十年了。送來的第一批傷患，我一看，差點被嚇瘋。一堆肉，沒有胳膊，沒有腿，還在喘氣，就連病態虐待狂影片裡也看不到這種慘狀！我在那邊做的種種手術，在蘇聯無法想像。年紀輕輕的女護士受不了，有的哭，連說話都變得結結巴巴了，有的哈哈大笑，笑個沒完。有位護士站在那兒，一直傻笑。這些護士後來都被送回國了。

人死的時候，完全不像電影裡所表現的那樣，跟史坦尼斯拉夫斯基*片子裡演的不一樣：一顆子彈擊中頭部，雙手一揚，就倒下去了。實際情況是：子彈擊中腦袋，腦漿四濺，中槍的人帶著腦漿奔跑，能跑上半公里，一邊跑一邊抓腦漿。這是你想像不出來的。他會一直跑到斷氣為止。與其看到他那種樣子，聽他抽泣、哀求一死了之，早些擺脫痛苦，倒不如讓他開槍打死自己輕鬆些，如果他還剩下一點氣力的話。另一個躺著的，恐懼悄悄地攫住了他的心，他的心開始打鼓，他大喊大叫。測量一下他的脈搏，跳得正常，於是你放心了。但腦子在等待身體衰竭，不等你離開病床，這個娃娃兵已經不在人世了。但他前一刻還活著……

這類往事一年半載是忘不掉的。等到這些娃娃兵長大以後，他們會再次經歷這一切，他們的看法也會改變，有些事情會遺忘，有些會從回憶深處冒了出來。我父親是二次大戰時的飛行員，他什麼都沒有講過，總是沉默不語。那時候我不了解他，現在我能了解了。我敬重他的沉默。回憶，就像把手伸進火裡。只要提個醒，暗示一下就夠了。昨天我看報上說，某個人自衛到剩下一顆子彈，最後一發子彈打死了自己。把自己打死了，這是什麼意思？戰場上的問題明擺著，不是你把他打死，就是他把你打死。顯然，你應該留下來。大家都撤走了，只有你在掩護他們，不管你是接受命令，或是自己做了這樣的決定，你一定知道自己選擇的是一條死路。我深信，在那個瞬間，心理上不難承擔這種行為。在那種情況下，自殺被看成是正常的事，很多人都做得出來，以後大家會把他們稱為英雄。在日常生活中，自殺者被視為不正常的人。但是在那邊呢？那邊的一切都是顛倒的，標準不一樣……報紙上的兩行字，弄得你一夜不能闔眼，讓你心裡的一切都翻騰了起來。

凡是到過那邊的人，都不願意再打仗了。硬說樹上長著能吃的肉，這話騙不了我們。不管我們是什麼樣的人——天真無邪、殘酷無情、愛妻子愛孩子，或者不愛妻子不愛孩子，反正我們都殺過人。我在國外部隊裡了解到自己的地位，但我一點也不後悔。現在大家都在談論負罪感，我沒有負罪感，有罪的是那些派我們到那邊去的人。我高高興興穿著阿富汗的作戰軍裝，覺得自己穿上這種軍裝就是個男子漢。女人讚歎著！有一天，我穿著阿富汗作戰軍裝走進一家餐館。接待員盯著我，我等著她說話。

「怎麼，看我穿軍裝不妥？喂，給心靈燒焦了的人讓出一條路來。」

看誰敢說不喜歡我的野戰軍裝，看誰敢吭一聲。不知為什麼，我總在尋找這麼一個人。

——一位軍醫

---

*俄國著名戲劇和表演理論家，曾經執導多部戲劇作品。

我的第一個孩子是女兒。

女兒出生前，丈夫對我說，是男是女都一樣，最好是個女兒，然後再有個小弟弟。她會幫弟弟綁鞋帶。果然如此。

丈夫往醫院打電話，我回答說：

「女兒。」

「好，就要兩個女兒。」

這時，他們告訴了他實情：

「你有了個兒子，是兒子！」

「謝謝！謝謝你們！」

他為自己有了兒子表示謝意。

第一天，第二天，護士給母親送來了自己的嬰兒，但沒有我的。誰都沒說什麼。我開始哭，發著燒。女醫生來了：「年輕的媽媽，您傷心什麼？您的兒子真是健壯。他還在睡覺，怎麼也不肯醒來。他還不餓，您別著急。」她把嬰兒抱來了，打開襁褓，他還在睡。我的心放下了。

要給兒子取個什麼名字呢？想從三個名字中挑選一個：薩沙、阿廖沙或米沙。三個名字我都喜歡。女兒塔涅奇卡跟父親一起來看我，她說：「我抽了一個籤兒。」「什麼籤兒？」原來他們做了幾個籤兒，扔在帽子裡，然後抽籤。兩次抽出來的都是「薩沙」，兒子的名字是塔涅奇卡選定的。

兒子生下來就很重，四公斤半，身長六十公分。我記得他十個月就會走路了，一歲半就能說話了，可是一直到三歲，他還發不清楚P和C的音。他第一次看見大海，就叫了起來：「我不是媽媽生的，是海浪把我拋上岸的。」

五歲那年，我送給他第一本相簿。他一共有四本：兒時的、小學的、軍校時期的和「阿富汗」時期的（裡邊只有他寄來的三張照片）。女兒也有自己的相簿，他們兩人我都單獨存了一本又一本。我愛家，愛孩子，我還給他們寫詩：

從春天的積雪下，
雪蓮冒出了嫩尖。
正是滿園春色時，
我的兒子來到了人間。

過去我在學校時，學生都喜歡我，我那時也總是歡歡喜喜的。

兒子愛玩「哥薩克抓強盜」的遊戲，愛說：「我是勇敢的人。」那時他才五歲，塔涅奇卡已經九歲了。我們乘船順著伏爾加河旅遊，下了輪船，從碼頭到外婆家，約有半公里路。薩沙站著不走。

「我不走。抱著我去吧！」

「你這麼大了，還要人抱？」

「反正我不走路。」

他就是不走。後來我們總跟他提起這件事。

他在幼兒園時喜歡跳舞。他有一條紅色的燈籠褲，曾經穿著這條褲子照相，那些相片都還保留著。在八年級以前，他集郵，集郵冊現在也保留著，後來他又收集各種各樣的紀念章，留下了一整盒。他還喜歡音樂，現在也留了幾盒錄音帶，都是他喜歡的歌曲。

少年時代，他一直想成為音樂家。但看來他是天生的軍人，繼承了軍人父親的一切。我們始終住在軍人市鎮裡：他和士兵一起喝粥、擦洗汽車，誰也沒有對他說過一個「不」字。當他把證件寄給軍事學校時，大家都說：「好孩子，你將保衛我們的祖國。」他的學習成績優良，中學時就一直是個積極份子，以優秀的成績畢業於軍事學校，領導還寄來感謝狀。

一九八五年，薩沙在阿富汗。我們為他感到驕傲，他終於參戰了。我向我的學生講述薩沙的事，還有他朋友的事。我們盼望他休假時能夠回家來。不知道為何，我們從來不曾想過他會遭逢厄運。

搬到明斯克市以前，我們住在各地的軍人市鎮，並養成了一種習慣：家裡頭從來不鎖門。任何人不用按門鈴，就直接進屋：「你們是不是叫了修理電視機的師傅？」他和朋友從喀布爾飛到塔什干，在那兒買到了到頓涅茨的機票，沒有更近的機場了，然後從頓涅茨（當時明斯克不接受轉機）飛往維爾紐斯。在維爾紐斯要等三小時的火車，他們嫌時間太長，認為離家只有兩百公里，家已近在眼前，就租了一輛汽車。

他曬得黝黑、身材瘦削，只有一口牙閃著白光。

「我的好兒子，」我哭了，「你好瘦呀！」

「媽媽，」他抱起我來，滿屋子轉。「我活著！我活著！媽媽，你明白嗎？我還活著！」

兩天以後是新年，他把禮物藏在樅樹下。他買給我一條大圍巾，黑色的。

「好兒子，你怎麼選了一條黑色的？」

「媽媽，那邊什麼顏色都有，可是輪到我買時，就只剩下黑色的了。你瞧瞧，你圍上很適合。」

我就是圍著這條頭巾埋葬了他，兩年裡再也沒有拿掉過。

他一向喜歡幹些意想不到的事，說那是「意外的小禮物」。他和姊姊小的時候，發生過這麼一件事。有一天，我和先生回到家裡，發現姊弟兩人都不在。我到鄰居家去找，到街上去找，哪兒都找不著，誰也沒有見到他們兩個。我大叫起來，急得直哭。這時，裝電視機的空箱子突然掀開了（我們買了一台電視機，還來不及把箱子扔掉），從箱子裡鑽出了我們的一對兒女：「媽咪，你哭什麼？」原來他們已經鋪好了餐桌，燒好了茶水，左等右等，卻不見我們回來，於是薩沙就想藏在箱子裡，給我們一個「意外的小禮物」。結果，藏著藏著，兩人就睡著了。

兒子個性溫柔，男孩子像他這麼溫柔的不多見。他總是親吻我，擁抱我：「媽咪，我的好媽咪。」從阿富汗回來後，他變得更溫柔了，家裡的一切他都喜歡。有時，他會一聲不響地坐著，誰也看不見。他夜裡有時會跳下床，在屋裡踱來踱去。有一次，他叫喊著醒了：「火光！火光！

媽咪，有人在開槍。」還有一次，夜裡我聽到有人在哭。我們家誰會哭呢？沒有小孩子了。推開他的房門，他正用雙手抱著頭在痛哭。

「乖兒子，你哭什麼？」

「太可怕了，媽媽。」然後他就不再說話了，既不對父親說，也不對我說。

他和往常一樣走了。我給他烤了一袋子的核桃餅乾，這是他愛吃的點心，整整一個袋子，讓他能請大家都嘗一嘗。他們在那邊肯定會想吃家鄉的東西。

第二次，他還是過年時回來。原本是說好夏天返家的，他在信裡說：「媽媽，儘量多做些糖煮水果，多做些果醬，我回來要把它們吃光喝淨。」從八月拖到九月，他在信裡說想到森林裡去玩玩，想採集香菇，但是他沒有回來。十一月過節時，也不見他回來。我們收到他的信，他說：「我還是過新年時回去吧，你們認為是否更合適？有小聖誕樹，十二月爸爸過生日，媽媽的生日是一月吧？」

十二月三十一日，我整天留在家裡，哪兒也不去。在這之前，我收到一封信：「媽媽，我提前向你預訂黑果餡餅、櫻桃餡餅和奶渣餡餅。」先生下班回來後，我決定讓他在家中等兒子，自己去商場一趟，買了一把吉他。早晨我剛剛收到一張明信片，說吉他已經開始在賣了。薩沙要求過：「別買貴的，買個普通的，能在院子裡彈彈就行。」

我從商場回來，他已經到家了。

「哎呀，我的寶貝兒子，我沒能等到你！」

他看見了吉他：

「好漂亮的吉他！」他滿屋子跳來跳去：「我到家了，家裡多好啊！咱家大門口的味道都不一般。」

他說我們的城市是最漂亮的，街道是最漂亮的，樓房是最漂亮的，院裡的槐樹是最漂亮的。他愛這棟樓房。可是，現在我們住在這棟樓裡太難過了，什麼東西都讓人想起薩沙，要想離開也難，他當年愛這裡的一切。

這次他回來後變了樣。不僅是我，家人都發現了這點，連他的朋友也發現了。他對朋友說：「你們多幸福！你們都想像不出自己多麼幸福！你們天天都像在過節。」

我在美容院做了新髮型，回到家裡，他很喜歡：

「媽媽，你永遠留這種髮型吧，你真美！」

「我的好兒子，天天做這種髮型，需要很多錢。」

「我帶錢回來了，都給你們，我用不上。」

有個朋友生了兒子，我還記得他帶著某種表情懇求：「讓我抱一抱吧。」他把孩子抱到手上，神情平靜下來。假期快結束時，他鬧牙疼，他從小就怕看牙。我拽著他的手，把他拖到衛生所。我們坐在那裡，等著叫號碼，我看到他嚇得臉上直冒汗。

電視裡正在轉播阿富汗的新聞，他走到另一個房間。臨行前一週，他的眼裡流露出憂傷的神情，也許是現在的我才這麼認為？但當時，我是幸福的，兒子三十歲當了少校，是佩戴著紅星勳章回來的。在機場，我望著他都不敢相信，難道這個英俊的青年軍官是我的兒子？我為他驕傲。

過了一個月，他來了一封信。他向父親祝賀蘇聯建軍節，感謝我給他做的香菇餡餅。這封信之後，我不知出了什麼事，一直睡不好覺。我翻來覆去，躺到早晨五點，眼睛還睜著。

三月四日，我做了一個夢：茫茫一片原野，到處都有爆炸的白光。有什麼東西在燃燒，升起一條條長長的白色煙霧……我的薩沙在奔跑，他在奔跑，瘋狂地奔跑。他無處躲藏，這兒冒了一股煙，那兒又冒了一股煙，我跟在他後邊，想要追趕上他，希望趕在他前頭，讓他躲到我後面，就像當年在農村那次我們遇上了大雷雨一樣。我用自己的身軀遮住他，他在我懷裡，像隻小老鼠似的悄悄蠕動：「媽咪，救救我吧！」可是，這次我沒能追上他。他長得那麼高，步子那麼大，我拚命地跑，心臟都要爆炸了，還是追不上他。

大門響了一聲，丈夫進了屋，我和女兒正坐在沙發上。他穿著皮鞋、大衣，戴著帽子，穿過屋子，徑直走到我們面前。他從來不曾這個樣子，他一向規規矩矩，因為他一輩子都在部隊裡，做什麼都講紀律。他走過來，在我們面前，雙膝跪下：

「我們家發生了不幸。」

這時我發現，門廳裡還有一些人，護士、軍委會的人，以及我們學校的老師、我先生的熟人。他們相繼走了進來。

「薩沙，我的寶貝兒子！」

三年過去了，至今我們仍然不敢打開他的皮箱。那裡面裝著薩沙的東西，是和棺材一起運回來的，我覺得那裡有薩沙的氣息。

十五枚彈片一下子都打在了他身上，他只來得及說一句：「媽媽，我疼。」

為什麼？為什麼是他？那麼乖的孩子，那麼善良。他怎麼會不在了？這些念頭在慢慢地殺死我。我知道，我快死了，沒有活下去的意義了。我去找人談話，強迫自己去見大家。我和薩沙，和他的名字一起，我講他的情況。我在工學院報告，有個女大學生走到我面前，說：「如果當年少給他灌輸那些愛國主義的思想，他就不會死了。」聽她講完話，我感到不舒服，昏倒在台上。

我是為了薩沙才去的。為了紀念他。我以他為榮。但現在說，那是命運的錯誤，說誰也不需要那場戰爭，我們不需要，阿富汗人民也不需要。過去，我憎恨打死薩沙的人，如今我憎恨派他去那邊的國家。你們不要叫我兒子的名字，他現在只能是我們的，我不會把他交給任何人，連他的名字也不會交給任何人。

（過了幾年，她打電話給我）

我想接續說過的故事，先前的故事沒有結局，我當時沒有說完。我那時還沒準備好，不過，我現在不年輕了。半年前，我們從育幼院領養了一個小男孩，他叫薩沙，跟我們的薩沙小時候長得很像，也發不清楚P和C的音。我們把兒子找回來了。您了解我的意思嗎？我發誓，也要我先生發誓，絕對不讓他從軍……

絕不！

我開槍，就跟大家一樣開槍。我不知道這是怎麼回事，不知道這個世界是怎麼回事。我開槍了……

我們的部隊駐紮在喀布爾（她突然笑了起來），我們有間農舍閱讀室——其實是一間很大的廁所。媽媽咪呀，是個長二十公尺、寬五公尺的大坑，深度大概有六公尺，裡頭有四十個馬桶，木板隔間，每個隔間的釘子上都掛著《真理報》、《共青團真理報》和《消息報》。脫下褲子，嘴裡塞根香菸，點上火，就可以坐下來閱讀。讀到阿富汗的新聞，阿富汗政府軍進入了哪裡，攻占了什麼地方，完全沒提到我們。媽的，昨天我們可是有四十個小夥子死掉啊。才不過兩天前，我還和其中一個坐在馬桶上讀報紙，一起哈哈大笑。靠!!真想把槍管塞進嘴裡，把腦子打穿！意志消沉是很殘酷的玩意兒。到處都在說謊……軍營令人厭煩，食物難吃得讓人想吐。唯一開心的事，就是上戰場，進行突擊和出任務。不管是否會送命，我們都一心想去戰鬥，不是為了祖國或義務，而是因為我們需要刺激。好幾個月被圍在鐵蒺藜裡，連續四個月只吃蕎麥粥。早餐、午餐、晚餐清一色是蕎麥粥。但是戰鬥的時候會發口糧，裡頭有罐頭燜肉，有時候甚至會有阿倫卡牌巧克力。戰鬥結束以後，搜搜死人的身體，說不定會有大豐收：一瓶果醬、上好的罐頭和有濾嘴的香菸。我的老天，那可是萬寶龍香菸。我們蘇聯的香菸是獵人牌，您可能聽過吧？包裝上印著一個男人手持一根手杖走在沼澤裡，大家管這香菸叫「沼澤裡的死神」。以前還有個帕米爾牌香菸，那是「山裡的死神」。在阿富汗，我第一次吃到螃蟹和美國的罐頭燜肉，還抽了昂貴的香菸。沿路上，還可以繞進小商店裡順手牽羊，不是因為我們愛趁火打劫，只是人總想吃得好一些，睡得飽一點。上頭把我們從媽媽身邊帶走，跟我們說：「小夥子們，勇往直前是神聖的義務。你們滿十八歲了，這是你們的責任。」靠！

我們一開始就被送到塔什干。一位大腹便便的政治部副主任說：「想去阿富汗的人就寫申請書。」一群小夥子趕緊寫了：「謹此申請派遣至……」我沒有寫申請書，但是，第二天所有人都拿到口糧和軍餉，然後被裝上卡車，載到解送站。傍晚時，解送站的老兵走過來說：「各位，把蘇聯的錢幣交過來，你們要被送去的地方用的是阿富汗尼。」搞什麼！把我們像羊群一樣載來載去。有人是自己申請去阿富汗的，所以很高興；有人不想去，變得歇斯底里，哭個不停；有人喝一堆含有酒精的古龍水消愁。媽的，我則是感到很空虛，覺得一切都無所謂了。我心裡想：「真是見鬼了。怎麼沒有進行特訓？靠！這會兒可是送我們上貨真價實的戰場耶。」連教我們射擊都沒有。在校時，射擊過幾回？只有三次，打了六匣子彈。媽呀！對喀布爾初步的印象是……沙子，滿嘴的沙子，還有，抵達頭一天值勤的時候，我就被復員軍人狠狠修理了一頓。霉運一大早就找上門：「馬上過來！碗盤洗好了沒？快！站住！姓什麼？」他們的拳頭不會往你臉上招呼，而是朝胸口打，打在士兵制服的鈕扣上頭，因為扣子很容易陷進肉裡，這樣一來，才不會被軍官發現。輪到站崗我就開心，因為不會碰到老鳥或是復員士兵，兩個小時都不會有人找我麻煩。我們到達的四天前，有個菜鳥朝復員士兵住的帳篷丟了顆手榴彈。砰，七個復員士兵就沒了，彷彿他們壓根不存在似的。事後菜鳥將槍管塞進嘴裡，把腦子打穿了。八個人都被列入戰鬥傷亡名單。戰爭母親可以把什麼都列入傷亡名單，靠！吃完晚飯，老鳥把我叫到跟前：「喂，莫斯科來的（我來自莫斯科近郊），去煎盤馬鈴薯。四十分鐘，計時開始。快去！」接著朝我屁股踹了一腳。問題是：「我上哪去找馬鈴薯？」答案是：「你還想不想活命？」煎馬鈴薯要青蔥、辣椒和葵花油，上頭還要撒上月桂葉。我晚了二十分鐘，他們把我痛揍了一頓。馬鈴薯是在直升機飛行員那裡找到的，那裡的菜鳥正在替軍官削馬鈴薯，我直接拜託他們：「各位弟兄，給我些馬鈴薯吧，不然我會被打死的。」他們給了我半桶馬鈴薯，還指點我：「找我們的廚師要葵花油。他是烏茲別克人，給他講講各國民族的友誼，他愛聽這一套。」烏茲別克人給了我油和用剩的蔥。我在溝壑裡生火把馬鈴薯煎好，接著快跑回去，以免拿回去時鍋子涼了。現在讀到報上寫什麼阿富汗部隊裡的兄弟情誼，我就忍不住想哈哈大笑。總有一天，有人會用這個主題拍部電影，大家都會相信的。至於我啊，如果去看這樣一部片子，也只是為了重溫阿富汗的風景。在那裡，一抬頭就看到高山！紫色的山。還有天空！可是你卻像在坐牢一樣。就算「杜赫」沒有要了你的命，自己人也會把你打死。回到蘇聯以後，我跟一個坐過牢的人講這些情形，他不相信自己人會這樣欺負自己人。他說：「不可能！」他可是坐了十年的牢，什麼場面沒見過！媽的，要不發瘋，要不生病都難！有人酗酒，有人吸毒，吸大麻、喝私釀的酒。酒是用手邊能弄到的東西釀出來的：葡萄、糖、桑椹、酵母，再加一堆麵包。香菸不夠的時候，就拿茶葉代替菸草捲進報紙裡。抽起來味道難聞死了！不過會有煙。當然，還有廉價的毒品——大麻。有人吸毒後會發笑，一面走，一面笑；有些人會爬到桌子底下，坐到天亮。沒有這些，沒有毒品和私釀酒，我們早就發瘋了。上頭給你兩盒子彈，派你去站崗，如果出了狀況，六十發子彈可以打上半分鐘。「杜赫」的狙擊手受過精良訓練，只要看到香菸的煙或是火柴的亮光就能開槍射擊。

我知道了，我不再跟您談戰爭，改談談人。談那個我們書本裡很少描寫的人。大家都怕他，把他藏起來。來談談這個純生物學上的人。別牽涉到理想，我聽到「英雄主義」和「靈性」這些字眼就覺得噁心、反胃。（沉默不語）

就這樣，那我們繼續吧。讓我吃最多苦頭的，是自己人。「杜赫」讓你變成男人，自己人則是讓你變成一坨屎。在軍隊裡我了解到一件事，任何人的意志都可以被摧毀，差別只在手段跟時間早晚。一個服役半年的老鳥仰躺在床上，腳上還穿著靴子。他叫我過去：「舔我的靴子，用舌頭舔乾淨。給你五分鐘。」我站著不動。他喊道：「紅頭髮的，過來。」紅頭髮的小夥子是和我一起到這裡來的，我們是好朋友。兩個混蛋開始痛毆他。我眼見他們就要把他的脊椎打斷了，他看著我，為了保全他的性命，不讓他變成殘廢，我只好屈服。入伍之前，我不知道可以狠力擊打腎臟部位，那會讓人痛得喘不過氣來。當你落單，也沒人替你撐腰時，就只能任人擺布了。

我有個朋友，外號叫大熊，是個身高將近兩公尺的大塊頭。他從阿富汗回來一年後，上吊自殺了。我不知道原因。他不相信任何人，因此沒人知道他到底為何上吊。是因為戰爭，還是因為他確信人都是畜牲。打仗時，他不曾捫心自問，仗打完了才開始想東想西，腦子就壞掉了。另外一個好朋友變成了酒鬼，他會寫信給我，我接過他兩封信。內容的大意是：「老兄，那邊的生活才是真正的生活，這邊的生活爛透了。我們在那裡打仗，努力生存下來，在這裡卻搞不懂自己到底在幹什麼。」有一回我打電話給他，他爛醉如泥；第二次打去也一樣（抽起了菸）。我還記得和大熊一起搭火車抵達莫斯科喀山火車站的情形，我們從塔什干出發，搭了四天的火車，從早喝到晚。我們忘了把請人來接我們的電報發出去。清晨五點的時候，我們下了火車，琳琅滿目的顏色看得我們眼花撩亂！民眾穿著五顏六色的衣服：紅的、黃的、藍的。妞兒又年輕又漂亮。媽的，根本是另外一個世界，我們簡直看呆了！我是十一月八號回來的，一個月以後，我再次進了大學，從二年級念起。我運氣好，因為忙著通過考試，腦子都被塞滿了，沒有時間自我反省。學業中斷兩年，什麼都忘光光了，只記得「菜鳥的教訓」：削馬鈴薯和跑十八公里。雙腳幾乎跑斷了。但是大熊呢？回來以後，他一無所有，既沒有一技之長，也沒有工作。周圍的人目光短淺，只關心香腸的價格是兩盧布二十戈比、一瓶伏特加賣三盧布六十二戈比。年輕人打仗回來，有人腦筋不對勁了，有人手殘腳殘，或是二十歲就沒了雙腳，根本沒人在乎。反正不是我兒子，管他的。我們的體制是：不管你是身在軍中或是一般的老百姓，生活都會被糟蹋。一旦你被鋸齒鉤住，拖進體制裡，無論你曾經是個多麼善良的人，心中曾經懷有什麼樣的夢想，都會被肢解得支離破碎。（沉默了下來）我的字彙不夠用，太貧乏了，我希望能傳達自己的想法：最重要的，是不要落入體制裡。但要怎麼避開它呢？要服務祖國。口袋裡的共青團證相當珍貴。軍事條令裡寫道：「軍人必須堅毅勇敢地承受從軍時遇到的任何困難，得要堅毅又勇敢！」總之一句話，媽媽咪呀。（不再出聲，伸手再取出一根菸，但是整包菸已經抽完了）真是的！一天一包已經不夠了……

得先假定，我們都是野獸，只是外頭覆了一層薄薄的文化皮層，看起來多可愛。啊，德國詩人里爾克*！啊，俄國詩人普希金！不過，人一旦心生恐懼，擔心自己的生命安危，或是獲得權力的時候，哪怕只是微不足道的權力，體內潛藏的畜牲便會立刻鑽出來。速度之快，連一眨眼的功夫都不到。軍中的階級體系是這樣的：宣誓之前，是「幽靈」；宣誓之後，是「菜鳥」；半年之後，成了「搗蛋鬼」；再過一年半，升為「老鳥」；滿兩年起，就是「復員軍人」。一開始，你只是個沒有形體的幽靈，你的生活就是個糞坑。

但是我開槍，我也跟大家一樣開槍。無論如何，這才是重點。不過，我不想去想這件事情。我沒辦法去想這件事。

我們腳邊散落著白粉，那是晚上從山上下來的孩子扔過來的，他們一扔完就會趕緊跑掉。我們會抽大麻消遣，但很少人會去撿白粉。袋子裡是純的海洛因，只要吸一、兩次就會上癮，等於沒救了。我努力把持自己。生存的第二個條件，是什麼都不要想！吃飯、睡覺、出任務。任何事情看過就忘，或是立刻擱到一邊，以後再說。我看過瀕臨死亡的人，瞳孔變得跟眼睛一樣大。瞳孔不斷放大，變得深沉。但我看過就忘了，現在跟您說話，才又想起來。

我有過開槍，我當然有開槍。用槍瞄準人，然後扣下扳機。現在我希望自己沒有殺太多人，

---

*里爾克（Rainer Maria Rilke，一八七五～一九二六），被譽為繼歌德之後，第二位將德語詩歌推向高峰的詩人。

我希望可以這麼想，因為他們，呃，他們，也是在保衛自己的國家。其中有一位，我記得很清楚，我一開槍，他就倒了下去。他高舉著雙手，然後就倒了下去。這一個我記得。我很擔心碰上肉搏戰，當時不久前才有人告訴我該怎麼讓人坐到鐵杆上*，還盯著對方的雙眼。媽的！那次從塔什干搭四天火車前往莫斯科時，有一回大熊喝醉了，說了真心話：「你無法想像，血從割斷的喉嚨流出來時，人會發出多麼可怕的嘶啞聲。得好好學學如何殺人……」一個不曾殺人，連打獵經驗都沒有的人，得學習殺另外一個人。大熊說，有個肚子受傷很嚴重的「杜赫」躺在地上，還沒斷氣。指揮員抽出空降兵的刀子，遞給他，說：「拿去，把他了結，而且要盯著他的眼睛。」知道為什麼要這麼做嗎？目的是讓你之後碰上必須援救同伴的情形，能夠毫不猶豫地殺人。第一次，你得挺住，跨過那條界線後……大熊拿起刀子，抵住對方的喉嚨，指向傷者的胸口，卻下不了手。怎麼能夠無緣無故地拿刀刺穿一個活生生的人呢？那是心臟跳動的地方啊！杜赫雙眼盯著移動的刀子，大熊試了很久都沒能成功，費了好長一段時間。他喝醉的時候，就會哭著說自己已經在地獄預訂了位置。

復員之後，我到大學念書，住在宿舍裡。裡頭的人經常喝酒、吵吵鬧鬧，或是拿吉他彈唱。每當有人敲門的時候，我就像瘋子一樣立刻跳起來，躲到門後，準備防衛。遇到打雷或雨打在窗台上，我也會提心吊膽。一瓶酒下肚後，好像就恢復正常了。但是很快，一瓶酒就不夠了。最後肝臟受損，開始敗壞，進了醫院。醫生說：「小夥子啊，如果你想至少活到四十歲，就別再喝酒了。」我想想自己還沒交過女朋友，外頭有多少漂亮的女孩，我卻快要沒命了。因此，我把酒戒了，後來也交了女朋友。

愛情，不屬於人間的範疇。我不能說自己是愛人的，我已經結婚，有個小女兒，但是，我說不上來那是愛情或是什麼，即便我願意為她們赴湯蹈火，就算犧牲生命也在所不惜！不過，何謂愛情呢？大家承認他們會愛人，不過是自己的想像罷了。愛情既粗野又血腥，是得天天付出心力的工作。我是不是愛過？老實說，我不明白。我曾經有過某種感覺，內心感受到熱情，完成了某些和這個糟糕的世界絲毫沒有關聯的純心靈工作，但是那算不算愛情？還是天知道的什麼東西？在戰場上，上頭的人教導我們：「要熱愛祖國。」祖國張大雙臂擁抱我們，但是兩邊的拳頭隨時準備好把我們擊昏。最好問我：「你是不是曾經感到幸福？」我的回答是：「當我從阿富汗回來，沿著熟悉的街道走回家時，我感到很幸福。」當時是十一月，沒錯，是十一月，兩年沒見到故鄉，腳下故土的氣味直竄入我的鼻子和腦門。我喉頭哽咽，因為想哭而沒法往前走。在那之後，我可以說：這一生中，我曾經感到幸福。但，我是否愛過？在你見證過死亡之後，愛情算什麼？死亡都是醜陋的，愛情算什麼？我太太分娩時我在場，在這種時刻，一定要有個親近的人陪在身旁，握著她的手。現在我會逼每個混帳男人在女人生產時站在她後面，看她如何張開雙腿，躺在一片血淋淋之中。看清楚點，你們這些混帳，看看孩子是怎麼來到這個世界上的，你們卻隨隨便便就取別人的性命，絲毫不費吹灰之力。我以為自己會暈過去。上過戰場的人在產房裡暈

---

* 可能是種折磨人的方式。

倒，例子是有的，千萬不要輕視女人。我的生活被兩個世界翻轉：戰爭和女人。這兩個世界迫使我思索自己這副無足輕重的臭皮囊，為何來到這個世界的意義。

人的改變不是發生在戰場上，而是在戰後。當他用目睹戰場情景的同樣一雙眼睛觀看這裡的生活時，才會發生改變。起初的幾個月會產生雙重視覺——你人既在這裡，但也在那裡。在這裡才會崩潰。現在我已經可以去細想自己在戰場上經歷了什麼事情。銀行的警衛、有錢商人的保鏢，還有殺手，這些都是從戰場回來的弟兄。我跟他們見面、聊天，明白了一件事：「他們不想離開戰場，不想回到這裡來。」他們比較喜歡那裡的生活。從那裡回來，經歷過那種生活以後，內心會留下某種難以言喻的感受。其中最深刻的一種感受，是鄙視死亡。有某種比死亡更崇高的東西。「杜赫」不懼怕死亡，舉例來說，他們知道自己第二天就要被槍決了，依然談笑風生，彷彿沒事一般，甚至好像很高興似的，開朗又平靜。死亡是偉大的過渡。等待死亡，要像等待未婚妻一樣。他們的《古蘭經》裡這樣寫著。

我來說個笑話吧，不然讓您這位作家飽受驚嚇了。（他笑了起來）喏，聽好了。一個男人死後下了地獄，他四處張望，看見有人被丟進鍋裡煮，有人被擺在桌上鋸。他繼續往前走，接著看到一張桌子，坐在桌子旁邊的男人在喝啤酒、打牌、玩骨牌遊戲。他走向那群人：

「你們在喝什麼？啤酒嗎？」

「啤酒。」

「你喝喝看。」他喝了。確實是啤酒，還冰冰涼涼的。「那這是什麼？香菸？」

「是香菸沒錯。你想抽嗎？」他抽起了菸。

「你們這裡到底是不是地獄啊？」

「當然是地獄。別緊張。」一夥人笑了起來。「那邊在煮人、鋸人的地方，是給想像地獄就是那幅樣子的人去的。」

賞罰依據的是信仰，依據各人的信仰，還有內心的祈求。如果你像等待未婚妻一樣等待死亡，死亡就會以未婚妻的面貌出現。

有一回，我在陣亡的人裡頭找尋一位認識的小夥子。在停屍間裡接收死者的是士兵，大家稱呼他們強盜，因為他們會掏空死者的口袋。面前躺著一個個胸膛被打出一個窟窿或肚破腸流的小夥子，他們卻只顧翻他們的口袋，把東西搜刮一空，不管是打火機、漂亮的鋼筆，或是指甲剪，之後他們會把這些東西送給在蘇聯的女朋友。媽媽咪呀！

我見過許許多多被摧毀的村莊，但是壓根沒見過我們報紙上報導的幼兒園、新落成的學校或是栽種的樹。（靜默了下來）

你盼著家書，望眼欲穿。女朋友寄來了照片，她人站在花叢裡，腰部以下都被花遮住了。還不如寄來一張穿泳裝的照片！最好穿比基尼，或是穿著短裙的全身照也好，至少可以欣賞欣賞那雙美腿。在政治課上，政治幫浦——指我們的政治部副主任——不斷胡謅一堆有關祖國和軍人義務之類的鬼話。可是，晚上我們躺在床上時，話匣子一打開，首先談論的就是女人。誰的女朋友如何，誰有過什麼樣的女人，聽了簡直會入迷！每個人的手都放在同一個地方，媽媽咪呀！在那裡，對阿富汗人來說，同性之間的性行為是很正常的。你進到商店，會聽到裡頭的人說：「同志，過來，到這裡來，讓我從後面操你，想拿什麼隨便你。可以拿條頭巾送你母親……」軍中很少收到影片，《伏龍芝人報》*自然是定期送來的，而且份數很多，那是駐防軍的報紙。報紙一到，我們會立刻拿到農舍閱讀室去，呃，拿去用掉。有時候我們可以收聽到音樂電台，每次聽到柳德米拉．澤金娜唱的〈伏爾加河長流水〉這首歌曲，每個人都會哭。大夥兒坐在一塊哭泣。

在家裡講不出像樣的句子時，「媽的！」就會脫口而出，忍不住髒話連篇。剛回來時，媽媽會說：「親愛的兒子，你怎麼都不說說那邊的情形呢？」如果我提到什麼，媽媽會打斷我：「我們鄰居替兒子在醫院謀了個替代役的工作。要是我兒子替老太太倒尿盆，我一定會覺得丟臉死了，這還算男人嗎？」我回答她：「媽，妳知道嗎？等我以後有了小孩，我會想盡辦法不讓他們入伍。」父親和母親看我的樣子，彷彿瞧見一個腦子受創的人，從此再也不跟我提起戰爭這回事。朋友在時，他們更是避免觸及這個話題。我很快就逃離家裡去念書，女朋友一直在等我回來，我以為第一天就可以跟她溫存，沒想到她推開我放在她肩膀上的手，說道：「你滿手都是鮮血。」這句話讓我三年提不起性致。三年期間，我不敢接近女人。靠！我們受的教育是：「你應該保衛祖國，保衛心愛的女人，因為你是男人。」我喜歡斯堪地那維亞的神話，喜愛讀維京人的故事。對他們來說，男人就該死在戰場上，死在床上是種恥辱。五歲起，他們便教導男孩習慣武器，習慣死亡。戰爭不是發問的場合，不問你是人或是發抖的畜牲。士兵的任務是殺人，你就是殺人的工具。你的使命跟砲彈或機關槍沒兩樣。這是我目前在進行的嚴肅思考，想弄明白自己這個人。

我去阿富汗俱樂部參加過一次見面會，只去過那麼一次，就沒再去了。那次是跟美國越戰退伍軍人會面，我們坐在咖啡廳裡，每張桌子都坐著一位美國人和三個俄國人。我們其中有個小夥子很不客氣地對同桌的美國人說：「我想到美國人就惱火，因為我踩到的正是美國製的地雷，現在缺了一條腿。」對方回答他：「我在西貢的時候，就是被蘇聯砲彈的碎片擊中的。」沒什麼大不了的！媽媽咪呀！他們乾了杯，像戰場上的好兄弟一樣相互擁抱，接著像俄國人一樣喝交杯酒，臨別前也不忘乾一杯。當時，我明白了一件再簡單不過的事：「軍人走到哪裡都是軍人，人肉就是人肉。這是賣肉的部門。」唯一的不同點在於：他們早餐有兩種不同的冰淇淋，我們早餐、午餐和晚餐清一色是蕎麥粥，壓根見不到水果，總夢想著能吃到雞蛋和鮮魚，平時把洋蔥當蘋果吃。退伍回來時，牙齒都掉光了。那次見面會是在十二月零下三十度的天氣下舉辦的。那個美國年輕人來自加州，我們走路送他回旅館。他身上穿著羽絨衣，戴著禦寒手套，身子裹得緊緊地走在莫斯科的街道上。對面一個俄國小夥子朝我們走來，身上的皮襖敞開著，條紋衫掀到肚臍，既沒戴帽子，也沒戴手套。「嗨，各位好啊！這位是誰呀？」「美國人。」「噢，美國人呀！」他握了握美國人的手，拍了拍他的肩膀後，繼續往前走。我們上樓到美國人住的房間，他都不吭聲。我們問他：「老大！怎麼啦？」「我穿羽絨大衣，還戴手套，他卻幾乎光著身子，手還是暖

＊伏龍芝軍事學院是蘇聯的專業軍校，為俄羅斯培養出了許多非常優秀的軍事人才，校名是為了紀念早期的院長伏龍芝。

的。萬萬不能跟這個國家打仗呀。」我回答他：「當然不行。我們會朝你們發射屍體！」媽媽咪呀！凡是燒得起來的我們都會喝下肚，凡是會動的我們都操。不會動的，我們也會想辦法讓他動起來，然後照樣操。

我已經很長一段時間不曾提起阿富汗了。我對這種話題沒興趣，不過，假如有人要我選擇：「你可以在戰場上了解這些事，經歷這些感受，或者你可以繼續當個純真的孩子，不要上戰場，你會選擇哪一項？」我會選擇再來一次，並成為現在的我。選擇重溫那些感受，再次體驗。多虧阿富汗，讓我結交了好朋友，遇到妻子，生了一個很棒的小女兒。在那裡，我認知到自己內心裡有多麼汙穢的一面，又潛藏在如何深的底處。回來以後，我讀完整本聖經，還用鉛筆在上頭畫線，現在也還不時重新閱讀。加立奇唱得好：「倘若有人說：『我知道該怎麼做。』記得提防對方。」我不知道該怎麼做，我在尋求答案。我會夢見紫色的高山，還有扎臉的風沙。

我在這裡出生，祖國跟心愛的女人一樣，都是上天指派的，你無法選擇。既然出生在這個國家，就要有本事在這裡死去。人可以像牲畜一樣死去，可以死於非命，但你要有本事尊嚴地死去。我想住在這個國家。即使這個國家貧窮又不幸，但是，列斯科夫筆下那個有本事幫跳蚤釘上鐵蹄的列夫夏就住在這裡*，會在售酒亭外頭討論世界大事的男人也住在這裡。祖國欺騙了我們，即便如此，我仍熱愛她。

我看見，現在也知道了，孩子生下來有多麼天真爛漫。他們是天使。

——一位列兵，步兵

火光一閃，一片光亮，像光的噴泉，然後就什麼都也沒有了。

漆黑一片，像是黑夜。我睜開一隻眼睛，望著牆壁：「我在什麼地方？」在軍醫院。接著我摸了摸自己，手臂還在嗎？再往下摸，用手碰了一下，我的腿在哪裡？我的雙腿!!

（轉身面向牆壁，很長一段時間不想開口說話）

我忘記了過去的一切，因為嚴重的腦震盪，我把自己的一生全忘了。我打開自己的身分證，讀到自己的名字，出生地？沃羅涅什市。三十歲，已婚，有兩個孩子，都是兒子。

但我一個面孔也記不起來。

（再次長時間沉默，雙眼盯著天花板）

第一個來看我的是媽媽。她說：「我是你的媽媽。」我仔細端詳她，想不起來她是誰，不過覺得她並不陌生。我知道她不是陌生人。她講起了我的童年、學校，甚至講了一些生活瑣事，比如我上八年級時穿的是件好大衣，但我爬牆時把大衣弄破了。還有我得過什麼分數，大部分是四分，也得過五分，但是品性只有三分，因為我很調皮；我最愛吃的是豌豆湯。我聽她講話，彷彿在旁觀著自己。

---

*列斯科夫（一八三一～一八九五），俄國記者、小說家，本段敘述出自其作品《圖拉的斜眼左撇子和鋼跳蚤的故事》。

食堂值班的女工在呼喚：

「你坐到輪椅上，我送你去，你妻子來看你了。」

一個美麗的女人站在病房附近，我看了一眼，她站在那兒，讓她站著吧！妻子在哪兒？那個女人就是我的妻子。臉龐似乎很熟悉，不過我不認得……

她講起了我們的愛情故事，我們是怎麼認識的，我第一次如何吻了她；她還帶來我們結婚的照片。還有，我們生了兩個兒子……我聽她講，不是在回憶，而是想記住她的話。每當我想要回憶些什麼，頭就疼得要命。戒指，結婚戒指呢？我想起了戒指，看了看自己的左手，沒有指頭。

看著照片，我想起了自己的兒子。他們來看我的時候，卻不是我印象中的模樣，是我的孩子，又不是我的孩子。他們應該長得白白胖胖的，但現在變得黑黑乎乎的，小孩長成了半個大人。我照著鏡子，看了看自己，還挺像的！

醫生說我的記憶力能夠恢復，到那時我就會有兩條生命——一條是他們講給我聽的，另一條是我自己經歷過的。

——一位大尉，直升機駕駛員

發射地點不斷遷移，我們在山坡上移動了好一段時間。

接近傍晚時分，一群羊從我們對面竄了出來。萬歲！這是阿拉*賞賜的禮物。偉大的阿拉真主！經過兩天行軍，我們又餓又累，口糧早吃完了，只剩下麵包乾。眼前出現一群走失的羊。沒有主人看顧，就不需要花錢買，或是用茶或香皂來交換（一隻羊要用一公斤茶葉或十塊香皂交換），更不需要用搶的。我們首先抓住大公羊，把牠綁在樹上，這樣羊群就不會離開。當時我們已經知道這一點，牢牢記在心上。轟炸的時候，羊群會四處逃竄，但是之後就會回到原地，回到首領身邊。接下來，我們挑了一隻最肥的羊，帶到一旁。

我不只一次看到，羊兒是如何順從地接受死亡。豬或小牛被宰殺時，情況不一樣，牠們不想死，會使力掙脫，大聲號叫。但是羊不會逃跑，也不會叫，不會歇斯底里，而是默默地跟著走。眼睛睜得大大的，跟著手拿刀子的人走。

殺羊從來不像謀殺，而是讓人聯想到某種儀式。獻祭的儀式。

——一位列兵，偵查員

---

*講述者可能是穆斯林，但也可能是因為身處阿富汗，因此採用和當地人一樣的說法。

第二天

另一個人心情沉重地死去……

他今天又打了電話過來。幸好我在家……

「我本來沒想過要給你打電話……我上了公車，聽見兩名婦人在議論：『他們算什麼英雄？他們在那邊殺兒童殺女人，他們是精神失常了……還請他們到學校演講……讓他們享受優惠……』車一到站，我就趕緊跳了下來。我們是兵，我們執行的是命令。戰爭時期不執行命令就會被槍斃，我們那時就處於戰爭狀態。當然，將軍沒有親手殺過婦女兒童，可是他們下達過命令。如今，一切罪名都扣在我們頭上，什麼罪名都要士兵來承擔。有人對我們說：『執行罪惡的命令，就是犯罪。』但我當時相信下達命令的人，我從懂事起，受的教育就是相信命令。只能相信！沒有人教我動動腦子，選擇相信或不相信，開槍或不開槍？相反地，他們反覆灌輸給我的是，只能更加堅定地相信！我們前往戰場時就是這樣的人，而不是回來以後才變成這樣的。」

「我們可以見面……談一談嗎？」

「我只能跟和我一樣的人談，那些和我一樣都是從那裡回來的人……你了解嗎？當然，我確實殺過人，我渾身上下沾滿了鮮血。可是他……我的朋友，躺在地上，我把他當成兄弟，一處是頭顱，一處是手臂，還有剝下來的皮。所以，我馬上要求再次參加襲擊。我看見村民正在送葬，人很多，死人裝在一個白色的東西裡。我從望遠鏡中把他們看得一清二楚。然後我下令：『開火！』」

「我想，你要怎麼背負這些活下去？你一定感到很害怕吧？」

「沒錯，我殺過人，因為我想活下去，我想回家。我嫉妒死去的人，死去的人不會感覺到痛。」

對話又中斷了。

——作者

就像是在做夢。似乎在什麼地方見過這種情景，也許在哪部電影裡吧！我現在覺得，我沒有殺過任何人。

我是自願去的，主動申請。你問我這麼做是為了理想，還是想要了解自己是什麼樣的人，答案當然是後者。我打算考驗一下自己，看看究竟我能做些什麼。我一向自命不凡。讀書時，我無法表現自己，無從知道自己是什麼樣的人。我想當英雄，也在尋找當英雄的機會。念到大學二年級，我就投筆從戎了。大家都說那是男子漢的戰爭。但那是男孩的戰爭，參戰的是清一色的青少年，他們前不久還是十年級的學生。戰場上一向如此，衛國戰爭也不例外。這場戰爭對我們來說，更像一場遊戲。你的自尊心、你的驕傲是極其重要的。能，或不能？他能辦到，那我能不能？我們關心的就是這些，不是政治。我從小就自我培養，準備接受某種考驗。傑克．倫敦*是我喜愛的作家。真正的男子漢應當體魄矯健，而人在戰爭中，才能鍛鍊出這樣的體魄。

我心愛的女孩勸我不要去：「你想想，布寧†或曼德爾施塔姆‡會說出類似的話嗎？」朋友中，沒有一個人理解我。他們有的結了婚，有的研究起東方哲學，有的研究瑜伽，只有我一個人

---

*傑克．倫敦（原名John Griffith，一八七六～一九一六）是美國著名的寫實主義作家，小說主要描寫美國下層人民的生活，代表作是《野性的呼喚》。

†伊凡．布寧（一八七〇～一九五三），俄羅斯作家，一九三三年諾貝爾文學獎得主。

‡曼德爾施塔姆（一八九一～一九三八）是俄羅斯白銀時代的著名詩人，一九三三年他因寫詩諷刺史達林，次年即遭逮捕和流放，最後死在遠東的中轉營。

上了戰場。

上邊是太陽曬焦的山嶺，下邊有個小女孩吆喝著一群山羊，一個婦女在晾衣服，情景和我們高加索那邊相似。我甚至感到失望。半夜，有人朝我們的篝火開了一槍，我拎起水壺，水壺下邊還有子彈。這就是戰爭！行軍時渴得要命，真是難受，嘴裡發乾，想咽口唾液也不行，好像滿嘴都是沙子。大家舔露水，舔自己的汗。我得活下去，我想活下去！我抓住一隻烏龜，用鋒利的石片割開牠的脖子，喝烏龜的血，這事別人辦不到，誰也辦不到。大家都喝自己的尿……

我明白了，我能夠殺生，我手裡有武器。頭一回作戰時，我看到有人休克昏迷了，有人一想起自己怎樣殺人就嘔吐。交戰過後，一隻耳朵掛在樹上，眼珠子順著臉龐滾動……我承受住了！我們當中有人以前是獵手，吹噓自己參軍前怎樣打死兔子，怎樣打死野豬，就是這個人，總是嘔吐。殺動物是一回事，殺人是另一回事。人在戰鬥中成了木頭人，沒了理智，變得麻木無情、處處算計。我的自動步槍就是我的命，自動步槍就像長在身上一樣，是你多出來的一條手臂。

我們在那邊打的是游擊戰，很少有大規模的戰役，永遠是你和他對戰。人變得機敏起來，像頭小獰貓。你打完了一輪子彈，他坐下了。你在等待，現在輪到誰開槍了？你還沒聽到槍聲，可是感覺子彈怎麼又飛起來了。你從一塊石頭爬向另一塊，躲躲藏藏。你跟蹤他，像個獵人尾隨在後，神經繃得緊緊的，屏住呼吸，尋找機會。一旦兩人照了面，就得用槍放倒對方。你打死他，然後感覺到自己還活著！沒錯，我又活下來了！殺人不是為了樂趣，殺人是為了能回家。戰爭不只是死亡，還隱含著其他的東西。戰爭甚至有它專屬的氣味、專屬的聲響。

每一個死人都不同，沒有一模一樣的。有的躺在水裡，死人的臉在水裡會發生變化，所有死人都面帶笑容。一陣雨過去，把屍體洗得乾乾淨淨的。在沒有水的塵土裡，死亡讓人更加暴露無遺。有的死人還穿著嶄新的軍裝，有的人頭已變成一張枯乾的紅紙，腦袋被壓扁了，像路邊的蜥蜴一樣被壓平了。可是，我還活著！矮牆前面坐著一個人，離房屋不遠堆著一些砸開的核桃，看來是他吃的。他睜著眼睛，沒人為他闔上。人死後十到十五分鐘內，還可以闔上眼睛，但時間一過就闔不上了。可是，我還活著！另外一個人，彎著腰，褲子敞開著，他正準備要解手……死前的他們怎樣，死後就仍然那個樣子，軀殼還在這個世界，人已經到天上了。可是，我還活著！我摸摸自己，證明自己沒死。鳥兒不怕死，鳥兒蹲著，張望著。兒童不怕死，他們也像鳥兒一樣蹲著，靜靜地、好奇地東張西望。我見過老鷹冷眼觀察著打仗的情景，牠停在樹上，彷彿一座小小的人面獅身像。你在食堂裡喝湯，瞟了身旁的人一眼，馬上想到他死後會是什麼樣子。有一段時間，我不敢看親友的照片，執行任務回來後，不忍看兒童和婦女。面對他們時，我總是轉過身去。這種情形，後來慢慢消失了。我早晨跑步練身體，還練舉重。我想過自己回來時，體型會是什麼樣子。我總是沒有睡飽，蝨子很多，尤其是冬天。我們在褥墊上撒滿了殺蟲粉。

回家後，我對死亡才有了恐懼。回國後，我有了一個兒子。我想：「如果我死了，我的兒子成長的過程中就沒有我，所以我感到恐懼。」我還記得射向我的那七顆子彈，就像我們老掛在嘴上的，它們可以讓我去見「天國的人」，可是它們從我身邊擦過。我甚至有一種感覺，像是還沒有玩夠，還沒有把仗打完。

我問心無愧，不怕噩夢。我總是選擇一對一的、正直的決鬥方式。有一次，我看見兩個人在毆打一名俘虜，俘虜被綁著，像個窩囊廢一樣躺在地上。我沒讓他們繼續打他，我把那兩個人趕走了，我瞧不起這種人。有個傢伙操起自動步槍打天上的老鷹，我搧了那傢伙一耳光：「打飛禽幹什麼？飛禽招你惹你了？」

親人問我：「那邊怎麼樣？」

「別問了，對不起，我以後再告訴你們。」

我從學院畢業後，當起了工程師，我就是想當一名工程師，而不是當什麼參加過阿富汗戰爭的老兵。那些事我連想都不願意再想。我不知道，我們這一代人活下來，將來會怎樣。從那場沒有人需要的戰爭活下來。沒有人！沒有人……沒有人需要。終於，我第一次講得這麼坦白，如同在火車上，人們互不相識，中途偶遇，聊了一陣，然後在不同的月台下車。我的手在發抖，不知為什麼，我很激動。我還以為我早就輕鬆地退出了那場遊戲，如果你要寫的話，請不要提到我的名字。

我什麼也不怕，但我不願意被留在這段歷史裡。

——一位步兵排排長

我本來打算十二月舉行婚禮，可是十一月卻去了阿富汗。我通知未婚夫，他笑了：「去保衛我國南部國境？」當他確信我並非開玩笑時，說：「怎麼，難道你在這兒找不到跟你睡覺的人？」路上，我一直在想：「我沒有趕上修築貝阿鐵路*大幹線的工程，沒有趕上開墾荒地，現在機會來了——阿富汗！」我相信小夥子帶回來的那些歌裡所描述的，我整天聽個沒完：

在過去的幾年裡啊，俄羅斯，
你在阿富汗的國土上，
在那裡的崇山峻嶺中，
留下自己多少兒郎……

當時我是一個只有書本知識的莫斯科女孩。我覺得，真正的生活在某個遙遠的地方，那裡的男人個個身強體壯，那裡的女人個個如花似玉，那裡有種種意想不到的奇遇。當時我一心想走出習慣的生活。

經過三個不眠的夜晚，我到了喀布爾。海關人員還以為我吸了毒，因為我迷迷糊糊的。我還記得，當時我含著眼淚向一個人解釋：

「我不是吸毒，我只是想睡覺。」

我拖著一口沉甸甸的皮箱，裡面裝著媽媽煮的果醬、烤的餅乾，沒有一個男人肯幫忙。他們

＊全名是貝加爾—阿穆爾鐵路，又名西伯利亞鐵路，全長四千多公里，是蘇聯在二戰前所建的一條戰略性鐵路。由於鐵道穿越永凍土地帶，工程艱鉅，被稱為「世紀工程」。

還不是一般的男人，是軍官，年輕力壯又英俊。獻殷勤的是一些毛孩子，把我敬若神明。我實在覺得奇怪：

「誰能幫我一把？」

他們用異樣的眼光瞥了我一眼。

我在轉運站又待了三個晚上。第一天，有個准尉走上前來：

「你要想留在喀布爾，夜裡來找我。」

這是一個吃得渾身冒油的小胖子，後來女孩悄悄告訴我，他的外號叫「油桶」。

我在一支部隊裡當了打字員，使用的是老掉牙的軍用打字機。我的手指在頭幾個星期就敲出了血，後來指甲脫落，我就纏著紗布繼續打字。

過了大約兩個星期，有個小兵半夜來敲門：「指揮官叫你過去。」

「我不去。」

「擺什麼臭架子？難道你來的時候不知道這是什麼地方？」

早晨，指揮官威脅我，說要把我派到坎達哈*去。還有各式各樣的威脅……

坎達哈，坎達哈，這是個什麼鬼地方？

蒼蠅窩，「杜赫」群，噩夢一場又一場……

那幾天，我總擔心會被汽車輾死，總怕背後挨一槍，或是被痛打一頓。

隔壁宿舍住著兩個年輕女孩，一個負責電氣，大家叫她「電姑娘」；另一個負責飲水化學處理，外號「漂白粉」。兩個人把一切都解釋為：

「這是命……」

恰好那時候《真理報》刊出了一篇專題──〈阿富汗的聖母們〉。女孩從蘇聯來信說：「那篇文章如此受人歡迎，以至於有人到軍委會申請去阿富汗。學校的課堂上還會讀這篇文章。」可是，我們每次從士兵身邊走過時，都心驚肉跳。他們會嬉皮笑臉地喊著：「悶罐女郎，你們原來都是巾幗英雄啊！你們就在床上執行國際主義義務吧。」你問，什麼是悶罐女郎？「悶罐」是一種車廂式的活動房子，住在裡面的都是肩上扛著「大星星」的官兒，軍銜都不低於少校；跟他們一起的女人被叫做「悶罐女郎」。

在這裡服役的娃娃兵直言不諱地說：「如果我聽說某個女孩到過阿富汗，那個女孩對我來說就已經完蛋了。」我們所有的女孩都得過肝炎、瘧疾等疾病，也同樣遭受過槍擊。但是，我要是回到蘇聯後再見到這個娃娃兵，我還是不敢撲到他胸前，跟他擁抱。對他們來說，我們都是一些……或者是古怪的女人。「不能跟女人睡覺，別弄髒了自己。跟誰睡覺？跟自動步槍睡覺。」有人當面奚落我們。在這之後，你還能對誰微笑？

---

* 坎達哈（Kandahar），阿富汗第二大城，普什圖族聚居的城市。

我媽向熟人們誇口：「我女兒在阿富汗。」我媽太天真了！我真想寫信告訴她：「媽媽，別提這事了，否則你會聽到人家說，你的女兒是——妓女！」或許等我回國仔細想過後，會回復以往那樣，心裡會暖和一些。可是現在，我的心涼了、碎了。我在這兒學會了什麼？難道在這裡能學會行善積德，或者感受到歡樂？

有些小孩跟在汽車後邊奔跑：

「小姐，讓我們看一眼。」

有人把錢塞給你，這意味著有人曾接受過。

當初我以為自己活不到回家的日子，如今我已跨過這個坎了。在這裡，我有兩個夢交替出現，又不斷重複。

第一個夢：

我們走進一家豪華的店鋪，牆上掛著壁毯，店裡有各種珍寶，我們的小夥子要把我賣掉。有人給他們送來了一袋錢，他們在數阿幣，兩個「杜赫」把我的頭髮纏在他們的手臂上。鬧鐘突然響了，我嚇醒後叫了一聲。我一次也沒有把各種恐怖場面的夢做完過。

第二個夢：

我們乘坐伊爾—六五軍用飛機從塔什干飛往喀布爾，舷窗外出現山巒，陽光漸漸轉暗，我們墜向無底深淵，被阿富汗一層厚厚的土給埋住了。我像個鼴鼠一樣扒土，怎麼也扒不到有亮光的地方。我喘不過氣來，一直扒呀扒呀……

如果我自己不剎住，我的話就會講個沒完。這裡天天都會發生一些事，讓你六神無主、靈魂出竅。昨天，有個我認識的小夥子收到一封從蘇聯寄來的信，是他女友寫的：「我不願意跟你交往了，你的雙手直到手肘都沾滿了鮮血。」他跑來找我，我能理解他。

我們人人都想家，但很少提，這是因為迷信*。很想回家，可是我們該回到什麼地方去呢？關於這件事，大家也不提，只用一些笑話來解嘲：

「孩子，說說你們的爸爸是什麼人。」

孩子都把手舉了起來。

「我爸爸是醫生。」

「我爸爸是衛生技術員。」

「我爸爸在馬戲團工作。」

小沃瓦一聲不吭。

「沃瓦，你不知道你爸爸是幹什麼的嗎？」

「過去他是飛行員，現在他在阿富汗當法西斯。」

我在家時喜歡看描寫戰爭的書，在這裡我隨身帶著大仲馬的作品，在戰場上不想看戰爭。有的女孩去看那些被擊斃的人，回來說：「他們躺在那裡，只有腳上穿著襪子。」我不想去看，也

---

*此處指在戰爭中忌諱說回家，往往說了反而回不去了。

不願意進城。街上有那麼多一條腿的男人用跳著走路，不是每個人都能看慣的，我就習慣不了。我本來有個理想，想當記者，可是現在不知道了，我現在很難相信什麼了。

等我回家以後，我永遠也不會再去南方。我沒有足夠的勇氣看山，我一看見那些山，馬上就覺得有人會從那裡開槍。有一次，子彈從四面八方向我們射來，有個女孩跪著，一邊哭一邊祈禱。我真想知道，她在向蒼天祈求什麼？我們在這裡都有所隱瞞，誰也不會坦露自己的內心，每個人都嘗過失望的滋味。

我一直都在哭，為那個早已不存在、只懂得書本知識的莫斯科女孩哭泣。

——一位女職員

在那裡了解到什麼呢？那就是：善良永遠不會獲勝，世界上的惡不會短少。人很可怕，而大自然很美麗……還有沙塵，隨時隨地滿嘴的沙，簡直沒法講話。

我們的連隊仔細搜查一座村莊，我和一個小夥子並肩走著，他用腳踢開一家農舍的門，機槍迎面朝他射了過來。他身上挨了九顆子彈，我們火大了，見什麼就殺什麼，甚至家畜也不放過。老實說，槍殺牲畜更可怕。可憐的牲口！我不讓人槍殺毛驢，牠犯了什麼罪？那邊的毛驢像兒童一樣，脖子上也掛著護身符，上頭還寫著名字。當我們火燒麥田時，我心裡可不是滋味了，因為我也是鄉下人。過去在農村的生活，能回憶起來的都是美好的事，大都是童年的印象。我想起自己躺在風鈴花和野菊花的花叢裡，想起我們怎樣在篝火邊烤麥穗，邊烤邊吃。

周遭是對我們而言陌生的生活，因此殺人比較容易，比……（沉默）比在熟悉的地方容易。如果要精確地表達自己的感受，可以說是厭惡和驕傲交加——我殺人了！天氣太熱了，農舍的鐵皮屋頂像要熱爆了。麥田一下子就燒了起來，熊熊火勢，到處散發出糧食的味道。童年記憶中糧食的香氣，都跟著火苗翻飛了起來。

那邊的夜不是慢慢降臨，而是突然砸落到你身上。白天轉眼成了黑夜，就像你原本是個娃娃，一下子成了男子漢。這是戰爭的力量。那邊在下雨，你能看見雨點，可是沒有落地就消失了。你透過衛星觀看有關蘇聯的電視節目，你為世間還有另一種生活感到滿足，但那種生活已經打動不了你的心。這所有一切都可以口述，都可以印成白紙黑字。不過，我還是生自己的氣，我說不清楚這些事情的本質。

要回想身在戰場是什麼感覺？那意味著你永遠不會是孤單一人，戰爭永遠跟你相伴，你和它……我們的選擇不多，要麼忘記一切、保持沉默，要麼失去理智、大聲吶喊。第二個選擇對誰都沒有好處，不只對政府，對親人也沒有好處。你來這裡，你來做什麼呢？這麼做太沒人性了……（煩躁地抽起菸來）

有時，我想把所見所聞的一切都寫出來，一切……我念的是語言學。在軍醫院有個缺手臂的人，他的床上坐著一個缺腿的人，正在給母親寫信。有一個當地小女孩，她從一個蘇軍戰士手裡拿了一塊糖。第二天早上，她的雙手被人剁掉了。我想把發生的一切都寫出來，不加任何議論。天在下雨……只寫這樣的事，天在下雨，不加任何議論，不管是好是壞，反正天在下雨。因為幾乎沒法遮陽，水壺裡的水幾乎是熱的，嘗起來帶有苦味。

我還會寫些什麼呢？

鮮血……頭一次見到鮮血的時候，我身體發冷，冷極了，還打起哆嗦。當時氣溫高達四十度，豔陽高照。

士兵帶來兩名俘虜，直升機沒法多搭載兩個人，因此得殺掉一個，把另外一個帶回去訊問。而我，無法決定該殺掉哪一個。

在軍醫院裡，活人和死人相互交替。我已經分不清他們是生是死。有一回，我和死人講了半小時的話……

夠了！（用拳頭敲打桌面，之後冷靜了下來）

我想著，夢想著經歷過這一切後，第一次回家過夜的情形。我們懷著希望回國，以為故鄉會張開雙臂歡迎我們。卻突然發現，對我們經歷的一切，沒有任何人感興趣。院裡站著幾個熟悉的弟兄：「啊，回來了？回來了，好啊！」我到學校去，老師什麼也不問。我們的對話是這樣的：

我：

「應當紀念那些為履行國際主義義務而陣亡的人。」

他們：

「他們都是只能得兩分的學生，一些流氓。我們學校怎能豎立紀念碑來紀念他們呢？」

請問你們建立了什麼英雄事業？你們是不是打了敗仗？什麼人需要這場戰爭呢？布里茲涅

夫*和軍事將領們？世界革命的狂熱份子……看來，我的朋友是白白送了命，我也可能白白死掉。我媽從窗戶裡望見了我，高興地叫著，穿越過大街向我奔來。我對自己說：「讓世界翻個底朝天吧，但這種事翻不了，躺在地下的人是英雄，真英雄！」

在學校裡，一位老教員一再說：

「你們成了政治錯誤的犧牲品，你們被當成罪犯的同謀。」

「當時我十八歲，你那時多大？那邊熱得把我們的皮肉都曬爆了。」你沉默不語。當他們把我們「黑色鬱金香」†運載回來時，你也沒有說話。你聽過軍樂隊在各地公墓上演奏。當我們在那邊殺人時，你還是沒有說話。現在你們異口同聲地大談特談什麼犧牲品、錯誤。

我不願意當政治錯誤的犧牲品，我要為此鬥爭！讓世界翻個底朝天吧，但這件事翻不了，躺在地下的人是英雄，真英雄！總有一天，我會親自寫下這個故事。（坐了一陣子，冷靜下來後，他重複先前說過的話）人很可怕，而大自然很美麗……

奇怪的是，我腦中記得大自然的美。死亡與美。

——一位擲彈筒手

---

*列昂尼德·伊里奇·布里茲涅夫（一九〇六～一九八二），蘇聯領導人、蘇聯元帥，曾任蘇聯共產黨中央委員會總書記、蘇聯最高蘇維埃主席團主席（國家元首）。

†「黑色鬱金香」原本是蘇聯與阿富汗戰爭期間一架專門運載陣亡士兵屍體的運輸機名字。後來用來指稱在戰爭期間死亡士兵的鋅皮棺材。

我很幸運。

我回到家裡時，四肢健全、眼睛還在、沒有燒傷，也沒有變成瘋子。我在那邊已經意識到，我們參加的是一場我們不想參與的戰爭。於是，我們下定決心，把仗打完，活著回家，然後再去弄清是非對錯。

我們頂替的是第一批進駐阿富汗的軍人，我們沒什麼想法，只是執行命令。命令是不允許討論的，討論就不成為軍隊了。你不妨翻閱一下馬列主義的經典著作：「士兵應當像子彈，隨時準備射擊。」這話我背得滾瓜爛熟。上戰場就是去殺人，我的職業是殺人，我學的就是那一套。個人的恐懼？別人可以被殺死，但我不能被殺死。可以殺死別的人，但我不能死，我的腦袋接受不了自己會從這個世界消失的可能性。去那邊時，我已不是個毛孩子了，我已到了而立之年。

我在那邊感受到了什麼是生活。告訴你，那幾年是我最好的時光。我們在這兒過的是灰色的、庸庸碌碌的日子，上班、回家、上班。我們在那邊什麼都嘗試過，什麼都見識了。我們感受到了真正男子漢的友情，我們見到了異國的風光：清晨的霧靄在窄窄的峽谷裡飄來飄去；塗得花花綠綠的阿富汗載重卡車，底盤很高；紅色的公車，車裡有人有羊，還有牛；黃色的計程車。那邊有些地方給人的感覺，就像是月光下的世界，像幻覺，像化外世界。到處都是永恆的山，那片土地上似乎沒有人，只有石頭，而石頭又在向你射擊。你覺得大自然對你也充滿敵意，認為你是外來者。我們生活在生死之間，我們手裡也掌握著某些人的生死。生活中還有比這更強烈的感覺嗎？我們在那邊飽嘗了逍遙的甜頭，再也沒有一個地方可以任我們那麼自由自在了。那邊的女人是怎樣地愛過我們，再也不會有一個地方的女人能那麼愛我們了。時時刻刻感受到死亡近在咫尺，我們總是圍著死亡打轉。五花八門的奇遇何其多，我覺得我已能感知什麼是危險，我一看見別人的後腦勺，就會感受到危險逼近。我在那邊什麼都幹過，總算沒有出什麼事。那邊有男人想要的生活，我們的懷舊之情由此而生，這是一種阿富汗綜合症。

當時，沒有人考慮那是正義，還是非正義的事業。他們命令我們幹什麼，我們就幹什麼。我們接受的就是這種教育，養成的就是這種習慣。如今，當然對什麼事都得進行反思，對什麼事都用時間、記憶、資訊，以及向我們揭示的真實情況來衡量，但這已是幾乎十年後的事了！那時我們的腦袋裡有個敵人的形象，那個熟悉的形象來自書本、課堂教育，以及電影中的巴斯馬奇*份子。電影《沙漠白日》†我看了不下五次，如今你遇上了同樣的機會，否則總要後悔自己出生晚了，沒有趕上一九四一年‡。我們大家都有這樣的憧憬，要麼參加戰爭，要麼參加革命，沒有人提過別的念頭。

我們接替了第一批軍人，高高興興地為未來的兵營、食堂、部隊俱樂部打樁。上頭給大家都發了TT四四手槍，政治指導員總是帶著這種手槍。這種手槍只能拿來自殺，或者賣給農民。

---

*巴斯馬奇在俄文中的意思是「土匪」，此指一九一八至一九二四年在中亞細亞活動的一群匪徒。

†電影描寫紅軍戰士置身於東方背景中的一連串遭遇。

‡此處指蘇聯衛國戰爭。

大家的裝束活像是一群游擊隊員，大多數人穿的是運動衣褲、休閒鞋，我的一身打扮和威武的士兵帥克*差不多。氣溫高達五十度，首長要求我們打領帶、整裝，因為軍方規定從堪察加到喀布爾都要著裝整齊。

停屍房裡，擺著一袋又一袋炸成碎塊的人肉，幾乎讓人休克！半年以後，我們看著露天電影，即便閃光彈飛向銀幕，我們還是照看不誤。我們打排球時，敵軍開始掃射，我們任子彈飛來飛去，照打不誤。運來的電影都是戰爭片，不是講列寧，就是描寫妻子背叛丈夫。但大家想看的是喜劇片……他走了，她便跟別人鬼混，我恨不得端起自動步槍把她釘死在銀幕上。銀幕是用三、四條床單縫起來，露天掛著，觀眾在沙土上席地而坐。我們每週洗一次澡、喝一次酒，每瓶伏特加要三十張兌換券。伏特加是從蘇聯運過來的，海關規定每人可以隨身攜帶兩瓶伏特加及四瓶葡萄酒，而啤酒不限量。於是，有人把啤酒倒出來，灌入伏特加，那些貼著「包爾熱米礦泉水」標籤的瓶子，每一口都是酒精四十度的伏特加。我們養了一條狗，叫維爾慕特，牠的眼睛一直是紅的，沒有變黃過。†我們喝過「什帕加」，那是飛機使用過的廢酒精、防凍液——機器使用的一種液體。你提醒士兵：

「你們什麼都可以喝，但不能喝防凍液。」

他們到達之後，過了一兩天，便開始找醫生。

「什麼事？」

「新兵喝防凍液中毒了。」

他們吸毒，吸飽了，就會產生各種幻覺，覺得每顆子彈都在朝自己打來。有一個人夜裡吸，然後幻想聯翩，整夜夢見家人，夢見自己摟著老婆。有些人的幻覺是有顏色的，就像在看電影。一開始，阿富汗人的商店向我們兜售毒品，後來乾脆白白送給我們：

「吸吧，俄國人，給你，吸吧！」孩童邊跑邊把麻醉品塞給士兵。

想起來忍不住想笑（臉上帶著笑容，但是眼神很哀傷）。我不只記得可怕的事，也記得好笑的事。有這麼一則很受歡迎的笑話：

「中校，您的軍銜怎麼個寫法？是連在一起寫，還是分開來寫？」

「當然是分開寫，就像聽寫『在桌子下面』。」‡

「中校，要在哪裡挖戰壕？」

「從牆邊挖到中午吃飯時間。」§

真不想死，不想莫名犧牲。腦子裡盡是一些討厭的想法，當初幹麼要進軍校，而不去念建築……朋友一個個犧牲了，皮鞋後跟掛住拉桿，聽到引信砰的一聲。這個時候，大家不會想到要趴下，不是趕緊匍匐在地上，而是驚異地朝發出聲音的方向看一眼，結果身上挨了幾十個彈片。

---

* 捷克作家．哈謝克（Jaroslav Hasek）長篇小說《好兵帥克歷險記》的主角。

† 指狗和他們一起喝酒。

‡ 俄語「中校」一語由под（在……之下）和полковник（上校）兩部分組成，意思就是上校之下的軍銜。

§ 第二個笑話的笑點在於中校的回答把空間跟時間混在一起了。

坦克被炸得像掀起蓋子的罐頭盒，滾桿、履帶都被炸斷了。駕駛員想從艙口出來，只伸出兩隻手，就再也爬不動了，只能和坦克一起被火焰吞噬。兵營裡誰也不願意睡在死人的床上，等新兵來了，我們就把他稱作「接班人」。

「你先睡在這兒，睡在這張床上，反正你沒有見過他。」

大家經常念叨那些拋下孤兒的人，孩子沒有爹陪著長大。至於那些沒有留下遺孤的人呢？女朋友可以找到新的未婚夫，母親還可以生出新的兒子。都還有機會。

我們去打仗，軍餉極低，僅僅發給雙份工資，一份折成二百七十張兌換券，還得扣稅及扣除訂閱的資料等費用。而在薩蘭格，一個普通的雇傭工每個月可以拿到一千五百張兌換券。再和軍官的收入比一下吧，軍事顧問的收入要多五倍到十倍。從這邊帶貨物過海關時，也可以看出不平等的待遇。有人帶的是錄音機和兩條牛仔褲，有人帶的是攝影設備，外加五個或七個床墊那麼長的箱子，我們稱這些東西為「入侵者的夢想」。士兵勉勉強強搬得動，但箱子的輪子撐不住，都被壓壞了。

到了塔什干——

「好兄弟，從阿富汗來的？想找個女孩嗎？水靈靈的，像水蜜桃似的。」有人引誘你找私娼。

「謝謝，好兄弟，不想去。我急著回家見老婆，我需要的是飛機票。」

「飛機票，好辦，沒問題。來點好處，有義大利眼鏡嗎？」

「可以弄到。」

還沒到斯維爾德洛夫斯克時，我已經花掉了一百盧布，送出了義大利眼鏡、日本金銀線繡的頭巾及一套法國化妝品。排隊時，有人教我：

「何必排隊呢？公務護照裡夾上四十張兌換券，過一天就能到家。」

我心裡有數了：

「小姐，我去斯維爾德洛夫斯克。」

「沒票。你戴上眼鏡，看看顯示牌。」

我在公務護照裡夾了四十張兌換券。

「小姐，我去斯維爾德洛夫斯克。」

「等一下，讓我查一查。您來得正是時候，恰好有個人退了張票。」

你到了家，在家人身邊，完全是另一個世界。頭幾天只能看見人，只能摸到他們，卻聽不見他們的聲音。我怎樣才能講清楚，什麼樣的感覺叫用手慈愛地撫摸著自己孩子的小腦袋呢？早晨，廚房裡飄著咖啡和薄餅的香味，妻子喚我去吃早點。

過了一個月，又該離家了。到哪兒去？去做什麼？實在不明白。你不去考慮這些事，這些事簡直沒法考慮。你只知道一件事，你得去，因為需要。夜裡，總覺得阿富汗的沙子在牙縫裡咯咯作響，軟軟的像是撲粉，像是麵粉。你剛才躺在紅色的灰塵中，這是泥巴，身邊汽車的發動機在吼叫……你被驚醒，猛地跳下床——不，你還在家裡。明天要走了，父親要求今天宰一頭小豬，過去總是他動手，我不去。我堵住耳朵，害怕聽到那種叫聲，有時還遠遠跑到外面去。

父親：

「來，幫我一把。」他把刀子遞給我。

我說：

「您讓一讓，我來就好。刀子要捅在牠的心臟上，捅這兒。」我操起刀子就把小豬宰了。

每個人都為自己如何活命操心！為自己能活下來！

我還記得，有幾個士兵坐在一起，一個老人趕著一頭毛驢從下面經過。他們架起火箭筒，嘩啦一聲！老人完了，毛驢也完了。

「兄弟們，你們怎麼啦，瘋了？老人和毛驢路過，礙你們什麼了？」

「昨天也有一個老人趕著毛驢路過，有個士兵從他們身旁經過。老人和毛驢走了過去，士兵倒了下來，躺在地上。」

「也許那是另外一個老人，另外一頭毛驢。」

不能開殺戒，因為有了第一次，你就會不停地槍殺昨天那個老人和昨天那頭毛驢。

仗打完了，命保住了。回到家，現在我們得弄清是非了。

——一位大尉，砲兵

我以前從來不禱告，現在會禱告，會到教堂做禮拜。

我守著棺材，反覆問：「誰在裡面？是你嗎？我的好兒子？」

我只能一再重複：「誰在裡面？是你嗎？我的好兒子？」你長成了個大塊頭，但棺材這麼小。過了一段時間，我想了解兒子是怎麼死的，我去找軍委會。

「請你們告訴我，我兒子是怎麼死的？在什麼地方死的？我不相信他會被打死。我覺得我埋葬的是個鐵箱子，而我兒子還在某地活著。」

軍委會的人火大了，甚至怒斥起來：「此事禁止張揚。你這樣到處竄、到處講，說你的兒子陣亡了。此事禁止張揚！」

我生他的時候，受了幾天幾夜的罪。當我知道生的是兒子，疼痛就消失了，總算沒有白受罪。從那天起，我最擔心的人就是他，因為我沒有別的人了。我們住在簡易宿舍裡，屋子裡放著我的一張床、一輛嬰幼兒推車，還有兩把椅子。我在鐵路局當轉轍工，工資六十盧布。從醫院生產回來的當天，我就去上了夜班。我總是推著嬰兒推車去上班，帶上電爐，把他餵飽，他睡覺，我在迎送火車。等他稍稍長大，我就把他一個人留在家中，把他的小腳和床拴在一起，自己去上班。他長成了一個好孩子。

他考進彼得羅札沃茨克建築學校，我去看望他時，他只親了我一下就跑了，我當時甚至感到委屈。過了一會兒，他進了屋，笑著說：

「女孩們馬上來了。」

「什麼女孩？」

原來他剛才是跑到女孩那兒炫耀，說他媽媽來了，他讓她們也來看看他有一個怎樣的媽媽。

誰給我送過禮物？沒人送過。三八節他回來了，我到火車站去接他：

「來，乖兒子，我幫你拿。」

「媽媽，提包太重。你拿著我的圖筒吧！可是你要當心，裡面是圖紙。」

我這樣捧著，他還要檢查一下，看我是怎麼拿的。裡面是什麼圖紙呢？回到家，他脫下衣服，我就趕快進廚房：「看看我做的肉餅。」我抬起頭來，他站在我面前，手裡拿著三枝紅色的鬱金香。這是在北方，他從什麼地方弄來的呢？為了不讓鮮花受凍，他用布裹著，裝在圖筒裡。從來沒有人給我送過鮮花。

夏天，他去了建築工程隊。恰好在我生日前夕，他回來了：

「媽媽，請您原諒，我沒有寫信向您祝賀，可是我給您帶來了……」說著，就把匯款通知單拿給我看。

我念著：「十二盧布五十戈比。」

「媽媽，您不認得大數了，一千二百五十盧布。」

「這麼多錢，我從來沒碰過，也不知道這個數字是怎麼個寫法。」

他得意洋洋地說：

「從今以後，您休息，我工作，我能夠掙很多錢。您還記得嗎？我小時候曾經保證過，長大以後，我來養您。」

他確實說過這種話。如今，他身高一百九十六公分，他抱我時，就像抱一個小女孩。我們沒有別人陪伴了，所以一直都相依為命。我簡直無法想像，將來怎能把他交給他的妻子。我可能會受不了。

入伍通知書寄到家裡，讓他去報到。他希望能當上傘兵：

「媽媽，傘兵部隊在招募士兵。不過他們說我不會被錄取，因為我太高大，會弄斷他們的傘索。傘兵戴的貝雷帽真好看。」

不過，他還是被分配到維捷布斯克傘兵連了。舉行入伍宣誓時，我去了。我快認不出他了，他挺著胸膛，再不為自己的身高而難為情了。

「媽媽，您怎麼長得這麼嬌小呀？」

「因為我總發愁，所以就不長個兒。」我想跟他開玩笑。

「媽媽，我們部隊被派往阿富汗，但不讓我去。為什麼您不再生一個女兒？那樣的話，他們就會讓我去了。」

他們舉行入伍宣誓大會時，很多家長都參加了。我聽見有人在問「儒拉夫廖夫的母親在場嗎？伯母，請您過去祝賀您的兒子吧！」

我走了過去，想用親吻祝福他，可是他身高一九六，我怎麼也搆不到他。

指揮員下令：

「列兵儒拉夫廖夫，彎下身去，讓媽媽吻吻你。」

他彎下身，我們親吻，這時有人給我們拍了一張照片。這是我唯一一張他當軍人時的照片。

宣誓以後，給了他幾個小時的假，我們就去了公園。我們坐在草坪上，他脫下皮靴，兩隻腳都磨得破皮出血。他們剛舉行過五十公里急行軍，沒有四十六碼的皮靴，只能發給他一雙四十四碼的。他沒有抱怨，反倒說：

「我們跑步時，還背著裝滿沙子的背囊。您猜我得了第幾？」

「穿著這麼一雙皮靴，還不得倒數第一。」

「不對，媽媽，我是正數第一。我跑步時，脫掉了皮靴，而且沒像別人那樣把沙子撒掉。」

我想為他做件意外的事：

「好兒子，咱們到餐廳吃頓飯好不好？咱們母子從來沒進過餐廳。」

「媽媽，還不如給我買一公斤冰糖，那才是禮物呢！」

熄燈前，我們分手了。他走時舉起那包冰糖，向我揮手。

我們這些家長被安置在部隊體育大廳的軟墊上。天快亮時，我們才躺下，大家整夜圍著兵營轉，我們的孩子就在那兒睡覺。號聲響了，我猛然起身，他們會去出早操，說不定還能見上一面，哪怕遠遠地看一眼也好。他們跑步，所有人穿的都是同樣的橫條背心，我錯過了，沒有發現他。他們排著隊去廁所，排著隊出操，排著隊進食堂。他們不許單獨活動，因為當這些小夥子聽說要被派去阿富汗時，有個人在廁所裡上吊了，還有兩個割了靜脈。現在他們被看管起來。

我跟大家上了公車，父母中只有我一個人在哭。好像有人偷偷告訴我，這是最後一次跟兒子見面了。過了不久，他來了信：「媽媽，我看見了你們乘的大汽車，我拚命地追趕，想再見您一

面。」當我們兩人坐在公園裡時，廣播裡正在唱〈親愛的母親為我來送行〉。如今每次聽到這首歌……（強忍著沒讓眼淚掉下來）

第二封信的開頭是這樣寫的：「我從喀布爾向您問候……」看完了信，我叫喊起來。鄰居聞聲跑了過來。「法律何在？保護何在？」我用頭撞桌子。「他是我唯一的親人，甚至連沙皇時代徵兵也不徵用獨生子的，可是現在派他去打仗！」自從生了薩沙以後，我第一次後悔沒有改嫁，沒有人可以保護我。以前薩沙有時會逗我：

「媽媽，您為什麼不再嫁人？」

「因為怕你忌妒。」

他笑了一陣，就再也不說什麼了。我們兩人計畫在一起生活很久很久。

我又收到幾封信，然後就沒有音訊了，那麼久沒有音訊，我不得不寫信給他的部隊首長。薩沙馬上回了信：「媽媽，以後不要給部隊首長寫信了。您可知道，我挨了怎樣的訓？我的手被胡蜂蜇了，所以沒能給您寫信。我不想求別人代筆，別人寫的字會讓您擔驚受怕的。」他是可憐我，才編造出這些瞎話，好像我每天不看電視，不會猜到他其實是受了傷。如今，只要一天沒有信，我的腿就會變得不聽使喚。他辯解說：「哪能天天寫信呢？要知道我們用的水，也都是十天才運來一次。」有一封信是愉快的：「太棒了，太棒了！我隨一支隊伍往蘇聯走，我們一直走到邊界，再往前就不讓去了。但是我們遠遠眺望了一下祖國，沒有比那裡更好的地方了。」最後一封信裡，他寫道：「如果我能熬過夏天，我就會回來。」

八月二十九日，我想，夏季結束了。我給他買了一套衣服、一雙皮鞋，我把衣服掛在衣櫃裡。八月三十日，上班之前，我摘下了耳環與戒指。不知道為什麼，我那天不想戴。

八月三十日，他陣亡了……

兒子死後，我能活下來，得感謝我弟弟。整整有一週的時間，他天天夜裡像狗似的躺在我的沙發床旁邊。他在守護我。我腦子裡只有一個念頭：「跑到陽台上，從七樓跳下去。」我記得，他們把棺材抬進屋子後，我撲在棺材上量來量去，一公尺、兩公尺，我兒子有兩公尺高，我用手量，看看棺材是否能容得下他。我像個瘋子似的跟棺材說話：「誰在裡面呀？好兒子，是你嗎？……誰在裡面呀？好兒子，是你嗎？誰在裡面呀？好兒子，是你嗎？」他們給我運來的是釘死的棺材，他們說：「伯母，我們給您運回來了。」我都不能在最後吻他一次，不能撫摸他一下，我甚至不知道，他身上穿的是什麼衣服。

我說，我要親自在公墓裡為他選一個地方。他們給我注射了兩針，我便和弟弟一起去了。在林蔭路主要幹道兩旁，已經有一些「阿富汗人」的墳墓了。

「把我的好兒子也埋在這裡。他在這兒，和自己的弟兄們在一起，會覺得愉快些。」

我不記得是哪些人和我們一起去的，有一位首長搖搖頭說：

「不能把他們葬在一起，要把他們分散埋在公墓各地。」

哎呀，我聽後火冒三丈。哎呀，我立刻變得惡狠狠的了。「別生氣，索妮婭。千萬別生氣，索妮婭。」弟弟哀求道。我怎能表現得善良呢？電視裡播的是他們在喀布爾……我恨不得拿起機闢槍，把所有人都打死。坐在電視機前，我就「開槍」……是他們打死了我的薩沙。後來，有一次播一個老太婆，應該是阿富汗婦女，她兩眼直盯著我。我心想：「她的兒子也在那邊，也許他的兒子也被打死了？」看見她之後，我不再朝電視機「開槍」了。

我不是瘋子，但我要等他回來。據說有過這麼一件事，他們把棺材給母親運回來，母親把它埋葬了……過了一年以後，他回來了。所以，我還在等他回來。我不是瘋子。

——一位母親

我就不從最開頭說起了，讓我從崩潰時開始講起吧。

我們常去賈拉拉巴德*，路旁站著一個約莫六、七歲的小女孩，她的一條手臂被打斷了，像被弄壞的布娃娃，還剩一根線掛在身上。她的兩隻眼睛像兩顆油橄欖，直勾勾地盯著我。我從汽車上跳下來，想把她抱到我們的女衛生員那裡去，她嚇壞了，像發了瘋的小動物，從我身邊跳開，同時大喊大叫。她一邊跑一邊叫，小小的手臂擺盪來擺盪去，看樣子馬上就要斷落。我也在跑，也在喊，我追上她，抱住她，安撫她。她咬我、撓我，全身顫抖，就像一隻野獸，而不是被人抓住了。我腦子裡閃現出一個念頭，如同晴天霹靂，讓我自己大為震驚：她不相信我是想救她，她以為我要殺死她！因為俄國人只會殺人……

---

*賈拉拉巴德是阿富汗東部城市，在喀布爾以東一百三十公里，靠近巴基斯坦邊境。

擔架從我們身旁經過，上邊坐著一個阿富汗老婆婆，老婆婆臉上笑迷迷的。

有人問：「她哪兒受了傷？」

「心。」女護士說。

我到那邊去時，和大家一樣，眼睛閃閃發光。我以為我去到那邊，人民會需要我，他們需要我。可是那個小女孩掙脫我，瘋狂地跑走了。她全身都在發抖，她是那麼怕我，我永遠忘不掉。在那邊，我沒有做過打仗的夢。回到這兒，我夜夜都夢見打仗。我追趕那個小女孩，她的眼睛像兩顆油橄欖……

「我是不是應該去找個精神專家看看病？」我向自己的哥兒們徵求意見。

「什麼？」

「我夜夜都夢見在打仗。」

「我們也都做打仗的夢。」

請你們不要以為那是一些自命不凡的人，你們可曾有過那種時刻，嘴裡叼著雪茄，坐在死人身上，打開一罐燜肉罐頭，或是吃著西瓜？一派胡言！大家都是普通小夥子，任何人都可能處在我們的位置。誰今天敢譴責我們說：「你們在那邊殺過人……」我就恨不得給他一個耳光！你沒有到過那邊，沒有嘗過那邊的滋味，那你就別教訓人！你們永遠不可能和我們站在一起，誰也沒有權力審判我們。誰也不想弄明白這場戰爭的性質，只留下我們獨自面對這場戰爭，說什麼「你們自己弄明白吧！」好像我們真的有罪，應當為自己申辯，或是閉上嘴。但我們該向誰申辯？我們是被派去的，我們相信了他們的話。我們帶著這樣的信念，一個一個在那邊送了命。不要把派我們去那邊的人，和我們這些被派去那邊的人相提並論。我的一個朋友在那邊犧牲了，薩沙．克拉維茨少校。你們告訴他母親，說他有罪，你們告訴他妻子，告訴他的孩子……是你們派我們去的。「您一切都正常！」醫生對我說。我們怎麼能是正常的呢？我們的內心承受了那麼多創傷……

在那邊，對祖國完全是另一種感覺，大家稱它為蘇聯。歡送退役軍人時我們說：

「回國後請向蘇聯鞠個躬。」

我們總覺得，我們背後有股強大的力量，這股力量永遠會保護我們。記得有一次戰鬥結束後，我們損失了不少，有人陣亡，有人受了重傷。晚上打開電視，想放鬆一下心情，看看國內有些什麼事——在西伯利亞建成了一座新的巨型工廠，英國女王舉行午餐會歡迎貴賓，沃羅涅什市幾名少年由於無聊強暴了兩個小女學生，非洲有個王子被殺……我們有一種感覺，誰也不需要我們，國家過著自己的生活。

薩沙．庫欽斯基第一個控制不住自己：

「關上！否則我就把電視機打爛。」

戰鬥結束，透過可攜式無線電話彙報：

「請記錄：三〇〇——六個，〇二一——四個。」

三〇〇是傷患，〇二一是陣亡者。瞧著被打死的戰友，你就會想到他的母親。我們知道她兒子已經陣亡了，可是她還不知道。她是否感應到了呢？更倒楣的，是那些掉進河裡或山澗裡的人，連屍體也找不到。通知他們的母親時說「失蹤」……這是誰的戰爭？是母親的戰爭，是她們在打仗。她們必須時刻戰鬥，照看我們，替我們的心靈祈禱，至死方休。可是人民不痛苦，人民不知道，人民被告知的是我們在打「匪幫」，十萬正規大軍用九年時間，打不過一小股的「匪幫」？而且這支大軍使用的是最新武器、最新的裝備。等我們的火箭裝置「冰雹」或「龍捲風」找到目標，並開始用砲火轟擊，這時就倒大楣了。電線杆炸得滿天亂飛，真想變成蚯蚓鑽進地裡去；而「匪幫」用的是馬克沁機槍*，這種武器我們只在電影裡見過。刺針飛彈†、日本無後坐力砲等等，都是後來才出現的。但押來的俘虜枯瘦如柴、疲憊不堪，長著一雙農民的大手，這哪是匪幫？這是普通老百姓！

我們去到那邊才意識到：他們不需要這場戰爭。既然他們不需要，我們為什麼要進行這場戰爭？當你經過被棄置的村莊時，煙火還在繚繞，可以聞到食物的氣味。一隻駱駝拖著自己的腸子走著，好像牠在為自己的駝峰鬆綁。應該把牠打死的，可是人的意識還停留在和平時期的生活裡，下不了手。但有個人端起槍，就朝駱駝射擊，隨便打著玩！也許是為了取樂，也許是腦袋一時發昏。這種行為在蘇聯國內會被關進監獄，但在這兒卻是英雄行為——為報仇，為了消滅匪幫。為什麼十八、九歲的人比三十歲的人更容易痛下殺手呢？因為他們不會心疼。戰爭結束以後，我突然發現有一些可怕的童話，故事裡總是有人殺人，比如巫婆在爐子裡燒活人，孩子也不覺得害怕，他們很少哭泣。

我想像個正常人一樣活下去。有位女歌手來到我們部隊，長得很漂亮，唱的歌也動人。在那邊可想女人了，等她到來如同等待親人一樣。她出場了：

「我飛到你們這兒以後，試著用機槍掃射了一番。開槍射擊，可真讓人開心。」

她開始表演，唱到副歌時，她要求大家拍手：

「弟兄們，拍手啊！拍手呀，弟兄們！」

誰都沒有拍手，鴉雀無聲，她離開了舞台，演唱會告吹。自命不凡的女孩來看望自命不凡的男孩，而在這些自命不凡的男孩兵營裡，每個月會增加十來個空床位。曾經睡在這些床上的人，現在已經躺在冰庫裡了，只有寄給他們的信還斜放在床單上，媽媽寄來的，女友寄來的。帶著問候飛去，帶著音訊回來吧……

在這場戰爭中，首要之務是活下來，不要讓地雷炸死，不要在裝甲車裡被燒死，不要成為神槍手的靶子。對於某些人來說，不但要活下來，還要帶一些東西回去，電視機、紫羔皮短大衣……有過這麼一則笑話流傳開來：蘇聯人可以從寄賣商那裡了解戰爭的情況。冬天，我們走在斯摩棱斯克的大街上，可以看到身穿阿富汗皮大衣的少女，這已經成了時髦的裝束！

每個士兵脖子上都掛著一個小小的護身符。

「你掛的是什麼？」

---

*馬克沁機槍（Maxim gun）是一八八四年發明的第一種全自動式機槍。

† FIM-92 Stinger是一種美國研發的攜帶型防空飛彈，採用紅外線導引熱追蹤及紫外線物體追蹤。

「媽媽讓我帶來的祈禱文。」

等我回家後，媽媽才說出她的心裡話：

「托里亞，你不知道，我為你做了禱告，所以你才能完整無缺地活著回來。」

我們出發去襲擊時，會把一張小紙條放進上衣口袋，另一張揣進褲兜裡。假如不幸踩上地雷，被炸死了，總還能保留部分身體，上半部或下半部。有人戴著手環，上面刻著自己的名字、血型、Rh因子及部隊編號。大家從來不說「我去」，總是說「派我去」，也從不說「最後」這兩個字。

「走，最後去一次。」

「你瘋了？這裡沒有這麼個詞。如果要說，起碼要說那個……喏，第四個、第五個。那個詞，這兒誰也不講。」

戰場上有一套糟糕的規律：出征前拍過照的準回不來，出征前刮鬍子的也會有去無回。凡是有一雙天藍色眼睛，到這邊來想表現一下英雄氣概的人，會率先送命。我見過這麼一個人，他說：「我會成為英雄！」沒走幾步，他就被打死了。對不起，作戰時躺在哪兒，就得在哪兒拉屎撒尿。士兵有句俗話：「寧可在自己的屎堆裡待著，也不在地雷上開花。」我們在交流中，已經形成了自己的一套黑話：「艙——飛機、裝甲——防彈背心、綠的——灌木和蘆葦叢、陀螺——直升機、見過老幻——吸毒後產生的幻覺、在地雷上跳舞——被地雷炸死、下崗人——準備回家的人……」我們創造了這麼多詞，甚至可以編成一本阿富汗詞典。開頭幾個月和最後幾個月死的人最多。開頭時，什麼都好奇；最後幾個月，警惕中心失靈，人變得愚鈍了。到了夜裡，不明白自己是在什麼地方，不明白自己在幹什麼，不明白自己是什麼人，不明白自己為什麼要這麼做。問自己：「這是我嗎？」下崗人會一連一個半月到兩個月不能入睡，他們有自己計算日期的方法：三月四十三日或者二月五十六日，用來表示焦慮等待的心情，他預定在三月底或二月底被替換下來。於是，這時候的他看什麼都心煩，食堂的菜譜：紅魚（番茄鮮魚）、白魚（奶油鮮魚），一看就來氣，看見駐軍所在地的花壇也來氣。不久前聽了笑得前仰後合的笑話，現在也不愛聽了。說也奇怪，昨天和前天聽起來都覺得那麼有趣，但其實有什麼好笑的呢？

一位軍官出差，回到蘇聯，走進理髮店。女服務員請他坐好：

「阿富汗的形勢如何？」

「開始正常了。」

過了幾分鐘，她又問：

「阿富汗的形勢如何？」

「開始正常了。」

過了一段時間再問：

「阿富汗的形勢如何？」

「開始正常了。」

軍官理完髮走了。理髮店裡的人都莫名其妙：

「你為什麼總用那句話折磨人家？」

「我一問阿富汗，他的頭髮就豎起來，剪起來方便些。」

我喜歡聽各式各樣沒頭沒腦的笑話。我怕認真思考任何事情。

蘇聯飛行員在越南上空被擊落的笑話，可以改成在阿富汗上空：美國人指著飛機的零件問他：「你說，這零件是做什麼用的？這個……還有這個……」他一聲不吭。即使被修理，他還是一句話都沒說。後來進行俘虜交換，他回到自己的隊上。隊上的人問他：「被俘虜期間很難受吧？」他回答：「不，總的來說還好，只是得認真學習各種零件的功能，否則經常會被修理。」

在這兒總想要回去（已經過去三年了），不是去打仗，而是去見那邊的人。盼啊盼的，盼到最後一天又捨不得走了，我恨不得把所有人的住址都要到，所有人的住址！

我向「麻稈」要了他家的地址，「麻稈」是大家給瓦列里．什羅科夫起的外號。他小巧玲瓏，動不動就會有人唱道：「你的胳膊像麻稈……」可是他有鋼鐵般的性格，一句多餘的話也不說。我們當中有個吝嗇鬼，什麼都攢，什麼都買，什麼都換。瓦列里走到他跟前，從自己錢包裡取出兩百元兌換券，給他看了看，然後當著他的面把兌換券撕得粉碎，弄得那個小子傻了眼，瓦列里不聲不響地走了。

我也問薩沙．魯狄克要了住址，我和他在作戰出擊時一起過新年。我們把自動步槍架在一起，像座金字塔，這就是新年的樅樹。樹上掛滿了手榴彈，這就是新年玩具。用牙膏在「冰雹」火箭推動器上寫著：「新年好！」也不知為什麼，還畫上了三個驚嘆號。薩沙擅長繪畫，我帶回一條他畫上風景的床單：畫裡有狗，有個小女孩，還有楓樹。他沒有畫山，到過那邊之後我們一點都不喜歡山了。你問任何一個人：「你怎麼悶悶不樂？」「我想到森林裡走一走，在河裡好好洗個澡，喝一大杯牛奶……」我們在塔什干一家餐廳裡，服務員小姐走過來：

「可愛的小夥子，要牛奶嗎？」

「每人來兩杯普通的涼水，明天再喝牛奶，我們剛下飛機。」

每個人從蘇聯回來時，都帶了一箱果醬和一把洗澡用的樺笤帚。那邊也賣桉笤帚——理想的洗澡用具！但這不行，總要帶上家鄉的樺笤帚。

我向薩什卡．拉舒克也要了他家的地址。這是一個純樸的小夥子，經常往家裡頭寫信。「我爸媽都老了，他們不知道我在這邊，我給他們編造了我在蒙古的故事。」他帶著吉他來的，又帶著吉他回去了。那邊什麼人都有，可別把我們看成是一模一樣的人。最初大家不願提起我們，後來把我們都想像成了英雄，如今又把我們說扁了，恨不得把我們忘得乾乾淨淨。在那邊，有的人可以縱身撲在地雷上，以便拯救和他完全不相識的弟兄；有的人可能走到你的面前乞求：「我替您洗衣服，您願意嗎？只求您別派我上火線。」

卡瑪斯載重大汽車一輛輛開過去，遮護板上大字寫著：「科斯特羅馬、杜布納、列寧格勒、喬爾諾河畔……」有的寫著：「我想回阿拉木圖！」列寧格勒人能找到列寧格勒人，科斯特羅馬人能夠找到科斯特羅馬人，他們會像兄弟一般擁抱，我們在蘇聯也像是兄弟。喏，今天哪個年輕人會拄著枴杖、佩戴勳章走在街上？只能是自己人。只能是我的哥兒們，我們哥兒們見面就擁抱，有時在長椅上坐一會兒，抽根菸，感覺像是聊了一整天。我們個個營養不良，在那邊，是體重與身高永遠不成正比；而在這兒，感情不適於用語言表達，也不適合在工作中表達出來——在這邊的生活中，我們也是營養不良的人。

我們離開機場，向旅館駛去。回國後的頭幾個小時，大家一句話都說不出來，只靜靜坐著。可轉眼之間，大家的神經承受不住了，異口同聲地對司機喊道：

「車軌！車軌！沿著車軌走！」

然後，一陣哈哈大笑。然後，一種幸福的感覺，我們已經回到蘇聯了！可以在路邊上開車，可以沿著路肩走……或是沿著車軌走，在這片大地上，到處都可以走了。一想到這些，就覺得心醉神迷。

幾天以後，我們發現：

「弟兄們，我們都是駝背！」

我們再也不習慣挺胸走路了。有半年時間，我每天夜裡把自己綁在床上，以便能挺起胸來。

在「軍官之家」舉行見面會時，有人提問：「請您講一講，在阿富汗工作中的羅曼蒂克。」「您親手殺過人嗎？」女孩子特別愛提一些血淋淋的問題。有人還提出這麼一個問題：「當時，您不去阿富汗行嗎？」我？我們中間只有一個人拒絕去，他是砲兵連長邦達連科少校。

「如果是祖國，我會去保衛。阿富汗——我不去。」

對他採取的第一個懲處是：召開軍官榮譽審判會，他因「膽怯」被除名！男子漢的自尊心受到凌辱承受得起嗎？這就相當於把繩索套在脖子上，手槍對準太陽穴一樣。第二個懲處是：降級，用我們軍人的說法，就是弄掉肩上的星星，從少校降為大尉，打發到建築營去，這能承受得起嗎？從黨內被趕出去，能承受得起嗎？從軍隊裡被趕出去，能承受得起嗎？這比參戰還可怕。活了四十五年的歲月，其中三十年都是在部隊裡度過的。先是就讀於蘇沃洛夫軍校，之後是軍事學院……他在平民老百姓的生活裡能做什麼呢？從零開始？

「你能幹什麼？」有人問這位軍官。

「我可以指揮一個排，也可以指揮一個連或一個砲兵連。」

「你還能幹什麼？」

「我還可以挖地。」

「還能幹什麼？」

「我也可以不挖地……」

過海關時，他們把我錄音帶上羅森鮑姆*演唱會的歌給刪除了。

「老兄，你們這是幹什麼？」

「我們這兒有個名單……」對方拿給我看，「什麼東西可帶，什麼東西不能帶。」

我回到了斯摩棱斯克，從大學生宿舍每個窗戶傳出來的，都是羅森鮑姆的歌聲。

而如今，需要嚇唬那些敲詐勒索的歹徒時，警察就會找上門：

---

*亞歷山大．羅森鮑姆，一九五一年生，俄羅斯著名演員、歌手及作家。

「小兄弟，來幫個忙吧。」

需要把非法集會的人驅散：

「咱們把『阿富汗人』找來。」

也就是說，「阿富汗人」是殺人機器，他們什麼都可以幹，他們有結實的拳頭、幼稚的頭腦，誰都怕他們，誰都討厭他們。

當您手疼時，千萬別把它砍掉，您得細心照料它，把它治好。您會把它治好的。

我們為什麼要聚會？我們全靠大家聚在一起而自救。不過，最後你還是得一個人回家。

——一位少校，砲兵團宣傳員

每天夜裡都做同樣的夢，翻來覆去總是那些事。大家都在開槍，你也在開槍，大家都在奔跑，你也在奔跑……摔倒了，夢醒了。

躺在病床上，你想霍地從床上跳下來，到走廊上去抽根菸。這時才想起自己沒有腿，你又回到了現實中。

我不願聽別人講什麼政治錯誤，我不願意聽！如果是錯誤，那麼請把我的腿，我的兩條腿，都還給我……（絕望地把枴杖扔開）

「對不起……對不起……」（沉默地坐了一會兒，怒氣漸消）

你以前從死人口袋裡取出過這樣的信嗎？「親愛的……」「各位親愛的……」「我的心肝……」

你見過同時被土槍和中國產的自動步槍打得像篩子般的士兵嗎？

我們是被派到那邊去的，我們是在執行命令。在部隊裡，你應該先執行命令，然後才可以申訴。讓你前進，你只能往前走！如果不聽從命令，就交出黨證、放棄軍銜。你宣過誓嗎？當你的腎已經失靈時，再喝礦泉水也晚了。「我們沒有派你們到那邊去。」那麼是誰派的呢？

在那邊我有一個朋友，我上戰場前，他會和我告別。當我回來了，他會擁抱我，因為我還活著！在這兒，我就不會有這樣的朋友。

我很少上街，因為難為情。

你以前見過我們的義肢嗎？靠義肢走路，總怕摔斷脖子。有人說，在別的國家裡，裝有義肢的人能夠在山區使用滑雪板滑雪，可以打網球、跳舞。請用外匯買回這樣的義肢，代替法國化妝品吧，代替古巴糖、摩洛哥橘子和義大利家具。

我二十二歲，以後的人生還長著，我要找個老婆。我有過一位女友，我對她說：「我恨你。」我的目的是讓她離開我。她可憐我，但我希望的是，她能愛我。

我夜夜夢見故鄉的家，
花楸樹林邊，多麼寧靜。
三十，九十，一百聲……
布穀鳥，你為何唱得如此多情……

這是我們唱的一首歌，多可愛的一首歌。但有時，我們連一天也不想再活了。

但我現在還幻想著，哪怕是再瞄一眼那一小塊土地，聖經上提到的那片沙漠，它吸引我們所有人到那裡去。吸引力很強，如同站在懸崖邊上，或是大河邊高高的陡岸上，它吸引我們，弄得我們頭暈目眩。

戰爭結束了。現在他們想辦法要把我們忘掉，把我們掩藏得遠遠的。芬蘭戰爭時就是如此。關於偉大的衛國戰爭寫了多少本書，但有關芬蘭戰爭的卻什麼也沒寫。沒有人喜歡回想失敗的戰爭。再過十年，我也會習慣的，到那時我才無所謂呢。

我在那邊殺過人嗎？殺過。難道你希望我們在那邊當天使？你期待著，回來的都是天使……

——一位上尉，迫擊砲連連長

當年，我在遠東服役。

部隊指揮員召見我。值班接線生拿來電報：「派伊萬諾夫上尉到軍司令部去，討論調他前往突厥斯坦軍區繼續服役事宜。XX年X月X日。」我以為會把我派往古巴，因為醫務委員會進行身體檢查時，談到要去氣候炎熱的國度。

他們問我：

「我們想派您到國外去，您沒有意見吧？」

「沒有意見。」

「派您去阿富汗。」

「好的。」

「您知道吧，那裡到處開槍、殺人……」

「明白。」

工兵在蘇聯過的是什麼日子？用鍬挖地，用鎬鑿眼。大家很想施展一下在軍校學會的本領，戰場上工兵永遠是不可或缺的人物。我去學習作戰。

被找去談話的所有人當中，只有一個人拒絕了。找他談了三次：

「派您出差到國外，您沒有意見吧？」

「有，我有意見。」

他不值得羨慕。他當場就受到警告處分，軍人榮譽受到了玷汙，不可能再晉升了。他是因為健康狀況拒絕的，不知是胃炎或潰瘍病。但人家根本不管他有病沒病，天熱或是不熱，既然建議你去，就應當去。名單已經在付印中。

乘火車從哈巴羅夫斯克到莫斯科，我們走了六天，穿過整個俄羅斯，跨過西伯利亞的幾條大河，經過貝加爾湖畔。過了一晝夜，女列車員沒有茶葉沏茶水了；又過了一晝夜，燒水的大鍋爐壞了。親屬來車站送人，哭了一陣，既然需要我們，就得去。

……打開艙口，天空蔚藍蔚藍的，在我們國內，只有河上才會有像他們那邊那麼蔚藍的天空。各種吵鬧聲，都是自己人。有的人見到了交接工作的人，有的人見到了朋友，有的人等待蘇聯親友捎來的東西。大家曬得黝黑，但心情愉快。不相信有的地方，氣溫能下降到零下三十五度，連金屬和裝甲都能被凍住。在轉運站，我隔著鐵蒺藜見到第一個阿富汗人。除了好奇心，沒有其他感受，那是一個普通的人。

在巴格蘭*接到通知，我被派到工兵營道路工程排當排長。

天一亮，我們早早起床，像是去上班。坦克帶著掃雷工具、一組工兵、搜索地雷的軍犬以及兩輛步兵戰車作為掩護體。頭幾公里我們坐在裝甲車上，那邊的道路塵土飛揚，像雪一般，容易辨別足跡。鳥兒停一下，也會留下爪印。倘若昨天坦克經過此處，就要特別小心，坦克履帶留下的痕跡裡可能埋了地雷。他們用手指按出履帶的印紋，然後用布袋或頭巾掃平自己的腳印。我們圍著兩個死寂的村子打轉，村裡已經沒有人，只剩下一片焦土，絕好的掩體，要時刻提高警惕。過了村莊，我們從裝甲車上爬下來。這個時候是這樣的，軍犬在前邊跑，東鑽西竄，工兵手持探雷器尾隨軍犬前進，他們一邊走一邊觸探地層。這時，但願上帝保佑你，全靠你的直覺、經驗和敏感度了。那邊有一根折斷的樹枝，那邊地上扔著一塊鐵片，昨天還沒有，那邊有塊石頭。他們也會為自己留下標記，免得誤踩地雷。

一塊鐵片，又一塊，有根螺栓像是被隨手扔在塵土中，其實底下埋著電池。反坦克地雷感受不到人走路的動靜，只有壓力達到二百五十到三百公斤時才起作用。第一次爆炸，坦克上只剩下我一個人。我當時坐在砲筒旁，砲塔起了保護作用，其他人都被炸死了。我立刻摸了摸自己，檢查一下腦袋是否在原處，手腳是否還在。全在原處，繼續前進。

前邊又來了一次爆炸，一輛牽引車撞在威力巨大的地雷上了。牽引車炸成了兩半，地上炸出來的坑有三公尺寬、一人多深。牽引車是運送砲彈的，裝載量大約有兩百顆。砲彈落在路邊和草叢裡，分散成扇形，車上有五名士兵和一個上尉。我和那個上尉在一起度過了幾個夜晚，抽菸、談心。他們一個也沒剩下，身體炸得碎裂。

軍犬幫了大忙。牠們也跟人一樣，有的聰明，有的傻，有的直覺敏銳，有的遲鈍。哨兵能睡著，軍犬卻不會打瞌睡。我喜歡「阿爾斯」，這條軍犬見了我們的士兵，會搖頭擺尾表示親熱，見了阿富汗軍人就大聲吠叫。他們的軍裝比我們的顏色更綠，我們的軍裝顏色發黃，可是「阿爾斯」怎能分辨得出來呢？軍犬距離地雷幾步遠，就能嗅探出來，牠們把鼻子貼在地上，尾巴翹得像根煙囪，禁止靠近！有各種各樣的地雷陷阱，最可怕的是自製的地雷，它們每顆都不一樣，無法掌握它們的規律。那兒擺著一個生鏽的茶壺，炸彈就放在裡面；炸彈在收音機裡，在鐘錶裡，也在罐頭盒裡。有的人不願跟工兵一起走，大家稱他們是「送命鬼」。寬闊的道路上埋著地雷，山路上埋著地雷，房子裡也埋著地雷，而工兵總是首當其衝。

我們在一個小小的戰壕裡踩來踩去，這裡已經爆炸過一次，我們四處搜尋過了。大家在這裡已經踩了兩天，我從上邊跳了下來，轟隆一聲，我沒有馬上昏過去，眼底盡是晴朗的天空。爆炸

＊位於阿富汗東北部。

時，工兵的第一個反應是看看天空，檢查自己的眼睛是否安然無恙。自動步槍的槍托上總是綁著止血帶，有人用這個止血帶幫我包紮，包紮在膝蓋以上的部位。我早已知道，止血帶包紮在什麼部位，將來就要從那個部位以上三到五公分切除。

「你把止血帶包紮在什麼部位？」我對士兵喊道。

「報告上尉，您的腿一直碎到膝蓋處了。」

走了十五公里，一個半小時過去了，才把我送到衛生營，幫我清洗消毒，打了普魯卡因封閉針。第一天就把我的大腿切除了，圓鋸吱吱吱地叫，我昏了過去。由於爆炸時火焰撲向面頰，第二天開始動眼睛手術。我的眼球縫了又縫，一共有二十二處傷口。一天只能動兩三處手術，免得把眼球弄碎了。醫生走過來，用手電筒照照左邊，再照照右邊，看看有沒有光感，視網膜是否還在原位。

手電筒的光是紅色的，最鮮豔的顏色。

我應該能寫出一篇小說，講講一個軍官怎樣變成在家裡幹活的小工。他收集照明燈頭、電池盒，一天一百個。他鉚緊電線，哪一種？紅的？黑的？白的？他不知道，他看不見，是幾乎失明，不是完全失明，不過大多時候用猜的，而不是用看的。他編織網簍，黏貼紙盒……過去他認為只有瘋子才幹這些事，一天編三十個網簍，就足夠完成定額了。

工兵很少有機會生還或身體完整地生還，特別是排雷連或特殊排雷連的工兵。他們不是傷殘就是斃命，我們出發時從不握手告別。爆炸那天，新來的連長握了握我的手，他是真心誠意地跟我握手，那時誰也沒有提醒他。當天我就踩上地雷，飛向半空了。你信也好，不信也罷。有一種說法是既然自願申請去阿富汗，就別想回家。如果被派去執行任務，或許能免除死難，還有返回老家的可能。

我經常做的是什麼夢呢？夢見廣闊的原野，布滿了地雷。我們繪製了紀錄圖：有多少地雷，分成多少行，可以據此發現地雷的標記。可是我弄丟了這個紀錄圖，遺失紀錄圖是常有的事，有時紀錄圖的邊上有標記——可能是一棵樹，但現在那棵樹已經被燒毀了，或是一堆石頭，但那堆石頭已經被炸飛了。誰也不去看，也不去檢查，害怕讓自己的地雷給炸死了。我在夢中，看見一群孩子在我的地雷區奔跑，他們誰也不知道裡頭有地雷。我張口要喊：「那兒有地雷，你們不要去！」我要跑到孩子的前面，我奔跑著，我又有了兩條腿，而且眼睛也能看見東西了。但，這只是在夜裡，只是在夢中。然後，我醒了……

——一位上尉，工兵

我沒辦法跟大家一樣，我沒辦法跟大家過上一樣的生活。

聽起來像是無稽之談，就這件事而言，我指的是這場戰爭。我是個愛幻想的人，我覺得，我還不曾真正生活過，現在還是如此。我總是夢想著生活，虛構著生活，想像著生活。我到那邊的第一天，軍醫院院長便把我找去：「什麼事非得讓你到這兒來不可？」他無法了解，他是男人。

我不得不講述我的一生，講給一個陌生的男人聽，而且他還是軍人。講自己，活像是把自己拉到廣場上示眾一樣，任何祕密、隱私都擺在光天化日之下。對我來說，這太折磨人，太傷自尊了。你看過《境外》那部影片嗎？描寫集中營裡的犯人生活。我們的生活方式，就是按照他們那種法則制定的，也是那種鐵蒺藜，也是那麼一小塊地方。

我周圍是一些年輕的女服務員、女炊事員，她們的對話不外是關於盧布，關於兌換券，關於帶骨頭和不帶骨頭的肉、半生不熟的熏腸，還有保加利亞餅乾。在我看來，保護我國的娃娃，拯救他們的生命，應該是一種自我犧牲的精神，是女人應盡的職務！我把這一切想得太崇高了。有人失血過多，我捐出自己的血。在塔什干轉運站，我已經明白了，我去的不是我要去的地方，我坐在飛機裡哭，淚水怎麼也止不住。那邊和這兒一樣，我本來想逃離，逃離我厭惡的地方。轉運站裡，伏特加酒像河一般流淌。「我們夢見了航太站的青草，青草綠油油……」我像是要飛往外太空。在蘇聯，在這裡，每個人都有自己的家、自己的堡壘，可是到了那邊，一個房間裡住四個人。當炊事員的那個女孩，從食堂把肉夾帶出來，藏到床底下。

「你擦地板。」她對我說。

「昨天我已經擦過了，今天輪到你了。」

「你替我擦，我給你一百盧布。」

我一聲不吭。

「我給你肉吃。」

我一聲不吭，她提起一桶水就潑在我的床上。

「哈哈哈哈……」大家鬨笑了起來。

另一個女孩是個服務員，開口閉口就罵粗話，但同時她又喜歡茨維塔耶娃*的詩。下班以後，她坐下來擺紙牌算命：

「有—沒有，有—沒有……」

「什麼有—沒有？」

「當然是愛情了，還能是什麼？」

那邊也舉行過婚禮，真正的婚禮；也有過真正的愛情，但不多。去塔什干之前是愛情，從那兒開始就分道揚鑣了，他往東，她往西。像一首歌裡頭唱的：「她往不同的方向。」

塔尼婭．貝特爾，長得又高又壯，喜歡坐著聊天，一聊就聊到深更半夜。她只喝純酒精。

「你怎麼喝這種東西？」

「你不用管，伏特加酒沒勁，我喝著不過癮。」

她隨身帶著五、六百張的電影明星照片，這種照片在商店售價很高。她神氣十足地說：「為藝術，我是不惜花錢的。」

薇蘿奇卡．哈爾科娃給我留下的印象，是整天坐在鏡子前，張著嘴、吐著舌頭，她怕感染傷寒。有人告訴她，每天早晨只要對著鏡子看一看，一旦得了傷寒，舌頭上就會出現齒痕。

---

*瑪琳娜．茨維塔耶娃（一八九二～一九四一），俄國女詩人及作家，十六歲就發表了第一篇詩歌。

她們都不尊重我，認為我是個愚蠢的女人，整天拿著微生物試管。我在軍醫院傳染病房當細菌學醫生，每句話都離不開傷寒、肝炎、副傷寒。傷患不是馬上就能被送到軍醫院，有的人要過五到十個小時，有的人在山裡、在沙漠裡，要過兩天兩夜才能送進軍醫院，那時傷口已經化膿，長了細菌，也就是所謂的傷口感染。有的傷患還處在復甦狀態，但我發現他已經感染了傷寒。

他們臨死前都不聲不響，只有一次，我見到一位軍官哭了。他是摩爾達維亞人，外科醫生也是摩爾達維亞人，他來到軍官面前，用摩爾達維亞語問他：

「老鄉，哪兒不舒服？哪兒疼？」

那位軍官哭了：「救救我吧，我應當活下去！我有心愛的妻子和心愛的女兒，我應當回去。」

他本來也會默默地死去，但他哭了，因為他聽見了母語。

我不敢進停屍房，送到那裡的屍體——肉和泥土攪拌在一起。那個女孩的床下也是肉，她們把煎鍋擺在桌上：「盧巴！盧巴！」這是阿富汗語，是「前進，前進」的意思。天氣熱，汗水滴到煎鍋裡。我只見過傷患，只和各種細菌打交道，我不會出售細菌。軍人商店裡用兌換券可以買些糖塊，那是我最喜歡吃的！〈阿富汗，多麼美麗的國家〉，我在那邊唱過這麼一首歌。如果讓我老老實實地承認，我在那邊時什麼都怕，我並不勇敢。我到那邊時，甚至分不清肩章上的星星，不知道是什麼軍銜。我和任何人談話都稱呼「您」。

我已經不記得是誰，在軍醫院的廚房裡給了我兩顆生雞蛋。他們知道醫生們都過著半飢半飽的生活，只能吃到馬鈴薯泥，以及不知道在軍用倉庫裡放了多久的凍肉；而這些都是為戰爭準備的，吃起來像木材，沒有味道也沒有顏色。我匆匆接過那兩顆雞蛋，用餐紙包了起來，心想：「喏，回家拌上蔥可以好好吃一頓了。」那天盡想著吃晚飯。這時，有人用滑輪車推著一個小夥子從我身邊經過，準備把他送回塔什干。他身上蓋著一條床單，床單下邊是什麼樣子，我看不見，只見一個漂亮的頭顱在枕頭上搖擺。

他睜開眼睛望著我：「我餓。」

當時正是吃午飯的時間，飯盒還沒有送來，但是已經準備把他送上飛機了。他什麼時候能飛到塔什干，什麼時候能吃上飯，不得而知。

「給你。」我把那兩個雞蛋給了他，轉身走了。我沒有問他是否有手，是否有腳。我把雞蛋放在他的枕頭上，沒有替他剝皮，也沒有餵他。萬一他沒有手怎麼辦？

有一回我搭車坐了兩個小時，身邊停著屍體，四具屍體，他們身上穿的是運動服。

回到家鄉後，我不敢聽音樂，不敢在街上或無軌電車裡講話。我恨不得把房間門一關，只留下我和電視機。搭飛機回蘇聯的前一天，我們軍醫院的院長尤里·葉菲莫維奇·日勃科夫自殺了。為什麼？他有心事。有人不明白，但是我明白，我甚至知道原因。在那裡，那股心事總是如影隨形，那股黑暗。我在阿富汗時，從一位軍官那兒抄了一段話：「如果一個外國人有機會來到阿富汗，又能健康地沒有傷殘地、肩膀上扛著腦袋離開，那麼他將會受到上天的特別眷顧。」這是法國人傅立葉的話。離開時，不僅僅是身體沒有殘缺。人的內在是複雜的，就像一起工作的女孩說的，人好比千層糕。戰爭將近尾聲，快要回家時，大家才開始認真思考。

我在街上遇見一個年輕人，他也許是「阿富汗人」？可是我沒有叫他，免得自己顯得可笑。我並不勇敢，我原本性情溫柔，只要一想到自己有可能變成一個咄咄逼人、殘忍無情的生物，就感到害怕。人都是受到制約的，甚至無法完全理解，受到自己的行為及經驗的制約程度會有多高。一旦了解，就會感到害怕。

我們準備讓一些娃娃出院，他們躲在軍醫院的閣樓裡、地下室裡，我們到處找他們，把他們拖出來。年輕的女孩在轉運站教我應當給誰一瓶伏特加，以便能分配到好的工作崗位。她們教我這樣做，她們才二十來歲，而我——四十五歲。

回國過海關時，他們讓我把身上的衣服全部脫光，甚至胸罩也不能戴。

「您的職業？」

「細菌學醫生。」

「請出示證件。」他們接過證件：「把皮箱打開，我們要檢查。」

我把舊大衣、被褥、床單、髮夾、叉子都帶回來了。如今，我把從家裡帶去的東西都倒在桌子上。

「您這是幹什麼，瘋啦？您大概是寫詩的吧？」

我在這兒實在忍受不下去了，這兒比那邊更可怕。從蘇聯回去那邊時，誰帶來什麼東西，大家都會圍在一張桌子前，坐下一起享用。我們喝第三杯酒時，默默無語，以這杯酒祭奠陣亡的人。我們坐在桌前，老鼠竄來竄去，鑽進鞋子裡。凌晨四點鐘聽見號叫聲……我第一次聽到這聲音時，整個人跳了起來：「女孩們，狼！」她們都笑了：「是毛拉在唱經。」*很長一段時間，到了凌晨四點鐘，我就會醒來。

我想繼續工作，我申請去尼加拉瓜，到打仗的地方去。在這裡，我已經不知道該如何生活了。

——一位細菌學女醫生

我第一個選中了他……

小夥子站在那裡，高個子、好相貌。「女孩們，」我說，「他是我的了。」這場舞會是女邀男，我走過去，請他跳華爾滋。其他女孩選的是舞伴，而我選的是命運。

我想生個兒子，我們兩人商量好了，如果生女兒，由我取名字，就叫她奧麗奇卡；生男孩，由他取名字叫阿爾喬姆或鄧尼斯。結果出生的是奧麗奇卡。

「還要個兒子嗎？」

「要，等奧麗奇卡稍微長大點再說。」

我本來還可以為他生個兒子的。

「柳朵米拉，別害怕，別把奶水嚇回去，」當時我正在哺奶，「我要被派去阿富汗了。」

---

*毛拉有多種意義，曾指稱非阿拉伯的伊斯蘭教徒，或伊斯蘭教士，或在伊斯蘭地區稱知識份子為毛拉。此處可能指伊斯蘭教士在唱誦《古蘭經》。

「為什麼派你去？我們的孩子還小。」

「我不去，別人也得去。黨下了命令，共青團的回答是『到』！」

他是個忠於職守的軍人。他常說：「命令，從來不能討價還價。」他們的家人，尤其是他母親，性格強勢，所以他已習慣於遵命、服從；也因此，他在部隊裡覺得輕鬆。

你問送別的情景嗎？男人都在抽菸，母親一言不發，而我不住地哭：「誰需要這場戰爭啊？」女兒在搖籃裡睡覺。

我在街上遇見一個女人，瘋瘋癲癲的。她常常出現在我們這個兵營駐地，有時在集市上，有時在商店裡。大家都說，她年輕時被強姦了，從那以後，她連自己的母親也不認識了。她在我身邊停了下來。

「你就等著他們把你男人裝在鋅皮箱子裡運回來吧。」她咯咯地笑一陣後，轉身跑了。

我不曉得會發生什麼事，但我曉得一定有事會發生。

我等他回來，像西蒙諾夫＊詩中寫的：「你等著我吧，我會回來。」那時，我一天可以給他寫上三、四封信寄出去。我覺得我是用對他的思念、對他的愛在保護著他。他回信說：「在戰場上，每個人都在進行自己的工作，在執行命令，各有各的命運。你不必傷心，等著吧！」

每次我去看望他雙親時，誰都不提阿富汗，他的爸媽也隻字不提。大家沒有商量過，但人人都害怕這些字眼。

我給女兒穿好衣服，準備送她去幼稚園。我吻了吻她，剛一開門，發現幾個軍人站在門口，有一個人還提著我丈夫的皮箱。皮箱不大，是褐色的，當時是我往這個箱子裡裝的東西。我們家出事了。如果我讓他們進屋，他們就會把可怕的消息帶進這個家裡。如果我不讓他們進屋，一切都會保持原來的樣子。他們拉門，想進屋，我拉著門，不放他們進來。

「受傷？」當時我還抱著一線希望，以為他僅僅是掛了彩。

第一個走進屋裡的是軍事委員：

「柳朵米拉·約瑟夫娜，我們懷著萬分悲痛的心情通知您，您的丈夫……」

我沒有哭，只是大叫，我看見了他的朋友，就向他跑過去。

「托利克，你說我就信。你怎麼不吭聲？」

他把護送靈柩的准尉領到我面前：「請你告訴她。」

那個人渾身發抖，也不開口。

有幾個婦人走過來，親吻我。

「鎮靜下來吧！請把你們親屬的電話號碼告訴我們。」

我坐了下來，一口氣把自己已經忘記的所有地址和電話號碼都說了出來，有幾十個地址和電話號碼。後來他們根據筆記本核對了一下，一個也沒有錯。

我的屋子很小，只有一間房，所以他們把靈柩停放在部隊的俱樂部裡。我一次又一次摟著棺

---

*西蒙諾夫（Simonov, Konstantin Mikhailovich, 一九一五～一九七九），蘇聯小說家、詩人、劇作家。

材，放聲大叫：「為什麼？我們對誰做過傷天害理的事？」

我清醒過來後，盯著這口棺材。「你就等著他們把你男人裝在鋅皮箱子裡運回來吧。」我又大叫：「我不相信這裡頭裝的是我丈夫，請你們向我證實這裡頭是他，棺木上連個小窗口都沒有。你們帶回來的是什麼？你們把誰給我送來了？」

他們把他的朋友叫來。

「托利克，」我說，「請你發誓，保證這裡邊是我丈夫。」

「我以自己女兒的名義發誓，裡邊真的是你丈夫。他是當場死的，一點痛苦也沒有。我沒法再跟你說別的了。」

丈夫的話應驗了：「如果非得死，就不要禁受痛苦。」可是，我們還活著，是我們在承受痛苦啊！

牆上掛著他大大的照片。

「幫我把爸爸拿下來，」女兒懇求道，「我要跟爸爸一起玩。」

她用玩具把照片圍了起來，跟他說話。晚上，我安撫她睡覺。

「他們開槍打在爸爸什麼地方了？為什麼他們偏偏選中了爸爸？」

我帶她去幼兒園，傍晚接她回家時，她大吵大鬧：「爸爸不來接我，我絕不離開幼兒園。我爸爸在哪兒？」

我不知道該怎麼回答，我不知道該怎麼向她解釋。我自己也才二十一歲。今年夏天，我把她送到農村我母親那裡去了。她在農村也許會把爸爸忘掉，我已經無力每天哭泣。我只要見到夫妻兩人帶著孩子一起走，就會掉眼淚。我的心在吼叫，我的身體在吼叫。以前夏天的時候，我喜歡裸睡。現在再也不這麼做了。我會回想起一切，想起溫存的時刻。很抱歉我說得這麼露骨，但是我只能跟您這位外人說，對自己人很難啟齒。

哪怕你能再站起來待一分鐘，看看你女兒長成什麼樣子了！這場不可理喻的戰爭對你來說已經結束了，對我來說卻沒有結束，對我們的女兒來說呢？我們的孩子是最不幸的人。他們要為一切負責啊！你聽見我的聲音了嗎？

我這是在對誰大喊大叫啊？又有誰聽得見？

——一位妻子

我曾經想過生個兒子，給自己生個男子漢。我會好好愛他，他長大後也會愛我。

我和丈夫離了婚，他離開我，找了個年輕女孩。她一畢業就替他生了孩子。我愛過他，大概因為如此，我沒有再找別人。

我和母親兩個女人一起撫養我兒子。當他還是個男孩時，我悄悄起身，站在大門口悄悄地盯著他，看他和什麼人在一起，看他的夥伴都是什麼人。

「媽，」他回到家裡對我說，「我已經是大人了，你還像放羊似的管著我。」

他長得嬌小，像個女孩，白淨又清秀，我懷胎八個月就生了他，早產。我們這代人生不出健康的嬰兒，我們是在戰爭中長大的，轟炸、射擊、飢餓，還有恐懼。兒子總是和小女孩一起玩遊戲，女孩子歡迎他，他不打架……他愛貓，給貓咪繫上蝴蝶結。

「媽咪，買隻小倉鼠吧！倉鼠的毛又濕潤又光亮，暖烘烘的。」

我們買了倉鼠，買了魚缸，買了小魚。我們來到市場：「給我買隻小雞，買隻小雞。」

現在我會想：「難道這樣的孩子也會在那邊開槍殺人？」他是家裡長大的孩子，出生不是為了去打仗。我們非常愛他，對他關懷備至。

我來到阿什哈巴特，到軍訓地的連隊去看望他。

「安德留沙，我想和你們長官談一談，你是我的獨生子，這兒離邊境太近了。」

「不許你去，媽。別人會取笑我，說我是嬌生慣養的小少爺。他們已經說我小巧玲瓏了。」

「你在這兒怎麼樣？」

「我們中尉是個好人，他平等待人，可是大尉有時會打人耳光。」

「這怎麼行！我和你外婆從來沒有打過你，連你小時候也沒有打過你。」

「媽，這兒過的是男人的生活，我最好還是不跟你和外婆講任何事了。」

我的兒子長得太小了，我在澡盆裡幫他洗澡，他像小鬼似的從水裡爬出來，我用大毛巾裹住他，緊緊地摟在懷裡。那時我覺得，不論什麼時候，不論什麼人，都不能把他從我懷裡搶走，我不會把他交給任何人。可是後來，他們從我懷裡把他搶走了。

他念了八年的書以後，我勸他考建築學校。我以為他學了建築專業，在部隊裡就不難立足。

等到他服完兵役之後，還可以再考大學。他想當個林業工人，他在樹林裡總是歡天喜地。他聽聲音就可以判斷出是什麼鳥在叫，他領著我看什麼花長在什麼地方。這一點，他酷似他的父親。他父親是西伯利亞人，熱愛大自然，甚至熱愛到不許別人剷除院子裡的草。讓一切都生長吧！安德留沙喜歡林業工人的制服、帽子：「媽，它們多像軍裝。」

現在我會想：「難道他在那邊會開槍殺人？」

他從阿什哈巴特經常給我和他的外婆寫信，有一封信我都背熟了，我拿著它讀過不下一千次。「親愛的媽媽，親愛的外婆，你們好！我在部隊已經服役三個月了，我的情況良好。到目前為止，凡是交給我的任務，我都能完成，領導對我沒有提過意見。不久前，我們的連隊到野外教學中心去了一趟，那個中心離阿什哈巴特八十公里，在群山之間。他們在那裡過了兩週，訓練山地作戰，學習掌握戰術和使用步兵武器射擊。我和另外三個人沒有去，留在部隊裡。留下我們，是因為我們在家具廠已經工作了三個星期，幫忙修建廠房。為此，工廠會給我們的連隊製作一批桌子。我們在家具廠幹的活是砌磚、抹水泥，這些活都是我熟悉的。

媽，您的信我都收到了，你們寄來的郵包和放在郵包裡的十盧布也收到了。我們用這些錢在小吃部吃了好幾頓，還買了一些糖果。」

我安慰自己：「既然他幹的是抹灰和砌磚的活，那麼就是把他當建築工了。讓他幫他們建造私人別墅、私人車庫吧，只要不派他到更遠的地方去就行。」後來他又來信，說在城外替某個將軍工作。

一九八一年，出現了各種傳言。有人說阿富汗是血流成河的戰場，像屠宰場，這事只有很少人知道。我們在電視裡看到的，是蘇聯士兵與阿富汗士兵稱兄道弟，我們的裝甲運輸車上撒滿了鮮花，農民在親吻分給他們的土地。但有一件事讓我提心吊膽，我在去阿什哈巴特的路上遇見了一位婦人。當時，我找到一家旅館，那裡的人告訴我：「沒有空床。」

「我可以在地板上過夜。我從很遠的地方來，來看當兵的兒子。我就待在這兒，哪兒也不去了。」

「好吧，你到四個人合住的房間去吧！那兒已經住了一個母親，也是來看兒子的。」

我從這名婦人那兒，第一次聽說正在準備徵集新兵去阿富汗。她帶來很多錢，為了拯救自己的兒子。回去時，她心滿意足，她和我告別時說了自己的經驗：「不要當天真的白痴。」當我把這事告訴我媽時，她一下子就哭了：「為什麼你沒有給他們下跪？為什麼不央求他們？你應當把自己的耳環摘下來送給他們。」

那不值幾個錢的耳環，在我們家裡是最貴重的東西。我的耳環上沒有鑲寶石！我媽一輩子過的是清貧日子，所以她認為那對耳環很值錢。天哪！把我們都變成什麼人了？如果不派他，也會派別人去。那個人也有母親啊！

我兒子被編入傘兵突擊營，飛往阿富汗，這對他來說也是出乎意料的事。他有一種難以抑制、孩子般的自豪感，他無法掩飾這種心情。

我是個女人，完完全全是個平民百姓，有些事可能我不明白。誰給我解釋一下，既然準備要派他參戰，為什麼還讓他去抹水泥和砌磚？他們早就知道要把這些人派到什麼地方去。報上刊出

「聖戰者」的照片：三、四十歲的大男人，在自己的國土裡。他們有家，有孩子……請你們告訴我，一週前他離開普通部隊，怎麼一下子就會被編入傘兵突擊營呢？連我這樣的女人也知道什麼是傘兵部隊，那種部隊需要的是體壯如牛的小夥子，這些小夥子還要經過專門的訓練。後來，軍訓教官回答我說：「您的兒子，無論在軍事訓練或是政治修養方面，樣樣都優秀。」他什麼時候成了優秀的士兵？在什麼地方成了優秀的士兵？在家具廠嗎？我把自己的兒子交給了什麼人？託付給了誰？他們甚至沒有把他訓練成一個兵，就把他送上戰場。

從阿富汗，他只寄回過一封信：「你們放心好了，這邊風景美麗，太平無事。花很多，大樹也開了花，鳥兒在啼鳴，還有很多的魚。」那是天堂，而不是戰場。他想讓我們放心，否則我們又會為他四處奔波，以便把他從那裡拖出來。他們是一些沒有聞過火藥味的男孩，幾乎都是娃娃兵。人家把他們往戰火裡扔，他們還以為那是給他們的榮譽。這是從小教育的結果。

他在頭一個月裡就死了，我的孩子，我那麼瘦小的寶貝兒子。他在那邊，躺在地上，會是什麼樣子？我永遠不會知道。

過了十天，他被運回來了。這十天，我在夢裡總是丟東西，丟了又找不到。這幾天，在廚房裡燒開水，響了又響。我燒水沏茶，水壺叫出各種聲音來。我喜歡在室內種盆栽，我有很多花擺在窗台上、櫥櫃上、書架上。每天早晨我澆花時，總把花盆碰掉在地上。花盆從手裡脫落，摔得粉碎，屋裡總有生泥土的氣味。

家門口停了幾輛車子，兩部軍用吉普車和一輛救護車。我一下子就猜到了，這是來我們家的。我走到門口，打開了門：「你們不用開口！什麼也不用講！我恨你們！只求你們把我兒子的遺體還給我，我要按我的方式來安葬他。就我一個人，我不需要任何軍人的禮儀。」

您寫吧！把真相公諸於世，完完整整的真相！我已經什麼都不怕了。我一輩子都過得戰戰兢兢，已經受夠了。

——一位母親

事實？只有絕望的人才能對您講出所有的事實，只有完全絕望的人才能對您講出一切。除了我們以外，很多事都沒人知道。真實太可怕了，不會有真實。誰也不想第一個強出頭，誰也不願意冒這種險。用棺材偷運毒品，偷運皮大衣，冒充被打死的人，誰會講出這些事來？誰會把用線串起來的乾耳朵拿給您看？這是戰利品，把這些乾耳朵藏在火柴盒裡，耳朵卷得像細小的葉子……不可能？不願意聽到光榮的蘇聯小夥子會幹出這些事來？看來是可以的，看來是幹過這些事的。這也是真實的，誰也擺脫不掉，用廉價的銀粉也塗抹不掉。你們還認為，為他們豎了碑、頒了獎章就會萬事大吉。

我是個正常人，我去不是為了殺人。他們向我們灌輸的是匪幫在殺人放火，我們可以成為英雄，大家會對我們所有人表示感謝。我清清楚楚地記得幾張海報：「軍人們，讓我們一起來加強祖國南方邊界的防禦！我們不會讓兵團丟臉！」「繁榮吧，列寧的祖國！」「光榮啊，蘇聯共產黨！」我從那邊歸來。在那邊時總有一面小鏡子，在這兒是一面大鏡子。我一看，都不認識自己了，那是另外一個人在看我。新的眼睛，新的面孔……我弄不清哪裡發生了變化，可是連外貌也變成另一個人了。

我正在捷克服役，有傳言說：「你要到阿富汗去。」

「為什麼是我？」

「因為你單身。」

我打點行李，如同準備出差。帶什麼東西？誰也不知道，那時我國還沒有「阿富汗人」。有人建議我帶上膠鞋，我在那邊過了兩年，這雙膠鞋一次也沒有穿過，最後把它留在喀布爾了。從塔什干上飛機，坐在子彈箱上，在申丹德著陸。他們的員警拿的是我國衛國戰爭時期的自動步槍，還有我們的士兵和他們的士兵，全都髒兮兮的，穿著褪了色的軍衣，好像是從戰壕裡鑽出來一樣。這兒跟我在捷克已經習慣的一切相比，有強烈的反差。有人在護送傷患，有個傷患肚子裡有彈片。「這個人活不久，半路上就會咽氣。」直升機駕駛員在交談，是他們把傷患從哨所運來的。他們談論死亡時是那麼心平氣和，聽得我茫然不知所措。

在那邊，對待死亡的態度大概是最不可理解的。話又說回來了，如果講出全部事實，恐怕辦不到。我們這兒認為不可想像的事，在那邊卻司空見慣。殺人是可怕又讓人噁心的事，但過不了多久，你就會開始認為，獨自面對面開槍殺人，這種事可怕又令人噁心，但跟大家一起開槍殺人卻讓人情緒亢奮，有時甚至是歡天喜地。和平時期刀槍入庫，每個槍架都上了鎖，武器室裡裝有聲控裝置。但是在那邊，武器隨身攜帶已成習慣。夜晚躺在床上，開槍打碎電燈泡，只是因為懶得下床關燈。熱得發昏時，就用自動步槍朝天上亂打……我們把馱運隊包圍起來，馱運隊一反抗，就用機槍掃射。只需一道命令：「把馱運隊消滅掉！」於是，我們便動手消滅馱運隊，到處是受傷駱駝的狂叫聲。阿富汗人難道會為此而對我們感恩戴德，並授予我們各種勳章？

戰爭就是戰爭，應當殺人。難道把作戰武器發給我們，是為了讓我們和同年級的弟兄玩軍事遊戲？難道是為了在那邊修理拖拉機、播種機？我們會被殺，我們也殺人。能在什麼地方殺人，就在什麼地方殺人。但這不是我們從書本上、影片裡了解到的那場戰爭，火線、中間地帶、前線、管道戰——原本是為了灌溉田地挖掘的地下水渠……白天、晚上，人像幽靈似的從管道裡鑽出來，手裡拿著中國製的自動步槍，或是家裡用來宰羊的刀子，甚至就只拿塊石頭。說不定，不久前你還和這個「幽靈」在商店裡做過買賣，現在他卻已經超出了你的同情界限。他剛剛把你的朋友打死，一堆肉代替了你的朋友。他的最後一句話是：「你們不要寫信告訴我媽，我求你們，什麼也別讓她知道。」可是你，蘇聯人，對他們再也沒有同情心了。你的大砲炸平了他們的村莊，他們幾乎找不到自己的母親、妻子和孩子的任何東西。如果你落到對方手裡，他們也會把你剁成肉醬。

現代武器擴大了我們的罪惡，我用刀子能殺死一兩個人，但用炸彈就能炸死幾十個人。然而，我是軍人，我的職業就是殺人。童話裡是怎麼講的？我是阿拉丁神燈的奴僕，那麼我呢？我就是國防部的奴僕。它命令我向哪兒射擊，我就向哪兒射擊。我的職業就是射擊。

可是我到那邊去，不是為了去殺人，我不想殺人。怎麼會有這樣一個結局呢？為什麼阿富汗人沒有把我們看成是我們自認為的那種人呢？孩子光腳穿著膠鞋，站在冰天雪地裡，我們的弟兄把自己的口糧給了他們。我親眼見過這個場面，一個衣衫襤褸的孩子跑到裝甲車前，他和其他孩子一樣，沒有伸手要任何東西，他只是在張望。我口袋裡有二十阿幣，我把錢都給了他。他一下子跪在沙地上，直到我們的裝甲車開走。我身邊還發生了一件事。我們的哨兵從運水的孩子身上搜走了錢。多少錢？幾分錢。不，我甚至不願意作為一名遊客到那邊去，永遠不去。我已經對您說過，真實太可怕了，不會有真相，誰也不需要真相。在這兒的你們不需要，去到那邊的我們也不需要。那時你們有那麼多人，誰也不說一句話。等我們的孩子長大了，他們也會隱瞞我們到過那邊的事實。

我也碰到過引以為傲的人，他們說什麼「我是從阿富汗回來的」，說什麼「我們在那邊怎樣怎樣」……

「你在哪兒服役？」

「喀布爾。」

「哪個部隊？」

「我嘛，特別部隊。」

在科雷馬*，關押瘋子的木板棚裡，他們叫嚷著：「我是史達林！我是史達林！」而現在，

---

*史達林的恐怖統治時代，蘇聯全國有數百個勞改營，科雷馬（Kolyma）就是其中之一。

正常的小夥子自稱：「我來自阿富汗。」還不止一個人，應當把這些人抓起來關進瘋人院。

我獨自回憶，喝完酒之後，坐半晌。我喜歡聽阿富汗歌曲，但只有我一個人有過那樣的事，有過那樣的日子。雖然那樣的日子被玷汙了，但你怎麼也擺脫不掉。年輕人聚集在一起，他們都滿腔怒火，因為這兒誰也不需要他們。他們尋找不到自己，再也找不到某種道德價值。有個人對我坦白地說：「如果我知道自己不用承擔什麼後果，我就可能會殺人，隨隨便便殺他一個，沒有任何原因。我不可憐他們。」沒錯，是有過阿富汗這回事，可它已經過去了。你不能一輩子祈禱和認罪啊。我想結婚，我想要有個兒子……我們越是趁早住嘴，越是對大家有好處。誰需要這種真相？凡夫俗子需要！他們會向我們的心窩裡吐痰：「啊，這群敗類，他們在那邊殺人、搶劫，回到這裡還享受優待。」弄來弄去，有罪的只有我們。我們所禁受的一切，都成了無用之物，只能自己保留著。

為什麼要發生那一切呢？為什麼？

我在莫斯科車站時，去了一趟廁所。我一看，廁所是合營的，有個小夥子坐在門口收費。上邊掛著一塊牌子：「七歲以下的兒童、殘疾人和參加過偉大的衛國戰爭的人、國際主義軍人免費。」

我愣住了：「這是你自己想出來的主意？」

他自豪地說：「是啊，是我自己想的。你出示證件，就可以進去。」

「我爸經歷了所有的戰爭，我吃了兩年外國的沙土，就是為了能夠免費在你這兒撒泡尿？」

我在阿富汗時，對任何人都從來沒有像對這個小子懷有這麼大的仇恨。讓他來替我們買單……

我搭飛機回蘇聯休假，一走進澡堂，大家坐在長凳上舒服得直叫喚，我卻覺得像是傷患在呻吟。回到家裡，就想念在阿富汗的朋友；可是在喀布爾時，過不了幾天就想家。我是辛菲洛普*人，畢業於音樂學校。生活幸福美滿的人是不會到這邊來的，凡是來到這邊的女人，都是受過刺激的單身女人。我的工資每月一百二十盧布，靠這麼幾個錢怎麼活？我平常想穿得好一些，休假能過得有意思一些。有人說，到這邊來的，都是為了找個未婚夫。喏，即便是為了找未婚夫，那又怎樣？何必躲躲閃閃？我已經三十二歲了，還單身著。

到了這邊以後，我才知道，最可怕的地雷是「義大利地雷」。被這種地雷炸了以後，只能用提桶收屍。有個小夥子來找我，說起話來沒完沒了。我心想，他永遠不會住口了，我開始害怕。這時，他說：「請你原諒，我告辭了。」陌生的小夥子，他是因為見到了一個女人，所以就想講話。他有一個朋友，在他的眼前變成了一堆碎肉……我估計，他還想接著往下講。他又找誰講去了？

我們這兒有兩間女宿舍：一間叫「貓屋」，裡頭住著在阿富汗待過兩三年的女人；另一間叫「野菊花」，住著新來的、目前都還是乾乾淨淨的女人。愛一個人，就貼在心上，不愛呢，就打發他去見鬼。星期六是男兵洗澡的日子，星期天是女人洗澡的日子。軍官浴池禁止女人入內，女

* 位於克里米亞半島，一九五四年劃歸烏克蘭，蘇聯解體後成為克里米亞共和國首都。

人被視為骯髒的。但同樣是這些軍官，晚上卻帶一瓶酒來敲門，只為了一件事。他們皮夾裡放孩子、妻子的照片，還拿給我們看，這種事情稀鬆平常。

開始射擊了，火箭彈四處亂飛，到處是呼嘯聲。心裡好像有什麼東西被扯斷了，一陣疼痛。兩個士兵帶著一條狗去執行任務，狗回來了，但是人沒有（停止說話）。開始射擊了，我們跑到掩體裡躲避，可是阿富汗的孩童高興得在房頂上手舞足蹈。車上拖著我們一個被打死的士兵，孩子又唱又跳。我們把禮物送到村莊去，麵粉、草墊、絨毛玩具、小熊、小兔子……可是他們在跳在笑（沉默下來）。射擊開始了，他們好開心。

回國後，大家通常問的第一個問題就是：「你嫁人了嗎？有些什麼優待？」我們唯一的優待（對於文職人員來說）是，如果被打死了，發給家屬一千盧布。軍人商店進了貨，男人排在前邊：「你們算啥？我們需要給妻子買禮物。」可是天黑後，他們就央求著進我們屋裡。在這裡履行「國際主義義務」，同時發財致富，這是正常的現象。在軍人商店買了糖果、餅乾、罐頭，然後把這些東西轉賣給當地的小店。有個價目表：一瓶奶粉，五十阿幣；一頂軍帽，四百阿幣；汽車後視鏡，一千阿幣；卡瑪斯載重汽車輪胎，一萬八千到兩萬阿幣；馬卡洛夫手槍，三萬阿幣；AK-47突擊步槍，十萬阿幣；從兵營裡運出來的一卡車垃圾，七百到兩千阿幣（取決於哪種垃圾，其中有沒有鐵皮盒，數量有多少）。女人當中，生活最優渥的是跟准尉睡覺的人。誰的地位比准尉高？只有上級准尉。關卡上的弟兄都患有壞血病，他們吃的是爛白菜。

女孩子說，在缺腿斷腳士兵的帳篷裡，什麼話都談，就是不談未來，這裡的人都不願意談未來；也不談愛情。生活幸福美滿的人大概都害怕死亡……我可憐的是我媽。

貓在死人身邊悄悄走動，找東西吃。牠也怕，牠以為那些躺在那裡的小夥子都是活人。

求您別讓我再說了，否則我也會講個沒完沒了！況且，我沒有殺死過任何人。

——一位女文職人員

我有時在琢磨，假如我沒有參加這場戰爭，會是怎樣的？

我會是個幸福的人。我對自己永遠不會失望，我也不會知道那些我最好不要知道的、有關自己的事。正像尼采說的：「你在窺視深淵的同時，深淵也在窺視著你。」

我在無線電技術學院已經上了二年級，可是我的心嚮往音樂，愛讀有關藝術的書。對我來說，那是一個更容易親近的世界。我兩頭奔波，就在這個時候接到軍委會通知。我是個意志薄弱的人，我不想干預自己的命運，即使干預了也會失敗，那就聽天由命吧，責任不在我。當然，我對參軍一事準備得不夠。命運讓我措手不及……

首長沒有當面直說，但一聽就明白，要派我們去阿富汗。我沒有干預我的命運……他們讓我們在練兵場上列隊，宣讀了命令，說我們是國際主義軍人。我們安安靜靜地接受了一切，你總不會說：「我怕，我不想去！」我們是去履行國際主義義務，一切都安排得妥妥當當。在加德茲轉運站就開始了，服役比較久的老兵把一切值錢的東西都拿走了：皮靴、條紋衫、貝雷帽。每件東西都是錢：貝雷帽，十張兌換券；一盒軍章，二十五張兌換券。空降兵軍章每套應該是五個：

近衛軍章、空軍優秀軍人章、跳傘員章、級別章，以及軍人運動員章，我們稱為「跑章」*。檢閱時穿的襯衫也給搶走了，他們用那些東西去和阿富汗人換麻醉劑。幾個「爺爺兵」走了過來：「你的行囊呢？」他們翻找了一遍，看中什麼就拿走什麼，然後放你走人。連裡把大家的制服都給收了，換上舊的給我們。他們把我們叫到軍需倉庫裡：「你在這兒何必穿新軍裝？弟兄準備回蘇聯了。」我往家裡寫信，說蒙古的天氣真美，吃得好，太陽亮。其實，這裡已經是戰場了。

第一次進村子時，營長教我們如何對待當地居民：

「所有阿富汗人，不分年齡，都是『巴恰』†，明白了嗎？其餘的，我會教你們。」

我們在路上遇見一個老人，一聲令下：

「停車，大家瞧著！」

營長走到老人面前，扯掉了他的纏頭，在鬍子上摸索了一陣：

「喏，走吧走吧，巴恰。」

這是令人意外的事。

在村子裡，我們把裝有麥飯的盒飯扔給孩子。他們以為我們扔的是手榴彈，嚇得撒腿就跑。

第一次出征——隨同縱隊作戰，我很激動，躍躍欲試，戰爭就在身邊進行！手持武器，腰掛手榴彈，這種形象過去只在海報上見過。接近了綠帶區，身為瞄準操控手，我對著瞄準鏡，非常細心地觀察。出現了一個纏頭……

「謝廖沙，」我對坐在機關砲後頭的戰友喊道，「我看見一個纏頭，怎麼辦？」

「開槍。」

「隨隨便便就開槍？」

「難道你還要想一會兒？」開了一砲。

「我又看見了纏頭，白色纏頭，怎麼辦？」

「開槍！」

用機關砲，機槍射出一半的彈藥。

「你在哪兒發現了白色纏頭？那是雪堆。」

「謝廖沙，你的雪堆在奔跑。你的雪堆還帶著自動步槍……」

大家從裝甲車上跳了下來，用自動步槍射擊。

把人打死或留活口，我們根本不考慮這類問題。總想吃東西，總想睡覺，總有一個願望，一切快快結束。不再射擊，徒步行走。坐在熾熱的裝甲車上，呼吸嗆人的滾熱沙土，子彈在頭上呼嘯而過，可是我們照樣睡覺。把人打死或留活口，這是戰後談的話題。戰爭本身的心理學很簡單，彼此不能把對方看成是人，看成是人，就下不了手。我們包圍了杜什曼的村莊，圍了一天一夜、兩天兩夜……天熱人疲，我們如同野獸。我們變得比「綠人」‡更心狠手辣。他們在此地畢

* 要獲得軍人運動員章，需要不停奔跑，因此士兵們戲稱為「跑章」。

† 在波斯語中，бача是孩子或年輕人的意思。

‡ 指的是穿綠色戰服的阿富汗人民軍。

竟是自己人，他們在這樣的村莊裡土生土長。但我們下手前不加思索，他們的生活不像我們的生活，不為我們所理解。我們開槍、扔手榴彈，不費吹灰之力。

有一次，我們回到營地，七個弟兄掛了彩，兩個被震傷。沿途的村莊都不見人影，有的進了山，有的躲在自己的土屋裡。突然竄出一個阿富汗老婆子，她一邊哭一邊叫，揮著拳頭衝向裝甲車。她兒子被打死了，她在詛咒我們，她的舉動只能喚起大家一種感情，就是送她上西天。她叫喚著什麼？為何揮舞著拳頭？要嚇唬誰呀？我們本來可以把她打死的，可是沒有。我們從大道上把她推開，推到一旁，開車載走七個掛彩的弟兄。

我們什麼也不知道，我們是兵，我們只知道打仗。我們過的是和阿富汗人隔絕的士兵生活，不許他們進入部隊駐地。我們知道他們在殺我們，大家都非常想活下去。我想，我可以掛彩，甚至想掛個輕傷，那時就可以躺上幾天，睡個好覺，但誰也不想死。我們有三個士兵走進一家小店鋪，殺了小店鋪中全家人，搶走店裡的東西。開始調查此事時，他們先是否認：「那不是我們幹的。」從死人身上取出的子彈是我們的，然後繼續追查：「是誰幹的？」找出三個人來：一個軍官、一個准尉及一個士兵。我記得在連裡搜查搶來的錢財時，我們有一種受汙辱的感覺：「怎麼能因為他們，因為幾個被打死的阿富汗人，就來搜查我們？他們都是些什麼人啊？」最後召開了軍事審判大會，兩個人被處決——准尉和士兵。大家都為他們感到惋惜，他們是因為胡來而喪了命，大家說那是「胡來」而不是「犯罪」。至於被打死的那一家人，似乎根本不存在。我們是在完成國際主義義務，一切都安排得妥妥當當——他們和我們；朋友和敵人。只是到了現在，舊框散了架後，我才開始考慮這些事。而我每次讀到屠格涅夫的《木木》*時，都還會含著眼淚！

人在戰爭中會發生某種變化，既是他，又不是他。難道有人教過我們別殺人嗎？參加過戰爭的人來到我們學校，來到我們學院，講述他們怎樣殺人，他們的禮服上都別著勳章。我一次也沒有聽說過在戰場上不許殺人。我知道，只有和平時期殺人才會受到法律制裁，他們是殺人犯。可是在戰爭時期，有另一種說法，說那是「在祖國母親面前盡兒子的天職」，是「男子漢的神聖事業」，是「保衛祖國」該做的事。他們向我們解釋，說我們是在重新踐行偉大的衛國戰爭。我怎麼能懷疑他們的話呢？他們反反覆覆地告訴我們：「你們是最優秀的。」既然我們是最優秀的，我何必還要自己去思考呢？我們所做的一切，都是正確的。後來，我想了很多。朋友說：「你要麼已經瘋了，要麼快瘋了。」而我（我是由我母親，一位能幹、彪悍的女人撫養長大的）……從來不想干預自己的命運。

在訓練基地，從事特殊任務的偵察兵說了那麼多浪漫傳奇的故事。我也想成為他們那樣堅強的人，天不怕地不怕。我這個人大概有一些缺陷：喜歡音樂，愛看書，但也想衝進村莊去割斷所有人的喉嚨，然後輕鬆愉快地充好漢，大吹牛皮。可是我也記得另一件事，怎樣感受到失魂落魄的恐懼。我們乘車行進，開始交火，車停下來，命令：「占據防禦位置！」大家從車上跳下來，我站了起來，有個戰友先占了我原來的位置，手榴彈正好投在他身上。我覺得我直挺挺地從車上

*《木木》是屠格涅夫反農奴制的短篇小說，主角是一名聾啞農奴。

飛了出來，像動畫那樣緩緩地降落，但是別人的軀體一塊一塊地落得比我快。不知為什麼我落得慢，這一切都印在我的腦海裡，這才是可怕之處。或許可以把自己的死亡過程這樣記錄下來，真有趣……我摔在地上，像烏賊似的爬進水溝。我躺在溝裡，舉起受傷的手臂。後來才知道我的傷很輕，不過我舉著雙手一直沒動。

不，我成不了堅強的人。衝進土屋裡去割斷別人的喉嚨，這種事我做不到。一年以後，我進了軍醫院，因為營養不良，全排我是唯一的「年輕人」，十個「爺爺兵」和我一個「娃娃兵」。一晝夜只能睡三個小時，我要替所有人洗餐具、儲備柴火、打掃駐地、擔水。離小河有二十多公尺，早晨我去打水時，心裡覺得不能去，前邊有地雷，可是我又怕挨打……一覺醒來，一看沒有水，洗不了臉，就去了，去了就踩在地雷上了。謝天謝地，我踩上的是信號雷，信號飛向天空，照亮了周圍。我摔倒了，坐了一會兒，繼續向前爬。能挑一桶水也好，否則連牙都沒辦法刷。「爺爺兵」不分青紅皂白，只知道打人。這一年當中，我從一個正常的小夥子變成營養不良的人，沒有護士幫忙，我連病房都走不出去，累得滿頭大汗。回到部隊，又開始挨打。我被打傷了腿，不得不動手術。營長到軍醫院來看我，追問我：

「是誰打的？」

他們是夜裡摸黑打的，但我知道是誰。可是我不能說，說出來就成了告密者。這是不能違背的軍營法則。

「你怎麼不說話？說，是誰？我要把他送上軍事法庭去受審。」

我不說話。士兵生活中，外力無法制服內力，正是內在的法則決定了我的命運。誰若想與它對立，只有失敗一途，我見過這種情況。我不干預自己的命運。服役期快結束時，我也想打人，但沒有打成。「爺爺兵」的作風不取決於個人，而是受群體的支配，先是別人打你，然後是你打別人。我對復員軍人隱瞞了我打不了別人的事，倘若讓他們知道，那麼挨打的人和打人的人都會瞧不起我。我回到家裡，來到軍委會，恰好這時有人把鋅皮棺材運來了，裡頭是我們的上尉。死亡通知書上寫著：「在執行國際主義任務中陣亡。」短短的一分鐘，我想起他每次喝得醉醺醺，在走廊裡晃來晃去，拳打值日兵下頜的情景。每週他都用這種方法尋開心，你躲不掉，只好把打掉的牙吐出來。我在戰爭中明白了，人身上的人味並不多。沒有食物的時候，人變得殘酷無情；感覺不舒服時，也會變得殘酷無情。那麼，人身上能有多少人味呢？我只去了一趟公墓，墓碑上刻著「壯烈犧牲」、「表現得英勇剛毅」、「完成軍人的天職」……當然也有英雄，如果對「英雄」兩字做狹義理解的話。比方說，在戰鬥時，用自己的身軀掩護了戰友，把負傷的指揮官拖到安全的地方。但是我知道，我們中間有人因為偷打麻醉藥死了，還有一個正往食品庫裡鑽時被崗哨打死了。我們都往食品庫裡鑽過，能喝杯煉乳、吃口餅乾，那是夢寐以求的。可是你不會把這些寫出來，你一定會把這些事抹掉。誰也不會去說出那些躺在地下的人，曾經發生過哪些真實的事。活者授予勳章，死者編成傳說，這樣對大家都好。

這場戰爭就和此地的生活一樣，一模一樣，只是戰場上死的人多些。謝天謝地，好在我另有天地，它把那個世界給擋住了，那就是書的天地、音樂的天地，那個天地拯救了我。不是在那邊，而是在這裡，我開始弄清楚自己到過什麼地方、發生過什麼事。我總是一個人思考這些事，我不去「阿富汗人俱樂部」。我不能想像自己跑到學校去講戰爭，講怎樣把當初那個未成年的我塑造成殺人犯，塑造成一頭只想吃和睡的生物。我瞧不起「阿富汗人」，他們的俱樂部像部隊，全是部隊的那一套，他們不喜歡全身掛著金屬的歌手。他們說：「走，弟兄們，咱們去揍他們一頓。」這正是我想擺脫、而不是與之同流合汙的生活。我們的社會相當殘酷，過去我從未注意到這一點。

有一次，我們在軍醫院裡偷了一堆非那西丁。這種藥是用來治療精神失常的人，每次服一兩片，可是我們有的人一下子吞了十片，有人吞了二十片。到了半夜三點鐘，有人到廚房去洗盤子洗碗，但其實盤子和碗都乾乾淨淨，另外一些人則陰沉沉地坐在那裡玩牌，還有一些人在枕頭上拉屎撒尿。荒唐透頂，把女護士嚇跑了，把哨兵叫來了。

這場戰爭就是這樣留在我的記憶裡。一方面，荒唐透頂（沉默不語）；另一方面，我們在那裡做的是死後無法上天堂的事。

——一位瞄準手

我生了一對雙胞胎，都是男孩，但後來只剩下一個。

十八歲以前未成年的他，直到收到參軍通知那天，都還在婦女保健研究所學習。這樣的士兵難道也應該被派去阿富汗嗎？鄰居責備我，她說得對：「難道你就湊不上兩千盧布去行賄？」有人行了賄，救了兒子一條命，於是他們就用我的兒子代替了那個人。我當時不懂，應當用錢去救兒子，我只知道用心靈救他。

他在部隊宣誓那天，我去看望他。我發現他有些心神不寧，參加戰爭他還沒有心理準備。我跟兒子一向開誠布公：

「寇里亞，你的心理還沒有準備好，我要去幫你求情。」

「媽，別求情，別低三下四的。你以為你說我還沒有準備好就能打動那些人的心嗎？在這裡誰管你這些？」

我還是爭取到讓營長接見我。我請求他：

「寇里亞是我僅存的唯一一個孩子，如果他出了事，我就活不下去了。再說，他的思想及心理都還沒有準備好，我看得出來，他準備得不夠。」

他表示同情：

「您去找一下當地的軍委會，如果他們能寄給我一份正式公文，我就派他回蘇聯服役。」

飛機夜間著陸，上午九點我就跑去了軍委會。軍事委員是戈里亞切夫，他坐著，正跟什麼人通電話。我站著等他。

「您有什麼事？」

我講了。電話鈴聲又響了，他拿起話筒，同時對我說：

「我不會寫任何公文。」

我懇求他，還下跪，我恨不得親吻他的手：

「他是我唯一的兒子。」

他坐在辦公桌後面，甚至沒有站起來。

我臨走時還在央求他：「請您記下我的姓名……」

我還抱著一線希望，或許他能審查一下我兒子的檔案，考慮一下，幫個忙。他不是一個鐵石心腸的人。

過了四個月，那邊辦了三個月的速成訓練班，兒子從阿富汗來了信。僅僅四個月，僅僅一個夏天。

早晨我去上班。下樓梯時，迎面走來三個軍人和一個婦人。三個軍人走在前邊，每個人的左手托著軍帽。我不曉得從什麼地方得知，軍人用左手托著軍帽走路，是表示哀悼的意思。於是，我沒有繼續下樓，轉身往樓上跑。他們大概明白了，我就是他們要找的母親，他們也跟著上樓。我鑽進電梯，立刻按往下的樓層，我要跑到街上去，趕緊躲開他們。我得自救，什麼話也不要聽見。我下到一樓，電梯停住了，有人要進來電梯，他們早已在電梯門外等我了。我按了鈕再上樓，上到自己的那一層樓，然後衝進自己的房子。由於心慌意亂，我忘記關門，我聽見他們進了屋子，我躲進房間，他們跟著來了，左手托著軍帽。

他們當中有個人，就是那個軍事委員戈里亞切夫，當我還有力氣時，我像貓似的撲向他，大聲叫喊：

「您渾身都沾著我兒子的鮮血！您渾身都沾著我兒子的鮮血！」

他一聲不響，我甚至想揍他。他一聲不響。以後的事，我什麼也不記得了。

過了一年，我才願意見人。在這之前，我總是一個人，一個人，像個瘋病人。我錯怪了別人，老百姓沒有責任，可是我當時認為兒子的死，他們全都有責任。不論是食品店裡那位熟識的女店員，還是那位素昧平生的計程車司機，還是那個軍事委員戈里亞切夫，都有責任。我那時想見的不是這些人，而是和我一樣的人。我們在公墓裡，在小小的墳墓旁成了朋友。到了傍晚，下班以後，有的母親搭公車匆匆忙忙趕去那裡，有的母親已經坐在兒子墓前哭泣，有的母親正在給欄杆刷油漆。我們的話題只有一個：關於孩子……我們只談他們，彷彿他們都還活著。

那些談話我甚至都能背誦下來：

「我來到陽台上，看見外面站著兩名軍官和一名醫生。他們走進大樓，我扒著貓眼往外看，看他們去誰家。他們走到我們這一層，站住了。他們向左拐，去了鄰居家？他們的兒子也在部隊裡，門鈴響了，我開了門：『怎麼，我兒子死了？』『伯母，請您堅強……』」

「他們開口就對我說：『伯母，棺材停在走廊裡，要給您放在什麼地方？』當時我和丈夫準備去上班，平底鍋裡煎著蛋，水壺裡的水也煮開了……」

「他們把他帶走了，剃成了禿子……過了五個月，送回來一口棺材。」

「我兒子也是過了五個月……」

「我兒子過了九個月……」

「我問那位送棺材來的人：『棺材裡有人嗎？』我盯著他，一直盯著他，他低下了頭說：『那裡頭有點什麼東西……』」

「我那口棺材什麼氣味也沒有，是新鮮的木料，潮濕的木板。」

「我們那口也有，還有些白色的小蟲子從棺材掉到地板上。」

「有氣味嗎？我們那口棺材有氣味。」

「如果直升機著了火，就把他們一塊一塊地拼湊起來。找到一條手臂、一條腿……根據手錶或襪子來辨認他們。」

「棺材在我們院子裡放了一個小時。我兒子身高兩公尺，是個傘兵。他們送來一口木頭棺材，還有一口鋅皮棺材。抬著棺材在走道裡轉不開身，七個大男人很吃力地把它抬了起來。」

「我兒子被他們運了十八天，飛機裡裝的全是『黑色鬱金香』。先運到烏拉爾，然後運到列寧格勒，再運到明斯克。」

「他的東西一件也沒送回來，哪怕是個小東西留作紀念也好。他過去有抽菸，留下個打火機也好啊。」

「我要慶幸的是沒有開棺，讓我們看不見他們把我兒子弄成了什麼樣子。這樣一來，他在我眼前永遠都是活著的，完整無缺的。」

就這樣坐到天黑。我們在墓地裡覺得自在，因為可以一起回憶孩子。

我們還能活多久？心裡裝著這種悲痛活不長，我們受了多少委屈呀！

區執委會答應說：

「給您一套新住宅，您在我們這區裡任意選一套。」

我在市中心挑選了一套，不是組合板牆壁而是真正的磚造房子，是新結構，到墓園也方便，不用轉車。我說了地址。

「怎麼，您瘋了？那是黨中央的住宅。」

「難道我兒子的血就不值錢？」

我們學院的黨委書記，是個誠實的好人。我不知道他是怎麼去找了黨中央，他去替我求情。他回來只對我說了這些話：

「你若能聽見他們對我說什麼就好了。他們說，她悲痛欲絕，但你算老幾，管什麼閒事？差一點把我開除黨籍。」

我應當自己去的，看他們會怎麼回答我？

我今天要去上墳，去等朋友。男人在戰場上打仗，女人是戰後……我們是戰後開始打仗。

——一位母親

我當時是個蠢蛋，才十八歲，能懂什麼？（哼起歌來）

從坦波夫到維也納，

從波爾多到科斯特羅馬，
女人處處愛軍人……

這是驃騎兵的歌曲。我喜歡自己穿軍服的模樣，軍裝打扮很適合我。穿軍服的男人總是受女人歡迎。一百、兩百年前是這樣，現在依然如此。

電視上播出戰爭片的時候，我便寸步不離。射擊讓我激動，死亡讓我激動。沒錯，讓我激動，再沒別的形容詞。我到戰場上，頭幾個月老盼望可以親眼目睹殺人的場面，好寫信跟朋友說嘴。我當時是個蠢蛋，才十八歲。

我還記得軍人誓言中這樣的話：

「……我隨時準備奉行蘇聯政府的命令，保衛我的祖國——蘇維埃社會主義共和國聯盟。身為蘇聯武裝力量的一名戰士，我宣誓英勇地、機智地、莊嚴地、榮譽地保衛它，不惜獻出自己的鮮血與生命，以取得對敵戰爭的全面勝利。」

到達阿富汗的頭幾天，我覺得那個地方像天堂。以前我只在電視上的《影片之旅俱樂部》看過這樣的景色：土坯屋、陌生的飛禽，還有層層的山巒。我從來沒看過山，也沒見過駱駝……我看到了橘子是怎樣生長的，至於把地雷像橘子似的掛在樹上，是我後來才知道的（天線鉤住樹枝，地雷就會爆炸）。起風了，阿富汗人離你只有一臂之遙，煙霧瀰漫，一片黑暗，你成了瞎子。送來的粥，鍋裡一半是沙子。幾個小時後，太陽出來了，可以聽見山頂一陣機槍聲或者擲彈筒射擊聲，還有神槍手勾動扳機的聲音，兩個人沒了。我們站了一會兒，打了幾槍，繼續前進。太陽、山，什麼戰爭也沒有，兩個人沒了。蛇鑽進沙土時閃了一下，像魚鱗的反光（陷入沉思）……我不太會說話，老是結結巴巴，今天我會盡力……讀書時，我不是功課優異的學生，在戰場上也不是英雄，只是個普通的都市孩子。父母沒有時間管教我們，因此，我是在庭院和學校長大的。我不知道該怎麼回答您的問題。我不會……我是個平凡的人，從來不會認真思考什麼深刻的問題。甚至當子彈在身邊呼嘯時，你還想像不出什麼是死亡。沙地上躺著一個人，你呼喚他，你還沒有明白過來，但心中有個聲音在提示你：「這就是它——死亡，死亡就是這個樣子。」我的腿中了彈，當時覺得不太嚴重，心想：「我大概掛了彩。」我平平靜靜地懷著驚奇的心這麼想。腳疼，但還不相信這事已在我身上發生了。我是個新手，我還想開槍射擊。有人用刀子割開了我的皮靴筒，我的靜脈被打斷了，他給我纏上了止血帶。疼，可是我不能露出疼的樣子，那樣就顯不出男子漢的氣概，所以我咬牙忍著。要從一輛坦克奔向另一輛坦克，需要穿過一片沒有掩護的地帶，大約有一百公尺遠。在那兒，子彈橫飛，石頭被打得粉碎，可是我不能說我跑不過去或爬不過去。那樣做，身為一個男子漢，就連自己也不尊重自己了。我在胸前畫過十字，便衝了上去。腳在流血，處處是血，戰鬥又持續了一個多小時。我們是凌晨四點出發的，打到了下午四點才結束，這段時間裡，我們什麼東西也沒吃。我的兩隻手鮮血淋漓，用這雙手拿起白麵包就吃，一點也不猶豫。後來有人告訴我，我的朋友在軍醫院裡過世了，他的頭部中彈。我想像著，他既然已經陣亡，那麼幾天以後，晚上點名時，有人可能會替他回答：「伊戈爾．達什科在執行國際主義義務時陣亡。」他是個不聲不響的人，不是「蘇聯英雄」稱號的獲得者。但即便如此，也不應該馬上把他遺忘，把他除名。不過，除了我以外，已經沒有人記得他了。我決定去跟他告別，他躺在棺材裡，我看了很久，細細觀察，為了日後能把他記起來。

我回到了塔什干，我們來到火車站，沒有火車票。晚上我們和兩位列車員談妥，每人繳交五十盧布，於是我們上了火車。我們一共四個人，兩位列車員每人得到一百盧布。弟兄們都會賺錢了，我們唾棄這一切。我們無緣無故地傻笑，可是心裡卻在想：「活著，活著！」

回家推開大門，提起水桶，穿過院子去打水。這是我自己的院子！

在學院裡舉行儀式，我被授予了戰鬥獎章。後來報紙上刊出一篇文章〈為我們的英雄頒獎〉。我感到可笑，彷彿是紅色探尋者*在尋找我，彷彿戰爭已經過去了四十年。我沒有說過我們到那邊去，是為了「在阿富汗土地上燃起四月革命†的紅霞」，可是他們卻寫出了這樣的話。

參軍前，我喜歡打獵。我有過一個願望：服完兵役到西伯利亞去，在那兒當個獵人。我說過，我當時是個蠢蛋，才十八歲；但現在呢？我和一個朋友去打獵，他打中了一隻野雁，後來我們又看見了一隻受傷的雁。我追了上去，他還在射擊。我追上去是為了抓活的，我不想把牠打死，我再也不想殺生了。

我當時是個男孩，我能懂什麼？我讀了很多戰爭小說，裡頭寫得很漂亮。但是，我沒什麼好說的。

（我打算離開時，他突然打開冰箱，取出一瓶伏特加，倒了半杯，一口氣喝掉。）

去他媽的這生活！還有這場戰爭。我老婆說：「你是法西斯！」然後把女兒帶走，拋下我一個人。我剛才對你說的都是空話，都是童話！我不懂女人，也不懂世界運作的方式。打仗的時候，我心裡想：「回到家後，我要討個老婆。」於是，回家後，我就娶了個老婆（又替自己倒了杯伏特加）。伏特加……書籍和伏特加，俄國人的靈魂就藏在這裡頭，你可以在裡頭找到俄國人愛國主義的依據。我們相信文字，相信印在紙張上的字。她說：「你是法西斯！」然後就離開了。克里姆林宮裡頭那些木乃伊真是該死！他們想發動世界革命，但是我的人生只有一個，就只有一個！我還記得坐在陣亡士兵身旁那條狗的眼神，欸！那些混帳木乃伊。我昨天做了一個夢，人群以砲彈的速度在奔跑，行為也像砲彈一樣。炸彈不斷落下，我不知道那是什麼炸彈。所有人都是死的，公車和物品卻完好無缺，絲毫沒有受損！欸，我愛她呀！我愛她。我看不上其他的女人……我才不在乎戰爭！說什麼英雄？英雄跟其他人一樣：虛假、貪婪又愛喝酒。不要虛構英雄，不用杜撰。最好寫寫關於愛情的故事……戰場上是什麼味道？欸，是殺人，不是死亡的氣味。死亡的味道與眾不同……（又倒了杯伏特加）我不請女士喝伏特加，但很不巧，家裡又沒有葡萄酒。我不喝葡萄酒。為愛情乾一杯！阿富汗人不怕死，如果人不怕死，何必殺他們呢？有什

---

*「紅色探尋者」指少年先鋒隊員或共青團員的志工，他們廣泛蒐集資料，提供給革命博物館、軍事博物館或勞動榮譽紀念館。

†指一九七八年阿富汗人民民主黨推翻政府的一場政變，之後叛軍成立社會主義新政權。此事件誘發一九七九年起蘇聯與阿富汗的十年戰爭。

麼意義？那些從梁贊或是從西伯利亞偏僻村莊來的小夥子，我們以為，他們家裡沒有廁所，他們用小石子代替衛生紙，就比我們次等。這些都是我們自己想出來的，好讓他們送命容易些。

我把這些都告訴了她，或許當初不應該這麼做？當然，是不應該，我應該扮演英雄。但我卻說，殺人跟在打獵時殺鴨子一樣輕而易舉。先瞄準，確定可以正中目標，然後扣下扳機。剛開始射殺人的時候，我總是閉上眼睛，後來就張著眼了。我已經陶醉其中……可以……欸……我要跟你說，我無時無刻都想要女人。不可思議，真是的，人在打仗時，言行很不可思議。如果我成了英雄回來，老婆就不會離開我了。戰爭打敗了，國家瓦解了，女人要怎麼尊敬男人呢？真是的！我醉了，抱歉，作家女士。你想知道事實嗎？我這就告訴你。要死很簡單，活著很困難。唔，意思是……唔……一個陣亡的人躺在地上，口袋裡頭掉出一堆兌換券。他死前還計畫著過活，想過上好的生活。我是個蠢蛋，蠢蛋……戰爭呢？戰場上有很多美麗的景象，砲火很漂亮……村莊失火，燒光了，人群在奔逃。他們解開所有牲畜的繫繩，讓牠們逃命。村民回到村莊時，看到家沒了，動物從殘屋破瓦裡跑出來，村民於是擁抱牠們，一面哭泣，一面喊牠們的名字：「你還活著！你還活著！」（試著把杯子放到桌上，結果掉到地上）站著！不准動！他媽的不准動！抱歉，女士，我在喝酒。你也看見了，我在喝酒。我要一直喝到忘記為止。我忘不了戰爭……老婆……我以前不太喝酒的，但現在怎麼喝都不嫌多，所以她才會離開，她忍受了五年。我送花給她，每個口袋都裝了一束雪蓮，是初開的一批雪蓮！我喝醉了……欸……釘好的棺材跟裝水果的箱子一樣有縫隙……在軍營裡頭，牆上掛著象徵蘇聯和阿富汗友誼堅不可摧的海報。就是這麼回事！或許老婆會回心轉意？我會戒酒……（拿起酒瓶）書籍和伏特加，兩個俄羅斯人的祕密。我現在讀很多書，生活中沒有愛情的時候，就有了許多時間。我不看電視，盡是一堆胡說八道！寫吧，女士，你寫吧！為什麼寫戰爭的是娘們，不是漢子呢？媽的！要了解戰爭，不是從書上，也不是從我雙眼所見得來，而是更早就存在我體內的知識。不知道從何而來……

至於愛情，我什麼都不懂。對我來說，女人比戰爭更可怕。再沒有比愛情更可怕的事。

——一位坦克兵

是誰告訴你人不愛戰爭的？誰告訴你的……

我帶著自己的狗「恰拉」去了阿富汗。只要你喊一聲「裝死」，恰拉就倒在地上；喊「閉上眼睛」，牠就用兩隻爪子捂住嘴臉和眼睛。當我情緒不好時，當我痛苦難熬時，恰拉就會依偎在我身邊流淚。我到了那邊以後，頭幾天高興得一句話也說不出來。我從小就有病，部隊不要我。這怎麼行？堂堂小夥子，卻沒有在部隊裡服過役？丟臉啊，遭人嘲笑。部隊是生活的學校，能把你培養成男子漢。我參了軍，一次又一次打報告，請求派我去阿富汗。

「你到了那邊，過不了兩天就得送掉小命。」別人勸阻我。

「不，我要到那邊去。」我想證明，我和大家是一樣的。

我瞞著雙親，沒有告訴他們我在哪裡服役。我十二歲就患了淋巴炎，他們如果知道我服役的地點，肯定會請一堆醫生開證明。我寫信說自己要被派去東德。我只把軍用信箱號碼告訴了父母，說我待的是保密部隊，不能說出城市的名稱。

我帶著狗和吉他來了，到了特別科，他們問我：

「你怎麼來的？」

「就這麼來的。」我告訴他們我打過多少次報告。

「怎麼有人會這麼做。怎麼，你是個瘋子？」

我從來不抽菸，這時想來一根。

我見到了第一批被打死的人：大腿從腹股溝處被炸掉，腦袋上有一個窟窿。我走開了，昏了過去。欸……說什麼英雄！周遭除了沙子還是沙子。除了駱駝、針狀的植物以外，什麼都長不出來。一開始很想家和媽媽，到後來滿腦子想的都是水。氣溫五十度，皮膚會在機關槍上融化，我雙手都曬傷、發紅了。最愛的、揮之不去的回憶，是休假期間，在蘇聯吃牛奶冰淇淋吃到喉嚨發麻。交戰過後，一股燒焦味。人經常說：「靈魂！靈魂！」打仗的時候，靈魂是抽象的概念，在那裡，人會進入另一種狀態。夢境很沉重，不時因為狂笑聲醒來，有時甚至會聽到別人呼喊我的名字。一睜開眼，才想起這是戰爭，我人在戰場上！早上，大夥兒梳洗、刮鬍子、說笑話、說俏皮話和惡作劇，把水倒進某人的褲子裡。行軍時，睡眠時間很短，大概只有兩三個小時，最好在入夜時輪到值勤，因為早上是睡眠最熟的時段。如果早上輪值，還得燒水泡茶。行軍時，就升火烹煮食物。行軍的口糧包括兩罐兩百公克的肉粥、一小罐糊狀的食品、麵包乾或餅乾、兩包糖（跟火車上供應的一樣）和兩小包茶葉。難得會發放燜肉罐頭，而且一罐要分給好幾個人。如果跟誰交好，就可以在對方的鍋裡熱兩人份的粥，在我的鍋裡煮茶。

半夜裡，有人偷走了陣亡者的自動步槍。偷槍的人被查出來了，是我們自己的士兵。他把自動步槍賣給了阿富汗的商店，得了八萬阿幣。他用這筆錢買的東西，也讓大家看了：兩台錄音機，幾條女生的牛仔褲。如果沒有人看管他，我們會親手把他打死，把他千刀萬剮。他被審判時，一聲不響坐著，然後哭了。報紙上寫的盡是「建立功勳」這樣的字眼，我們看到這種報導，都感到氣憤。可是令人不解的是，回到家後過了兩年，我讀報時，卻會尋找有關「建立功勳」的報導，而且居然相信這些報導。

在那邊時，我以為回家就會快樂，會從此改變自己的一生，會重建生活。很多人回國了，離婚、再婚、遷往外地。有的人去了西伯利亞，參加石油管道的修建，有的人當了消防隊員。總之，哪裡需要冒險，我們就到哪裡去，混日子已不能代替生活了。我在那邊見過燒傷的小夥子，一開始他們焦黃焦黃的，只有眼睛閃閃發光，他們的肉皮剝落，露出粉紅色的肌膚。還有登山情況是這樣的：自動步槍要帶在身上，這無需贅言，還要帶上加倍的彈藥——大約有十公斤的子彈，手榴彈也有幾公斤，每人各再加上一枚地雷，這又是十公斤，還有防彈背心、口糧……總之，全身上下最少掛了四十公斤的東西。我親眼看著一個人汗水淋濕，像是被大雨澆過一樣。我見過留在死人臉上的橘黃色肉皮。是的，不知為什麼是橘黃色的。我見過友情，也見過膽怯，以及卑鄙的行為。至於我們的所作所為，是非幹不可的事。請你永遠不要觸及這個問題，事後的聰明者大有人在。為什麼我們在那邊時，沒有一個人退還自己的黨證，沒有一個人把子彈射進自己的腦袋？你呢？我們在那裡的時候，你這位大名鼎鼎的作家做了些什麼？（打算結束談話，後來又改變主意）你在寫書，是吧？還有看電視……

我回家了，我媽像照顧孩子似的脫掉我的衣服，渾身摸了一遍：「完整無缺，我的寶貝兒子。」表面上我是完整無缺，可是心裡在冒火。我看什麼都不順眼：亮晃晃的太陽——不順眼；愉快的歌曲——不順耳；有人在歡笑——不順心。我怕自己一個人留在家裡，睡覺總半睜著眼睛。我的房間裡仍然擺著原來的那些書，原來的那些照片，原來的那台錄音機，還有原來的那把吉他。但我已不是原來的那個人了，我沒辦法穿過公園，總要回頭窺望。在咖啡館裡，服務生站在我的背後：「請您點菜。」我差點跳起來，幾乎拔腿跑開。有人站在我的背後，我會受不了。見到敗類，我只有一個念頭：「應當把他斃了。」在戰場上，我可以隨意把人像雞一樣宰了，然後謊報是戰爭傷亡。在戰場上幹的事，正好與和平時期教會我們的完全相反。在和平生活中，必須把戰爭中掌握的習慣全部忘掉。我射擊優秀、擲彈準確，現在誰需要這些？我們在那邊時，覺得有些東西需要我們去保衛。我在保衛我們的祖國，我在保衛我們的生活。但是在這兒，一個朋友甚至不能借三盧布給你，說什麼妻子不答應。難道這也算是朋友？

我明白了，我們不為別人所需要，不需要我們經歷過的一切。那是多餘的東西，不方便的東西。我們也是多餘的人，用起來不方便的人。從阿富汗回來後，我當過修理汽車的鉗工，在共青團區當過指導員。我不幹了，到處都像是生活的泥淖。人人忙著賺錢，買別墅、汽車、熏腸，沒人過問我們的生活。如果我們不保衛自己的權利，那就是一場誰也不知道的戰爭。如果我們的人數不是那麼多，不是有幾十萬人，那麼就會堵住我們的嘴，如同當年不提越南、不提埃及一樣。我們在那邊時，大家都恨「杜赫」。我現在需要朋友，我該恨誰呢？

我到軍委會，申請去「武裝衝突地區」，那裡像我這樣因為戰爭而腦袋不正常的人很多。

早晨醒來，我記不得昨晚的夢，這讓人高興。我不對任何人講我做什麼夢，可是一樣的夢境一再出現。

我彷彿在睡覺，夢見人山人海，大家聚集在我家附近。我四處觀望，感到擁擠，但不知為什麼，我站不起來。這時我恍然大悟，我是躺在棺材裡，木板棺材，外頭沒有包一層鋅皮。這事我記得很清楚。但我是活人，我記得我是活人，不過我卻躺在棺材裡。大門打開了，大家湧向大街，把我也抬到大街上了。人一群又一群，每個人的臉上都流露出悲傷的樣子，神情裡還有一種我不明白的喜悅。發生了什麼事？為什麼我在棺材裡？行進的隊伍突然站住，我聽到有人說：「把錘子遞給我。」這時我明白了：我是在做夢。又有人重複了一句：「把錘子遞給我。」既真實，又像是做夢。有人第三次說：「請把錘子遞給我。」我聽見棺蓋砰地一聲蓋上了，錘子叮噹噹地敲了起來。有一顆釘子釘到了我的手指，我用頭、用腿去撞棺蓋，棺蓋一下子掀開了，掉在地上。人群在觀望，我坐了起來，直起腰半坐著。我想喊：「我好痛，你們為什麼要用釘子把我釘起來，我在裡面喘不過氣來。」他們在哭，對我一句話也不說，所有人都像是啞巴，但臉上帶著喜悅，神祕的喜悅，難以言喻，但是我看得出來，也感覺得到。我不知道應該怎麼跟他們說話，才能讓他們聽見。我覺得我在喊，可是嘴唇緊閉著，怎麼也張不開。於是，我又躺進棺材裡去了。我躺在裡面想：「他們希望我死去，我也許真的已經死了，所以應當默然無語。」此時，有人又說：「把錘子遞給我。」

——一位通信兵

第三天

不要去求招魂者，也不要去找神仙……

起初，神創造天地……

神稱光為晝，稱暗為夜。有晚上，有早晨，這是頭一日。

神說：諸水之間要有空氣，將水分為上下。

神稱空氣為天。有晚上，有早晨，是第二日。

神說：天下的水要聚在一處，使旱地露出來。事就這樣成了……

於是地發生了青草和結種子的菜蔬，各從其類；並結果子的樹木，各從其類；果子都包著核。

有晚上，有早晨，是第三日。

我在聖經中尋找什麼，問題還是答案？哪些問題和哪些答案？人身上有多少人性？有人相信很多，有人堅信很少。野獸就藏在文化那薄薄的皮層底下。人性究竟是有多少？

我重要的主人公，他可以助我一臂之力。不過，他早就沉默了……

傍晚電話突然響起：「過去所有的事都愚蠢透頂，是吧？莫非情況就是如此？你可知道，這事對於我，對於我們意味著什麼？我到那邊去時，是個正常的蘇聯小夥子。祖國不會出賣我們，祖國不會欺騙我們……無法禁止喪失理智的人幹喪失理智的事，有些人說我們是從煉獄中走出來的，還有些人說我們是從汙水坑裡爬出來的……讓你們家裡都得瘟疫吧！我想活著！我想去愛！我的兒子就要出生了，我給他取名叫阿廖什卡，這是一位陣亡朋友的名字。然後女兒出生，我還想要有個女兒，我會叫她阿蓮卡……

可是我們沒有變成膽小鬼。我們沒有欺騙你！就這樣，算了！我再也不會給你打電話了。對我來說，這段歷史已經完結，我要走出來了。我不會朝自己腦袋開一槍，也不會從陽台往下跳。我想要活下去，想要愛人！我再次倖存下來，第一次是在戰場上，第二次是在這裡。就講這些吧，別了！」

他放下了話筒。

可是我還在跟他久久地交談，我還在傾聽……

——作者

請在墳頭上掛塊牌子，請在石碑上刻幾個字，說一切都是多此一舉。請刻在石頭上，以便傳承數百年……

我們還在那邊玩命時，這裡已經開始對我們進行審判了。飛機把傷患送回蘇聯，讓他們在偏遠的機場降落，生怕老百姓發現。我不知道……你們沒有人仔細想過：「為什麼和平時期自軍隊退伍的年輕人，會獲得紅星勳章及英勇、戰功獎章？為什麼有棺材和殘障人士被運送回來？」沒有人問過這樣的問題，至少我沒聽過，我聽到的是不同的問題。一九八六年我回來休假，有人問我：「你們在那邊曬太陽、釣魚、賺大錢了吧？」報紙上隻字不提或是欺騙，電視也是。如今報上說我們是占領軍，但如果我們是占領軍，我們何必供給他們吃的，何必把藥品分給他們用？我們進村時他們高興，我們離村時他們也高興。我始終弄不明白，他們為什麼總是這樣高興？

一輛大客車開了過來，上頭載著孩童和小小孩，甚至還有人坐在車頂上。我們讓車子停下來檢查！砰的一聲，手槍響了，我的戰士撲倒在沙地上，我們把他的身子翻了過來，子彈擊中心臟。我恨不得用火箭筒把他們全部消滅，搜查了一陣，沒有發現手槍，也沒有發現任何其他武器，只有一筐筐水果、準備出售的銅壺。車裡全是婦女及吉普賽般的小孩，可是我的戰士撲倒在沙地上……

請在墳頭上掛塊牌子，請在石碑上刻幾個字，說這一切都是多此一舉！

我們像往常一樣在行軍，走了幾分鐘，我突然喪失了說話能力。我有預感，我想喊一聲「停下來」，卻喊不出來。我繼續往前走，而後火光一閃！我一時間沒了知覺，後來發現自己躺在砲彈坑裡。我爬……沒有痛的感覺……我再也沒有力量爬行了，大家都爬到我的前頭去了。我爬了四百多公尺，大家都追過我了……後來有人第一個開了口：「坐會兒吧！已經沒有危險了。」我想和大家一樣坐起來，但這時我才發現，自己沒了雙腿，我嗖地一下把自動步槍端了起來，想了卻此生！有人從我手中奪走了步槍……有人說：「少校沒有腿了，我可憐的少校。」我一聽「可憐」二字，就渾身發疼，疼得要命，以至於號叫不止。

從此，我只習慣來往於人行道和柏油路上。我不會踏著羊腸小徑去林子裡，目前我還不敢在草地上行走。春天，我家門口是一片溫柔的嫩草地，但我一看見就害怕。

軍醫院裡，沒有雙腿的人要求住在同一間病房。我們一共四個人，每張床旁邊都有一對枴杖，一共八條腿。二月二十三日是蘇聯建軍節，女教師帶著幾個小學生，捧著鮮花來慰問我們，他們站在那裡，哭泣……整整兩天，病房裡的人誰也不想吃東西，誰也不想說話。

有個親人，來看我們其中的一位戰友，他請大家吃蛋糕：「弟兄們，一切都是多此一舉呀，多此一舉！不過沒有關係，會發給你們撫卹金，你們可以整天看電視。」

「滾！」四根枴杖向他飛去。

後來，在廁所裡，我們之中的一個想上吊，被人救了下來。他用床單勒住脖子，想掛在窗戶把手吊死。先前他收到一位小女孩的信：「你知道嗎？阿富汗人已經不走運了……」但是他已經沒了兩條腿……

請在墳頭上掛塊牌子，請在石碑上刻幾個字，說一切都是多此一舉！告訴死者這件事……

——一位少校，山區步兵連連長

我是帶著這麼一種感覺回國的，我會長時間對著鏡子梳頭。

我想生個孩子，我想洗尿布，我想聽嬰兒啼哭。但醫生不允許，他們說：「你有心臟病，承受不了。」我沒聽醫生的勸告，艱難地生下了女兒。我做了剖腹產，因為心臟病開始發作了。一位友人來信說：「誰也不會理解，我們這些女人是在阿富汗種下病根的。他們反而會說，那又不是什麼受傷掛彩。」

大概誰也不會相信，我的故事是這樣開始的。一九八二年春天，軍委會把我這個還在大學語文系讀三年級的函授學生找去談話：

「阿富汗需要女護士，你對這事有何看法？我們會付給你一倍半的工資，外加兌換券。」

「可是我還在念書！」醫校畢業後，我當過護士，但是我夢想著新職業，我想當教師。有的人第一次就能找到合適的工作，但我第一次找錯了。

「你是共青團員嗎？」

「是的。」

「請你再考慮考慮。」

「我想念書。」

「我們勸你再考慮考慮，否則，我們會打電話給你就讀的學校，告訴他們你是怎樣的一位共青團員。祖國現在需要……」

從塔什干飛往喀布爾的飛機上，我身旁坐著一位休假後又回去的女孩。

「你隨身帶熨斗了嗎？沒有？那電爐呢？」

「我是去上戰場的。」

「啊，明白了，又一位天真爛漫的傻女孩。你看太多戰爭小說了。」

「我不愛看戰爭小說。」

「那你去幹什麼？」

整整兩年，「幹什麼」這可惡的三個字一直追著我。

「的確，幹什麼？」

所謂轉運站，只不過是長長的一排帳篷。「食堂」設在帳篷裡，提供的是國內罕見的蕎麥和維生素C。

「你是個漂亮女孩，到這兒來幹什麼？」一位上了年紀的軍官問道。

我哭了。

「有人欺負你？」

「是您欺負了我。」

「我？」

「您已經是今天第五個問我到這裡幹什麼的人了。」

從喀布爾到昆都士*搭的是飛機，從昆都士到法扎巴德†搭的是直升機。不論我跟什麼人提法扎巴德，對方都會說：「你怎麼啦？那兒在打仗、在殺人，總之一句話，到了那兒就掰掰了！」我從高空觀看阿富汗，這是一個幅員遼闊、風光明媚的國家，山巒和我國的一樣，河流和我國的一樣（我到過高加索），曠野也和我國的一樣。我愛上了這個國家！

我在法扎巴德當了手術台護士，管的範圍就是小帳篷裡的「手術室」，衛生營全體人員都分

---

*昆都士（Kunduz）是阿富汗東北部的城市。

†法扎巴德（Fayzabad）位於阿富汗東北部，在昆都士東方約二三八公里處。

住在帳篷裡。大家開玩笑說：「腳一下了折疊床，人就上了班。」第一次手術，搶救的是一位鎖骨下動脈負傷的阿富汗大嬸。止血鉗子呢？止血鉗子不夠用，用手指捏住。取傷口敷料，拿來一捲繃帶，又拿來一捲，一下子碎成了粉末。看來這些東西還是一九四一年那場戰爭後，倉庫裡剩下的陳年舊貨。

不過，我們還是把那位阿富汗大嬸救活了。晚上，我和外科醫生去查房，我們想了解一下她的感覺如何。她睜著眼睛躺在床上，一見到我們，嘴唇就開始蠕動。我以為她有話要說，想感謝我們。但其實，她是想唾我們一口，而當時我不理解他們有什麼理由仇恨我們。不知為什麼，我期望可以獲得他們的喜愛。我呆呆地站在那裡，我們救她的命，可是她卻……

傷患都是用直升機運來的，一聽到直升機轟隆隆的聲音，我們就趕緊跑過去。溫度計上的水銀柱停在四十度，四十度高溫！還曾有過五十度，手術室裡熱得讓人喘不過氣來。外科醫生站在暴露的傷口前，勉強來得及用餐巾紙幫他們擦汗；沒穿隔離衣的醫務人員把滴管穿過面罩，讓他們喝水。人造血漿不夠用，叫來一位士兵，他當場躺在手術台上捐血。兩位外科醫生，兩張手術台，只有我一個護士當手術台助手。他們對消毒一竅不通，我在兩張手術台之間忙得團團轉。一個手術台上的電燈突然熄滅了，有人手戴著消過毒的手套就直接把它擰了下來。

「出去！」

「你怎麼啦？」

「出去！」

手術台上躺著一個人，他的胸廓打開著。

「出去！」

我們在手術台前一站就是一晝夜，有時兩天兩夜。一會兒從火線上運來傷患，一會兒突然發生自殘，有人往自己的膝蓋開了一槍，或者弄傷自己的手指。到處都是血，藥棉不夠用了。

大家瞧不起自殘的人，我們醫務人員也會罵他們。我罵道：

「弟兄們在流血犧牲，可你想去找你媽？把膝蓋打傷了，把手指割破了，以為這樣就會把你送回蘇聯？為什麼不朝太陽穴開槍呢？如果我是你的話，就朝太陽穴開一槍。」

我發誓，當時我就是這麼說的！那時候，我覺得他們是一群卑鄙可惡的膽小鬼，現在我才明白，他們這麼做或許是一種反抗，或許是不想殺人。但這些事，我直到現在才開始明白。

一九八四年，我回國了。一位認識的小夥子猶豫地問我：

「你怎麼想的？我們應當到那邊去嗎？」

我很氣憤：

「如果我們不去，美國人就會去。我們是國際主義者。」

我這麼說，好像能說明些什麼似的。

令人驚訝的是，我們在那邊很少考慮這些事。我們見過很多弟兄疼得抽搐，一把火燒得他們遍體鱗傷。看見這些慘狀，我們就學會了仇恨，但沒有學會思考。搭直升機飛到天上，看到的美景還是令人屏息！沙漠自有一番不尋常的美。沙子不是死寂的，而是活的，會流動。下邊是連綿的山巒，開滿了紅色的罌粟花，或是其他我沒有見過的奇花異草，但是我再也無法欣賞這種美景了，再也無法全心讚歎了。我那時更喜歡五月，曬枯萬物的五月。那時候的我，懷著得意的復仇心理望著那枯乾荒蕪的大地，你們活該如此。因為你們，我們才會來此地送命、受難。我們恨死你們了！

我不記得那些日子，但記得各種傷，槍傷，炸傷……一架又一架的直升機著陸，一副又一副的擔架把傷患送來。他們躺著，身上蓋著床單，紅色的血漬在白色床單上擴散開來。

我一邊講給你聽，一邊在想：「講的都是這麼可怕的事，為什麼我只能想起可怕的事呢？不是也有過深刻的友誼，彼此救助，也有過英雄行為嗎？」或許是那位阿富汗大嬸壞了我的事？我們救了她的命，可是她卻想向我們吐口水。後來我才知道，大嬸是從某個村莊抬到我們這兒來的，而我們的特殊部隊曾經橫掃過她的村莊，最後整個村子除了她活著，一個都沒有留下。如果再往前回溯，那麼這個村莊有人開槍擊落了我們兩架直升機，然後用木杈把幾個燒傷的飛行員給活活捅死了。如果更往前回溯，再更往前……但我們當時沒有考慮：「究竟是誰先動的手？」我們只心疼我們自己的人。

我們這兒派了一位醫生親上火線。第一次回來時，他哭了：

「一輩子都教我救死扶傷，可是今天我殺了人。我為什麼要殺他們呢？」

過了一個月，他心平氣和地分析起自己的感受：

「開槍時，你就會進入狂熱狀態：喏，你行的！」

晚上，老鼠會從帳篷頂上掉到我們的身上，我們用紗布把床圍了起來……還有，蒼蠅的個頭有小茶匙那麼大。我們已經習慣於跟蒼蠅相處了，沒有別的動物比人的要求更低了，沒有！

女孩子把一些蠍子曬乾了，留作紀念，又肥又大的蠍子釘在大頭針上，或者串掛在線上，如同墜飾一樣。我當時從事的是「紡織業」，跟飛行員要降落傘的吊繩，從裡面抽出線，消毒過後用來縫傷口。休假歸來時，我帶了一箱子的針頭、鉗子、傷口敷料。有人說我瘋了，因為我帶來了一把熨斗，免得冬天要靠自己的體溫來烘乾潮濕的衣服，我還帶了電爐。

每天夜裡，帳篷裡的人都在捲棉球、洗滌及烘乾紗布，大家就像一家人。我們當時已經預感到，等我們回國後，便會成為被遺棄的一代，成為多餘的人。當此地來了一些女人——清潔工、圖書管理員、旅館負責人時，最初我們會覺得莫名其妙：「只有兩三個倉室，何必專門用一個清潔女工呢？只有二十幾本翻破了的書，何必專門用一個女管理員呢？為什麼要派那麼多婦人去參加這場戰爭？何必呢？」呃，很難用文明的說法，或是用文雅的說詞來解釋。講白一點，她們來的目的只有一個——安撫男人。我們都會故意避開這些女人，雖然她們沒有做任何對不起我們的事情。

我在那邊曾經愛過一個人，我有一個情人，他現在還活著。但是當我嫁給我先生時，我騙了他，我說，我愛的那個人已經死在戰場上了。但其實，他沒有被打死，而是我們扼殺了我們的愛情……

「你見過活的『杜赫』嗎？」家人問我，「他是不是長著一副強盜的嘴臉，用牙咬著匕首？」

「我見過，一個漂亮的小夥子，畢業於莫斯科工業學院。我弟弟覺得，他們的樣子應當像托爾斯泰的小說《哈吉．穆拉特》中的山民。」

「為什麼你一工作就是連著兩三天不眠不休？做完八個小時，就可以去休息嘛。」

「怎麼，你不明白？」

他們不明白。可是我知道，我在任何地方，再也不會像在那邊一樣為別人所需要。我上班、看書、洗衣服、聽音樂，但在這裡，我找不到跟那裡一樣的生活意義，這裡的一切都短少了一半……

——一位女護士

我生了兩個兒子，兩個珍貴的兒子。

他們一天天長大，一大一小。哥哥叫薩沙，準備參軍，弟弟尤拉已升入六年級。

「薩沙，你被派到哪裡？」

「祖國命令我去哪兒，我就去哪兒。」

我對小兒子說：「尤拉，瞧，你哥哥多有出息！」

來了一封軍人信箋。尤拉拿著信跑來找我：「是不是派薩沙哥哥去打仗？」

「兒子，打仗就是殺人。」

「媽媽，你不懂。他會佩戴著『英勇』獎章回來。」

傍晚，他和小朋友在院子裡玩跟「杜赫」作戰的遊戲：「嗒—嗒……嗒—嗒……嗒—嗒……」

小兒子回家問我：「媽媽，你認為我十八歲以前，戰爭能結束嗎？」

「我希望能更早結束。」

「薩沙哥哥真走運，他會成為英雄。如果你先生我，然後再生他，那該多好。」

有人把薩沙的小皮箱送了回來，箱子裡有藍色的游泳褲、牙刷、一塊用過的肥皂和肥皂盒，還有一份識別物件證明書。

「您的兒子是在軍醫院去世的。」

兒子的話在我腦海裡回響著，像播放唱片似的，轉了一圈又一圈：「祖國派我去哪兒，我就去哪兒……祖國派我去哪兒，我就去哪兒……」

他們把箱子抬了進來，又搬了出去，好像裡頭什麼也沒有。

兒子小的時候，我叫一聲：「薩沙！」兄弟兩人都跑了過來，我叫一聲：「尤拉！」兄弟兩人也都跑了過來。

我整夜坐著，口裡呼喚：「薩沙！」但箱子裡寂靜無聲。箱子包覆著鋅皮，很沉重。一大早抬起頭，看見小兒子。「尤拉，你到哪兒去了？」

「媽媽，當你大喊大叫的時候，我就想跑到天邊去。」

他躲在鄰居家裡。他從公墓裡跑開了，別人費了九牛二虎之力才找到他。

有人送來表彰薩沙的紀念物：兩枚勳章和一枚「英勇」獎章。

「尤拉，你瞧，這是獎章！」

「媽媽，我看見了，可是薩沙哥哥卻看不見。」

大兒子已經去世三年了，我一次也沒有夢見過他。我把他小時候穿過的小褲子、小背心放在枕頭底下：「乖兒子，你到我的夢裡來吧！我們見見面！」

他不來。難道我有什麼事對不起他？

從我們家的窗戶可以望見學校和校園，孩子們在玩跟「杜赫」作戰的遊戲。我只能聽到：「嗒—嗒……嗒—嗒……嗒—嗒……」

夜裡，我躺在床上懇求：「乖兒子，你到我的夢裡來吧！我們見見面！」

有次我夢見的是棺材，棺材前面有個窗口，窗口很大，我俯身去親吻。躺在裡面的是誰？那不是我的兒子，是一個黑黑的人，是個阿富汗孩子，但長得像薩沙。我先出現了一個念頭：「是他殺死了我的兒子。」但一轉念：「不過他也死了，有人也把他打死了。」我俯下身，透過窗口親吻……我被嚇醒了，我在幹什麼？我怎麼啦？

是誰來過？捎來了什麼訊息……

——一位母親

夠了，兩年了，已經夠了。我要把這場噩夢忘掉，我沒有到過那邊，從來沒有。

但不管我怎麼否認，我還是到過那邊……

我從軍事學院畢業以後，痛痛快快地度過了規定的假期，在一九八六年夏天去了莫斯科。根據書面通知，我來到一個重要軍事單位的參謀部。要想找到那個單位委實不易，我走進訪客登記處，撥了三位數號碼：「喂，我是薩扎諾夫中校。」電話另一頭傳來聲音。

「中校，您好！根據您的通知，我前來報到。現在我人在訪客登記處。」

「啊，我知道了，是的。您已經知道要派您到什麼地方嗎？」

「阿富汗民主共和國。根據初步的資料——喀布爾。」

「您感到意外嗎？」

「沒有，中校。」

五年以來，有人天天向我們灌輸：「你們早晚會去那邊。」所以，我絲毫沒有昧著良心，而是真誠地回答中校：「這一天，我已經等了整整五年。」如果誰以為一名軍官前往阿富汗，是在第一聲警鈴響起後匆匆打點行裝，像一個大丈夫那樣，對妻子、孩子略表惜別之情，便趁拂曉的薄霧，登上隆隆叫囂的飛機，那麼他就想錯了。踏上戰爭之路，也必須經過一系列「官僚主義手續」，除了命令、自動步槍、乾糧之外，還得具備各種證明文件、鑑定，說明你「正確理解黨和政府的政策」，還要有公務護照、簽證、畢業證書和書面命令、防疫注射證明、海關申報單、登機證等等。辦完這一切手續之後，你才能登上飛機。飛機離開地面時，你會聽到某個喝得醉醺醺的大尉嘶吼：「朝著地雷，前進！」

有些報紙說：「阿富汗民主共和國的軍事政治，處於複雜又充滿矛盾的形勢之中。」我國軍人認為，撤出第一批的六個團，只應該被視為宣傳手法，至於蘇聯部隊全部撤離阿富汗，根本談不上。「只要我們這一梯次就夠了。」跟我同機的人對此都不懷疑。「朝著地雷，前進！」酩酊大醉的大尉在夢中叫喊著。

我成了一名傘兵。當時就有人開導我，部隊分成兩部分：空降兵和柴油兵。「柴油兵」一詞是怎麼產生的，無從考證。很多士兵、准尉和一部分的軍官都在手臂上刺青，圖案與文字沒有多大變化，通常是「伊爾—七六」，字下邊是降落傘的傘頂。還有其他花樣，比如說，我就見過一幅有點抒情味的刺青：雲、鳥兒、降落傘和空降兵；還有一句感人的話：「請愛天空。」傘兵不公開的準則中有一條是：「傘兵只會在兩種情況下跪：一是面對戰友屍體時；二是在小溪邊喝水時。」

我的戰爭開始了……

「向左看齊！立正！我現在命令你們完成以下的行軍路線：從兵站到巴格蘭縣黨委會，再到舍瓦尼村。行軍速度以第一輛車的速度為準，距離由速度決定。呼令是『我是弗列扎』，其他人按車身上的號碼排列。自動步槍不許離手。稍息！」這是我們宣傳隊出發前都要來一段的儀式。

我跳進自己那輛不大靈活的傘兵戰鬥偵察車裡。我曾聽我們的顧問稱它為「巴里、巴里」。「巴里」是阿富汗語，意思是指「是」。阿富汗人檢查擴音器時，除了傳統的呼叫「一二、一二」之外，還會說「巴里、巴里」。身為翻譯員的我，只要跟語言有關的一切，我都感興趣。

「薩利托，薩利托，我是弗列扎。出發……」

不高的石牆後面是兩棟磚砌平房，表面刷了一層石灰，掛著紅色的牌匾——縣黨委。加爾曼在門廊裡迎接我們，他身上穿著軍服。

「拉格曼，薩拉莫阿萊庫莫！*」

「薩拉莫阿萊庫莫，契托烏爾，阿斯蒂！胡德，阿斯蒂！周爾，阿斯蒂！海伊爾，海利亞特，阿斯蒂？」

他講了一連串的阿拉伯語，都是阿富汗人用來表示歡迎的問候語及客套話，內容都是對你的健康表示關心。這些問候語不必回答，只要重複他的原話即可。

指揮官不放過機會，總要講兩句他愛講的話：「契托烏爾，阿斯蒂？胡德，阿斯蒂？到阿富汗來就是胡鬧的。」

拉格曼聽不懂後邊的話，莫名其妙地望著我。

「那是俄羅斯的諺語。」我解釋道。

他們請我們到辦公室去，有人端著盤子送來用金屬茶壺沏的茶水。阿富汗人請喝茶，是表示熱情不可或缺的行為。不喝茶就不能開始任何工作，就不會進行事務性的交談；而拒絕喝茶，相當於見面時拒絕握手。

進了村子以後，歡迎我們的是村裡的族長和一群孩子。孩子們穿什麼都有，全都不洗臉（嬰

＊阿拉伯語問候語。

兒根本不洗澡，根據伊斯蘭教法典：身上的泥可以保護自己免受妖魔侵害）。我既然會講波斯語，每個人都認為有必要檢驗一下我的水準。接著總是那個相同的問題：「現在幾點了？」我的回答引起一片歡騰（我能回答，說明我對波斯語是真懂而不是裝懂）。

「你是穆斯林嗎？」

「是穆斯林。」我開玩笑地答道。

他們需要得到證明。

「你知道《清真言》嗎？」

《清真言》是一段特殊的經文，能背誦《清真言》就等於你是穆斯林。

「拉伊拉赫，伊里亞，米阿赫，瓦，穆罕默德，拉蘇，阿拉赫。」我背誦道。意思是：「萬物非主，唯有真主；穆罕默德是阿拉的使者。」

「多斯特（朋友）！多斯特！」孩子們叫喊著，伸出自己瘦巴巴的手，表示對我的認可。此後他們還不止一次地要我重複這句話，他們還把自己的朋友帶來，並神祕地悄悄說道：「他能背誦《清真言》。」

廣播裡傳來阿富汗民謠，阿富汗人管廣播設備叫「阿拉普加喬娃*」。我們的士兵把國旗、海報、標語等形象宣傳品懸掛在車上，拉起銀幕，準備放映電影。一群醫生擺開小桌子，桌上擺放著裝有藥品的紙盒。

召開群眾大會時，身穿長長的白罩衣、頭戴白纏頭的毛拉走向前，朗誦《古蘭經》的經文。

誦完一章以後，便轉向真主，祈求保佑信徒免遭人間災難。他把手肘彎起來，手掌朝天舉起。所有在場的人，包括我們在內，都重複他的動作。繼毛拉之後，拉格曼也發了言。他一開講就落落長，這是阿富汗人的一個特點，所有人都能講也都愛講。語言學中有個術語，叫作「帶有情緒色彩」。阿富汗人發言時，不僅帶有情緒色彩，還大量運用隱喻、比喻及修飾語。阿富汗軍官不止一次對我說，看到我國政工幹部講課時照本宣科，他們都感到很驚訝。我在阿富汗人的黨員會議、討論會、積極份子聚會上，聽過我國講師同樣是照本宣科，千篇一律地講著：「身為波瀾壯闊的共產主義運動先鋒」、「成為永遠的表率」、「貫徹始終」、「有成績但也有不足之處」，甚至說「某些同志不理解」。我到阿富汗之前，在我們國內召開的這類群眾大會，早已成為司空見慣的強制性活動，群眾參加大會是為了趁機讓醫生檢查一下身體，或者領一小包麵粉。會場中大家都已經懶得鼓掌，也聽不到舉著拳頭高呼「萬歲」的聲音了。在民眾還相信被強灌的那些「事實」時，四月革命燦爛的頂峰、光明的未來，那時所有講演都還能見到熱切的場面。

阿富汗的孩子根本不理大會發言，他們關心的是當天演什麼電影。我們每次都是挑幾部英語對白的動畫片、兩部用希伯來語及和普什圖[†]語做解釋的紀錄片。這兒喜歡看印度電影，以及武打、槍擊場面多的影片。

---

* 阿拉·普加喬娃是俄羅斯著名的女歌手、流行音樂天后。

† 普什圖是阿富汗第一大族。

播完電影後會分發禮物，我們帶來成袋的麵粉和兒童玩具，把這些東西交給村長，請他分給最窮困的人家和軍人家屬。他當眾保證一定照辦，在此同時，他和兒子開始把麵粉往自己家裡搬。

我們的隊長關切地問道：「你認為他會分給大家嗎？」

「我想不可能。本地人已經提醒過我們，說村長手腳不乾淨，這些東西明天都會出現在商店裡。」

命令：「排成一列，準備出發。」

「一一二準備完畢，可以出發。」「三〇五準備完畢……」「三〇七準備完畢……」

孩子們用冰雹般的飛石歡送我們。有一塊石頭打在我身上，我說：「這就是感謝我們的阿富汗人民，回送我們的禮物。」

我們取道喀布爾，返回部隊。有幾家商店的櫥窗上掛著俄文廣告：「最便宜的伏特加酒」、「平價商店」、「小兄弟商店歡迎俄羅斯朋友」。商家用俄語叫賣著女用短衫、牛仔褲、白髮伯爵牌餐具、休閒鞋、藍白條紋衫……。小鋪出售我國的煉乳、豌豆，還有我國產的保溫瓶、電茶爐、墊子、被褥等等。

我已經回來好一段時間了。在家裡，我還是經常夢見喀布爾。山坡上的小土坯房，天色漸暗，房裡有燈光……遠看就像眼前是一座宏偉的摩天大樓。假如我沒到過那邊，我不會一下子就猜到，那僅僅是幻覺。

我從那邊回來以後，過了一年就退伍了。你沒有見過刺刀在月光下是如何閃爍著銀光吧？我再也無法忍受那種景象。

我離開部隊，考入新聞系。我想寫書，正在讀別人所寫的。

「你知道《清真言》？」

「拉伊拉赫，伊里亞，米阿赫，瓦，穆罕默德……」

「多斯特！多斯特！」

飢餓的士兵，營養不良，全身長滿了癬子；維生素缺乏症；塞滿俄國食物的阿富汗商店；被流彈擊中，瀕死前瘋狂旋轉的瞳孔；我們的軍官站在被吊死的阿富汗人旁邊，他在微笑……

我該拿這些回憶怎麼辦？我到過那邊，我見過這些場面，不過這些事誰也不寫。都是幻覺……既然沒人寫這些事，那麼這些事就似乎不曾發生。那麼，究竟是發生過，還是沒有發生過呢？

——一位上尉，軍事翻譯

生活中的任何細節，我都記不起來了。

我們的飛機上一共有兩百人，兩百個男人。一夥的人、單獨的人，是兩種不同的人。我坐在飛機裡，一邊想著：「到了那邊以後，我會在那裡看到什麼？知道什麼？」戰爭，是一個新的世界。

指揮官的臨別贈言中有這麼一句：

「登山的時候，假如失手滑落，不能叫，要無聲地摔下去，甘之如飴地當一塊『活石頭』。只有這樣，才能保全戰友的性命。」

當你站在高高的山岩上放眼眺望，太陽顯得非常近，彷彿觸手可及。

參軍前，我讀過亞歷山大．費爾斯曼*的一本書《回憶石頭》。我還記得書中有些話使我驚訝不已，例如石頭的生命、石頭的記憶、石頭的聲音、石頭的軀體、石頭的名字……我當時不理解，談石頭可以像談一個有生命的東西。到了那邊以後，我發現石頭可以長時間地觀賞，如同觀賞水、觀賞火一樣。

指揮官對我們的訓誡中有一條是：「開槍打野獸要靠前射擊，否則野獸會超過你的子彈。開槍射擊奔跑的人也是如此……」

「第一個開槍的人才能活命。第一個開槍的……聽懂沒？如果聽懂了，就活著回來，到時所有的女孩都是你們的！」

害怕過嗎？當然。工兵感覺到害怕是頭五分鐘的事，而直升機駕駛員感覺到害怕，是在他向飛機奔去的那一刻。至於我們步兵感覺到害怕，則是在第一聲槍響之前。

我們在爬山，從清晨爬到深夜，累得半死不活，噁心、嘔吐。先是兩條腿如同灌了鉛，然後是兩隻手。兩個手肘開始顫抖。

有一個人倒下去了：

「我沒辦法。我實在爬不動了。」

三個人抓住他，拖著他走。

「好兄弟，把我扔在這兒，開槍打死我吧！」

「狗崽子，我們可以把你打死，可是你家裡還有母親。」

「把我打死吧！」

喝水！喝水！渴得難熬，我們只走了一半路程，水壺已經沒有水了。舌頭伸在嘴外，吊著，怎麼也收不回去。但不知道怎麼回事，我們居然還能抽菸。我們爬到有雪的地方了，到處尋找融雪，喝窪裡的水，用牙啃冰。誰都沒想到，要先吃氯藥片，哪還管得到過錳酸鉀！我爬到有積雪的地方用舌頭舔著雪，機槍從身後嗒嗒嗒地射過來，但我照舊趴在窪前喝水。嗆了一口，還在喝，萬一沒喝飽就被打死了，冤不冤？死去的戰友臉趴在水裡，就像還在喝水。

我現在彷彿是個旁觀者，回顧起當年，那邊是什麼樣子？我還沒有回答你的主要問題：「你是怎樣去阿富汗的？」是我自己申請的，我要他們派我去援助阿富汗人民的革命意志。那時，電視裡放映的、電台裡宣講的、報紙上撰寫的，都是革命……紅色的星星已經在東方亮起！說我們應當伸出援手，挺身讓兄弟倚靠。我早早就準備好要投入戰爭，我學習空手道……我第一次打人的臉，那可不是簡單的事。要打得粉碎，必須跨過心理的某個障礙，跨過去就行了！

我第一個打死的人，是個阿富汗小孩，七歲左右。他躺在地上，張開著兩隻手臂，好像是在

＊蘇聯礦物學家、地質學家及出色的科普作家。

睡覺。他身旁還有一匹被炸破肚皮的死馬……我不知道自己是怎麼熬過來的，可能是戰爭小說看多了。

回想起我們的「阿富汗」歌曲，趕著上班途中，突然開始低聲哼唱：

請你告訴我，他們為了什麼，又為了誰，獻出了自己的生命？
一排士兵，為什麼要冒著機槍的掃射，去衝鋒？

我看看四周，希望沒人聽見。否則路人會以為我心理不正常，還是在那裡時頭部受了創傷。

阿富汗，那個壯麗、原始、山巒環繞的國度。
命令既簡單又明瞭：起立、出發，獻出性命……

（唱歌）

回國以後，整整有兩年時間，我都在夢中埋葬自己，有時一下子就被嚇醒了，因為找不到可以用來自殺的槍！

朋友感興趣的是：「有獎章嗎？負過傷嗎？開過槍嗎？」但我想講我感受最深的事，他們卻毫無興趣。於是，我開始酗酒、獨飲，喝到第三杯，默默為那些犧牲的戰友乾杯，為尤里，他其實可以救回來的。我和他一起待在喀布爾的軍醫院，我的肩膀劃傷了，還有腦震盪，而他丟了條腿。很多弟兄都缺腿缺胳膊，他們照樣抽菸、吐菸圈玩。在那邊時，他們還算正常，不願意回蘇聯，每個人都要求留下來；回到蘇聯就要過另外一種生活。他們送尤里去機場，準備讓他回國的那天，他在廁所裡割斷了靜脈。

我勸過他（我們每天晚上會下西洋棋）：「尤里，別洩氣。你知道阿列克謝・梅列西耶夫嗎？讀過《真正的人》*那本書嗎？」

「一位非常漂亮的女孩在等我……」

有時我恨所有在街上遇到的人，幸好過海關時，我們被收繳了武器、手榴彈。我們完成了自己的志業，現在就可以把我們忘記？把尤里也忘記？

半夜醒來，我常常弄不清我是在這兒，還是在那邊？我現在過的像是一個旁觀者的生活。我有妻子、有孩子，我擁抱他們，但沒有任何感覺；親吻他們，也沒有任何感覺。過去我愛養鴿子，我愛清晨……我什麼都可以獻出，只要能還給我歡樂。

——一位列兵

＊蘇聯作家鮑里斯・波列伏依的小說，書中描寫戰鬥機駕駛員阿列克謝・梅列西耶夫受傷截肢後，經過艱苦訓練，帶著義肢重新飛上藍天的故事。

女兒放學回來，說：

「媽媽，誰也不相信你去過阿富汗。」

「為什麼？」

他們覺得奇怪：

「誰會派你媽媽到那邊去呢？」

我還不習慣於周圍安然無事的感覺，我還在享受這種安全的氛圍。我還不習慣於沒有槍聲、不掃射的生活；我還不習慣於擰開水龍頭就可以喝一杯水，水裡沒有氯的味道。在那邊，吃麵包有氯味，吃小麵包也有氯味，麵條、粥、肉、果汁裡都有氯味。我不記得，在家中和女兒怎樣度過了兩年的時光。我只記得和女兒見面的情景，其餘的事在腦海裡都沒有留下印象。這裡的事與我在那邊禁受的事相比，太渺小，太不為人注意，也太不值得一提了。喏，買了一張新桌子，擺在廚房裡，買了一台電視機……這兒還發生過什麼事？什麼事也沒有發生。女兒在成長，當年她寫過信到阿富汗給我們部隊首長：「快把我媽媽還給我，我太想她了。」一從阿富汗回來之後，除了女兒，我對什麼事都沒有興趣了。

那邊的河流湛藍湛藍的，我從來沒有想到水會是天空的顏色。殷紅的罌粟花，像我們的野菊花一樣遍地開放，在山腳就像一堆堆燃燒著的篝火。高大驕傲的駱駝什麼也不怕，像老人一樣不動聲色地望著一切。一條毛驢拉著一車橘子去趕集，踩在反坦克地雷上被炸傷了，躺在地上，因為疼痛而哀哀哭泣，我們的護士替牠包紮了傷口……

你真該詛咒啊，阿富汗！

阿富汗回來後，我無法平靜生活，無法像大家那樣生活。回國以後，鄰居、友人常常要求到家裡來做客：

「瓦利婭，我們到你那兒坐一坐。你講講那邊使用的鍋碗瓢盆是什麼樣子？那邊的地毯是什麼樣子？據說各類貨物堆成了山，錄音機、播放器處處可見，這是真的嗎？你帶回了什麼，或者有什麼東西可以出讓？」

從那邊運回來的棺材比錄音機多，可惜這事被眾人遺忘了。

你真該詛咒啊，阿富汗！

女兒越長越高，我的住家裡只有一個房間，很小。在那邊時，他們曾經答應我：「回國後，您付出的一切都會有所回報。」我去找執委會，他們收下了我的申請書。

「您是傷患？」

「不是，我安然無恙地回來了。」外表無損，但內心裡的損傷卻看不見。

「那您就和大家過一樣的生活吧！我們並沒有派您到那邊去。」

我排隊買糖：

「從那邊什麼東西都帶回來了，到了這兒還要求得到特別照顧……」

六口棺材同時擺放在一起：一口是亞中科少校，一口是一位中尉，其他四口是士兵。他們被白色床單包裹著，躺在棺材裡，看不見頭顱。我從來沒有想到男子漢也能號啕大哭，我保留著幾張照片……在他們犧牲的地方，用大彈片豎立起紀念碑，上邊用石頭刻出陣亡者的姓名。「杜赫」把他們扔到山澗裡，把紀念碑打爛，填平了墳墓，不讓我們留下任何痕跡……

你真該詛咒啊，阿富汗！

我不在家的時候，女兒長大了，她在寄宿學校裡過了兩年。我回來了，女教師抱怨：「她的學習成績都是三分。」我要如何和她交談？她已經是個大女孩了。

「媽媽，你們在那邊都做什麼？」

「女人在那邊幫男人做事。我認識一位女人，她對一個男人說：『你會活下來。』他活下來了。『你會走路。』他果然能走路了。在這之前，這個女人把他寫給妻子的信拿走了。信中寫的是：『我現在沒有腿，誰還需要我？請你們把我忘記吧！』她對那個男人說：『你寫：你們好，親愛的妻子，親愛的阿蓮卡和阿廖什卡……』」

我怎麼去那裡的？指揮官把我叫去的：「應該去！」我們就是被這三個字培養起來的，這已經成了習慣。一個年輕女孩在轉運站，躺在光禿禿的褥墊上啜泣：

「我家裡什麼東西都有，四個房間的住家、未婚夫、疼愛我的父母親。」

「那你為什麼要來？」

「他們說，這兒困難，應該來！」

我從那邊什麼也沒有帶回來，只帶回了記憶。

你真該詛咒啊，阿富汗！

對我來說，這場戰爭永遠不會結束。昨天女兒從朋友那回來，跟我說：

「媽媽，當我說你曾待過阿富汗時，有位女孩不知道為什麼笑了起來……」

我要回答她什麼呢？

——一位准尉，機要科女科長

死亡是可怕的，但是有比它更可怕的。在我們面前，請您不要說我們是犧牲品，不要說那是一次錯誤。在我面前，請您不要說這類話，我不允許您這麼說。

我們打仗認真、作戰英勇，您有什麼權利批評我們？我像親吻女人那樣吻過軍旗，宣過誓。既然吻了軍旗，那麼從事的志業就是神聖的，我們接受的教育就是如此。我們熱愛祖國，我們相信祖國。欸……（焦躁地用手指頭敲打桌面）我人還在那裡……窗外排氣管砰地響了一聲，我的心就一跳。一塊玻璃打碎的聲響，心也一跳……腦袋中空空蕩蕩，空得嗡嗡直響……長途電話鈴聲一響，覺得像是自動步槍在射擊……我不允許把這一切一筆勾銷。我不能踐踏自己那些不眠之夜，自己禁受過的折磨。我忘不掉在五十度的高溫裡，身上掠過一陣寒涼。

我們坐在運輸車上，扯著嗓子唱歌。我們見了年輕女孩就叫喊、挑逗，她們坐在貨車上，個個花容月貌，我們一路有說有笑。我們中間也有膽小鬼：

「我不去，我寧肯蹲監獄也不上前線。」

「好吧，賞給你這個！」說完就一陣拳打腳踢。我們看不起這類人，他們甚至從部隊裡逃跑。

第一個死掉的人……從艙口被拖出來時，他說：「我想活……」話音未落就斷氣了。打了一仗後，誰都無心再觀賞美景了。那一座一座的山，雲霧中那淡藍色的峽谷，還有色彩斑斕的鳥兒，所有這一切，恨不得都用槍消滅了！每到這時候，我就開槍，對空鳴槍！但有時，我們又會變得安靜且溫柔多情。有一個認識的小夥子拖了很長時間才死掉，他躺著，像牙牙學語的幼兒，眼睛看見什麼，就反反覆覆地叫什麼：「山……樹……鳥兒……天空……」他這樣一直重複到最後一刻。

有一位年輕的「查蘭多依」*，也就是他們的民警，他說：

「我死了，真主會把我帶進天堂。你會到什麼地方去呢？」

我會到什麼地方去？

我被送到軍醫院後，父親到塔什干來看我：

「受傷以後，你可以留在蘇聯。」

「我的哥兒們都在那邊，我怎麼能留在蘇聯？」

他是共產黨員，但去過教堂，點過蠟燭。

「爸，你為什麼要這麼做？」

「我總得把自己的信念寄託在什麼地方。為了讓你回來，我還能求誰呢？」

我身旁躺著一個小夥子。他母親從杜尚貝†來看他，帶來水果、白蘭地：

「我想把兒子留在家裡，這事得求誰呢？」

「伯母，為了我們的健康，最好把你帶來的白蘭地給我們喝了。」

「我想把兒子留在家裡……」

我們喝光了她的白蘭地，整整一箱。最後一天，聽說我們病房裡有人患了胃潰瘍，把他轉到醫療衛生營去了。他是個自私的傢伙，我們把他的面孔從自己的記憶中抹掉了。

對我來說，不是黑就是白，沒有灰色，沒有任何中間顏色。

有的地方成天下雨，晴天也下雨，讓人難以置信。那些大蚊子在水面上嗡嗡叫，被太陽曬到皺巴巴的山，滾燙刺人的沙……欸……我們的士兵遍體鱗傷地躺在沙地裡，如同躺在一條巨大的床單上，他們身上所有的男性器官都被切除了，還有張紙條，上邊寫著：「你們的女人跟他們永遠生不出兒子。」

您還說——忘記？

有人帶著日本製的錄音機回來了，有人在使用會發出音樂聲的打火機，有人身穿洗得舊得不能再舊的軍服、提著空空的手提箱。

我們打仗認真、作戰英勇。上頭給我頒發了勳章，聽說我們這些「阿富汗人」，不佩戴勳章也能被認出來。從眼神，就可以認出來：

---

* 此處指阿富汗內務機構和警察部隊。

† 塔吉克共和國首府。

「小夥子，你是從阿富汗回來的吧？」

可我身上穿的是蘇聯大衣，腳上穿的是蘇聯皮鞋……

——一位列兵，通信員

也許她還活著？

也許她還活著，我的好閨女還活著，活在某個遙遠的地方。不管她在什麼地方，只要能活著，我就很高興了。我是這麼想的，我也是這麼希望的，非常非常希望她活著！我終於做了一個夢，夢見她回家來了。她搬來一把椅子，坐在屋子中間，頭髮很長、很好看，披散在肩膀上。她用手把頭髮那麼一撩，然後說：「媽，你何必總是叫我。你也知道，即便你叫我，我也不能到你這兒來了。我有丈夫，有兩個孩子，我有家庭……」

我在夢中立刻回憶起，安葬她的時間大概在那之後過了一個月。我想她沒有被打死，或許是他們把她搶走了？這麼想，讓我感到安慰。過去，我們母女二人走在大街上，路過的人都會回頭看她——高高的個子，順滑如流水的長髮。現在在夢裡得到了證實，我的猜測是正確的，她還活著……

我是個醫務員，我一生都認為這是神聖的職業。我熱愛這個工作，所以讓女兒也愛上了醫務工作。如今我詛咒自己，如果她不從事這一行，她會留在家裡，會活下來。現在只有我和丈夫兩個人了，身邊再沒有別人。空虛啊，空虛得可怕。到了晚上，我們坐下來看電視，沉默地坐著，有時整個晚上也說不上一句話。電視機裡一唱歌，我就開始哭，丈夫就開始號叫，然後走開。你們想像不出，在這裡，在我的心裡，發生了什麼事。早晨要上班，但怎麼也起不來。痛苦極了！有時候我想，我再也不起來，再也不上班了。我就這樣躺在床上，讓別人把我抬到女兒那裡去，去找她。

我喜歡幻想，總是和女兒在一起。她在我的幻想裡，樣子從來不會重複。我甚至和她一起讀書，不過，我現在讀的都是關於植物、動物或關於星星的書，我不愛讀關於人、關於人類的事的書了。春天來了，我以為大自然會對我有幫助，我們到城外去，紫羅蘭正開著，樹枝抽出了嫩葉，但是我開始大叫。大自然的美、生物的歡樂，給了我這麼大的刺激。我開始懼怕時間的流逝，時間會把她從我身邊奪走，奪走了我對她的記憶，細節漸漸淡化，說過什麼話，她是怎樣微笑的……我從她的衣服上揀了一些她的髮絲，裝在小盒子裡。丈夫問我：

「你在做什麼？」

「留下她的頭髮，她已經不在了。」

有時候，我在家中坐著想事情，突然清清楚楚地聽到：「媽，別哭。」我回頭一看，沒有人。我接著回憶，她躺著，墓穴已經挖好了，大地準備接受她。可是我跪在她的面前：「我的好閨女，親愛的寶貝，這事是怎麼發生的？你在哪裡？你到什麼地方去了？」她還和我在一起，雖然她已經躺在棺材裡了。只是很快就要入土了。

我還記得那一天，她下班回來說：

「今天主任醫師找我談了話。」她沒有往下說。

「結果呢？」在她回答之前，我已經感到不對勁。

「我們醫院收到一份調撥令，要派一個人去阿富汗。」

「結果呢？」

「需要一名手術台上的女護士。」她正是外科護士。

「結果呢？」我把所有的話都忘記了，翻來覆去問這句話。

「我同意去。」

「結果呢？」

「反正需要有人去，我想到困難的地方去。」

大家都知道，我也知道，那邊正在打仗，人在流血。我哭了，可是卻說不出一個「不」字。她用嚴峻的眼神看了看我：

「媽，我們兩人都向希波克拉底*宣過誓。」

她花了幾個月的時間準備各種資料。她把審核結果帶回家來，拿給我看，上邊寫著：「正確理解黨與政府的政策。」到這時我還不太相信。

我對您講這些事，心裡覺得輕鬆一點，好像我還擁有她……我明天會去安葬她……她還和我在一起，也許她就住在某個地方？我只是想知道她現在的樣子，頭髮還是長長的嗎？穿的是什麼樣的衣服？我什麼都想知道……

我的心門已經關上了，現在什麼人也不想見。我甘願隻身一人，那時我就可以和她、我的斯維塔單獨談心。只要有人一進屋，一切都會亂了套。我不願意讓任何人闖進這個世界。我媽有時會從農村來看我，甚至連她，我也不願意分享那些時光。只有一次，有個女人來找我，她是我的同事，我不讓她走，我們兩人一直談到深夜，談到她丈夫也急了，怕她趕不上最後一班地鐵。她兒子從阿富汗回來了，變成了小孩：「媽，我和你一起烤餡餅……媽，我和你一起去洗衣店。」他怕男人，只和女孩交朋友。母親跑去找醫生，醫生說：「忍耐吧，這種現象會過去的。」現在我覺得這種人跟我更親近，我也更能理解他們。我可以和這個女人交朋友，但是她再也沒有來找我，她望著斯維塔的相片不停地哭……

我本來想回憶別的事，我想對您說什麼來著？啊，她第一次休假回家的事。不，還有我們怎樣為她送行，她是怎樣道別的……學校的同學、醫院裡的同事都到火車站來了。有一位年老的外科醫生彎下腰，吻了吻她的手，說：「我再也見不到這樣的手了。」

她回國休假，又瘦又小，一連睡了三天，起床後吃點東西，又繼續睡。再起來，再吃點東西，再睡。

「斯維塔，你在那邊怎麼樣？」

---

* 希波克拉底，古希臘醫生，有「醫學之父」之稱。現今醫師在行醫前或醫學院畢業時會宣讀希波克拉底誓詞，宣誓遵守醫學倫理。

「媽，一切都好，一切都好。」

她坐著，不說話，一個人悄悄地發笑。

「斯維塔，你的雙手怎麼啦？」我認不出她的手了，那雙手變得彷彿是五十歲人的手。

「媽，那邊工作多得很，我能考慮自己的手嗎？您設想一下，我們準備手術，用甲酸洗手。醫生走到我跟前說：『你怎麼回事，不擔心自己的腎臟。』他還在想自己的腎臟……身邊好幾個人都快死了。不過，您別胡思亂想，我很滿意，那邊需要我。」

她提前三天回去了。

「媽，請你原諒我，我們衛生營裡只剩下兩個女護士。醫生夠用，可是護士太少。她們兩人會累死的，我怎能不回去？」

她請求奶奶，奶奶非常疼她。奶奶快九十歲了，「您可不許先走，您要等我回來。」我們母女倆一起搭車到別墅去看奶奶，她站在一大叢玫瑰花前。斯維托奇卡*要求奶奶：「您可不許先走，您要等我回來。」奶奶把所有的玫瑰花都剪了下來，捧給了她。她帶著這花束離開……

清晨五點鐘就得起床。我喚她，她說：「媽，我還是沒有睡飽。我覺得，我永遠都睡不夠。」在計程車上，她打開手提包，驚叫了一聲：「我忘了帶我們家的鑰匙了。我沒有大門鑰匙，萬一我回來時，你們不在家呢？」後來，我找到了鑰匙，就在她的舊裙子口袋裡。我原本想趁著寄東西給她時一起寄去，免得她焦慮……得讓她有能打開家門的鑰匙……

萬一她活著呢？她正在什麼地方走路、正在笑著……她會為盛開的花而興高采烈，她喜歡玫瑰。現在，奶奶還健在，只因為斯維塔離開時請求：「您可不許先走，您要等我回來。」我去看望斯維塔的奶奶，半夜起來，桌上有一束玫瑰，這是她昨晚剪下來的，還有兩杯茶。

「你怎麼不睡覺？」

「我和斯維蘭卡（奶奶總叫她斯維蘭卡）在喝茶。」

在夢中見到她，我對自己說：「走過去，親吻她，如果她有溫度，那麼她就還活著。」我走過去，親吻她……她有溫度，她還活著！

萬一，她在什麼地方活著呢？在另外一個地方。

我在公墓裡，坐在她的小墳旁。走來兩名軍人，其中一個停下了腳步：

「啊，咱們的斯維塔。你瞧……」他看見了我，「您是——她母親吧？」

我向他跑了過去：

「您認識斯維塔？」

他轉身對戰友說：

「掃射時，她的兩條腿被打斷了，她就那麼死了。」

這時我大叫起來，他嚇了一跳：

「您一點也不知道？請您原諒我。請您原諒。」他匆匆走了。

＊母親稱斯維塔的小名。

我再也沒有見到這個人，我也沒有去找過他。

我坐在小墳旁。一個母親帶著孩子從面前經過，我聽到她們在說：

「這算什麼母親？在這個時代，她怎麼能把自己的獨生女兒送上戰場（我女兒墓碑上刻著『紀念獨生女』）？怎能把一個女孩交出去？」

她們竟敢這麼說，竟能這樣講！她是宣過誓的，她是護士，外科醫生吻過她的手。她去那邊，是為了救死扶傷，為了拯救她們的兒子。

人啊，我的心在呼號，不要回避我！和我一起在墳前站一會兒，不要撇下我一個人。

——一位母親

「阿富汗，媽的！阿富汗……」朋友拿起報紙讀道：「蘇聯士兵從俘虜營回來了，接受西方記者訪問……」接著，他便破口開罵。

「你怎麼啦？」

「我真想讓那些人都貼著牆站好，親手把他們斃了。」

「難道我們流的血還少嗎？你還嫌不夠？」

「我不憐憫叛徒。我們的手臂、大腿都被炸掉了，可是他們卻在紐約欣賞摩天大樓，接受《美國之聲》電台訪問……」

在那邊時，他是我的朋友。我們會一起唱：「即使麵包邊也要一人一半。」（沉默不語）

「我恨這個人，恨他！」

「恨誰？」

「你難道不明白嗎？我失去了好朋友，是在這裡失去的，而不是在戰場上……（斟酌字句）再也沒有人，我沒有其他朋友了。大家都鳥獸散了，躲在自己的窩裡，忙著賺錢。」

阿富汗，媽的！還不如當時陣亡，那樣我們學校也可以掛上一塊紀念牌，會把我當成英雄。男孩個個都想當英雄，但我不想……部隊已經進駐阿富汗，但我還一無所知，我覺得沒意思。當時我正為初戀愛得發狂，可是現在我卻害怕碰觸女人。早晨電車裡塞滿了乘客，我怕碰觸到女人……您能明白嗎？我跟女人什麼也幹不成，心愛的女人拋棄我走了，我和她一起住了兩年。在那一天，我把水壺燒化了，水壺在燃燒，我就坐在那，看它怎麼變黑。有時候，我就是會做出這種事情，完全和世界斷了聯繫，脫離了現實。妻子下班回家，聞到味道：

「你燒壞了什麼東西？」

「水壺。」

「這是第三把了……」

「你知道血是什麼味道嗎？兩、三個小時以後，血聞起來就像汗濕的腋窩，很難聞。火燒的氣味還好一點……」

她鎖上門就走了，一年了都沒回來，從此我就怕女人了。她們，女人完全是不同的人類。完全不同。因此，她們跟我們在一起時才會如此不幸。她們會聽你的話，順著你的意思，卻什麼也不了解。

「這是個怎樣的早晨啊！你又在喊叫，整夜都在喊叫。」每天早上，她都這樣跟我哭訴。

然而，我還沒有告訴她一切呢。我還沒有把直升機駕駛員轟炸時的狂喜告訴她，還有小夥子如何得意洋洋地形容起火的村莊有多麼壯觀，尤其是夜晚的時候。我們的兵受了傷，躺在地上快要死了，他在叫喚著母親，叫喚著自己心愛的女孩。他的旁邊躺著一個受傷的「杜赫」，也快死了，也在叫喚著母親，叫喚著自己心愛的女孩。一下是呼喚阿富汗的名字，一下是呼喚俄羅斯的名字……

「這是一個怎樣的早晨啊！你又在喊叫……你讓我感到害怕。」

她也不知道我們的中尉是怎樣陣亡的。大家發現了水，就停下車：「停！大家站著不要動！」中尉喊了一聲，他指了指河溝旁一個骯髒的布包——地雷？

幾名工兵先走了過去，拿起「地雷」，「地雷」咿呀咿呀叫了起來，是個嬰兒。阿富汗，媽的！怎麼辦？把他留在原地，或者把他帶走？沒有人下命令，中尉自告奮勇：「不能扔在這裡，他會餓死。我把他送到村子裡去，村子就在附近。」

我們等了一個小時，他們開車去的，來回一趟其實只要二十分鐘。

中尉和司機，他們兩人躺在地上，就躺在村子中間的廣場上，村裡的女人用鋤頭把他們兩人活活打死了。

「這是個怎樣的早晨啊！你又在喊叫。還出拳打我，反扣我的手。」

有的時候，我會記不得自己的姓名、地址，記不得自己過去的一切。等到清醒過來，又開始重新生活，但是信心不足。走出家門，馬上出現一個念頭：「我鎖上門了嗎？關掉瓦斯了嗎？」剛躺下睡覺，我又站了起來：「我設好明天起床的鬧鐘了嗎？早晨上班遇見鄰居時，我跟他們道早安了嗎？」

吉卜林*寫過這樣的話：

西方是西方，東方是東方，它們無法相互理解。
只有在上帝的寶座前，它們才能重新相聚。
但，沒有東方，也沒有西方，
誕生於世界兩端的這兩個強壯的男子漢，
如果相遇，就會合而為一！

我記得她愛過我，她哭著說：「你從地獄裡走出來了，我會拯救你。」其實，我是從汙水裡爬出來的。我去阿富汗時，她們穿的是長洋裝，我回來時，她們穿的任何衣服都很短。我不認識

* 吉卜林（Joseph Rudyard Kipling，一八六五～一九三六），生於印度孟買，英國作家及詩人。主要著作有兒童故事《叢林奇譚》。

她們了。我求她穿長裙子，她咯咯笑了，然後又生我的氣，以後就開始討厭我。（閉上眼睛，重複先前的詩句）

但，沒有東方，也沒有西方，
誕生於世界兩端的這兩個強壯的男子漢，
如果相遇，就會合而為一！

我講了些什麼，啊？講我女友的長洋裝。那些洋裝還掛在衣櫥裡，她沒有帶走。我在為她寫詩……

阿富汗，媽的！我喜歡自言自語……

——一位中士，偵察兵

我當了一輩子的軍人，非軍人生活只是從小說裡知道一二。職業軍人的心理與眾不同，對於我們來說，戰爭是否正義，這不重要。派我去哪裡打仗，那裡進行的就是正義的戰爭，就是一場非打不可的戰爭。這次派我去打仗時，也說這場戰爭是正義的，我們也這樣認為。我本人也站在士兵中間，對他們宣講保衛我國南方邊境的意義。我會加強他們的思想教育，一週兩次政治學習課程。難道我能說「我懷疑」？部隊可不能容忍自由思想。

你已經被擺在隊伍裡了，從今以後，你的一切行動只能聽從命令。從早晨到晚上，都是如此。

命令：

「起床！」

大家起床。

命令：

「排隊，準備做早操！向左轉，跑步走！」

做完了早操。

命令：

「解散，可以到樹林中稍息五分鐘。」

大家解散了。

命令：

「排隊！」……

我在兵營裡從未見有誰掛過相片，掛誰的呢？比方說，康斯坦丁．齊奧爾科夫斯基*或托爾斯泰的相片，我一次也沒有見過；就算要掛，掛的也是尼古拉．加斯泰洛、亞歷山大．馬特洛索

---

*康斯坦丁．齊奧爾科夫斯基（一八五七～一九三五），舉世聞名的蘇聯科學家、科幻作家，現代航太學和火箭理論的奠基者，被譽為「航天之父」。

夫等等衛國戰爭的大英雄。有一次，那時我還是年輕的中尉，在自己的房裡掛了羅曼．羅蘭的相片（是從雜誌剪下來的）。部隊首長進了屋：

「這是什麼人？」

「報告上校，這是羅曼．羅蘭，法國作家。」

「馬上把這個法國人拿掉！難道我們本國的英雄還不夠用嗎？」

「上校……」

「向後轉，到倉庫去，帶著馬克思的相片回來！」

「他是德國人！」

「住口！關禁閉兩天！」

馬克思跟這有什麼關係？

我自己站在士兵中間說：「這架車床怎麼能用？這是外國製的。這輛外國汽車怎麼能開？它在咱們的道路上會散開的。世界上最好的產品，都是我國製造的：我國的機床、我國的汽車，還有我國的人民。」到了現在，我才開始考慮：「為什麼日本機床就不能是最好的？為什麼法國的卡普倫長襪就不能是最好的？為什麼台灣女孩就不能是最好的？」我已經五十歲了……

我做了一個夢，我殺了一個人，那個人跪著，手腳著地。他沒有抬頭，我看不見他的臉，他們長得都一個樣。我心安理得地朝他開了一槍，我看見了他的血，我喊了一聲。醒來時，我想起了夢裡的事。

這兒已經有人寫文章談論政治錯誤，說這場戰爭是「布里茲涅夫的冒險行動」，是「罪行」。可是我們當時不能不作戰，不能不去死，也不能不殺人。這兒寫文章，那邊死人。請你們不要評論，你們評論不了！我們保衛了什麼？革命？不，我已經不這麼想了，我心裡已經開始另有想法了。但，我硬是說服自己，我們是在保衛自己的軍事城鎮，保衛我國人民。

稻田在燃燒，稻田是用曳光彈燒起來的。稻田滋滋作響，火蔓延得很快，炎熱也助長了戰火。農民奔來跑去，從田裡搶救燒焦的稻子。我從來沒有見過阿富汗孩子哭泣，每個孩子都又瘦又小，猜不出他們有幾歲。他們穿著寬大的褲子，下邊露著兩隻小腳丫。

我總有一種感覺，好像有人想把我打死。鉛彈不長腦子，至今我也不知道是否能習慣這種現象？那邊的西瓜、香瓜足有板凳那麼大顆，用刺刀一捅就碎。死很簡單，殺人要難得多。誰也不談死人的事，如果可以這麼說的話，那是一種遊戲規則：收拾行裝，準備出擊，背包底下留一封寫給妻子的信——告別的信。我寫的是：「把我的手槍鑽個孔，留給兒子。」

戰鬥開打了，錄音機還在叫，忘記把它關掉，是弗拉基米爾．維索茨基的聲音：

在黃色的炎熱的非洲，
在它的中心地帶，
突然超出工作的安排，
發生了不幸的意外。

「看來要發大水！」
大象說沒有弄清楚青紅皂白。
總之，是這麼一件事，
有頭長頸鹿在向羚羊求愛。

「杜什曼」也聽維索茨基的歌。許多人以前在我們國內念書，畢業於蘇聯的學院，擁有蘇聯的學歷。夜裡，我們埋伏在地，聽他們那邊在唱：

請脫帽，請脫帽！
我的朋友去了馬加丹，
他是自願去的，自願去的，
沒有押解，不是囚犯。

他們在山裡看我國的影片：關於科托夫斯基*、科夫派克†（的影片）……他們向我們學習，以便跟我們作戰，打游擊戰……

我從我們那些戰死的娃娃兵口袋裡掏出了一些信件、照片……給契爾尼戈夫的塔尼婭、給普斯科夫的馬申卡……這些都是在省城相館裡拍的，樣式相同，相片下邊是一些幼稚的題辭：「我像夜鶯盼望夏天，盼望你的回信。」「飛吧，帶著我的問候飛去，再帶著你的回信飛來！」這些相片像一疊紙牌擺在我的辦公桌上，一張張俄羅斯女孩的漂亮面孔……

我回不了這個世界了。現在活著，就僅僅是活著，在這裡，我覺得有志難伸。血中的腎上腺素在叫囂，缺乏尖銳的刺激，藐視現在的生活。我開始生病，醫生的診斷是血管狹窄；而我給自己下的診斷是「阿富汗症」……我需要一種節奏，一種能使我廝殺打架的節奏。必須冒險，保家衛國。我現在仍想到那邊去，但不知到了那邊，我會有什麼感覺。以往見過的景象排山倒海般湧來，各種畫面……大街上扔著一些被摧毀、被燒壞的軍車、坦克、裝甲車……難道我們在那邊，只能留下這些玩意？

我去了公墓，我想圍著「阿富汗人」的墳轉一圈。我遇到了某人的母親。

「你走開吧，指揮官。你已經有了白髮，你還活著，可是我的好兒子躺在土裡。我的好兒子還沒有刮過一次鬍子……」

不久以前，我一位朋友去世了，他曾在衣索比亞打過仗。在那炎熱的地方，他換了一個腎，他所知道的一切都跟他一起消失了。另外一位同志講他去了越南如何如何……我也見過被派去安哥拉、埃及的人，見過一九五六年到過匈牙利、一九六八年到過捷克的人，我們在一起交談，在

* 格里戈里．科托夫斯基是蘇聯軍人與政治家，曾經參與過衛國戰爭。

† 西多爾．科夫派克是蘇聯軍事將領與政治家，曾經參與過衛國戰爭。

別墅院子裡一起種過小蘿蔔、釣魚……我現在是個領取養老金的人，領殘障津貼。我在喀布爾軍醫院割掉了一個葉肺，現在第二葉肺又開始出毛病了……我需要一種節奏，需要找事情做！赫梅里尼茨基郊區有家軍醫院，裡頭住著被家人拒絕接受的人，也有自己不願意回家的人。其中有個小夥子從那裡寫信給我：「我沒有胳膊沒有腿，早晨醒來，不知道自己是個什麼東西，是人還是動物？有時真想喵喵叫兩聲或者汪汪狂吠一陣，但我咬緊了牙關。」我想去看看他，給自己找點事情做。

我需要一種節奏，一種能夠讓我廝殺打架的節奏。可是我不知道，我該和誰打架。我已經不能站在自己的娃娃兵當中宣傳：「我們是最優秀的，我們是最正義的」了。但我堅持認為，我們曾經想當那樣的人，可惜沒有當成。另一個問題是為什麼？為什麼失敗了……

——一位少校，營長

面對祖國，我們問心無愧……

我真誠地履行了自己身為士兵的天職。不准你們現在大聲嚷嚷、顛倒事實，或是重新檢視一切……如何看待對祖國的感情與責任感？莫非祖國對你們來說，僅僅是空洞的字眼？我們面對祖國，感到問心無愧。

我們在那邊占領了什麼？從那邊又帶回來了什麼？「載重二〇〇」載著戰友的棺材，我們獲得了什麼？各種疾病，從營養不良到霍亂到傷殘。我沒有什麼事情應當懺悔，我幫助了兄弟般的阿富汗人民。這一點，我堅信不疑！和我一起到過那邊的人，也都是真誠、老實的弟兄。他們相信，他們也是懷著善意踏上那塊土地的，他們不是在「錯誤的戰爭」中「犯了錯誤」的前線士兵。有人想把我們看成是天真幼稚的傻瓜，是砲灰，為了什麼？目的何在？難道是在追尋真理？請不要忘記《聖經》裡的話，你們還記得耶穌受彼拉多審問時說過的話嗎？

「我為此而生，也為此來到世間，特為給真理做見證。」

彼拉多又問了一遍：

「真理是什麼？」

問題沒有得到解答……

我有自己的真理。我的真理在於：我的信任可能天真幼稚，但我們像處女一般純潔。我們以為，新政權把土地分給大家，大家應當歡天喜地接受。可是突然間，農民不要土地了！他們說，土地是屬於阿拉的，你以為你是誰，有權分配土地。阿拉自會丈量並分配土地。我們以為，我們幫他們修建拖拉機站，把拖拉機、收割機、割草機給了他們，他們就會翻身過好日子。可是冷不防地，他們毀壞了拖拉機站，炸掉我們的拖拉機，彷彿那是坦克一樣。我們以為，在這個太空飛行的時代再去信仰神，是可笑的、荒謬的！我們把一個阿富汗小夥子送上了太空，我們的想法是，你們瞧，他已經到了你們真主所在之處。可是突然……文明動搖不了伊斯蘭教，難道可以跟永恆鬥嗎？是啊，「我們以為」又有何用？過去的情況就是如此，就是如此。這是我們生活中遇到的特殊情況，我把這些情況保留在心中，無法把它毀掉，我也不允許別人用漆黑的顏色把它玷汗。我們在那邊時，用自己的身體保護彼此。你們不妨站在敵人的槍口下試試！這事你不會忘掉。那麼，那件事呢？我是怎麼回來的……我本想出其不意地返回老家，但怕媽媽擔心。我打了電話：

「媽，我活著，我在機場。」電話那頭的聽筒掉了下去。

誰告訴你們說，我們在那邊打了敗仗？我們是在這兒、在家裡、在蘇聯吃了敗仗。我們原本可以用多麼瀟灑的姿態回來……全身灼傷、燒傷……見過世面、經過大風大浪……可是不讓我們有這個權利，不讓我們幹一番事業。每天早晨都有人在方尖碑（市內目前還沒有為陣亡的「阿富汗人」豎立的紀念碑，但將來會有的）上面掛標語：「請把它豎立在參謀總部旁，不要在市中心」。我的表弟，他十八歲，不願意參軍，他說：「讓我去執行某些人愚蠢的或犯罪的命令？變成殺人凶手？」看見我征戰的勳章時，他一副懷疑的神情。我在他這個年紀時，每每看見爺爺穿起掛滿勳章和獎章的外套，心臟都會停止跳動。我們在打仗時，世界已經變了……

真理是什麼？

我們這棟五層樓房裡住著一位老婆婆，已經七十五歲高齡。自從所有這些揭露性的文章和發言被公布，這些真理劈頭蓋臉地落在我們身上以後，她神經錯亂了。當戈巴契夫演說時，她啪地一聲關掉電視。她推開自己在一樓的窗戶，高呼：「史達林萬歲！人類光明的未來——共產主義萬歲！」我每天早晨都會看見她，誰也不碰她，她也不妨礙任何人。有時候，我覺得自己有點像她，有點像她。真他媽的！

不過，面對祖國，我們問心無愧。

——一位砲兵

有人按門鈴，我跑去開門，沒有人影。我嚇了一跳：「是不是兒子回來了？」

過了兩天，幾個軍人敲門。

「怎麼，我兒子不在了？」我立刻猜到。

「是的，他不在了。」

屋裡鴉雀無聲。我在前廳對著鏡子跪下來：

「上帝呀，上帝呀！我英明的上帝呀！」

桌子上放著我沒有寫完的信：

我的乖兒子，你好：

你的來信我看過了，我很高興！這封信裡沒有一個文法上的錯誤。句法上，和上次一樣有兩個錯誤。「我認為」是插入語，「按……的意思」是複雜句。「我會，按父親說的意思去做」這個句子當中，「我會」與「按父親說的」之間不需要加逗號。第二個句子：「我認為我不會讓你們丟臉」，需要逗號。不要因為媽媽指出你的錯誤，就生我的氣。

乖兒子，雖然阿富汗氣候炎熱，但也要注意不要著涼，你總是容易感冒。

大家在墓地裡沉默不語。人很多，可是誰也不講話。我手裡拿著一把螺絲起子，他們誰也不能從我手中拿走它。

「讓我把棺材打開，我要打開看看我的兒子……」我想用螺絲起子把鋅皮棺材撬開。

我丈夫想尋短見：「我活不下去了。原諒我吧，孩子他媽，我再也活不下去了。」我勸他：

「應當給他立個碑，放上一塊墓石，像其他人墳上的一樣。」

他不能入睡，總是在說：

「我一躺下，兒子就出現在眼前，吻我、擁抱我。」

按照古老習俗，我要把一個麵包保存四十天。入殮之後，過了三週，麵包就碎了，意味著這個家庭要解體了。

我在家裡到處掛上了兒子的相片，這樣我會覺得輕鬆些。但是我丈夫卻受不了：

「取下來吧，他的眼睛總是盯著我。」

我們給他立了一塊碑，很好的碑石，用貴重的大理石做的，我們把幫兒子存的結婚基金都用在石碑上了。小小的墳上擺了一塊紅色石板，種了一些紅花——天竺牡丹。丈夫給圍欄塗了顏色，他說：

「我們做了能做的一切，兒子不會生我們的氣。」

早晨，他送我去上班，我們互相道別。我下班回家一看，他在廚房裡用長毛巾上吊，面對著兒子的照片，我最喜歡的那張照片。

「上帝呀，上帝呀！我英明的上帝呀！」

請你們告訴我，他們是不是英雄？為什麼我要忍受這麼大的痛苦？有什麼可以幫我度過這段傷痛？有時我心想：「他們都是英雄！躺在那裡的，不止他一個人……有好幾十個人……」在市立墓園裡，一排又一排，每到節日，那裡會發射禮砲，會有人致詞、獻花，或是在那裡舉辦少年先鋒隊員的入隊儀式……有時，我會咒罵政府、咒罵黨，雖然我是共產黨員。但是，我想知道為什麼要這樣對待我的兒子？為什麼把我的兒子裝進鋅皮棺材裡？我咒罵自己，我是俄國文學老師，是我自己教育他：「乖兒子，天職就是天職，必須履行。」我詛咒所有人，到了早晨我就跑到小墳墓前，請求寬恕：

「乖兒子，原諒我說過的話吧。原諒吧。」

——一位母親

我收到了來信：「如果你沒收到我的信，不用著急，按原來的通信地址給我寫信好了。」此後兩個月沒有音信，我沒有想到他會在阿富汗。我收拾行李，準備到新的服役地點去看他。

他說他在曬太陽，在釣魚。他寄來了一張照片：他騎著小毛驢，兩個膝蓋上沾滿了沙子。一直到他第一次放假回來之前，我不曾起疑。他突然承認自己剛從戰場回來，他的好朋友陣亡了。一過去，他很少逗小女兒，他沒有當父親的感覺，也許因為女兒太小。現在他回來，幾個小時都坐在女兒身邊，望著女兒，眼神裡充滿了憂傷，那種神色讓我害怕。早晨起來，他把女兒送去托兒所。他喜歡把她放在肩膀上，扛著她走，我們住在科斯特羅馬，一座漂亮的城市。晚上，他會再把她接回家。我們一起去過劇院，去過電影院，但他更喜歡留在家裡，看電視、聊天。

對待愛情，他變得十分纏綿，每次我去上班，或到廚房做飯——他連這點時間也捨不得放過：「跟我待一會兒，今天不吃肉餅也可以。我在家的時間，你請幾天假。」到了往回飛的日子，上飛機時他故意誤了點，以便讓我們兩人再多待兩天。

最後一夜，那麼美好，我都哭了。我在哭，他不說話，只是望著我。最後他開了口：

「塔瑪拉，如果你再嫁，別忘了我。」

我說：「你瘋了，你永遠不會被打死！我這麼愛你，你永遠不會被打死。」

他笑了。

他不想再要孩子：

「等我回來，到那時候你再生。否則你一個人，怎麼照顧得了兩個？」

我學會了等待。不過，只要遇見靈車，我就感到渾身不舒服，就想喊，就想哭。我跑回家，家中要是有聖像該有多好，我會跪下祈禱：「請主為我保佑他！保佑他！」

那一天，我去看電影，眼睛望著銀幕，可是什麼也看不見。我莫名地心慌意亂，好像有人在某處等我，我應當到某地去，我勉勉強強熬到散場。當時，那邊大概正在激戰……

整整過了一週，我仍然毫不知情。我甚至還收到他的兩封信，平時我會覺得高興，會親吻來信，可是這次我生氣了：「你還要讓我等多久？」

第九天，清晨五點鐘，來了一封電報，有人從門縫把它塞了進來。電報是他的雙親拍來的：「速來，彼佳陣亡。」我一下子叫了起來，驚醒了孩子。怎麼辦？到哪兒去？沒有錢。恰好這一天，我應當收到他的取款憑單。我記得，我用紅被子把女兒裹起來就上路，公車還沒有發車。我攔住一輛計程車。

「去機場。」我對司機說。

「我要去公園。」他順手關上了車門。

「我丈夫在阿富汗陣亡了。」

他默默地下車，幫我上了車。我順路來到一位友人家中，向她借錢。機場沒有去莫斯科的機票了，我又不敢從手提包裡掏出電報給他們看，萬一這不是事實呢？如果搞錯了呢？萬一……重要的是，不要說出來……我在哭，大家都看著我。他們讓我搭乘教練機飛往莫斯科，當天夜裡就抵達了明斯克。但我還得繼續趕路，去老路區亞茲利村。出租車司機都不願意去，嫌遠——一百五十公里。我懇求他們，央求他們，終於有個司機同意了：「五十盧布，我送你去。」我把身上僅剩的錢都給了他。

凌晨兩點，車到了家門口，家人都在哭。

「也許這不是真的？」

「是真的，塔瑪拉，是真的。」

那天早上我們去軍委會，一位軍人回答：「等棺木運到後，我們會通知你們。」我們又等了兩天兩夜。我們往明斯克打電話，得到的回答是：「你們來吧，自己運回去！」我們去了，州軍委會的人說：「他被錯運到巴拉諾維奇了。」還得跑一百公里，可是我們的車子沒油了。到了巴拉諾維奇機場，那兒一個人也沒有，都下班了。門樓裡坐著一名警衛。

「我們來了……」

「那邊有個箱子，」他用手一指，「你們看看，如果是你們的，就把它弄走吧！」

空地上放著一個骯髒的箱子，箱子上有幾個粉筆字——「多夫納爾上尉」。我扳掉了封在棺材小窗口的木板：臉孔是完整的，但是沒刮臉，沒人幫他洗身體，棺材有點小。有股味道，令人難以忍受的氣味。我無法彎下身去吻他……他們就是這樣把丈夫還給了我。

我在他面前跪下，他是我最珍貴、最心愛的人。

這是明斯克州老路區亞茲利村的第一口棺材。我還記得，村民的眼裡流露出恐懼的神色，誰也不理解發生了什麼事。女兒當時四歲半，我抱起她跟丈夫道別，她大喊：「爸爸是黑的，我怕。爸爸是黑的……」棺材被放入墓穴，棺材下面的白布巾還沒有抽出來，突然雷霆冰雹交加，令人害怕。我記得冰雹像白色碎石打在怒放的丁香花上，落在地上，被踩得咯咯作響，大自然也抗議了。我很長一段時間離不開他的老家，因為他的靈魂還牽縈在這裡。父親、母親，還有他用過的物品：桌子、書包、腳踏車……我盡可能抓住所有的東西，把屬於他的物品拿在手裡。家裡人都不說話。我覺得他母親恨我，因為我活著，而她兒子不在了；我會改嫁，而她兒子不在了。她是個好女人。不過，那些天裡她失去了理智，眼神相當沉重。如今，她跟我說：「塔瑪拉，改嫁吧！」可是當時我好怕跟她的目光相對。他父親差點瘋了：「把這麼好的一個小夥子給害死了，給打死了！」我和媽媽勸他，說彼佳被授予勳章，說我們需要阿富汗，說這是保衛我國南方國境。但他不聽：「那幫畜生！那幫畜生！」

最可怕的事還在後面。最可怕的事，我必須開始習慣這樣的想法，我不要再等他了，我沒有人可以等待了。但是，我曾經等了那麼久。後來，我們搬到其他公寓。早晨一覺醒來，滿身大汗，是嚇出來的：「彼佳回來了，可是我和奧列奇卡住在另外的地方。」我必須理解，從今以後我是孤身一人了。不過，我一天會三次查看信箱，而收到的只有我寄給他、他沒來得及看的信，信封上蓋著圖章：「收信人已經離去。」此後，我不再喜歡過節，不再出門做客，給我留下的只有回憶。回憶，是最美好的、最初的時光……

第一天，我們兩人一起跳舞。第二天，我們兩人一起逛公園。我們認識後的第三天，他就向我求婚，要我嫁給他。那時我已經有了未婚夫，我們的申請書放在結婚登記處。我把這個情況告訴他。他走了，後來寫給我的信中，整頁都是大大的「啊」字！一月時，他來信說：「我會來的，到那時就結婚。」但是我不願意正月出嫁，我希望在春天舉行婚禮！在婚禮宮，有音樂，有鮮花。

婚事在冬天就辦了，就在我們村子裡，辦得既可笑又匆忙。主顯節那一天，大家都算命，我做了一個夢，早晨我講給媽媽聽：

「媽媽，我夢見一個英俊的小夥子，他站在橋上呼喚著我，他穿軍裝。可是當我向他走去時，他卻向遠處退去，越退越遠，然後就無影無蹤了。」

「不要嫁給軍人，你會變成寡婦的。」媽媽預言。

他來了，只有兩天時間。

「我們到結婚登記處去。」他一進門就這樣說。

村蘇維埃的人把我們打量了一番。

「你們何必要等兩個月呢？去買白蘭地。」

一個小時以後，我們就成了夫妻，街上正下著暴風雪。

「你用哪種計程車接走新娘呀？」

「我馬上就把她帶走！」他舉起手，攔住一架「白俄羅斯」牌拖拉機。

幾年來，我經常夢見我們見面時的情景，我們坐在拖拉機上的樣子。開拖拉機的人在按喇叭，而我們在親吻。他不在了，已經八年了，八年……可是，我常常夢見他。夢裡，我總是央求他：「你再娶我一次吧！」他把我推開：「不！不！」我感到惋惜的，不是因為他是我丈夫，而是他是那樣的一個男子漢！那麼高大，那麼健壯。走在街上，路人回頭看的是他，不是我。我遺憾的是，我沒能跟他生個兒子。原本有機會的，我不停央求他，但是他擔心……

他第二次休假回來，我們家大門深鎖。事先他沒有拍電報，我不知道他要回來。有個友人過生日，我到她家去了。他一推開門，震耳的音樂聲、笑聲。他坐在凳子上就哭了。他每天接送我，對我說：「我到你的單位去時，連膝蓋都在打哆嗦，彷彿要去幽會。」我想起我們一起去河邊、一起曬太陽、一起游泳。我們坐在河邊上，點起一堆篝火。「你不知道，我有多不願意為別人的祖國去送命。」他說。

夜裡他又說：

「塔瑪拉，你不要改嫁。」

「你為什麼要這麼說？」

「因為我太愛你了，我不能想像你和別人在一起。」

日子過得很快，出現了一種莫名的恐懼，我們甚至把女兒託付給鄰居，好讓兩人有多點時間相處。談不上是一種預感，而是陰影，出現了一層陰影。他只剩半年就要退伍了，國內已經在預備替代他們的一批軍人。

有時，我覺得我活了很久很久。雖然回憶的都是千篇一律的事，但每件事我都如數家珍。

女兒還小時，從幼兒園回來跟我說：

「今天我們都講了自己的爸爸，我說我爸爸是軍人。」

「為什麼要講這些？」

「他們沒有問我有沒有爸爸，他們只問他是什麼人。」

她稍稍長大一些時，每當我因為什麼事拿她出氣時，她總是勸我：

「好媽咪，你嫁人吧。」

「你希望有怎樣的一個爸爸？」

「我希望有我自己的爸爸。」

「如果不是自己的那個呢？」

「那麼就要個跟他差不多的。」

我二十四歲當了寡婦。頭幾個月，只要有男人來找我，我可能當場就會嫁給他。我瘋了！我不知道怎樣才能得救。周圍的生活照舊，有人在修別墅，有人在買汽車，有人新購了住宅，有人需要一張地毯，廚房需要鋪紅色的瓷磚、漂亮的壁紙……他們過著正常的生活，在在表明我的生活不在正軌上。我每天晚上哭到喘不過氣……直到現在，我才開始買家具，我沒有體力去烤餡餅，或是穿漂亮的洋裝。難道我的家裡也能過節？在一九四一和一九四五年，家家戶戶都在悲悼，全國都在悲傷。每個人都失掉了自己的某個親人，他們知道為了什麼，女人一起號啕大哭。現在，我在烹飪學校工作，全體職工一百人，只有我一個人的丈夫在戰場上陣亡，其他人只是從報紙上讀到了這場戰爭。當我第一次從電視上聽說出兵阿富汗是我們的恥辱時，我恨不得把螢幕砸了。那天，我第二次埋葬了我的丈夫。

他活著的時候，我愛了他五年。他離開八年了，我還愛著他。或許我真的瘋了，但是我愛他。

——一位妻子

我們被送到撒馬爾罕*。

那裡有兩個帳篷。在一個帳篷裡，我們脫掉了身上所有非軍人的衣服。有的人比較聰明，他們在半路上已經把夾克、毛線衫賣了，最後買了一瓶葡萄酒。在另一個帳篷裡，我們領到了過時的士兵服裝——一九四五年的軍用上衣、人造皮靴子及包腳布。如果你把這些人造皮靴子拿給生活在炎熱氣候的黑人看，他準會嚇昏的。在低度開發的非洲國家裡，士兵腳上穿的都是輕便鞋，身穿線衫、褲子，頭戴小簷帽。可是我們排著隊、唱著歌，在四十度的高溫裡忍受著煎熬，雙腳像泡在沸水裡一樣。頭一個星期，我們在冰箱工廠裝卸玻璃包裝容器，在商業基地搬運整箱的檸檬。有時也派我們到軍官家裡去幹活，我就曾經幫一戶人家砌過磚、蓋過兩個星期的豬圈，還釘了三張石棉水泥板，用另外兩張換了酒喝，石棉水泥板的價格是每公尺一盧布。軍人宣誓前，兩次被帶到打靶場：第一次發了九顆子彈，第二次每人拋了一次手榴彈。

我們在練兵場上排好隊，聽上頭宣讀命令：「派你們去阿富汗民主共和國，履行國際主義義務。誰不想去，向前邁兩步。」有三個人走了出來，部隊首長用膝蓋頂了一下他們的屁股，讓他們站回隊去。他說：「這次是檢查你們的作戰情緒。」每人發了兩天的乾糧，還有一條皮帶，上路吧！就這麼回事。我並不沮喪。對我來說，那是我唯一能出國見識的機會。呃，還有老實說，我當然也想要帶錄音機和皮箱回來。在此之前，我的生活平淡無奇，過得很無趣。我們搭乘的是伊留申—七六大型運輸機。這是第一次，我第一次搭飛機！透過舷窗，我們看見了崇山峻嶺和渺無人煙的沙漠。我們生長在普斯科夫，家鄉到處是草原和樹林。我們在阿富汗的申丹德下了飛機，我記得那天是一九八〇年十二月十九日……

* 烏茲別克的古都及第二大城。

有幾個人打量了我幾眼：

「一米八，分到偵察連，那裡需要這樣的人。」

從申丹德去了赫拉特。到了那兒，我們也是負責修建，修建靶場：挖地、運石、打地基。我做木工，用石棉水泥板蓋房頂。有的人在上戰場之前，還沒有開過一槍。總是餓，廚房裡有兩個五十公升的大鍋：一個用來做第一道菜——水煮白菜，湯裡撈不出幾塊肉；一個用來做第二道菜——乾馬鈴薯或者燕麥飯，沒有半點油。每四個人發一罐青花魚罐頭，商標上的生產日期是一九五六年，保存期限是一年半。一年半裡，我只有一次不想吃東西，那次是因為我受了傷。平時我總會一邊走路一邊想：「在什麼地方能弄點吃的，能偷點吃的？」我們曾爬進阿富汗人的果園，他們開槍射擊，還可能踩上地雷。不過我們太想吃蘋果、梨，或其他什麼水果都行。有人寫信向父母要點檸檬粉，他們用信封捎來一些。我們用水把檸檬粉化開就喝，酸滋滋的，用它來刺激胃。

第一次雙方開打前，播放了蘇聯國歌，政治部副主任講了話。我記得他說：「世界帝國主義可沒有在打盹，國內正等我們作為英雄凱旋歸來。」

我將怎樣殺人，當時自己也想像不出來。參軍前，我是個自行車選手，肌肉鍛鍊得很結實，誰都怕我，誰也不敢碰我，我甚至沒有遇過持刀打架流血的事情。現在，我們搭的是裝甲車。在這之前，我們從申丹德到赫拉特搭乘的是公車，還有一次，離開駐防地外出搭的是「吉爾」*。我坐在裝甲車上，手握武器，袖子挽到手肘，有種全新的陌生，一種權勢、力量和安全感。村莊馬上顯得低矮多了，灌溉溝渠變小了，樹木也變得稀少了。半個小時以後，我完全放下心，覺得自己就像是個遊客，開始東張西望，欣賞異國風光。各種樹、各種鳥類、各種花草，我頭一次見到長刺的樹，大開眼界，一下子就把戰爭忘在腦後了。

裝甲車經過水渠，開過泥巴橋，我訝異的是，這座橋居然能禁受得住幾噸金屬的重量。突然一聲爆炸，開路的裝甲車遭到火箭筒的迎面攻擊。有人抬著熟悉的弟兄走了過去，沒有了頭顱，活像硬紙板的靶子，雙手垮垮地下垂著。我的意識還不能立刻接受這種可怕的新的現實……新命令下達：架起迫擊砲。我們管迫擊砲叫「矢車菊」，每分鐘可以發射出一百二十顆砲彈，所有砲彈全部都往村莊裡頭射。村裡有人向外開槍，每個院落裡都中了幾發砲顆。戰鬥結束後，我們把自己人一塊一塊地收攏到一起，從裝甲板上也往下刮。死者身上沒有身分牌，我們把粗帆布鋪開當成集體墳場，無從認出是誰的大腿、誰的一塊頭骨。沒有發給大家辨認身分的頸牌，是怕萬一落到敵人手裡，那上邊有姓名、有地址……如今正像歌裡唱的：「我們的住址沒有樓號，也沒有街名，我們的住址是蘇聯……」就這麼回事！

回營地的路上，誰都沒開口。我們是平民老百姓，不習慣殺人。回到隊裡就平靜下來了。吃了飯，擦拭了武器，這時才有人開口。

「要來一根大麻菸嗎？」那些爺爺兵建議。

「不想抽。」

---

*蘇聯製造的一款加長型豪華轎車，在一九八五年至二〇〇〇年間一直是全球最長系列的轎車王。

我不想抽，怕戒不掉。毒品很快上癮，要想戒掉，非要有堅強的意志不可。後來大家都抽起來了，否則撐不下去。如果像上次戰爭那樣，人民委員會規定發給每人一百克酒就好了。但這次不允許，有禁酒令……要解除緊張情緒，要忘記，所以我們往羊肉飯裡、往粥裡倒些麻醉品，然後，眼睛瞪得溜圓，像半盧布的銀幣，夜裡能像貓似的看東西，人變得像蝙蝠一般輕盈。

偵察員不是在戰場上，而是在近處殺人，不是用自動步槍，而是用芬蘭匕首，用刺刀殺人，不能出聲，不能讓別人聽見。我很快就掌握了這套本領，做得很順手、滋滋有味。第一個死在我手裡的人、我殺了什麼人，我全都記得。我們摸黑靠近村子，透過夜視鏡看見一棵樹旁邊有個小電筒閃閃發亮，那兒還有一桿槍，有個人在挖東西。我把自動步槍交給了戰友，自己潛行過去，距離約一個箭步時，我縱身一躍，把他打翻在地。為了不讓他叫出聲音，我用他的纏頭堵住了他的嘴。刀子太重，我沒有隨身帶著，只有一把開罐頭用的小刀，一把普通的小刀。他已經躺在地上了，我揪住他的鬍子，割斷了他的喉嚨。頭一回殺人，好比頭一回跟女人親熱，先是震驚，但很快就恢復鎮定。畢竟我是來自村莊的小子，殺過雞、也宰過羊！不就這麼回事！

我那時擔任偵察組長的職務，一般都是夜間出動，手裡握著刀子，坐在樹後。他們走了過來，走在前邊的是巡邏兵，必須把他幹掉。我們輪流動手，這次輪到我。等巡邏兵與我並列時，我放他向前走了一步，然後從背後跳上去，主要是用左手勒住他的腦袋，讓他揚起脖子，免得叫出聲來。右手用刀刺入後背，刺在肝臟下方，要刺透。後來我弄到了戰利品，一把日本匕首，長三十一公分，這種匕首很容易刺入人體。被刺的人蠕動幾下，就癱倒在地上，一聲也沒有出。殺人漸漸就習慣了，心理上要接受並不難，不像在技術上那麼難。為了能一刀刺進心臟，我們學過空手道，知道要扭住對方的手臂，把他制伏、架住，對準至痛點——鼻子、耳朵、眉骨痛擊。要想動刀子，就得知道刺向什麼部位。我們闖入土牆後頭的庭院，兩個守門邊，兩個守牆內，其他人盯著住家，看到什麼喜歡的東西就順理成章地拿走。

有一次，我遲疑了一下。我們搜索一個村莊，一般情況下，在推開門進屋之前，要先扔一顆手榴彈，免得遭到機槍襲擊。何必冒險呢，手榴彈更可靠。我把手榴彈扔進去後，便跨過門檻：屋裡躺著幾名婦人、兩個稍大的男孩及一個還在吃奶的嬰兒。嬰兒不是躺在嬰兒車裡，而是躺在一個像是小盒子的東西裡。

現在回想起來，還是感到不自在。

我想當一個好人，但是在戰爭中，那是不可能的事。雙目失明後我回國了，子彈從左邊的太陽穴打進去，從右邊的太陽穴鑽了出來，打掉了兩隻眼睛的視網膜，我只能分辨明與暗。我沒能變成好人，還經常想咬斷別人的喉嚨。我知道應當咬斷誰的喉嚨，就是那些捨不得在我們小夥子墓前立塊石頭的人，那些不想分給我們殘疾者住宅的人，那些說「我沒有派你們到阿富汗去」的人，那些不關心我們的人……我們在那裡死去，而他們在電視機前看著這場戰爭。對他們來說，那只是刺激的場面。刺激的場面！他們不過是想尋求刺激罷了。

我學會了不用眼睛走路。我自己能夠坐車到市內各地，自己搭地鐵，自己穿過馬路，自己做飯。妻子感到奇怪，我做的飯菜比她做得還好吃。我從來沒有看過自己妻子的長相，但我知道她是什麼樣子。我知道她頭髮的顏色、她鼻子的形狀、她嘴唇的模樣……我是用手、用身體在看，我的身體有視力，我也知道我兒子的樣子。他小時候，我把他裹在襁褓裡，為他洗過尿布，如今我用雙肩馱著他玩。有時，我會覺得眼睛沒有用。你瞧，每次發生重大事情或感到舒服時，你不是會把眼睛閉起來嗎？但畫家需要眼睛，他的職業必須靠眼睛。可是，我學會了不用眼睛生活，我能感受到世界。我能聽見它，語言對我來說，比眼睛的作用更大。語言、線條和聲響。在很多人眼中，我已經是過去的人了，覺得我身為一個小夥子，已經打過仗，如同尤里．加加林*，已經完成了太空航行一樣。但不是的，我最主要的事業還在後面，我知道這一點。不要把身體看得比自行車更有意義，我過去是自行車選手，參加過比賽。身體，如同我們使用的一種工具、一台車床，僅此而已。我可以成為幸福的人、自由的人。沒有眼睛後，我明白了這些，但是有多少人卻是有眼無珠啊！我有眼睛時，比現在瞎得更厲害。我想淨化身上的一切，清除身上的汙穢，當初我們就是被汙穢吸進去的。我想擺脫回憶……您不曉得，夜是多麼可怕吧？一切再度湧現……在夢中，我再一次手持匕首向人撲過去，思量著該刺哪個部位……人體很柔軟，我記得人體很柔軟……就這麼回事！這麼回事……

夜晚很可怕，因為我看得見。在夢裡，我不是瞎子。

——一位偵察兵

您別看我個子小，弱不禁風。我也去過那裡，我是從那裡回來的。

「你不是軍人，去那裡做什麼？」每過一年，我就更難回答這個問題。我當年二十七歲，女性朋友都出嫁了，我還是小姑獨處。我和一個小夥子交往了一年，他卻娶了別人。女性友人寫信給我：「忘了吧！把回憶抹掉，別讓任何人知道或是猜到我們曾經到過那裡。」不，我不會把記憶抹掉，而是希望釐清來龍去脈。

在那裡的時候，我們已經開始懷疑受騙了。問題是：「我們為何如此容易受騙？」因為我們是心甘情願上當的……我不知道，是心甘「情」願，還是心甘「傾」願？怎麼說才對？大多數時間，我都是一個人獨處，很快就會忘記怎麼正確說話，開不了口。我承認，對男人我會隱瞞實情，但對女人我會實話實說。看見這麼多女人前往戰場，我簡直不敢相信。漂亮的、不漂亮的；年輕的、不怎麼年輕的；開朗的、壞心眼的；烤麵包的、廚娘、服務生、清潔工……當然，每個人都有實際的考量：有些人想賺錢，有些人或許想找個伴。全都是一些尚未出嫁或是離過婚的女人，在尋找幸福和命運。那裡有過幸福，有過真切的愛情，也舉辦過婚禮。塔瑪拉．索洛維依，她是個護士……有個直升機飛行員全身燒得焦黑，被放在擔架上抬了進來。兩個月後，她邀請我去參加婚禮，因為他們兩人要結婚了。我問同寢室的女孩，我的好友死了，我正在守靈，該如何是好？我得寫信給他的媽媽。我已經哭了兩天，哪來的心情去參加婚禮？那些女孩回答我：「也

＊蘇聯紅軍上校飛行員，人類第一個進入太空的人，一九六一年四月十二日完成史無前例的繞行地球一周的宇宙飛行。

許後天她的新郎就會被殺死了，但是至少有人可以為他哭泣。」意思是，沒什麼好猶豫的，不管去不去，都得送禮。每個人的禮物一律都是裝在信封裡的兌換券。新郎的好友帶來一大桶酒，大夥兒唱歌、跳舞、舉杯祝賀，大聲喊著：「乾杯！」幸福都是一樣的，尤其是女人的幸福。各式各樣的幸福都有，但腦中會記得美麗的場景。營長晚上到我房間：「別怕！我沒有什麼企圖。你坐會兒，讓我瞧瞧你。」

但是，當時我們懷抱著信念，堅強的信念！有信念是一件多麼美好的事。棒極了！受騙的感覺和信念，不知怎麼回事，竟然可以和諧並存在我們心中。我無法想像，會有哪個戰爭不像衛國戰爭。我從小喜歡看戰爭片，我是這麼想的，我在腦裡刻劃過這樣的場景……軍醫院裡頭怎麼可以沒有女人？怎麼可以缺少女人溫柔的照顧？士兵全身燒傷，躺在床上，飽受折磨，哪怕只是把手放在傷口上傳遞能量也好。那需要慈悲的胸懷，而那是女人能做的事！您是否相信我呢？您是否相信我們呢？呃，不是所有到那裡的女人都是妓女，不全是為了兌換券才去的。她們大多數都是好女孩。我敢告訴您，因為您是女人，正是因為您是女人。最好別跟男人提這個話題，他們只會嘲笑你。在新的工作崗位上（我回來以後，辭掉了原先的工作），沒有人知道我去過戰場，是從喀布爾回來的。不久前，同事討論起了阿富汗話題：那是一場什麼樣的戰爭？為什麼會有這樣一場戰爭？我們的總工程師打斷了我的話：「喏，你這個年輕的女人懂什麼戰爭，那是男人的事。」（她笑起來）我在戰場上見過許多爭先恐後執行危險任務的小夥子，他們輕率地犧牲了生命。我在那裡花很多時間觀察男人，偷偷地觀察他們，覺得很有趣。呃，我想知道他們腦袋裡裝什麼，裡頭是什麼樣的病毒？他們老是打仗。我看見他們如何冒生命危險，如何殺人。他們至今依然認為自己很了不起，因為他們殺過人，覺得自己受到獨特的啟發。或許，這是一種疾病？說不定他們是受到病毒感染。

國內一切都顛倒了，自己人之間……我們離開時，國家需要這場戰爭；回來時，國家已經不需要這場戰爭了。自家的社會主義正在崩塌，已經沒心思在偏遠的土地上建設社會主義了。再沒人引用列寧和馬克思的話，也不再提起世界革命。現在的英雄已經不同於以往，變成了公司老闆、生意人；理想當然也不一樣了：我的家就是我的城堡。但是，以往受教育時，我們的楷模是保爾·柯察金、梅列西耶夫這樣的人。我們在營火旁唱歌：「祖國擺第一，個人擺第二。」很快地，民眾會開始嘲笑我們，拿我們來嚇唬小孩子。我們覺得委屈，不是因為少給了我們什麼，或是獎章發得不夠，而是我們被一筆勾銷，彷彿根本不曾存在似的，被徹底抹滅了。

剛回來那半年，我晚上無法入睡。快睡著的時候，就會夢見屍體、槍擊，然後害怕地跳起來。一閉上眼睛，同樣的畫面又出現。去看神經科醫師，聽完我的敘述後，他驚訝地說：「難道你見過這麼多屍體嗎？」唉呀，我巴不得朝他年輕的臉上打一拳！我不斷按捺自己的情緒，才勉強克制住衝動，否則我可能會罵出一串髒話。這些髒話都是在戰場上學的，從此之後，我沒再看過任何醫生。憂鬱的症狀出現了，早上不想起床、不想梳洗，做什麼事都勉為其難，得不停強迫自己，包括上班、聊天。如果有人問我，你跟某人談了什麼，我什麼都想不起來。我愈來愈不想活下去，我沒法聽音樂、讀詩，這些都是我以前愛做的事，曾經是我生活的意義。我不會邀請任何人到家裡來，也不去別人家作客。我根本沒有地方可以躲藏，都因為這該死的住房問題！我住的是公共住宅。我從戰場上賺到了什麼？穿得稍微體面了些，買了義大利家具，卻孤單一人。在那邊生活的時候，什麼東西都沒有，但這邊的生活令我感到茫然，我一樣無法適應。我依然想要抱持某種信念。他們搶奪的，不只是我存在銀行裡的錢（因為通貨膨脹變得不值錢了），更糟糕的是，他們沒收了我的過去。我沒有過去、沒有信念，該倚靠什麼活下去？

你認為我們很殘忍？但你們可知道自己有多殘忍？既不問我們，也不聽我們說話，卻寫有關我們的事情。

別指名道姓，就當我已經死了。

——一位女職員

我急急忙忙向墓地奔去，如同趕赴約會。

我彷彿在那兒能見到自己的兒子。頭幾天，我就在那兒過夜，一點也不害怕。我現在非常理解鳥兒為什麼要遷徙飛行，草兒為什麼要搖曳。春天一到，我就等待著花朵從地裡探出頭來看我。我種了一些雪花蓮，為的是儘早得到兒子的問候。問候是從地下傳來的，是從他那兒傳來的。

我在他那兒一直坐到傍晚，坐到深夜。有時我會大喊大叫，把鳥兒都驚飛了，可是卻聽不見自己的聲音。烏鴉像一陣颶風掠過，在我頭頂上盤旋，撲打著翅膀，這時我才會清醒過來，不再大叫。一連四年，我天天到這兒來，有時是早晨，有時是傍晚。當我因為微血管阻塞無法下床時，我有十一天沒去看他。等我能起來，能悄悄走到盥洗室時，我覺得，我也可以走到兒子那兒去了。萬一摔倒了，就撲在小墳頭上。於是，我穿著病服跑了出來。

在這之前，我做了一個夢，瓦列拉出現了，他說：

「親愛的媽媽，明天你別到墓地來。不要來了。」

可是我來了，悄悄地，就像現在這樣，悄悄地跑來了，彷彿他不在那兒，我的心覺得他不在那兒。烏鴉和往常一樣，棲息在墓碑上、圍欄上，牠們不飛，也不躲避我。我起身從凳子站了起來，可是牠們卻先飛起，安慰我，牠們不讓我離去。怎麼回事？牠們有什麼事要預先警告我嗎？牠們忽然安靜了下來，飛上樹梢。我又想回到那座小小的墳墓前，心裡平靜極了，不安的心情過去了，是他的魂魄回來了。「謝謝你們，我的鳥兒，是你們提醒我，不讓我走開。我終於等到乖兒子回來了。」人多的時候，我會感到不自在、感到孤單，感到心慌意亂，踱來踱去。有人找我說話、糾纏我、妨礙我，但是我只要一到那兒就覺得舒坦。我的心情只有在兒子墳前才感到舒暢，要想找到我，只有在工作地點和在那裡。在墳前，我兒子就像住在那裡。我估量了一下，他的頭應該在這邊，我坐在他的身邊，把心裡的話都掏給他：今天早晨我做了些什麼，白天做了些什麼。我和他一起回憶往事，望著他的相片，想得很遠很遠，望得很久很久。他或者淡淡一笑，或者有所不滿地皺起眉頭，我們兩人就這麼過日子。我即使買一件新衣服，也是為了看望兒子，為了讓他看見我穿上新衣服。過去，他總是跪在我面前說：「我的好媽媽，你是我美麗的媽媽！」如今我跪在他的面前，每次都是如此，推開圍欄的小門，然後跪下。

「乖兒子，早安……乖兒子，晚安。」

我總是和他在一起。我原本想從孤兒院抱一個男孩回來養，找一個像瓦列拉一樣有雙水汪汪大眼睛的男孩，可惜我有心臟病。我的心臟已經無法負荷了。我拚命工作，像在黑暗的隧道裡見不到盡頭的光，把自己累得筋疲力盡。如果有空間坐在廚房裡，伏在窗口朝外望，我可能會發瘋，只有痛苦的折磨才能拯救我。四年來，我一次電影也沒有看。我把彩色電視賣了，用那筆錢修了一塊墓碑，我一次也沒有打開過收音機。自從乖兒子死在戰場以後，我的一切都變了，臉、眼睛，甚至雙手。

我當初是因為愛才結婚的，我自己找上門的！他是個飛行員，個子高、長得很帥。他穿著皮夾克、軟底皮靴，像頭大熊。他就是我將來的丈夫嗎？我進了商店，為什麼我們的工廠不生產高跟拖鞋？我在他面前顯得那麼矮小。我總盼望他生病、咳嗽、傷風感冒，這樣他就能在家裡待上一整天，我就可以伺候他了。我想生兒子都快想瘋了，我希望兒子能夠長得像他：同樣的眼睛，同樣的耳朵，同樣的鼻子。彷彿神仙聽見了我的話，兒子真的長得和他一模一樣。我簡直不敢相信，這兩個出色的男人都屬於我。不能相信！我戀家，我喜歡洗衣服、熨衣服，我什麼都愛，愛得連家中的一隻小蜘蛛也不碰。如果在家裡抓到一隻蒼蠅或瓢蟲，我就會打開窗戶放牠們飛走。讓一切生靈都活下去，彼此相愛吧，我幸福極了！我按門鈴，我打開走廊的電燈，我讓兒子看見我是高高興興的。

「列魯恩卡（他小的時候，我總叫他列魯恩卡），是我。我想死你了！」我去商店買東西或下班時，總是急沖沖趕回家。

我愛兒子愛得發狂，我現在也愛他。辦完追悼會，他們送來了照片，我沒有接受，我還不相信他死了。我是一條忠誠的狗，寧願死在墳頭上也不會離去。我交朋友也講忠信，即便奶水一直溢流，但我和友人約好見面要還她一本書，還是出門硬是站在冰天雪地裡，等了她一個半小時還不見人影。既然答應了，我就不能無緣無故地爽約。她想必發生了什麼事？我跑到她家裡，她卻在睡大頭覺，不理解我為什麼在哭。我也愛她，我把自己最愛的一件衣服，一件天藍色的衣服送給了她。我就是這樣的人。我遲疑地走進人生，有些人膽子比我大得多。我不相信有人能愛我，別人說我長得漂亮，但我不相信，我進入生活的節奏總是慢半拍。不過，一旦我把什麼事記在心裡了，那麼我一輩子也不會忘。對待一切，我總是卯盡全力。尤里．加加林飛向太空，我和列魯恩卡跑到大街上，想在那一刻愛所有的人，擁抱所有的人。我們兩人高興得歡呼雀躍……

我愛兒子愛得發瘋、發狂，他也瘋狂地愛我。墳墓如此強烈地吸引我，就像是他在召喚我。

有人問他：

「你有女朋友嗎？」

他回答：「有。」然後把我大學時代的學生證拿給別人看，上面的我留著長長的大辮子。

他愛跳華爾滋。中學畢業時，他在畢業晚會上請我跟他跳第一支舞。我還不知道他會跳舞，他已經學會了，我們兩人隨著音樂一陣旋轉。

晚上，我坐在窗前打毛衣，等他回家。腳步聲，不，這不是他。又有腳步聲，是我兒子……

我從來沒猜錯過。我們在桌前對坐，一聊就聊到凌晨四點。我們都聊些什麼？喏，大家高興的時候，能聊些什麼？海闊天空地聊。聊一些重要的事，也聊無聊的事，我們捧腹大笑。他給我唱歌、彈琴。

我看了看掛鐘：

「瓦列拉，睡覺吧！」

「好媽媽，再坐一會兒。」

他總是這樣叫我：「我的好媽媽，我親愛的媽媽。」

「喏，親愛的媽媽，你的兒子考進了斯摩棱斯克高等軍事學院。高興吧？」

他在鋼琴前坐了下來：

各位軍官——貴族大公！

我大概不是第一人，

也不是最後一名……

我父親是軍官，在保衛列寧格勒時不幸犧牲；我爺爺也是軍官。我兒子天生就有軍人的風采：身段、體力、風度俱佳，他應該當驃騎兵、戴白手套、打橋牌、玩朴列費蘭斯*。我歡喜地稱他是「我的標準軍人」。哪怕是上帝要從天上給我們灑下一滴汗水，先給點預兆吧……

大家都效仿他，包括身為媽媽的我。我在鋼琴前，像他那樣側身坐下，有時也學他那樣走路，他死後尤其如此。我希望他的靈魂永遠附在我的身上不離開，繼續這樣活著。

「喏，我親愛的媽媽，你兒子要走了。」

「去哪兒？」

他默不作聲。我坐著不動，滿臉是淚。

「我的乖兒子，你要去哪兒，親愛的？」

「什麼叫『去哪兒』？大家都知道我們要去哪裡。我的好媽媽，快幹活吧！我們從廚房開始，過一會朋友就要來了。」

我立刻猜出來了：

「去阿富汗？」

「對了。」他的表情一下子變了，令人猜不透，宛如蒙下一層鐵幕。

他的朋友科利卡·羅曼諾夫跑進屋子裡來，像小鈴鐺似的把一切都講了。他們在三年級時就寫了申請書，要求派他們去阿富汗。上頭很長一段時間沒有批准。

第一杯：誰不敢冒險，誰就別喝香檳。那天晚上，瓦列拉一直唱我愛聽的抒情歌曲：

＊朴列費蘭斯是一種紙牌遊戲的名稱。

各位軍官——貴族大公！

我大概不是第一人，

也不是最後一名……

還剩下四週。早晨上班前，我到他的房間，坐下來聽他打鼾。他睡覺的樣子也美。命運在叩我們家的門，向我們暗示。我做了個夢，我穿著黑色的衣服，天使帶著我在黑色的十字架上飛翔……我勉強待在十字架上。我想看一眼我會落在什麼地方，落在海裡或是陸上？我看見了，下面是一個灑滿陽光的地槽。

我等他休假回家，他好久沒有來信了。我在上班時，電話響了：

「親愛的媽媽，我回來了。快回家，我已經煮好湯了。」

我叫了出來：

「乖兒子！乖兒子！你不是從塔什干打來的電話吧？你已經到家了嗎？冰箱裡有一鍋你愛吃的紅甜菜湯！」

「啊！我看見了，但是我還沒有打開蓋子。」

「你煮了什麼湯？」

「我煮的是『白痴夢想湯』。快回家，我到公車站接你。」

他回來了，卻一頭白髮。他謊稱休假，其實是跟軍醫院請了假：「我要去看看媽媽，就兩天。」女兒看到他在地毯上打滾，疼得直叫。他同時患了肝炎和瘧疾。他警告妹妹：

「剛才的情況，不能讓媽媽知道。去看你的書……」

上班以前，我又來到他的房間，看他怎樣睡覺，他睜開了眼睛：

「怎麼啦，我的好媽媽？」

「你怎麼不睡了？還早啊。」

「我做了噩夢。」

「乖兒子，如果是噩夢，你就翻個身，噩夢就會變成美夢。噩夢不要講出來，夢裡的事就不會實現。」

我們把他送到莫斯科，明媚的五月，陽光燦爛，馬蹄蓮開花了。

「乖兒子，那邊怎麼樣？」

「阿富汗，我的好媽媽，那是我們不該做的事。」

他只盯著我，不看任何人。他伸出手來，蹭了蹭我的額頭。

「我不願意往那個火坑裡鑽！我不願意！」說完他就走了。然後，他回頭看了我一眼，「就是如此，媽媽。」

他從來不說「媽媽」，總是叫「我的好媽媽」。風和日麗，馬蹄蓮開花了……機場的女值班員望著我們，哭了。

七月七日，我醒來時流著眼淚，目光呆滯地盯著天花板，是他把我喚醒的，好像是來跟我道別。八點，該準備上班了，我拿著一件裙子從浴室到臥室，從這個房間到那個房間，不知為何，就是不想穿色彩鮮亮的裙子。我頭有些暈，連人都看不清，一切恍恍惚惚的。直到中午吃飯的時候，我才鎮靜了下來。

七月七日……口袋裡有七支香菸和七根火柴；相機裡拍了七個畫面；他給我寫了七封信；給未婚妻寫了七封信；一本書翻到第七頁，那是安部公房的小說《箱男》。

他當時還有三四秒鐘的時間可以自救，他們是和車子一起翻下山澗的。

「弟兄們，快往外跳！我墊後。」他不肯第一個跳出去，他不能拋下戰友不管，他不會這麼做。

「我是西涅利尼科夫少校，負責政治工作的副團長，我現在寫這封信給您。我執行軍人的職責，認為必須通知您，瓦列利＊．蓋納基耶維奇．沃洛維奇上尉於今天十時四十五分不幸陣亡……」

全市都知道了。軍官之家，掛著黑紗和他的遺像。飛機載著靈柩，馬上就要著陸。但誰都不告訴我任何消息，誰也下不了這個決心。單位的同事，個個含著淚。

「發生什麼事了？」

他們找各種藉口避開了，有位友人開門看了我一眼。後來我看見了我們的醫生穿著白袍，我恍然大悟了。

「你們怎麼啦，瘋了嗎？他這種人是不會死的。」我敲打著桌子，奔向窗戶敲打玻璃窗。

他們給我打了一針。

「你們瘋了嗎？你們都瘋了！」

他們又給我打了一針。但鎮定劑不管用，我還是大喊大叫：

「我要見到他，帶我去兒子身邊。」

「把她送去吧，否則她會受不了。」

長長的棺材，沒有刨光的木板，上面有黃色的大字「沃洛維奇」。我搬著棺材，想把它抬回家，我累得膀胱都撐破了……

需要有塊墳地，乾燥的地，乾燥一點的地……那需要五十盧布？我付，我付。只要那塊地好就行，要乾燥一點的。我明白，待在那裡讓人害怕，可是我說不出口。要一塊乾燥的地，如果有必要，傾家蕩產我都願意！頭幾個夜晚，我沒有離開，我守在那兒過夜。有人把我送回家，我又偷偷回去。新割的草正曬著，城裡和墓地都飄著乾草的味道。

早上，我遇見一個小兵。

「大嬸，您好。您的兒子原來是我的指揮官，讓我把一切都告訴您。」

「啊，好孩子，等一等。」

我們回了家，他在我兒子的軟椅上坐下。他剛開口，又改變了主意：

「不，我講不出口，大嬸。」

---

* 前面母親稱他瓦列拉，此處是正式名字。

我每次去看望他時，我總是先鞠個躬，臨走時再鞠個躬。家裡有客人來時，我才會留在家裡。我在兒子身邊覺得舒坦，嚴寒季節我也在那兒，並不覺得冷。我在那兒給他寫信，沒有寄出的信件堆積如山。我該怎麼寄給他呢？夜裡我回家時，路燈亮著，往來的車子也開著車燈。我徒步回家，心裡有一股力量，什麼也不怕，不怕野獸也不怕人。

兒子的話縈繞在耳邊：「我不願意往那個火坑裡跳！我不願意！」誰應該為此事負責呢？總得有人為這樁事負起責任來吧？我現在想活得很久，為此我養精蓄銳。活下去，好跟兒子在一起。人的一生裡，最難以守護的就是一座小小的墳還有聲譽。但我永遠會守護我兒子的聲譽。有戰友來找過他，跪在他的墳前：「瓦列拉，我渾身上下都沾滿了血，我用這雙手殺過人……我沒離開過戰場，我渾身上下沾滿了血。瓦列拉，我現在不知道該怎麼辦，是死還是活？我現在不知道。」我想弄明白，誰該為此事負責？為什麼不把他們的姓名公布出來？

你聽，他唱得多麼動聽：

諸位軍官——貴族大公！

我大概不是第一人，

也不是最後一名……

我去過教堂，跟神父談過。

「我兒子陣亡了，他很不一般，是個可愛的人，今後我該怎樣對待他？我們俄羅斯有什麼風俗？我們都把風俗給忘光了，我想知道一些。」

「他受洗過嗎？」

「神父，我很想說他受洗過，但是我不能。我是軍官的妻子，我們以前住在堪察加半島，那裡終年冰天雪地，我們住在大雪覆蓋的土窯裡。這兒的雪是白色的，可是那兒的雪是淡藍色的、綠色的、珍珠貝的色澤，那兒的雪不反光，也不刺眼。幅員萬里，一塵不染，聲音可以傳播得很遠。您能理解我嗎，神父？」

「維克托利婭大嬸，他沒有受洗過，就不好辦了。我們的祈禱傳不到他心中。」

我脫口而出：

「我現在就讓他受洗！用我的愛、用我的苦難為他受洗。」

神父握住了我的手，我的手在發抖。

「維克托利婭大嬸，您不要這麼激動。您經常去看望兒子嗎？」

「我天天去，要不然怎麼辦？如果他還活著，我們就會天天見面。」

「大嬸啊，過了下午五點鐘，就不能再打擾他，他們要安息的。」

「我上班到五點鐘，下班以後還要打工。我幫他立了一塊新碑，兩千五百盧布，我需要還債。」

「維克托利婭大嬸，請您聽我說，每個假日您一定要來，每天十二點鐘做彌撒時也要來，那時他會聽見的。」

讓我經受最悲痛的苦難、最可怕的苦難，只要他能聽到我的祈禱、感受到我的愛，那就行了。

——一位母親

我們這兒凡事都倚靠奇蹟，無論做什麼，都抱持著這個信念——相信會有奇蹟！

我們正在上飛機。「快一點！快一點！」結果旁邊，唔……就離我們幾十公尺的地方，有人正攙扶著醉到不省人事的飛行員上飛機，把他推進駕駛艙裡。我的天啊！就這樣，沒事……飛機正常起飛。底下是高山和尖銳的山峰，要是掉到那上頭就太可怕了，就像掉到釘子上一樣。我的天啊！嚇得人直冒冷汗。不過，飛機準時抵達，沒有出狀況。傳來命令：「下機！列隊！」有雙O型腿的飛行員很神氣地從一旁走了過去，人已經清醒了。就這樣，沒事。這不是奇蹟是什麼？我們的英勇事蹟和英雄就是來自奇蹟。話說回來，一旦我們開始懺悔，同樣攔也攔不住，簡直跟瘋了一樣，總要痛哭流涕一番，任何事都要做到極致！好比喝酒一定要乾杯！我回來了，我告訴自己：「讓一切都見鬼去吧！都見鬼去！」他們讓我們變成精神病患、暴徒和吸毒者。我回來了，過著正常人的正常生活。我的天！就這樣，沒事。我以前喝葡萄酒、追女人、送她們花，然後結了婚。我第一個孩子是個兒子。瞧我現在坐在您面前，難道我看起來像瘋子嗎？像鱷魚嗎？我先前在特種部隊服役，隊裡的小夥子個個優秀。很多人來自農村，從西伯利亞來的。他們更健康，耐力更強。其中有一個舉止怪異，喜歡用推彈桿刺穿俘虜「杜赫」的耳膜。我的天！一個，全隊就他這麼一個……（沉默）

無論如何，生活依然繼續著。俄國詩人鮑里斯．斯魯茨基寫道：「從戰場回來以後，我了解到，我們是多餘的。」我體內有元素週期表上的所有元素，瘧疾也偶爾會發作，這是何苦來哉？沒有人在等待我們……但是在那裡，上頭大聲疾呼：「你們要推動重建，甩甩那些僵化的腦袋，翻攪那一潭死水！」我們回來了，卻到處碰壁。回國第一天就聽到：「小夥子，念書去，成家去吧。」我的天！就這樣，沒事。周遭都是投機買賣、黑道份子，四處人情淡薄。重要的事不會落到我們身上，有位聰明幹練的人向我解釋：「您有什麼專長呢？只會開槍射擊。您又知道些什麼呢？只有舉槍在手才能保衛國家？要恢復正義，只能靠機關槍？」好吧，我們不是英雄！或許再過三十年，我會親口告訴我的兒子：「兒子啊，不是凡事都像書裡描寫的那麼英勇，也有骯髒的一面。」我會親口告訴他，不過要再過三十年。現在傷口還在，才剛剛纏上繃帶，正要開始癒合……（他開始在房裡踱步）

我在那裡經歷過這樣的時刻……（停下腳步）您有興趣知道嗎？我能想到的最後一個願望，只要一杯水和一根菸。原來這麼簡單。我的天！我不想死，我沒打算要死。我曾經因為失血過多而失去意識，意識一直很模糊，但叫喊聲讓我清醒了過來。我們的衛生指導員瓦列里．羅巴奇一面搧我耳光，一面歇斯底里地大喊：「你要活下去！你要活下去！」（猛地坐下）

自己回想起來都覺得有趣，我的天！就這樣，沒事。一直到現在，我每天晚上都還拖著一把機關槍和兩組彈藥上山，兩組彈藥中除了九十顆子彈，還包括四顆手榴彈、煙霧彈、信號彈、信號槍、頭盔、防彈背心、工兵鏟、棉褲、防水披肩、三天的口糧（這可是九罐重量不輕的罐頭和三大包麵包乾），一共五十公斤。腳裹著包腳布，踩著人造皮靴子，這是把我們送離蘇聯之前讓我們換上的。我腳都悶壞了，一直到後來從死去的「杜赫」腳上取下加拿大球鞋，我們才換了鞋子。一切都見鬼去吧！都見鬼去！戰爭期間，所有事物都會改變，連狗也不例外。飢餓、陌生的狗，像盯著食物一樣盯著你。人從來不會覺得自己是食物，可當我受傷躺在地上時，我切實地感覺到自己是食物。幸運的是，弟兄很快就找到了我……（安靜下來）你來做什麼呢？我幹麼要答應你呢？又觸動這些，何必呢？這是為了誰啊？我爺爺在二次世界大戰時打過仗，我跟他描述我們在一場戰役中如何失去十個小夥子。十口棺材，十個塑膠袋。爺爺的回應是：「你沒見識過真正的戰爭。我們每次交戰，總有一、兩百個人回不來。我們把他們整齊地疊放在萬人塚裡，然後用土掩埋。他們身上只穿著軍便服或內衣。」見鬼了！我要說完了……我的天！就這樣，沒事……我們在那裡喝莫斯科牌伏特加，平常我們把這牌子的伏特加叫「機軸」，一瓶要價三盧布六十二戈比。

四年過去了，只有一件事情沒變，就是那些死去的朋友。其他一切都變了。

我不久前去看了牙醫。我們每個人回來時，都得了壞血病和牙周病。你瞧，我們吃了多少氯藥片！他們拔掉我一顆牙、兩顆牙，劇烈的疼痛（麻醉沒發揮作用）讓我慌亂得開始說話，停不下來。女醫師幾乎滿臉厭惡地看著我，她的情緒都寫在臉上。她心裡肯定在想：「這個人滿嘴鮮血，還說個不停。」我了解到，每個人也都是這麼想我們的：「他們滿嘴鮮血，還說個不停。」

——一位中士，特種部隊

墓誌銘

塔塔爾琴科．伊戈爾．列昂尼多維奇
（一九六一～一九八一）
為了執行戰鬥任務，忠於軍人誓言，表現英勇與剛毅，陣亡於阿富汗。
親愛的小伊戈爾，你還沒有嘗到生活的滋味便離開了。

媽媽、爸爸

拉杜奇科．亞歷山大．維克托羅維奇
（一九六四～一九八四）
在履行國際主義義務中壯烈犧牲。
你真誠地完成了自己身為軍人的天職。
你沒能保護自己，我的乖兒子。
你在阿富汗土地上像個英雄，獻出了自己的生命，
為的是讓和平的天空籠罩國土。
獻給親愛的兒子

母親

親人共念

巴爾塔舍維奇．尤里．弗朗采維奇
（一九六七～一九八六）
在執行國際主義義務時英勇獻身。
我們懷念你、愛你、為你哀悼。

媽媽、爸爸

包勃科夫．列昂尼德．伊萬諾維奇
（一九六四～一九八四）
在履行國際主義義務中英勇犧牲。
月亮落了，太陽熄了，
親愛的兒子，你不在了。

季爾菲加羅夫．奧列格．尼古拉耶維奇
（一九六四～一九八四）
忠於軍人誓言而獻身。
願望沒能實現，理想沒能實現，

你過早地闔上了雙眼，
小奧列格，我的好兒子。
親愛的哥哥，
與你永別的痛苦，我們無法訴說。

媽媽、爸爸及弟妹們

科茲洛夫·安德列·伊凡諾維奇
（一九六一～一九八二）
陣亡於阿富汗。
獻給唯一的親愛的兒子。

媽媽

波谷許·維克托·康斯坦丁諾維奇
（一九六〇～一九八〇）
為了捍衛祖國而犧牲。
大地因為少了你而顯得空虛

媽媽

對《鋅皮娃娃兵》的審判

（歷史文獻）

不久前，一群在阿富汗殉職的國際主義軍人的母親對《鋅皮娃娃兵》的作者斯維拉娜・亞歷塞維奇提出告訴。她們的起訴書將由明斯克中央地區人民法庭負責審理。

他們是因為白俄羅斯楊卡庫巴拉國家劇院上演的戲劇《鋅皮娃娃兵》，以及《共青團真理報》所刊登的《鋅皮娃娃兵》片段，而向法庭提出告訴。該戲劇透過共和國電視台進行國內轉播。這些多年來無法擺脫喪子之痛的母親覺得受辱，因為書中把他們的孩子描寫得如同沒血沒淚、燒殺擄掠、濫用毒品的殺人機器。

——格里高耶夫

《明斯克晚報》一九九二年六月十二日

六月二十二日，白俄內政部發行的《捍衛十月革命報》及其他幾家報社，均以「因為《鋅皮娃娃兵》，被控上法庭」為新聞標題，報導指出：「自該書出版之後，許多人向作者斯維拉娜・亞歷塞維奇發難：指責她扭曲並捏造這些『阿富汗人』和母親的故事。與小說同名的戲劇於白俄羅斯楊卡庫巴拉國家劇院上演並透過電視播出後，新一波的攻擊言論隨之而來。中央地區法官將會對這些殉職的國際主義軍人母親所遞交的起訴書進行審理。開庭日期未定，戲劇卻已取消演出……」

我們打電話到首都中央地區法院，請法院對這項消息做出評論，但這項消息卻令法院甚覺詫異；祕書庫莉甘女士告訴我們，法院並沒有收到這樣的起訴書。

《捍衛十月革命報》那篇報導的作者史特列斯基向我們解釋，消息是引自莫斯科的《紅星報》。

——《紅色接班人報》一九九二年七月十四日

一月二十日《蘇維埃白俄羅斯報》報導：「明斯克中央地區人民法院已開始審理作家斯維拉娜．亞歷塞維奇一案。」

而前一天，一月十九日，《明斯克晚報》就以「對作家的審判」為題報導此事。我特別指出報導日期，原因如下：

走訪白俄首都中央地區法院後，我得知負責此案的法官為哥洛德尼切娃法官。受訪時，哥洛德尼切娃不許我錄音，並以「沒有必要加劇緊張氣氛」為由，斷然拒絕做任何說明。然而，哥洛德尼切娃終究還是拿出了亞歷塞維奇一案的卷宗。卷宗是一月二十日才建立的。顯而易見，在法官還未開始負責此案前，就已經有法院正在審理此案的相關報導了。

——斯維利朵夫

《對談報》一九九三年第六期

明斯克中央地區人民法院收到兩份起訴書：一名殘疾的前「阿富汗兵」指出，亞歷塞維奇所描寫的那場戰爭及他本人的故事並非事實，根本是毀謗。因此她應該公開道歉，並以五萬盧布作為毀損士兵名譽的賠償。另一位殉職軍官的母親，則是對於蘇聯愛國主義及年輕一代的愛國主義教育的看法與作家不一。

亞歷塞維奇與兩位原告在多年前見過幾次面，當時她正在寫著名的小說《鋅皮娃娃兵》。如今兩位原告聲稱，當時他們所說的並非如此，假使他們真的說過書中所寫之事，那麼現在他們改變主意了。

本案有些值得注意的細節：提告士兵是根據一九八九年的報紙，控告作者扭曲事實、踐踏他的尊嚴，儘管報上所提及的根本不是他，而是另一位士兵的姓氏。另一位提告母親，則是讓法官陷入一個連學者也無法解釋的政治與心理謎團。即便如此，人民法庭還是受理了這兩起訴訟案。法院都還沒開庭，亞歷塞維奇的準備庭審訊[*]卻已鬧得滿城風雨了。

——卡茲洛維奇

《文學報》一九九三年二月十日

《戰爭沒有女人的臉》一書的作者——知名白俄羅斯女作家亞歷塞維奇今於法院受審。亞歷塞維奇在報導小說[†]《鋅皮娃娃兵》中所描寫的阿富汗戰爭，向我們呈現了這場戰爭不為人知的一面，但這也讓多位讀者忿忿不平，無法諒解。作家被指控「選擇性使用並曲解手邊參戰士兵及殉職士兵遺孀、母親所提供的資料」，另外還被控誹謗、惡意中傷及反愛國主義。本案是否將進入司法程序，或者提告者僅要求作家進行道德上的賠償，而不進行公開審理，目前尚未明朗。不過，這是典型的警告，猶如切爾翁納皮斯少校曾在蘇聯代表大會上，告誡院士薩哈羅夫[‡]應當如何評價阿富汗戰爭……

——米哈伊洛夫
《鐘樓報》一九九三年二月三日

摘自前二等兵擲彈筒手梁申科之起訴書

一九八九年十月六日《文學與藝術報》刊登了一篇題為〈我們從那裡回來〉的文章，文中節錄了亞歷塞維奇的報導小說《鋅皮娃娃兵》片段，而其中一段獨白有我的署名（姓氏寫錯了）。

獨白反映我口中的阿富汗戰爭、我在阿富汗的種種，以及戰時和戰後人與人之間的關係等等。

亞歷塞維奇完全曲解了我的敘述，寫了一些我沒有說過的話，或是我說的是另一個意思，她卻擅自下結論。

---

* 比照台灣刑事訴訟程序，досудебный допрос 譯為「準備庭審訊」，即法院受理訴訟案之後、第一次開庭前的程序稱為「準備程序」或「準備庭」，也可譯為「預審訊問」。

† 台灣少見報導小說一詞，這裡依據原文講述脈絡翻成報導小說，後續資料對報導小說、報導文學有進一步討論。

‡ 蘇聯原子物理學家，曾主導蘇聯第一枚氫彈的研發，被稱為「蘇聯氫彈之父」。也是人權運動家，支持蘇聯改革，他在一九七五年獲得諾貝爾和平獎。

亞歷塞維奇以我名義所寫的部分敘述，貶低、侮辱了我個人的名譽及自尊。

這些句子如下：

一、在維捷布斯克軍訓期間，他們準備把我們派往阿富汗，這事已不是祕密。許多人不惜任何代價都要逃避兵役。有個人坦白說，他擔心我們在那邊會被打死，一個都回不來。一開始，我很瞧不起他。啟程前，又有一個人拒絕去。

我認為他精神不正常。我們是去搞革命的！

二、過了兩三週，以前的你已經煙消雲散，只留下了你的名字。你已經不是你了，你成了另外一個人……而這另外一個人，即便見到死人也不再害怕，他會心平氣和或略帶懊惱地尋思：「怎樣才能把死者從山岩上拖下去，或者如何在火辣辣的熱氣裡背他走上幾公里路。」

當他見到死人時，他有一種強烈的、幸災樂禍的感受：「還好死的不是我！」這些事情發生得飛快，變化就是如此，非常快。幾乎人人都有這樣一個過程。

三、命令讓我們往哪兒射擊，我們就往哪兒射擊，我就學會了聽從命令射擊。射擊時，面對任何一個人都不用可憐，就算是嬰兒也一樣……每個人都想活下去，不容考慮的時間。我們只有十八歲、二十歲呀！我已經看慣了別人死，但是害怕自己死。

四、您千萬不要寫我們在阿富汗的兄弟情誼。這種情誼是不存在的，我不相信這種情誼。打仗時我們能夠團結一起，因為我們會一起上當受騙，因為我們都想活命，都想要活著回家。而如今在這裡，我們能聯合起來，那是因為我們都一無所有。我們關心的只有這些問題：撫卹金、房子、好藥、義肢、成套的家具。這些問題解決了，我們的俱樂部也就解散了。

等我絞盡腦汁，千方百計把房子、家具、冰箱、洗衣機、日本電視機弄到手，就算是大功告成了！那時，我馬上就會明白：我在這個俱樂部裡已經無事可做。年輕人不接近我們，不理解我們。表面上，我們像是和偉大衛國戰爭的參加者享有同等的待遇，但他們是保衛了祖國，而我們呢？我們像是扮演了昔日德國鬼子的角色，有個小夥子就是這麼對我說的。

我們恨透了那些年輕人。當我們在那邊吃半生不熟的飯，在那邊把命交給地雷時，他們卻在這兒聽音樂，和女孩跳舞，翻看各種書籍。誰沒有在那邊和我生死與共，沒有和我一起耳聞目睹一切，沒有和我實地體驗與感受，那麼，那個人對我來說，就分文不值。

以上所有語句嚴重侮辱了我的人格，因為我根本沒講過這些話，也沒這樣想過，更不這樣認為。這些報導破壞了我身為一個男人、軍人的榮譽。

——未具名

一九三三年一月二十日

摘自準備庭談話紀錄

法官：哥洛德尼切娃

律師：芙拉索娃、盧胥基諾夫

原告：梁申科

被告：亞歷塞維奇

法官：「原告，您堅決主張女作家曲解了您所告訴她的事實？」

梁申科：「是的。」

法官：「被告，請您針對現在這個問題提出說明。」

亞歷塞維奇：「梁申科，我想提醒你，我們碰面時，你是如何向我敘述、向我哭訴。當時你還不相信你所說出的真相有一天會出版。你請求我把它寫出來，我寫了，但現在呢？你又被他們欺騙、利用。這已是第二次……但你當時明明說再也不要讓自己被欺騙了？」

梁申科：「但願您能站在我的處境想想：窮酸的撫卹金、沒有工作、兩個年幼的孩童，太太不久前也被解僱了，要怎麼活？要靠什麼活？您卻有稿費，您的書在國外出版。而我們成了殺人犯、施暴者。」

律師芙拉索娃：「我抗議，我的當事人備受心理壓力。我父親是飛行員、將軍，他也在阿富汗陣亡——這是一種崇高的表現：他們完成了誓約，保衛了祖國。」

法官：「原告的主張為何？」

梁申科：「我要作家在我面前公開道歉，還有賠償我道德上的損失。」

法官：「您只主張反駁已出版刊登的內容？」

梁申科：「因我的士兵聲譽受損，我要求亞歷塞維奇賠償我五萬盧布。」

亞歷塞維奇：「梁申科，我不相信你會說出這種話，這是別人要你說的。我印象中的你不是這樣的人，你太低估你燒傷的那張臉和失去的那隻眼睛了。只是你不該把我叫來法庭，你把我和國防部及蘇聯共產黨中央政治局搞混了。」

律師芙拉索娃：「我抗議！這是心理施壓……」

亞歷塞維奇：「梁申科，我們之前見面時，你很誠實，我甚至為你擔憂。我擔心你和國家安全委員會（KGB）會結下樑子，畢竟你們所有人都被迫簽下戰爭保密協定。我把你的姓氏換掉，是為了保護你，現在我卻必須拿這一點反駁你，好保護自己。由於書裡寫的不是你的姓氏，指的是一個概括的形象，你所要求的賠償根本毫無根據。」

梁申科：「不，這是我自己所說的話，就是我說的。書裡也有描述我如何受傷，還有裡頭全部都是我敘述的。」

摘自殉職少校普拉奇欽之母的起訴書

一九八九年十月六日，在《文學與藝術報》〈我們從那裡回來〉一文中，摘錄了亞歷塞維奇報導小說《鋅皮娃娃兵》部分內容。其中一段於阿富汗殉職少校普拉奇欽之母的獨白有我的署名。完整的獨白收錄於亞歷塞維奇的小說《鋅皮娃娃兵》中。

書中和報紙上的獨白，曲解了我對我兒子的描述。即使這是一本報導小說，而且部分事例是由我補充的，亞歷塞維奇還是省略了我的故事，擅自下結論，然後以我的名字署名。這篇文章侮辱、貶低了我的名譽和尊嚴。

——無日期未具名

摘自準備庭談話紀錄

法官：哥洛德尼切娃
律師：芙拉索娃、盧胥基諾夫
原告：普拉奇欽
被告：亞歷塞維奇

法官：「普拉奇欽，您請說。」
普拉奇欽：「我兒子在我心中的形象，和書中所說的完全不符。」
法官：「您能不能解釋一下您的想法：哪個部分、怎樣曲解了事實？」
普拉奇欽（手中拿了一本書）：「書中寫的，都和我所說的不同。我兒子不是這樣的人。他很愛自己的國家。」（哭泣）

法官：「請您保持冷靜，並舉出事例向我們說明。」

普拉奇欽（開始讀書中的內容）：「從阿富汗回來後，他變得更溫柔了，家裡的一切他都喜歡。有時，他會一聲不響地坐著，誰也看不見。他夜裡有時會跳下床，在屋裡踱來踱去。有一次，他叫喊著醒了：『火光！火光！媽咪，有人在開槍。』還有一次，夜裡我聽到有人在哭。我們家誰會哭呢？沒有小孩子了。推開他的房門，他正用雙手抱著頭在痛哭。

他是一名軍官，一名作戰軍官，這裡把他寫得像個愛哭的孩子，難道應該寫這些事嗎？」

法官：「我自己也哭了。當我讀這本書，讀到您所說的故事時，也哭過不只一次。但這哪裡侮辱了您的名譽和尊嚴了？」

普拉奇欽：「請您理解，他是一位軍官，他不可能哭。還有另一段：兩天以後是新年，他把禮物藏在樅樹下。他買給我一條大圍巾，黑色的。『好兒子，你怎麼選了一條黑色的？』『媽媽，那邊什麼顏色都有，可是輪到我買時，就只剩下黑色的了。你瞧瞧，你圍上很適合。』

這裡寫我兒子去排隊，他根本受不了逛商店，也受不了排隊，而這裡寫他在戰爭中跑去排隊，為了買圍巾給我。寫這個到底要做什麼？他是軍官，他已經殉職了。斯維拉娜．亞歷塞維奇，你寫這種東西做什麼？」

亞歷塞維奇：「當我在寫您的故事時，我也流下了眼淚。我也痛恨那些將貴公子送去國外白白送死的人，而我們當時還同仇敵愾。」

普拉奇欽：「你說我應該憎恨國家、仇視共產黨，但我以我自己的兒子為榮！他死得像個作戰的軍官，他所有同袍都很敬愛他。我愛你我曾經居住過的國家——蘇聯，因為我的兒子為它捐軀。而我恨你！我不需要你那可怕的真相。我們不需要它！聽到沒有？」

亞歷塞維奇：「我本來可以聽您傾訴，我們本可以好好聊一聊的。但我們為什麼要在法庭講這些？我無法理解。」

依照蘇聯時期的慣例，斯維拉娜·亞歷塞維奇會被指控是美國中央情報局代表、世界帝國主義的特使，她為了兩台「賓士汽車」和「美金」，而毀謗自己偉大祖國和兩個身為英雄的人子。

一審無法結案，因為原告——前二等兵梁申科及殉職軍官普拉奇欽之母沒有出席審判庭。但半年之後，又有另外兩份起訴書呈交法院，一位提告人是殉職上尉之母加洛夫涅娃，她是白俄羅斯殉職國際主義軍人母親俱樂部的代表；另一位是前二等兵、現白俄羅斯國際主義軍人俱樂部代表凱茨姆爾。

——《人權報》一九九三年第三期

九月十四日於明斯克開庭審理被告作家斯維拉娜·亞歷塞維奇一案。

最有趣的是，「殉職阿富汗士兵之母加洛夫涅娃的起訴書送至法庭，但沒有注明日期，」亞歷塞維奇的律師瓦西里·盧胥基諾夫表示：「我們收到的起訴書影本沒有簽名，自然沒有壓日期。然而，法官哥洛德尼切娃仍然根據《民法》第七條提起訴訟。令人驚訝的是，此訴訟案在法官尚未受理前就進入訴訟程序。也就是說，雖然此案尚未依《民法》判定，就已經被法院登記在案了。」

然而，依然開庭了。擔任主審法官的，事實上是一位在開庭時才見到案件卷宗的人。一直到開庭前十分鐘，斯維拉娜・亞歷塞維奇與她的律師才知道日丹諾維奇法官取代了哥洛德尼切娃法官。

「這已經是道德問題，而不是法律問題了。」律師盧胥基諾夫反映。

也許，就如律師所說的。但是原告的位子，卻突然多了一位斯維拉娜・亞歷塞維奇書中的角色——凱茨姆爾。日丹諾維奇法官面前，放著沒有署名的起訴書，想當然耳，這份起訴書尚未依法提起訴訟。

被告律師提醒法官，此舉實在荒謬，並提出抗議，開庭時間因此更改。

——布洛茨基

《文學報》一九九三年十月六日

摘自一九九三年十一月二十九日開庭紀錄

法官：日丹諾維奇

人民陪審員：鮑里歐維奇、索洛科

原告：加洛夫涅娃、凱茨姆爾
被告：亞歷塞維奇

以下摘自殉職上尉加洛夫涅夫之母加洛夫涅娃起訴書

一九九〇年二月十五日《共青團真理報》摘錄了亞歷塞維奇的報導小說《鋅皮娃娃兵》——〈歷經阿富汗戰爭者的獨白〉。

在報上刊登有我署名的獨白裡，亞歷塞維奇對於我轉述的事實描述不精確、陳述不實，另外還包含明顯的謊言、虛構。也就是說，有些情況並非我所述，或是根本不可能是我所說的。書中的我言詞激昂，還有許多以我名義寫出來的諸多揣測，已侮辱了我的名譽和尊嚴，更何況，這是一本報導小說。我以為，報導文學的作家有義務精確地引用所蒐集而來的資料，保存採訪的紀錄，使文章與受訪者的談話內容相符。

例如，亞歷塞維奇在文中指出「我愛他甚於其他家人，雖然當母親的承認這一點是不好的。我愛他甚於丈夫，甚於小兒子。」（這裡講的是我死去的兒子尤拉）。但這裡的內容是捏造的，和我所述說的不同。這裡指出我對兒子們的愛有程度上的不同，因而造成了家庭衝突，也使我的尊嚴蒙受羞辱。

再者，「讀一年級時，背誦的不是童話故事，不是兒童詩歌，而是一整頁的尼古拉．奧斯特洛夫斯基的小說《鋼鐵是怎樣煉成的》。」這些句子會讓人認為我兒子在一個不切實際的家庭中長大。我跟亞歷塞維奇說的明明是，尤拉在七、八歲的時候，就開始讀一些很正經的書，其中包括《鋼鐵是怎樣煉成的》。

亞歷塞維奇扭曲了我對兒子派遣到阿富汗一事的描述。在她筆下，尤拉是這樣說的：「我去阿富汗，是為了向他們證實：人生中還有更崇高的目標，不是每個人都認為有了滿冰箱的肉食和日古利汽車，就有了幸福。」我從來沒有說過類似的話。亞歷塞維奇對我們母子的誹謗，罪證確鑿。身為一位正常人、愛國者、理想主義者，他自願前往阿富汗。

當描述我對兒子去阿富汗的動機產生質疑時，我從未跟亞歷塞維奇說過這種話：「你在那邊會被打死的，不是為了祖國，你會被打死的，卻不知道為何會這樣。如果沒有偉大的理想目標，難道祖國可以派自己優秀的孩子去送死嗎？」是我自己送他去那裡的，是我！

這段描述嚴重誹謗了我的名譽和尊嚴，把我寫成有著兩種道德觀的雙面人。

我和兒子的爭執也描寫不實。亞歷塞維奇是這樣寫的：「蓋納，你看書看得太少了。從來不見你膝蓋上放著一本書，總是在擺弄吉他。」

我和我兒子只有在一件事上起過爭執，那就是小兒子的職業選擇。但是這跟吉他一點關係都沒有。

亞歷塞維奇的這些文字侮辱了我，因為她凸顯出我不愛我的小兒子，但我從未跟她說過這種話。

我認為，亞歷塞維奇不僅故意將阿富汗戰爭寫成一個錯誤的政策，還想把它歸咎於人民，採訪中的內容往往是她憑空杜撰。她的目的，就是要將我們的人民——這些到過阿富汗的士兵與他們的親戚——寫成殘酷、冷血、無紀律之人。

為了減輕亞歷塞維奇的工作，我還讓她看了我兒子的日記。然而，她卻沒有確實引用。

我要求亞歷塞維奇必須為她扭曲事實、毀壞我個人名譽及尊嚴等罪行，在《共青團真理報》上登報道歉。

——無日期未具名

以下摘自前二等兵凱茨姆爾起訴書

在我第一份關於妨害名譽的起訴書中，未具體指名亞歷塞維奇在《共青團真理報》（一九九〇年二月十五日）所發表的文章應負擔的賠償。本起訴書補足上一份之不足：亞歷塞維奇在報紙上和《鋅皮娃娃兵》書中所寫的都是虛構的，實際上根本不存在，因為我與她素未謀面且未曾交談。

一九九〇年二月十五日，在《共青團真理報》上我讀到：「我帶著自己的狗『恰拉』去了阿富汗。只要你喊一聲『裝死』，恰拉就倒在地上。當我情緒不好時，當我痛苦難熬時，恰拉就會依偎在我身邊流淚。我到了那邊以後，頭幾天高興得一句話也說不出來。」

「請你永遠不要觸及這個問題，事後的聰明者大有人在。為什麼我們在那邊時，沒有一個人退還自己的黨證，沒有一個人把子彈射進自己的腦袋？」

「在那裡，我曾看過有人從田野中挖出廢鐵和死人骨頭……我見過留在死人臉上的橘黃色肉皮。是的，不知為什麼是橘黃色的……」

「我的房間裡仍然擺著原來的那些書，原來的那些照片，原來的那台錄音機，還有原來的那把吉他。但我已不是原來的那個人了，我沒辦法穿過公園，總要回頭窺望。在咖啡館裡，服務生站在我的背後：『請您點菜。』我差點跳起來，幾乎拔腿跑開。有人站在我的背後，我會受不了。見到敗類，我只有一個念頭：『應當把他斃了。』」

「在戰場上幹的事，正好與和平時期教會我們的完全相反。在和平生活中，必須把戰爭中掌握的習慣全部忘掉。」

「我射擊優秀、擲彈準確，現在誰需要這些？……我到軍委會，申請去『武裝衝突地區』，那裡像我這樣因為戰爭而腦袋不正常的人很多。」

以上內容和我在《鋅皮娃娃兵》書中所讀到的大致上差不多，只是描寫狗和喃喃自語的部分有經過一些潤飾。

我再次聲明，這完全是以我的名義虛構出來的。

基於上述原因，懇請高等法院為我這位名譽受損的士兵及公民討回公道。

——無日期未具名

以下摘自加洛夫涅娃的出庭紀錄

我們在國外住了很久，我先生曾在國外工作，一九八六年秋天我們回到祖國。當時我很高興我們終於回到家了，但好事不成雙，兒子戰死的消息帶給我們莫大的痛苦。

我將近一個月躺臥在床，誰的話都不想聽，一切都被我拒於家門外，不管誰來，我都不開門。亞歷塞維奇是在那之後第一位進到我家裡的人，她說她想寫阿富汗戰爭的真相，我相信了她。今天我到這裡來，明天我就必須住院了，我也不知道這次住院後還能不能出院？我已經不想活了，沒有了兒子我根本活不下去。亞歷塞維奇來找我時，說她要寫一本報導小說。什麼是報導小說？報導小說裡應該是到過阿富汗之人的日記和信件，我是這樣理解的，所以我把我兒子在阿富汗寫的日記給了她。「您想寫真相，」我說：「真相就在這，在我兒子的日記裡。」

然後我和她聊了一下，我和她聊了自己的生活，因為我實在悲痛過度，於是離群索居，以膝蓋行走。我不想活了。她當時帶了一台錄音機，將談話內容都錄下來，但是她沒有說會出書。我只是敘述給她聽，如果她要出書，應該要出版我兒子的日記，這明明是一本報導小說。我把日記給了她，我先生還特別為了她影印一份。

她當時還說，計畫去阿富汗一趟。她是到那裡出過差，而我兒子卻是在那裡戰死。她對這場戰爭有什麼了解？

我居然信了她，還期待小說出版。我等待的是事情的真相：我的兒子到底是為了什麼而戰死？我曾寫信給戈巴契夫：「請回答我，我兒子到底是為了什麼而戰死在國外？」但是都沒有收到回音。

這就是尤拉在日記中寫的：「一九八六年一月一日。路程已走一半，剩下不多。但突然又出現火焰，然後一陣昏迷之後，接著是一條又新又長的路——在命中注定意志消沉之前，永遠都這樣。記憶鞭策著歷經風霜之人，成為一個個噩夢不斷侵入生活中，而回憶猶如前世的記憶，讓人覺得一切似曾相識，卻又彷彿未曾發生。空虛及痛苦在已放棄的人面前張牙舞爪，絕不能休息、不能喘口氣、不能猶豫不決。因為坐下休息後，就再也無法站起來。累了，就在痛苦與絕望中仰天長嘯：當四面楚歌、前方無路時，新世界會因偉大而放出光芒嗎？我們為什麼要對他們負責？他們無法擢升至輝煌之列，雖行路不長，但他們在世的日子似乎早已命定。我們不知平靜安穩與幸福為何物，就驟然改變自己的生活，拖著疲憊蹣跚的步伐，如同這世界無所不能卻毫無權力的惡魔和天使……」

亞歷塞維奇並沒有如實把我兒子所寫的真相出版。真相只有一個，只有那些去過的人才知道。她憑什麼用簡單的孩童語言來描寫我的生活。這算是什麼文學？只是一本既齷齪又沒有價值的書。

各位，我誠實公正地把我的孩子們養大。她描寫我的兒子喜歡奧斯特洛夫斯基的小說《鋼鐵是怎樣煉成的》。這本書和法捷耶夫的《青年近衛軍》一樣，學校都曾用過。這些書大家都讀過，它們曾是學校教材，但她卻強調我兒子不但讀過這些書，還可以背誦片段。她為何這樣寫？

因為她想要讓大家覺得我兒子不正常、不切實際。又或著，她描寫：他很後悔成為軍人。我的兒子是在靶場長大的，他長大後繼承長輩的職業。他的爺爺、叔叔伯伯、堂表兄弟都在軍中，我們是一個軍人世家。他會去阿富汗是因為他是一個老實人，他在軍隊裡曾宣誓過，只要有需要，他就會去。我的兒子在我的栽培下很傑出，長官命令他去，他就去。他是一名軍官。但亞歷塞維奇想證明我是一位殺人犯的母親，我的兒子在那裡燒殺虜掠。結果呢？是我送他去的嗎？是我把武器交到他手中的嗎？所以那裡發生戰爭，都是我們這些母親的錯？那裡燒殺擄掠、濫用毒品，也都是我們的錯？

這本書還在國外出版，在德國、法國……亞歷塞維奇憑什麼消費我們死去的孩子？好讓自己名利雙收？她到底是什麼人？如果這是我說的，就是我所描述、所經歷的，關亞歷塞維奇什麼事。她跟我們聊過、記下了我們的故事，我們還向她哭訴自己的痛苦。

我的名字她完全寫錯：我叫做伊娜，而在她的書中叫做妮娜·加洛夫涅娃，我兒子的軍階是上尉，而她卻寫少尉。我們失去了孩子，而她卻得到了榮耀。

以下摘自交互詰問

亞歷塞維奇的律師盧胥基諾夫：「請問加洛夫涅娃，亞歷塞維奇是否有將您敘述的故事用錄音機錄下來？」

加洛夫涅娃：「她有詢問是否可以錄音，我同意了。」

盧胥基諾夫：「那麼您是否有請她將錄下來的內容放給您聽，將日後用於寫作的內容拿給您看？」

加洛夫涅娃：「我以為她會出版我兒子的日記。我已經說過，依我之見，報導小說是由日記與信件組成的。如果是要寫我講的故事，就應該要把我所講的一字一句都記下來。」

盧胥基諾夫：「您為什麼沒有在您讀到《共青團真理報》上的書中片段後馬上提告？而選擇在三年半後才提告？」

加洛夫涅娃：「我不知道這本書會在國外出版，此舉將誹謗之言傳揚開來。我老老實實地為國家把孩子養育成人，一輩子過著四處漂泊的生活，我只有兩個兒子和兩個行李箱。我們過著這樣生活，而她卻把我們的孩子寫成殺人犯。我親自去國防部把我兒子的動章還回去，我不想當殺手的母親。我將動章還給了國家，但我還是以我的兒子為榮！」

亞歷塞維奇的公設辯護律師、白俄羅斯人權聯盟代表諾維科夫：「我抗議。請記錄下來。法庭大廳裡一直有人在誹謗亞歷塞維奇，威脅要殺她，甚至說要將她分屍。（轉向那些坐在法庭裡手拿鑲有勳章和獎牌肖像的母親）相信我，我尊重您們的痛苦……」

法官：「我什麼侮辱的話都沒聽到。」

諾維科夫：「除了庭上，所有人都聽到了。」

法庭上的聲音

「身為母親，我們想說的是……我們的兒子命送沙場。但有許多人卻靠這事來賺錢。我們來這裡為他們辯護，是希望他們入土為安後，還他們一個平靜。」

「您怎麼能這麼做呢？您怎麼敢往我們孩子的墳頭上潑髒水？他們自始至終完成了自己對祖國應盡的責任。您希望把他們忘掉……全國各地學校創辦了幾百處紀念館、紀念室，我也把兒子的軍大衣送去了，還有他學生時代的作業本。他們是英雄！英雄！關於他們，應當寫出優美的書來，而不是把他們變成砲灰。我們正在將年輕人從我們的英雄史上除名……」

「蘇聯曾是泱泱大國，但對於許多人而言，它卻像是一根卡在喉嚨的刺。現在我雖然無權述說是誰在那裡使我們的國家瓦解，但其中一定包含那些受西方錫安主義*資助的人……」

「他們在那邊殺戮、轟炸……」

「你當過兵嗎？沒當過。當我們的小孩為國捐軀時，你還在念大學呢。」

「不需要問這些母親：他的兒子有沒有殺人？她只會記得，他的兒子被人殺死了。」

「每天早晨我都能看見兒子的後腦勺，可是時至今日，我還不敢相信他已回到了家中。當他在那邊時，我對自己說，如果給我運回來一口棺材，我就只有兩條路可走：或是到街上去遊行，或是進教堂去修行。我把我們這一代人稱作『唯命是從的一代』，阿富汗戰爭是我們悲劇的頂峰。為什麼可以對我們為所欲為？」

「現在大家都在人云亦云地責怪這些十八歲的男孩子，瞧你們幹的。應當把這場戰爭跟他們分開，那是一場罪惡的戰爭，已經受到了譴責，至於娃娃們嘛，應當得到保護。」
「我把馬克思的話向學生重複了多少年：『英雄之死如同日落，而不像青蛙毀於膨脹。』你的書能教人什麼呢？」
「夠了，別把這些『阿富汗兵』英雄化了！」
「我詛咒你！我詛咒你們全部！」
法官：「請肅靜！不要再像菜市場一樣了！這裡是法庭，不是菜市場（法庭上一陣混亂）。現在休息十五分鐘。」
（休息時間過後，法庭裡多了法警執勤）

以下摘自凱茨姆爾的出庭紀錄

我原先沒準備好要出庭，所以我不會按稿子發言，而是用平常講話的方式發言。我怎樣跟這位名作家，世界級作家認識的？我們是經由前線戰士裘姐耶娃介紹認識的，她跟我說，這位作家寫了一本全世界都在讀的書——《戰爭沒有女人的臉》。之後我在一次「前線士兵見面會」上和其他退伍女兵聊天，她們跟我說，亞歷塞維奇能利用她們的故事名利雙收，現在她開始在寫「阿富汗兵」。我很緊張，不好意思……

---

*即猶太復國主義。而基督教中的錫安主義更深深影響西方政府媒體對中東問題的看法和處理方式。

她帶著錄音機來到我們的「記憶」俱樂部，她想要把許多人的故事寫出來，不僅僅是我。為什麼她戰爭結束後才出了書？為什麼這位赫赫有名的世界級作家在戰爭期間一直保持沉默？一點聲音都沒出？

沒有人派我去那裡，是我自己寫報告申請前往阿富汗的。我以為我的親人在那裡戰死。我稍微解釋一下，我自己可以寫書。當我們見面時，我拒絕與她交談，我跟她說，我們是親身到過那裡的人，書我們會自己寫。我們寫得會比她好，因為她從來沒到過那裡。她能寫出什麼來？她只會掀開我們的痛處而已。

亞歷塞維奇剝奪了我們阿富汗兵的道德生活。我變成一個機器人、電腦、僱傭殺手，我應該要被送到明斯克郊外的納維基，送到那裡的瘋人院。

我的朋友打電話給我，放話要賞我耳光，因為我居然是這種人。我很激動，很抱歉……她筆下的我，在阿富汗服役時，還帶了一條狗，狗死在路邊……

是我自告奮勇要去阿富汗的，請你理解，是我自己要求的！我不是機器人，也不是電腦。我很激動，不好意思………

以下摘自交互詰問

亞歷塞維奇：「凱茨姆爾，你在起訴書裡寫到，你從未跟我見面過，而你現在說有見過面，但拒絕跟我交談。也就是說，起訴書不是你自己寫的？」

凱茨姆爾：「是我自己寫的，我們是見過面，但我什麼都沒跟你說。」

亞歷塞維奇：「如果你什麼都沒說，我是怎麼知道你生於烏克蘭，幼時曾生過一場病，還帶著一條狗去阿富汗（儘管你現在說牠死在路邊），你叫牠恰拉……」

（凱茨姆爾沉默不語）

諾維科夫：「您說，您自己請求去阿富汗，是自願的。我不明白，您今天是怎樣看待這事？恨這場戰爭，還是以自己到過那裡為榮？」

凱茨姆爾：「我不會讓您打倒我的，為什麼我要討厭這場戰爭？我當盡的義務我已經盡了。」

法庭上的聲音

「我們是為去世的兒子捍衛尊嚴。請把尊嚴還給他們！還給他們的祖國！世界最強的國家已經垮台瓦解了！」

「就是你把我們的孩子變成了殺人犯，是你寫了這本可怕的書……你看看這是他們的照片，看看他們多年輕，多帥氣！難道殺人犯的臉長這樣？我們教育孩子要愛國，為什麼你要寫他們在那裡到處殺人？你一定是為了美金才這樣寫的。我們都窮得要死，連藥都沒錢買，連買束花給孩子上墳的錢也沒有。」

「還給我們一個平靜吧！為什麼你要把他們從一個極端拋向另一個極端：一開始把我們塑造成英雄，然後現在我們都變成了殺人犯？我們除了阿富汗的經歷，已經什麼都沒有了。只有在那裡，我們才覺得自己是真男人。我們當中沒有一個人後悔去過那裡。」

「你想讓我們相信回國的是病態的一代，可是我堅信回來的是再生的一代。我們總算見到了我們的小夥子在真正生活中的表現！雖然死了不少娃娃，這個不假。但是又有多少人死在酒後的鬥毆中，死在動刀子的打架中呢？每年死於車禍的人數，都要比我們這十年戰爭中死的人數還多。我們的軍隊已經多年不打仗了。我們這次檢驗了自己，檢驗了現代武器，這些娃娃都是英雄！正是因為有了你這樣的人，我們今天才在世界各地節節放棄陣地。我們失掉了波蘭，失掉了德國、捷克……我們還會活到戈巴契夫因此要受審的那天，還有你要受審的那天。你們這些叛徒。我們的理想到哪去了？我們偉大的強國今日何在？為了它，一九四五年，我徒步走到了柏林……」

「我在南方海濱看見幾個小夥子在沙灘上，用手扒著沙地，向大海爬去。他們雙腿的數量比他們的人數還要少。我再也不能去海水浴場了，我無法在那兒曬太陽，我只能在那兒傷心流淚。他們還在笑著，還想追求女孩，可是大家都像我一樣，躲開他們跑了。我希望這幾個小夥子萬事如意，讓他們知道：我們需要他們這樣的人，他們必須活下去！我愛他們，因為他們還活著。」

「直到現在，每每想起那件事，我就難過。我們坐在火車上，車廂裡有位婦人說，她的兒子是在阿富汗陣亡的一位軍官。我能理解，她是母親，她在哭，但我說了一句：『您的兒子死在不義的戰爭中。』」

「這是一個可怕的真相，儘管它聽起來很像謊言。它使大家糊塗了，大家也不想相信它。大家對它有所防備。」

「按軍事命令，我被指派任務，而我也完成了。但國際法庭對此的回應是：執行犯罪命令，就是犯罪行為，追訴時效沒有期限。」

「如果是一九九一年，根本不會為這事開庭。共產黨垮台了，而現在共產黨員又開始掌權，又開始說起『偉大的理想』、『社會主義價值』。誰反對，就會被告上法庭！怕是又要開始槍斃人了，怕是又要在半夜將我們聚集到充滿刺鐵絲網的體育館……」

「我宣誓過，我是一名戰士。」

「從戰場上回來後，就不再是男孩了。」

「我們教育他們要愛國……」

「到了那邊，還把武器發給了這些少年，向他們灌輸：『瞧，他就是敵人、匪徒、敗類……』根本沒教他們如何思考。阿瑟．庫斯勒*說過：『為什麼當我們說出真相時，它總是聽起來像謊言？為什麼宣布要開始新生活時，我們就會橫屍遍野？為何談論光明的未來時，我們總是語帶威脅？』」

---

*阿瑟．庫斯勒（Arthur Koestler）是匈牙利猶太裔英國作家及記者，曾是共產黨員，後來寫書控訴史達林主義。

「當我們向沉寂下來的村莊掃射時，當我們對山裡的公路進行轟炸時，我們同時也在掃射和轟炸自己的理想。我們必須承認這個殘酷的事實，必須要能切身感受。現在連我們的孩子都玩起抓『杜什曼』的遊戲了。現在我們還是鼓起勇氣，了解自己的真正感受吧！支持不住，忍受不了，我知道，因為我親身感受過。」

「有兩條路可走：一是認識真理，二是回避真理。我們應該睜大眼睛……」

摘自法院收到的各界來信

得知於明斯克開庭審判亞歷塞維奇之細節，我們將其視為對作家民主信念和自由創作之迫害。斯維拉娜·亞歷塞維奇真誠地以自己人道主義之作、自己的才華、勇氣，在俄羅斯及世界其他國家享有聲譽，備受尊敬。

我們不希望和我們友好的白俄羅斯沾上汙點！

願正義最終能獲得伸張！

——作家協會聯盟

俄羅斯作家協會

莫斯科作家協會

難道能夠扼殺作家描述事實的權利，不論真相多麼悲慘、多麼殘酷？難道可以用過去的犯罪行為，造成傷亡無數、毀壞無數人前途的可恥的阿富汗行動，來當作不容置喙的證據，將作家定罪？現今我們終於有了出版自由，不再受意識形態、規條、「生活唯一可實現的目的，就是實現社會主義理想」這種保守思想的壓迫，不會再有人提出上述問題了。

然而，這些問題依然存在。這幾天有人正在準備證據要告斯維拉娜．亞歷塞維奇，也就是那位寫了《戰爭沒有女人的臉》、《我還是想你，媽媽》等著名小說的作家。她不顧官方批判，也不管在阿富汗戰爭期間擔任參謀總部盡責哨兵的知名作家普羅哈諾夫*等文學家的阻撓，堅定信念寫出《鋅皮娃娃兵》，在書中勇敢地揭露阿富汗戰爭足以讓心靈翻騰的可怕真相。

她佩服那些在布里茲涅夫時代勇敢前往異國（開戰前仍是友邦）的士兵、軍官，也能體會那些兒子戰死在阿富汗山區母親的悲痛，作家毫不妥協地在書中揭露一般人嘗試將其英雄化、理想化的可恥阿富汗戰爭，揭露那些煽情和空洞的謊言。

她的所作所為，顯然激怒了至今還認為「阿富汗戰爭和其他過去以士兵鮮血所換來的體制，都是踐行神聖國際主義」的那些人，或是那些想要洗白自己骯髒勾當的政客、野心家或軍事首長，又或是那些想要將不公不義的阿富汗殖民戰爭與偉大的祖國保衛戰相提並論的人。

---

*普羅哈諾夫（A. Прохaнова）蘇聯和俄羅斯的政治家、作家、編劇、評論家、記者、社會活動家。俄羅斯作家聯盟祕書處成員，並長期擔任俄羅斯聯邦共產黨領導人。

這些人並沒有與作家面對面辯論，也未對驚心動魄的事實提出異議，甚至完全沒有露臉。誤入歧途的他們在《鋅皮娃娃兵》一書出版和報紙刊登多年後，親手提出「汙衊阿富汗兵的名譽和尊嚴」的訴訟。殊不知在斯維拉娜．亞歷塞維奇的筆下，她對那些男孩表達的是諒解、憐憫、同情與痛心。

是的，她沒有把他們塑造成浪漫的小說角色，只因她堅守托爾斯泰的遺訓：「我所愛的小說人物，不論過去、現在或未來，都是真相。」

難道能夠汙衊真相嗎？難道能夠審判真相嗎？

——一群曾參與祖國保衛戰的作家

阿夫拉姆維奇、布利爾、貝科夫、德拉科魯斯特、吉斯里克、塔拉斯

我們身為波蘭的白俄羅斯裔作家，為白俄羅斯對斯維拉娜．亞歷塞維奇的法律迫害提出嚴正抗議。

審判作家的行為，對文明的歐洲而言，是一種恥辱！

奇克文、楊諾維奇、斯維德、阿爾特莫維奇

不能再沉默下去了。或許到現在我才明白，這是一場怎樣的戰爭。可憐的娃娃兵，我們在他們面前是何等有罪啊！過去我們對這場戰爭知道些什麼呢？我現在很想擁抱每一個人，向每一個

人請罪。

現在我回憶一下當時的情況……

我讀過拉里莎・賴斯納*的作品，她說阿富汗境內住著一些半野蠻的部族，他們一邊跳一邊唱：「光榮屬於俄羅斯布爾什維克，他們幫我們打敗了英國人。」

四月革命。滿意吧，社會主義又在一個國家裡取得了勝利。可是，同一列火車裡，坐在身旁的人悄悄地說：「咱們脖子上又套了一個『白吃白喝的』。」

塔拉基死了。在市委舉辦的學習班上，有人提問：「為什麼允許阿明殺死塔拉基†？」從莫斯科來講課的人打斷了他的話：「弱者本應讓位給強者。」當時我對塔拉基的印象真的很壞。

我們的傘兵部隊抵達喀布爾，他們解釋說：「美國人打算空降自己的傘兵到阿富汗，我們只是比他們搶先了一個小時。」同時，傳言四起：「我們的人在那邊處境不佳，沒有東西吃，藥品和保暖的衣物也不夠。」我立刻想起了珍寶島‡和我們士兵的淒涼哀號：「彈盡糧絕！」

後來我們的大街上，出現了阿富汗紫羔羊皮短大衣，這種短大衣顯得相當華貴。有些女人因此羡慕那些丈夫到過阿富汗的婦人。報上說：「我國士兵在那邊植樹造林，補路修橋。」

---

* 俄羅斯女作家、外交家，曾在蘇聯駐阿富汗使館工作，著有《阿富汗》等書。

† 此指一九七九年阿富汗國會議員哈菲佐拉・阿明（*Hafizullah Amin*）發動政變成功，殺害了領導人塔拉基。但沒多久蘇聯就派兵殺害了阿明，阿富汗戰爭於是爆發。

‡ 此指一九六九年的珍寶島事件，中蘇兩國因為珍寶島的歸屬問題而發生武裝衝突。

有一次，我搭火車從莫斯科回家，車廂裡有位少婦和她丈夫。大家談起了阿富汗，我說了一句報上的話，他們兩人笑了笑。他們已經在喀布爾當了兩年的醫生，立刻就袒護從那邊往回運貨的軍人。那邊樣樣東西都很貴，但收入微薄。車抵達斯摩梭斯克站時，我幫他們搬東西下車，有很多的大紙箱，上面貼著進口標籤。

我在家裡聽妻子說，隔壁住著一位單親媽媽，她的獨生子要被派往阿富汗了。她四處奔波，給人家下跪磕頭，恨不得上前舔皮靴。她滿意地回來了：「求回來了！」同時又心安理得地說：「當官的，都花錢把自己的孩子買回來。」

兒子放學回到家裡，他說：「藍色貝雷帽戰士來學校演講。」他眼饞的是：「他們每個人手上都戴著一只很棒的日本手錶！」

有人向一個「阿富汗人」打聽，這麼一只手錶值多少錢，買的時候付了多少錢。那個人支支吾吾，後來才講了真話：「我們偷了一車蔬菜，賣了。」他還說大家都羨慕在燃料加油站工作的士兵：「他們是百萬富翁！」

我記得的最後一件事，是對薩哈羅夫院士的迫害。有一點我是同意的：「死去的英雄，即使他有過閃失，對我們來說，也比活人好。」還有，不久前聽說有幾個「阿富汗人」，在扎戈爾斯克宗教學校裡求學，其中有普通士兵，也有兩名軍官。究竟是什麼事，促使他們進了宗教學校呢？是悔過，還是想躲避殘酷的生活，或者是想獲得某種精神力量？並非每一個領到軍人多年服役證（小小的褐色證書）的人，都能用價格優惠的肉食來填飽空虛的靈魂，然後把靈魂變成進口的破爛，在憑特權獲得的一塊土地上，在蘋果樹下，把它埋起來，什麼也不看，什麼也不說。

——尼・岡察羅夫
於奧爾沙市

……我先生在阿富汗待了兩年（一九八五至一九八七年），駐紮在庫納爾省，緊鄰巴基斯坦邊境。他羞於承認自己是「國際主義軍人」。我們兩人時常討論蘇聯是否有必要派兵阿富汗這個敏感話題。在那裡我們算什麼人？是侵略者，是盟友，還是「國際主義軍人」？結論始終如一——沒有人叫我們去，阿富汗人民也不需要我們「幫助」。縱使千百個不願意，我們終究得面對自己就是侵略者的事實。我認為當前該做的，不是爭執哪邊建了紀念碑獻給在阿富汗殉國的軍人，而哪邊還沒有建，我們該做的是懺悔。年輕人被哄上沙場，在這場毫無意義的戰爭中葬送性命，他們的母親也受政府蒙騙，歸國的軍人則是身心受創，我們都應當為此感到罪過。我們也應當向阿富汗的百姓、孩童、母親、老人家認錯，因為我們給他們帶來了這麼多的傷痛。

——瑪修塔
兩個兒子的母親
退役國際主義軍人的妻子
偉大衛國戰爭退役老兵的女兒

亞歷塞維奇的書集結了參戰者與受害者的證詞，證實蘇聯入侵阿富汗的真相。這份真相並非要「詆毀誰的名譽或侮辱誰的尊嚴」，而是要直指蘇共推行極權統治的事實，可恥行徑，國際社會更是齊聲譴責、大力撻伐。

針對創作，起訴作家，是極權政體為維繫權力所慣用的惡名昭彰的手段。如今白俄羅斯境內，有大規模組織反對亞歷塞維奇，對她惡意中傷、屢屢恐嚇、提起告訴，乃至試圖查禁她的書，種種跡象均顯示白俄羅斯的極權主義尚未殆盡。

如此現況，實難讓人將白俄羅斯視為共產政權垮台後的自由獨立之邦。亞歷塞維奇的書在法國、英國、德國，以及其他國家，皆享有極高的知名度。在這個後共產世界，迫害她只會替白俄羅斯招來保護共產主義的臭名，更會讓白俄羅斯淪為歐洲的柬埔寨。

我們要求即刻停止打壓亞歷塞維奇，停止對她個人和作品的法律訴訟。

——布科夫斯基、葛拉申科、羅嘉琦、羅嘉奇、拉圖申絲卡婭

作家亞歷塞維奇的所有創作，都是在抨擊暴力與戰爭的不理性，但是長期以來，卻不斷遭受外界的汙衊，其中不乏採取法律途徑之舉。她的書要證明的是，人活著最大的價值就是身為一個人，但是人卻被當作政治機器的小螺絲釘利用，甚至被送進野心勃勃的國家領袖發動的戰爭中當砲灰。讓我們的年輕人客死在阿富汗這片異域，說什麼也不能原諒。

《鋅皮娃娃兵》每一頁都在大聲疾呼：各位，別再讓這個殘酷的夢魘重演了！

——白俄羅斯聯合民主黨委員會

本會根據明斯克傳來的消息得知，白俄羅斯作家同時也是國際筆會成員的亞歷塞維奇遭到起訴。「有罪」的原因，竟是因為她履行了文人亙古不變的基本天職——忠實地將她憂心的議題和讀者分享。《鋅皮娃娃兵》一書敘述蘇聯入侵阿富汗的悲劇，在世界各國出版後佳評如潮。亞歷塞維奇的名聲和她大膽直率的才氣令人欽佩。筆會憲章明定作家享有自我陳述的自由，復仇主義者操弄輿論，無疑是意圖剝奪這份對作家而言至高無上的權力。

俄羅斯筆會表態全力支持亞歷塞維奇，並和白俄羅斯筆會、獨立國家的民主力量站在同一陣線。本會呼籲白俄羅斯司法單位切勿違背自己簽署的國際公法，尤其是保障言論出版自由的世界人權宣言。

——俄羅斯筆會

白俄羅斯人權聯盟認為，一再透過司法訴訟企圖戕害作家亞歷塞維奇是政府當局策動的政治行為，目的在於打壓異議、創作自由與言論自由。

根據本聯盟掌握的資料，一九九一至一九九二年間在白俄羅斯約有十起不同審級的政治訴訟，全部遭人刻意改由民事法庭審理。這些案件的被告，其實都是擁護民主的國會議員、作家、記者、出版品、公民組織和政治團體的活躍份子。

本聯盟要求停止抹黑亞歷塞維奇，同時呼籲重新審理以審判結果行政治迫害之實的類似案件。

——白俄羅斯人權聯盟

阿富汗戰爭爆發時，我兒子剛從中學畢業，考上了軍事學院。當別人的兒子手持武器在異國他鄉時，這十年裡我的心一直放不下。因為，我兒子也可能出現在那邊！說我們什麼也不知道，那是謊話。鋅皮棺材運進家門，殘廢的娃娃兵回到驚慌失措的爸媽面前，這些場面大家不是沒見過！當然嘍，廣播和電視從不提這些，我們自己的報紙也不寫這些。就連你，也是在不久前才有了這樣的膽量！但這一切都是在眾目睽睽之下發生的，在眾目睽睽之下啊！當時，我們這個「人道」的社會，其中也包括我和你，又幹了些什麼呢？我們的社會正為「偉大」的老頭們頒發一枚又一枚的金星勳章，我們的國家正在完成和超額完成一個又一個的五年計畫（老實說，我們的商店裡過去是，現在仍然是，空蕩蕩的），正在修建別墅，正在花天酒地。與此同時，十八到二十歲的娃娃兵正冒著槍林彈雨在行軍，臉朝地撲在異國的沙地上，白白送了命。我們都是一些什麼人？我們有什麼權利去質問自己的孩子：「你們在那邊都幹了些什麼事？」難道我們這些留在這裡的人，有比他們乾淨嗎？他們飽嘗的痛苦，他們歷經的磨難，已經淨化了他們的罪孽。可是，我們永遠都不能淨化自己了。村民被屠殺，村莊遭毀滅，責任不在於他們，而在於我們，在於我和你。說到底，殺人的是我們，而不是我們的孩子。我們是殺人犯，既殺了自己的孩子，也殺了其他國家的孩子。

至於這些孩子，他們是英雄！他們不是因「錯誤」在那邊作戰，他們之所以作戰，是因為相信了我們。我們應當在他們面前跪下，只要把我們在這裡幹的事和他們在那邊不能不幹的事對比一下，就足以讓人發瘋……

——戈盧勃尼奇納婭（建築工程師）
於基輔市

當然，今天寫阿富汗是有利可圖的，甚至是時髦的題材。而你，亞歷塞維奇同志，現在就可以慶幸，你的書大家都會搶著看。如今，我們國內繁殖出了不少人物，他們只關心如何把祖國的牆壁塗抹得烏漆麻黑。請諸位瞧一瞧，他們把我們弄成了什麼樣子！無恥之徒總需要他人的庇護，正派人士從來不需要這些，因為他們在任何形勢下都是正派的。這種人在「阿富汗人」中為數不少，但你尋找的，大概不是他們。

我沒有到過阿富汗，但我從頭到尾經歷了偉大的衛國戰爭。我很清楚，即便是那場戰爭，也會藏汙納垢。可是我不願意重提這些，也不允許其他人這麼做。問題不僅在於，那是另一種性質的戰爭。一派胡言！眾所周知，人若想生存就必須吃飯，既然要吃飯，恕我不敬，就需要排泄。可是，我們並不把這些事公之於眾！為什麼撰寫阿富汗戰爭的人，甚至撰寫衛國戰爭的人，把這個道理都忘了呢？如果連「阿富汗人」都反對這類的「新發現」，就應當傾聽他們的聲音，研究這種不尋常的現象。拿我來說吧，我就理解他們為什麼會如此激烈地反對。凡是人，都有正常的情感及羞恥心，他們也會感到羞恥。你發現了他們的恥辱，但不知為什麼你會認為僅僅發現還不夠，所以你決定把它們和盤托出，讓大家一起來聲討。他們在那邊開槍亂殺駱駝，那邊的普通老百姓死於他們的槍下……你想證明這場戰爭是不必要的，是有害的，但你並沒有理解，你這樣做正好傷害了戰爭的參加者，那些清白無辜的少年……

——尼·德魯日寧
於圖拉市

拿槍的勇士是我們的理想典範、心目中的英雄。幾十年來我們挹注大筆資金整備國防。為了展現國防實力，我們在亞非各國尋覓新目標，以及有意打造「美好未來」的新領袖。從少校晉任元帥的彼得羅夫，是我在伏龍芝軍事學院的同窗。他就曾經親自領軍對抗索馬利亞人，也因此獲頒金星勳章。還有多少像他這樣的人！

然而，靠著《華沙公約》的約束，以及仰賴蘇軍集群武力而存在的「社會主義陣營」逐漸冰消瓦解。為了支援陣營裡的友邦國家打擊反革命活動，我們先是把自己的孩子派到布達佩斯，接著又派到布拉格，接著又……

一九四四年，我跟隨軍隊來到匈牙利和捷克這幾個脫離法西斯魔掌的國家。雖然是別人的國土，但是我們卻有賓至如歸的感受。迎來的是問候、是笑臉、是款待，儘管只是粗茶淡飯，情意倒是十分深厚。

二十五年過去，這些國家不再拿麵包和鹽（斯拉夫民族的迎賓禮俗，表示熱情好客）迎接我們的孩子，而是高舉「老爸解放我們，兒子侵略我們」的標語。我們的孩子穿著一樣的軍服，以繼承者的身分自居，而我們面對這種丟人現眼的事竟然坐視不管。

之後這類情事益發頻繁。一九七九年十二月蘇聯出兵阿富汗，軍隊中盡是偉大衛國戰爭退役老兵的小孩和軍校生（爾後出任第四十兵種合成軍團總司令的鮑里斯．格羅莫夫也是其中一員，我曾經在軍校教過他軍事戰術）。多年來，上百個聯合國會員國挺身譴責這樁罪行。我們挑起戰爭，與世界為敵，簡直和伊拉克總統海珊沒兩樣。如今我們明白蘇聯士兵在這場骯髒的戰爭中平白無故屠殺了上百萬名阿富汗人民，同時也失去了一萬五千名以上的弟兄。

戰爭的罪魁禍首意圖隱瞞這次無恥侵略行動背後的目的和實際規模，於是使用「蘇軍有限人員」作為這支軍隊的正式稱謂。這是典型的偽善，說的都是毫無意義的廢話。「國際主義軍人」這個詞也沒有好到哪裡去，看起來像是某種新的兵科，但是這種迂迴的說法，事實上只不過是用來扭曲阿富汗戰爭的目的，媲美西班牙境內抵禦法西斯的國際縱隊*。

倡議入侵阿富汗的始作俑者，以及中央政治局的高階幹部，不只是展露自己內心的強盜本質，他們根本是逼不敢抗命的士兵成為殺人共犯。殺人哪能用「國際義務」這種藉口來脫罪。他

* 一九三六～一九三九年，西班牙內戰時，由各國共產黨招募人士加入國際縱隊，以對抗法西斯。成員中有不少是知識份子。

媽的，哪有這種義務！

陣亡士兵的母親和遺孤實在太可憐了。而士兵自己手上染了多少無辜阿富汗百姓的鮮血，到頭來換得的不是獎勵，竟是一口口的鋅皮棺材。

作家在書中特別將士兵和下令殺戮的將領做區隔。她和我不同，她憐憫士兵的遭遇。我不懂為什麼要告她？因為她說實話嗎？

——布萊羅夫斯基（偉大衛國戰爭傷殘官兵）
於聖彼得堡

要是能早點覺悟就好了。但又能怪誰？瞎子看不見能怪他嗎？我們的雙眼是用鮮血洗過的。

我一九八〇年派駐阿富汗，待過賈拉拉巴德、巴格拉姆兩個城市。軍人服從命令天經地義。一九八三年在喀布爾，我第一次聽到：「應該叫我們的空軍飛上去把這些山全部從地表剷平。我軍死了多少弟兄，都白白犧牲了！」說這話的，是我的一個朋友。他和大家一樣，家有老母妻小。雖然只是說說，但是這話卻意味著只要「觀點」不同，我們也能剝奪別人的母親、小孩、丈夫在自己家園生活的權利。

兒子戰死在阿富汗的母親，曉得什麼是「大規模」炸彈嗎？我軍在喀布爾的指揮所，有一條和莫斯科聯繫的政府通訊專線。電話那頭只要說聲「好」，我們隨即動用這種炸彈。引信觸發的瞬間，第一批彈藥會先炸裂填滿氣體的彈殼，接著外洩的氣體充滿了每一個縫隙。用不了多久，這朵「雲煙」就會爆炸。地面上所有生命無一倖免。在場的人個個肚破腸流，連眼珠子都炸到蹦出來。一九八〇年，我方空軍頭一次發射火箭彈。這個彈頭裡填滿了成千上萬的細小針頭，所以我們管它叫「帶針火箭彈」。一旦這些針頭射過來，你直接就被打成蜂窩，根本無處可躲。

試問做母親的同胞，有沒有任何一個人曾設身處地為阿富汗的婦女想過？抑或你們認為她們是低等生物？

我只害怕一件事——我們國家還有多少人不懂得思考、不去比較，依舊憑感覺在黑暗中摸索！我們真的大徹大悟了嗎？如果至今仍執迷不悟，我們還算是人嗎？

——索科洛夫（上校飛官）

某些位高權重的騙子始終扯同樣的謊，為的就是重拾他們心目中過去那段美好時光。例如費拉托夫將軍在《日誌報》上，曾向阿富汗戰爭的退役軍人喊話：「各位弟兄！開毛瑟槍射擊的時刻，我們要拿出在阿富汗的氣勢出擊。當時我們是在南方為祖國而戰，現在我們要像一九四一年打德國佬那樣，在自己的土地為祖國而戰。」（摘錄自一九九二年九月二十三日《文學報》）

這裡所謂的「開毛瑟槍射擊的時刻」，原來是指十月四日發生在莫斯科白宮的武裝衝突。不過，誰又曉得未來會不會有其他報復行動？為了伸張公平正義，召開榮譽法庭是必要的。倡議和鼓吹出兵阿富汗的始作俑者，無論死活，都得受審。審判不是要煽動民眾的情緒，而是作為今後的借鑑，警惕那些還想以人民的名義做出其他冒險行徑的人，同時也是對已經犯下的惡行進行道德批判。審判之所以必要，更是為了消除民眾的誤解。該負責的，不是只有布里茲涅夫（時任蘇聯中央總書記）、葛羅米柯（時任蘇聯外交部長）、波諾馬廖夫（時任蘇聯中央書記處書記）、烏斯季諾夫（時任蘇聯國防部長）和安德羅波夫（時任蘇聯中央總書記）五名高幹。中央政治局和各個書記處都開過會議，蘇聯共產黨中央委員會也舉行過全體會議，更遑論蘇聯共產黨員每個人都曾收到通知信函。與會人全部知情，卻沒有一個人挺身反對。

有多少人靠著犧牲上百萬無辜民眾的性命、靠著你我都難辭其咎的漫天大謊榮獲表彰、升官發財。我們要審判，目的就是徹底喚醒這些人的良心。

——索洛莫洛夫（工學博士、教授）
於明斯克

套一句索忍尼辛的話：「不是沒有戰爭就叫和平，和平的首要條件是不迫害他人。」作家在此時此刻揭發蘇聯入侵阿富汗戰爭的真相並非沒有道理，我們雖然擺脫了極權統治，但是政治、宗教、民族及武裝等各種暴力仍充斥著我們的社會。針對《鋅皮娃娃兵》一書挑起事端，擺明是有意在民眾的意識中重建共產主義的「自我神話」。原告身上有著其他人的影子：我們看見第一次蘇聯人民代表大會上不准薩哈羅夫指責這場戰爭殘暴不仁的人，我們也看見指望重新掌權而不惜動武的人。

此書發人深省：難道拿國家主權與大國主義做掩飾，我們就有權糟蹋人命。如今亞塞拜然、亞美尼亞、塔吉克、奧塞提亞*死了多少平民百姓，究竟都是為了什麼理念？

與此同時，以暴力為基礎的偽愛國思想日增月益，高談實行軍中民主改革、軍人義務、民族尊嚴等裹著糖衣的言論。但我們目睹的，卻是軍國主義重生、侵略本能受到刺激、違法軍火交易猖獗。許多政客擁護革命與軍事暴力，滿口盡是義大利法西斯主義、德國納粹主義和蘇聯共產主義一類的浮誇言詞，不僅擾亂人心，更激發社會上偏執和仇恨的情緒。

離開政治舞台轉而當起神父的人，尤其善於利用人的欲望。他們操弄這種政客，唆使同胞自相殘殺。他們的信眾自然容不下訴求非暴力和憐憫的思想，總是想方設法要將主張這類思想的人告上法院。別忘了大文豪托爾斯泰曾經鼓吹拒服兵役，他也沒有因為反戰行動遭到審判。然而，這群人卻想把我們帶回將正派思想趕盡殺絕的年代。

訴訟過程中，不難看出反民主勢力對亞歷塞維奇的猛烈攻勢，他們表面上保衛軍隊榮譽，實際上，卻是為了可惡的意識形態與一貫的謊言而戰。雖然亞歷塞維奇書中捍衛的非暴力思想尚未取得社會共識，托爾斯泰主張「不以暴力抗惡」的宗教哲學觀至今仍飽受譏諷，但是這類想法原本就存在於人的意識之中。儘管如此，我們還是要重申：社會道德觀要轉變，首先得依循「無暴

*為中亞高加索地區一區域。奧塞提亞被高加索山脈橫斷，分為北奧塞提亞和南奧塞提亞兩個部分。目前北奧塞提亞屬俄羅斯，為俄羅斯聯邦的北奧塞提亞—阿蘭共和國。南奧塞提亞在蘇聯時代是喬治亞的一個自治州，在一九九一年自行宣布獨立，二〇〇八年與喬治亞政府爆發多次衝突。後來俄羅斯承認其獨立，因而與喬治亞斷交。二〇一五年與俄羅斯簽署近乎合併的結盟條約，引起喬治亞與美國的不滿與譴責。

力和平」的原則自我覺醒。想要審判亞歷塞維奇的人，正將社會推向仇恨和自我毀滅的淵藪。

——伊柳辛娜（俄羅斯和平協會成員、史學博士）
穆辛（《推行替代役倡議小組》主席）
波斯特妮柯娃（文學家、《四月運動》成員）
雪盧賈柯娃（《反迫害行動》組織主席）

近來一個和文學作品沾上邊的議題在國內和莫斯科的報刊，甚至外國電台鬧得沸沸揚揚。這個議題圍繞著亞歷塞維奇的作品《鋅皮娃娃兵》，以及攻擊「駐阿富汗軍人」和他們母親的聲浪。不禁讓人想起俄國作家契訶夫的一番話：「作家不應身兼法官和劊子手，這種人在古羅斯已經夠多了。」

沒錯，戰爭就是戰爭，對人命本來就是殘酷不公。大多數駐阿富汗的士兵和將領信守誓言，執行職責，因為下令的是代表人民的合法政權。可惜有些將領和士兵違法犯紀，有人掠殺阿富汗人，更有人（雖是少數，但確有其事）殺害同袍，帶著武器投誠敵營，和對方並肩作戰，簡直把我們的臉都給丟光了。

我還可以舉出更多我軍犯下的罪行，但是某些作家和記者竟然把「駐阿富汗軍人」拿來和法西斯相提並論，此舉不免叫人質疑。這群作家和記者拿得出政府頒布的命令給世人看，證明我軍曾在阿富汗興建集中營、殲滅整個民族，或是像德國人那樣用煤氣爐燒死上百萬的民眾嗎？還是說你們有證據證明我軍和占領白俄羅斯的納粹一樣，屠殺數百名平民只為了抵一條蘇聯士兵的性命？或是證明我軍的醫生像德國侵略我國的時候一樣，抽阿富汗小孩的血供自己的傷兵使用？

順帶一提，我有名單可以指出哪些蘇聯士兵和軍官曾為自己傷害阿富汗人民受到審判。你們是不是也拿個德國人的名單給我們看看，好歹舉一兩個例子，證明德國人占領我國期間也曾審判傷害無辜百姓的納粹士兵？

當時蘇聯政府出兵阿富汗的決定，對於自己國民當然是情理難容。然而，我們的軍人被送往地獄去履行職責是人民（包括你們這些作家和記者）默許的，所以批評軍人態度必須公允。我們聲討的對象應該是下決策的人，是在社會上說話有分量卻保持緘默的人。

聲援亞歷塞維奇的人一邊貶責殉國士兵的母親，一邊要我們效法美國這個將偉大民主奉為圭臬的國家。據他們所說，美國社會有反越戰的力量挺身而出。

不過有在看報的人，都明白美國處理越戰的方式。美國國會和參議院根本沒通過審判越戰的決議。甘迺迪、詹森、福特、雷根叫美國士兵去送死，但是在美國這幾個總統卻罵不得，以前不行，現在也不可以。

將近三百萬名美國人曾經赴越參戰。越戰的退役軍人如今都是美國政壇和軍方的高層。隨便一個美國小學生都買得到越戰部隊的勳章。

替亞歷塞維奇說話的《自由電台》是由美國出資建立的。假使電台的同仁所指的犯人、凶手不是白俄羅斯的國民，而是自己的總統和參加越戰的軍人，讓人不免好奇那會是番什麼光景？指責別人當然沒問題，尤其有些人為了錢連親生老爸都可以出賣。

——契爾金涅茨（白俄羅斯阿富汗退役軍人協會主席、前軍事顧問、民警少將）

《蘇維埃白俄羅斯報》一九九三年五月十六日

除非是下達命令叫我們執行的長官，否則沒有人比待過阿富汗的我們更清楚。可是如今他們卻緘默以對，絕口不提當初是如何教我們殺人和「盤查」受害者，也不提直升機飛行員和長官攔截商隊、私下分贓的事，或是在匪賊（我們當時給對方的稱呼）的屍體底下埋設地雷，好把前來處理後事的老弱婦孺也一併炸死在他們的親人身旁，讓這些可憐人命喪家園。還有許多事情，他們都避而不談。我服務的單位是特遣空降大隊。我們的任務不多，攔檢對象除了商隊還是商隊。大部分的商隊不會攜帶武器，馱運的都是貨物和毒品，而且通常都是夜間行動。我方不過二十四人，商隊動輒百人以上，哪裡有時間思考誰是去巴基斯坦採購貨物，單純想轉手賺一筆的生意人？誰又是偽裝成商人的匪賊？每場戰鬥我都記得，每個死在「我手下」的我都忘不了：老人、成年男子、死前痛苦抽搐的小男孩，更忘不了有個纏白色頭巾的男子被我朋友打成重傷之後，怒吼著「真主至大」，便跳下五公尺高的懸崖自我了斷。我的藍白條紋汗衫上全是他的腸子，我的AKMS突擊步槍槍托上盡是他的腦漿。我軍有泰半的弟兄滯留在懸崖上。我們來不及將所有人從岩縫拉出來。想必他們都成了野獸的盤中飧。面對他們父母，我們只能謊稱這些弟兄曾立下多少「汗馬功勞」。這都是一九八四年的事了。

我們幹的事情和法西斯根本沒兩樣，他們在一九四五年受到全世界公審，我們自然也不得諉責，但是派我們出征的上級、拿著祖國名義逼我們遵守誓言執行任務的長官也不能放過。

——未署名

幾年過去，突然明白原來大家並不在乎歷史留下什麼。我們習慣了由名字、日期和事件構成的歷史，相信這就是事實與評價，卻徹底忽略了人的存在。在所有事件中，人不僅是歷史的見證者，也不僅是某個統計數字。每個人是無可取代的個體，因為他們的身上集結了各種情緒、體驗，以及尚無定論的歷史。

我不記得亞歷塞維奇的《戰爭沒有女人的臉》是何時出版，不過至今應當也有十五年了！書中每個撼人的場景仍舊歷歷在目：一支娘子軍頂著酷熱在揚塵中行軍，沙塵裡處處血跡，女人打仗一樣刻不容緩。

有哪個史學家會講述這種史實？作家得聆聽多少敘事者的故事，才能從更僕難數的案例和觀點中撿選出這個事實？這樣的事實比起全冊的軍事史書，讓我更了解戰爭中的女性心理。

就算是沒多少年前發生的事件，例如蘇聯入侵阿富汗戰爭、車諾比核災、俄羅斯一九九三年憲政危機、塔吉克一九九〇年杜尚貝動亂，轉眼間就全消逝在歷史洪流中，取而代之的是博得社會大眾關注的新災難。人的記憶為了保護我們，會努力淡忘打亂我們生活和擾人清夢的情緒與往事。於是，事證逐漸消失，慢慢地連人證也沒了。

哎呀！有多少前朝的「封建公侯」打死不願承認，終有一日他們會受到世人的審判，以及歷史的評斷。哎呀！他們打死不願相信，會有那麼一天連一個「拙劣的三流作家」都膽敢極盡「誹謗、侮辱」之能事，攻訐他們「昔日的風光歲月」，甚至讓他們「偉大的理想」備受質疑。哎呀！那些記錄著最後一批證人說辭的書，實在搞得他們坐立難安。

要否認國家安全委員會卡盧金將軍所說的話，可以。畢竟不是每個人都能當上國家安全委員會將軍。可是要否認數百個阿富汗駐軍、車諾比居民、種族衝突的受害者、逃離「熱點」的難民的證詞，卻是行不通的，因為他們都是普通老百姓。不過，倒是可以「好好教訓」蒐集證詞的記者、作家、心理學家，「叫他們閉上嘴巴安分點」。

我們當然很難習慣赤裸裸的事實。以往我們可是直接把異議份子西尼亞夫斯基和丹尼爾送上法庭，革除巴斯特納克*的蘇聯作家協會會籍，抹黑索忍尼辛和杜金采夫†。

如果哪天亞歷塞維奇不寫了，受害者也不再出面指證我們的種種罪過，那麼後代子孫會記得什麼？讚頌捷報的諂詞媚語？聲勢浩大的出征和威武激昂的行軍？這些都不是新鮮事，因為我們是過來人。

——巴辛（醫生）

《晚安報》一九九三年十二月一日

我原本出庭是打算這麼說的。我本來很反對亞歷塞維奇《鋅皮娃娃兵》這本書。法庭上我應該是要替凱茨姆爾辯護。

你大可說我這是敵方的自白。

這兩天仔細聆聽法庭上、走廊上的談話後，我心想我們根本是在褻瀆上天。我們折磨彼此究竟是為了什麼？為了上帝？不！我們是在傷祂的心。為了祖國？祖國又何曾和我們共赴沙場。

亞歷塞維奇濃縮了眾多案例，勾勒出阿富汗戰爭這場「騙局」。沒有一個母親敢相信自己的兒子竟然會做出這種傷天害理的事。但是我告訴你們：和戰場上實際的情況相比，書裡面寫的根本沒什麼。去過阿富汗打仗的人，都可以拍胸脯保證我說的一點也不假。我們現在面對的是殘酷的現實：要給死者冠什麼罪名，他都沒辦法辯駁，假如死者當真幹了什麼可恥的事，責任也是我們活著的人得扛。但活著的人不正是我們嗎！這下子我們全成了戰場上的極端份子。我們當初服從命令，等到要承擔戰爭後果時卻落得這般下場。這本書有這麼強大的力量和不凡的本領，如果寫的不是娃娃兵，而是派他們赴戰場的元帥和坐在辦公室的領導人，會更為公允。

我自問：亞歷塞維奇該不該寫下戰爭的慘狀？應該！做母親的該不該為兒子打抱不平？應該！「駐阿富汗軍人」該不該為同袍說句公道話？答案還是應該！

每一場戰爭，當兵的當然都有罪，但是在最後的審判上，主第一個原諒的也是當兵的。

---

* 以小說《齊瓦哥醫生》聞名於世，但此書因批判了蘇聯體制，長期被列為禁書。

† 杜金采夫（Vladimir Dudintsev）的長篇小說《不單是靠麵包》（一九五七年出版），因描寫蘇聯官僚的腐敗而引起很大爭論。

相信法庭會依法為這次的糾紛做出判決，但是判決結果也應該合乎人情。做母親的愛自己小孩沒有錯，作家實話實說也沒錯，活著歸來的士兵替陣亡的弟兄辯護更是天經地義。

這樁民事訴訟就是這麼一回事。

法庭上我們沒看到主使這場戰爭的政客和將領，看到的反而都是受害的一方你爭我辯：有人為了愛不願接受戰爭的殘酷真相，有人為了真相說什麼也要大義滅親，也有人為了榮譽寧可拋棄愛與真相，只因俄羅斯軍官準則主張「犧牲生命奉獻祖國，犧牲榮譽抵死不從」。

上帝胸襟曠達，容得下愛、真相和榮譽，可惜我們不是上帝。這起官司唯一的好處，就是讓世人重新體會生命的豐富。

亞歷塞維奇唯一能讓我批評的並非扭曲真相，而是發動阿富汗戰爭的蠢蛋犧牲了年輕人的性命，但她的書對這些年輕人卻沒有一絲憐愛。另外叫我訝異的是，和死神打過交道的「駐阿富汗軍人」竟會畏懼面對這場戰爭的真相。「駐阿富汗軍人」中總得有人勇敢站出來澄清我們並非一丘之貉，告訴大家凱茨姆爾不譴責戰爭，那是他一己之見，並不代表我們所有人的立場。

我不責怪亞歷塞維奇寫書幫助國人看清阿富汗戰爭這場「騙局」，社會大眾讀完書後對我們大為反感也不應該歸咎於她。我們必須重新認知自己在戰爭中扮演的角色，正視自己就是殺人武器的事實。若是真要認罪，人人都得認。

這起折磨人的官司也許還會一直打下去，但是在我心底早有定案了。

帕維爾・雪奇科（前「駐阿富汗軍人」）

摘自一九九三年十二月八日最後一次開庭紀錄

法官：日丹諾維奇

人民陪審員：鮑里歇維奇、索洛科

原告：加洛夫涅娃、凱茨姆爾

被告：亞歷塞維奇

摘自《鋅皮娃娃兵》作者亞歷塞維奇發言

（以下節錄自己發表及未能發表的內容）

在此之前，我一直不相信這起官司會成立，就如同不到最後一刻，我始終無法相信莫斯科白宮竟然會遭到砲擊*。我們怎麼可以自相殘殺。

---

*此指一九九三年的十月事件。蘇聯解體之後，俄羅斯政權分裂成兩個權力機構，一方是以總統葉爾欽為主的總統派，另一方是以俄羅斯聯邦立法機關為首的議會派。一九九三年十月四日清晨，葉爾欽在克里姆林宮簽署武裝行動的命令，讓裝甲部隊砲擊轟掉俄羅斯的議會大廈（即莫斯科的白宮）。

我再也無法面對這一張張怒不可抑的臉孔。若不是因為士兵的母親列席，我不會出庭。我明白不是她們在和我打官司，而是舊體制。思想不像黨證可以輕易束之高閣。街道、商店招牌、報刊雖然換上了新名稱，但我們並不會因此改變。我們還是社會主義陣營的一份子，仍然保有過去共產政權的思維。

我之所以出庭，主要是想和這幾位母親聊聊。同時請求她們諒解，我雖然很抱歉，但是挖掘真相的過程免不了會觸碰到她們的痛處。我想提的還是同樣的問題，也是我的書想探索的——我們究竟是什麼人？為什麼我們會任人宰割？怎麼可以給士兵的母親送回一口鋅皮棺材，甚至慫恿她們去控告作家，只因為書裡面描寫母親沒能見上自己兒子的最後一面，以及母親替兒子的遺體沐浴和撫棺大慟等場面。我們到底算什麼人？

我們從小就懂得敬愛拿槍的勇士，這份敬愛之心早已根深柢固。我們活像是在戰場上長大，就連戰後幾十年才出生的人也一樣。即使目睹了臨時特設委員會、史達林督戰隊、勞改營等諸多罪狀，即使見證了蘇聯武力鎮壓維爾紐斯、巴庫、提比里斯*，即使知道了蘇聯侵略喀布爾、坎達哈，我們至今仍堅信這些手持槍桿子的人，都和一九四五年對抗德軍和打贏二戰的士兵一樣值得景仰。如今描寫戰爭的書俯拾皆是，人類憑著巧手睿智打造的武器更是多到不可計數，殺人的想法也就見怪不怪了。不過，聰明人都懂得秉持小孩鍥而不捨的精神，省思人類有沒有殺害動物的權利，而我們竟然可以想也不想或是匆促立下一個政治理想就把戰爭合理化。如果晚上打開電視，你會發現我們把殉國英雄抬進墓園時，其實心中是欣喜的，只是不形於色。喬治亞、阿布哈茲†、塔吉克，各地皆然。我們在烈士墳上蓋的不是禮拜堂，而是一座又一座的紀念碑。戰爭不是可以任意從男人手中奪走的東西，那是他們最珍愛的玩具，是神話，也是古老的本能。但是我憎恨戰爭，憎恨人類有權利奪走別人生命這種想法。

不久之前，一位神職人員告訴我，有個從前線退役的軍人，現在已經是一腳踏進棺材的老人家，帶著自己的勳章來到教堂。他說：「我殺過法西斯，保衛過國家，但是臨死之前，我想要懺悔，因為我曾經殺過人。」於是他選擇把勳章留在教堂，而不是交給博物館。你要曉得，我們的教育可從來就離不開軍事博物館的。

打仗是艱辛的任務，也是殺戮。然而隨著時間過去，我們只記得打仗的艱辛，卻忘了殺戮的事實。難道我書裡面描寫的戰爭細節、人的情感，還有種種駭人的見聞，是可以憑空捏造的嗎？

經歷了車諾比悲劇、阿富汗戰爭、砲擊莫斯科白宮事件，我愈來愈常思考：相較於發生在我們身上的一切，我們是那麼無足輕重。我們不懂得批判過去，所以永遠都是犧牲者。也許這就是歷史不斷重演的原因吧？

---

* 維爾紐斯（Vilnius）現為立陶宛的首都和最大的城市；巴庫（Baku）是亞塞拜然的首都及經濟文化中心；提比里斯（T'bilisi）是喬治亞的首都。一九九〇至九一年三個附屬國要求獨立時，蘇聯都曾派兵鎮壓。

† 阿布哈茲共和國，位於喬治亞境內，蘇聯解體後，阿布哈茲族與喬治亞的衝突演變為戰爭，雖然一九九四年簽下停火協定，但分離問題仍未解決。目前世界上僅有少數國家，包含俄羅斯承認其獨立，大部分國家仍認為它是喬治亞境內的自治共和國。

幾年前，確切來說是四年前，今天在座的許多母親、從阿富汗歸國的士兵和我的想法是一致的。《鋅皮娃娃兵》這本書裡，最傷感的莫過於這些母親的故事和祈禱。做母親的為死去的兒子禱告。

可是，為什麼如今我們對簿公堂？這段時間究竟出了什麼變化？這段時間裡，派年輕人上戰場打殺送死的共產帝國從世界地圖上、從歷史中消失了，不復存在了。一開始大家只敢畏怯地說這場戰爭是政策失誤，隨後才改口說是犯罪行為。所有人都想將阿富汗拋諸腦後，想忘記這些母親，忘記傷殘的士兵。但是，遺忘也是一種謊言。士兵的母親必須獨自面對兒子的墓碑。她們甚至無法自我安慰地說：「兒子死得有意義。」不管我今天遭到什麼樣的羞侮和辱罵，我還是要重申我曾說過的話：「我很敬佩這些母親。」我敬佩她們，因為她們勇於捍衛被國家玷汙名譽的孩子。事到如今，也只有做母親的會替死去的孩子說話了。但這也引發了另一個問題——她們究竟在替孩子對抗誰？

她們的悲痛遠勝於任何真相。俗諺有言：「母親的祈禱無深海可擋（意指母親無畏艱辛也要保護孩子）」，但在我的書中，她們的祈禱求來的卻是一場空。她們的孩子是換取我們醒悟的犧牲品。她們的孩子不是英雄，而是受盡苦難的可憐人。沒有人有權指責他們。我們都是罪人，在這個彌天大謊裡人人都有份。我的書要傳遞的訊息就是這個。極權政體為什麼危險？因為無論你是善人或惡人，天真或務實，都會淪為極權罪孽的共犯。我們祈禱應當是為了這些孩子，而不是為了害他們平白犧牲的思想。我要對各位母親說，你們現在正在替這個可怕的思想辯護，這個推崇殺戮的思想。我這番話也想說給在場曾經赴阿富汗打仗的士兵聽。

在這群母親背後，我看見將領的肩章。將軍從戰場歸來，佩戴的是蘇聯英雄的勳章，隨身帶的是裝滿雜物的大行李箱。今天在座有位母親告訴我，她領到的是一口鋅皮棺材和一只黑色的小行軍包，裡頭裝的是她兒子的牙刷和泳褲。她拿到的，就只有這麼多。這些是她兒子離開戰場時的所有行頭。如此看來，誰才是你們應該為孩子對抗的對象？真相嗎？真相是你們的孩子傷重不治，因為酒精和藥物都賣給了當地店鋪，沒東西可以幫他們治療；真相是士兵只有五〇年代的生鏽罐頭可以果腹；真相是下葬的時候，士兵甚至只能穿偉大衛國戰爭那個年代的老舊制服。國家竟然連這筆錢都要省。我不願在墳上對你們說這些話，但是我不得不說。

你們聽見了嗎？如今各地戰事迭起，流血事件再度重演。你們難道想替殺戮找理由嗎？還是你們想幫忙找？

五年前，還是共產黨執政的時代，為了保護書中人物免於國家安全委員會的迫害，有時我會使用化名。我這是在替他們免除國家體制的加害。可是現在，我卻得對抗過去保護過的人，為自己申辯。

我不能退讓的是什麼？是如實呈現我眼中世界的寫作權利，以及我對戰爭的憎惡。莫非我還得證明真相與近乎真實的存在，或是證明藝術能夠記錄事實。這種紀錄不是兵役委員會核發的證明，也不是電車的票根。我寫的書就是紀錄，同時也是我呈現這個時代的方式。我筆下的細節與情感不只蒐集自每個人的人生，更是取自整個時代的氛圍、場域與各種聲音。書的內容不是我臆造或推測出來的，整部作品完全取材自現實生活。書中記錄的不僅是我聽到的故事，其中一部分更是我作為一個具有個人世界觀的創作者油然而生的感受。

我記錄下來的是這個年代正在發生的故事，書寫的都是真實的意見、真實的命運。在成為歷史之前，這一切依然是某個人的傷痛、某個人的吶喊、某個人的被害者或罪孽。我已經記不得問過自己多少次：「在如今這個仇恨彌天的時代，我究竟該如何自處，卻又不製造更多敵意？」寫每一本新書之前，我都會問自己這個問題。這是我得承受的重擔，也是我的命運。

寫作是宿命也是職業，但是在我們這個命運乖舛的國家，與其說這是職業，倒不如說是宿命更為貼切。法院為什麼兩度駁回文學鑑定的申請？因為一旦受理了，大家就會立刻明白根本沒有什麼好審的。這些人之所以批判一本書，批判文學，是因為他們認為既然叫做報導文學，就可以一再改寫以便迎合當下的需求。但願報導文學別受到不公之人的掌控，否則流傳後世的，只會是政治角力與偏見的殘影，而非歷史真相。假使罔顧文學法則、體裁規範，報導文學寫作便會淪為純粹為政治服務的迫害工具，內容平庸，甚至可以用低俗來形容。聽著每個人在法庭上的發言，我經常思考：「當今社會有誰敢號召群眾走上街頭？」不管你是神職人員，是作家，還是政治人物，民眾可是誰也不相信。他們渴望的是清算和鬥爭。他們只追隨手握槍桿子的人。手裡搖筆桿而不是手持 AK 突擊步槍的人很容易激怒他們。書究竟該怎麼寫，在這裡我真的受教了。

把我告上法院的人，拒絕接受數年前就已為人所知的事實。他們的意識裡已經換了一把解讀的鑰匙，所以同樣的文本才會有不一樣的詮釋，不然就是他們根本認不得這文本了。為什麼會這樣?這是因為他們不需要自由。他們不曉得有了自由以後,該如何是好。

我清楚記得最初認識的時候,加洛夫涅娃是什麼樣的人。我很欣賞她,因為她歷經苦痛,因為她坦承不諱,也因為她那顆受盡磨難的心。可是如今她踏入政壇,成了有頭有臉的大人物,而且還是殉國士兵母親互助組織的主席。她完全變了個人,不再是從前我所認識的樣子。現在的她,只是掛著自己和死去兒子姓名的陌生人。她再一次犧牲了自己的孩子,像獻祭一樣把孩子當牲醴奉獻出去。我們天生就是奴才命,甚至還自以為浪漫地看待被奴役的處境。

我們對英雄和受難者的想像很主觀。倘若真要談榮譽與尊嚴,我們現在應該起立默哀,悼念兩百萬名命喪家園的阿富汗人民。

到底是誰的錯?這個你我爭辯不休的問題還要提多少次!你、我、他們,大家都有錯。問題的癥結並不在此,而是在於做了什麼選擇。人人都有選擇的權利:射殺與否、緘默與否、赴戰與否。這些都是我們應該問自己的問題。但願每個人都懂得反問自己。可惜我們不知覺醒,不曾自己尋找答案。我們太習慣追隨熟悉的赤色旗幟,人云亦云。我們不懂得放下仇恨,因為還沒學會如何放下。

凱茨姆爾是我筆下其中一名主角,但不是你們現在看到的在座這一位。書中的他截然不同,還保有從戰場返鄉後的模樣。他當時這麼跟我說,我為各位朗讀一段吧!

我彷彿在睡覺,夢見人山人海,大家聚集在我家附近。我四處觀望,感到擁擠,但不知為什麼,我站不起來。這時我恍然大悟,我是躺在棺材裡,木板棺材,外頭沒有包一層鋅皮。這事我記得很清楚。但我是活人，我記得我是活人，不過我卻躺在棺材裡。大門打開了，大家湧向大街，把我也抬到大街上了。人一群又一群，每個人的臉上都流露出悲傷的樣子，神情裡還有一種我不明白的喜悅。發生了什麼事？為什麼我在棺材裡？行進的隊伍突然站住，我聽到有人說：「把鍾子遞給我。」這時我明白了：我是在做夢。又有人重複了一句：「把鍾子遞給我。」既真實，又像是做夢。有人第三次說：「請把鍾子遞給我。」我聽見棺蓋砰地一聲蓋上了，鍾子叮叮噹噹地敲了起來。有一顆釘子釘到了我的手指，我用頭、用腿去撞棺蓋，棺蓋一下子掀開了，掉在地上。人群在觀望，我坐了起來，直起腰半坐著。我想喊：「我好痛，你們為什麼要用釘子把我釘起來，我在裡面喘不過氣來。」他們在哭，對我一句話也不說，所有人都像是啞巴，但臉上帶著喜悅，神祕的喜悅，難以言喻，但是我看得出來，也感覺得到。我不知道應該怎麼跟他們說話，才能讓他們聽見。我覺得我在喊，可是嘴唇緊閉著，怎麼也張不開。於是，我又躺進棺材裡去了。我躺在裡面想：「他們希望我死去，我也許真的已經死了，所以應當默然無語。」此時，有人又說：「把鍾子遞給我。」

他沒有駁斥。將來歷史評判我們的時候，這能捍衛他的名譽與尊嚴。於我亦然。

法庭上的聲音

「你們說都是共產黨的錯。那麼將軍、幕後主使者這些人呢？他們自己呢？一樣受騙，而且甘願受騙。總之都是別人的錯，與他們無關。完全是被害者的心理。被害者就是需要一個歸咎的對象。都還沒開打，就像嗅到血腥味一樣個個殺氣騰騰。」

「她有百萬家產和兩台賓士，還常常出國。」

「作家寫一本書需要兩三年，賺到的錢等於無軌電車司機兩個月的薪水。你們何以見得她買得起賓士？」

「她常常出國。」

「你個人的罪過又怎麼解釋？你可以選擇開槍或不開槍。怎麼？不說話了。」

「人民被瞧不起，又沒有錢，可是至少不久之前，我們還是個泱泱大國。也許事實並非如此，但是論火箭、坦克、核彈的數量，就足以讓我們自詡為泱泱大國。大家都深信我們生活在最好、最公平的國家，你們現在卻告訴我們不是這樣，說我們生活在一個恐怖、血腥的國家。有誰會原諒你們？你們這是踩在人民最痛、最深的傷口上。」

「撒這個謊言，我們每一個人都有份。每一個人。」

「你們的所作所為，簡直和法西斯沒兩樣！想當英雄，還想不排隊就領冰箱和全套家具。」

「他們就像螻蟻，不曉得還有蜜蜂和鳥。他們想把所有人都變成螻蟻。只是覺醒程度不同而已。」

「這一切結束後你們想怎樣？」

「一切結束後？」

「戰爭結束後。我是指我們的故事。戰爭結束後，大家重視的只有溫飽。其他東西對他們而言，一點意義也沒有。意識早就瓦解了。」

「我們需要禱告，為傷害我們的劊子手禱告。」

「她一定是拿了人家大筆美金，所以才來抹黑我們，還有我們的孩子。」

「如果不和過去做個了斷，未來這些事還會回頭來騷擾我們。然後出現新的謊言、新的戰爭。歷史只會一再重演。」

節錄自法院判決書

遵照白俄羅斯共和國法律

判決如下

明斯克市中央地區人民法院於一九九三年十二月八日由主席日丹諾維奇、人民陪審員鮑里歐維奇、索洛科、書記員羅比尼奇公開審理凱茨姆爾及加洛夫涅娃指控亞歷塞維奇及《共青團真理報》編輯部侵害名譽及尊嚴一案。

……經聽取兩造陳述，查驗呈堂證供，本院認為訴狀所陳應獲部分賠償。

依《白俄羅斯共和國民法》第七條規定，如散布侵害他人名譽及尊嚴之消息者未能證明其真實，公民或團體有權要求駁正之。

經本院查明，《共青團真理報》於一九九〇年二月十五日發行的第三十九號報紙刊有亞歷塞維奇報導文學作品《鋅皮娃娃兵》片段〈歷經阿富汗戰爭者的獨白〉。刊載內容包含署名原告加洛夫涅娃之獨白。

有鑒於本案被告亞歷塞維奇及《共青團真理報》編輯部未能證明上述刊載內容所陳述的訊息屬實，本院認為訊息與事實不符。

然本院認為陳述之訊息遵守法律及社會道德原則，未促使社會大眾貶損加洛夫涅娃及其亡子之名譽及尊嚴，且內容並無描述其亡子的不當行徑，故無侮辱之嫌。

因被告未能證明凱茨姆爾之故事屬實，本院認為署名凱茨姆爾之獨白中的訊息與事實不符。依據上述情事，本院認為「我見過留在死人臉上的橘黃色肉皮。是的，不知為什麼是橘黃色的」及「我的房間裡仍然擺著原來的那些書，原來的那些照片，原來的那台錄音機，還有原來的那把吉他。但我已不是原來的那個人了，我沒辦法穿過公園，總要回頭窺望。在咖啡館裡，服務生站在我的背後：『請您點菜。』我差點跳起來，幾乎拔腿跑開。有人站在我的背後，我會受不了。見到敗類，我只有一個念頭：『應當把他斃了』」等字句所陳述的訊息與事實不符，且侵害原告凱茨姆爾之名譽及尊嚴。因此等訊息可能導致讀者合理懷疑原告心理健康狀況及正確認知事物之能力，且報導將其描述為凶殘之人，除令人質疑其道德品行，又塑造此人有訛傳真實訊息之形象，故本院認為有侮辱之嫌。

凱茨姆爾其餘聲請駁回。

被告亞歷塞維奇抗辯。被告表示一九八七年結識阿富汗戰爭殉國軍官之母加洛夫涅娃，雙方談話有錄音存證。兩人相識於後者兒子下葬後不久。原告所述與《共青團真理報》中署名加洛夫涅娃之獨白完全相符。被告為確保加洛夫涅娃不受國家安全委員會迫害，單方面將原告化名為「妮娜」，將原告兒子之軍階由上尉改為少尉。然報導所述，實為原告經歷無誤。

被告於六年前結識凱茨姆爾，雙方單獨談話有錄音存證。報上刊載之獨白與該錄音檔內容相符，故報導屬實，並無訛謬。

綜上所述，依《白俄羅斯共和國民事訴訟法》第一百九十四條規定，本院判決：

《共青團真理報》編輯部應於兩個月內公開刊登啟事駁正原報導。

加洛夫涅娃指控亞歷塞維奇及《共青團真理報》編輯部侵害名譽與尊嚴，核無實據，予以駁回。

亞歷塞維奇應代替凱茨姆爾支付訴訟費用壹仟參佰貳拾盧布，另支付訴訟費用貳仟陸佰捌拾盧布，繳納國庫。

加洛夫涅娃應支付參仟壹佰盧布，繳納國庫。

本院判決宣示後十日內，仍可經由明斯克市中央地區人民法院向明斯克市地方法院提起上訴。

* * *

致白俄羅斯國家科學院文學研究所所長科瓦連科

科瓦連科所長惠鑒：

如您所知，作家亞歷塞維奇於一九九〇年二月十五日《共青團真理報》發表報導小說《鋅皮娃娃兵》的片段而受到起訴，目前一審業已結束。亞歷塞維奇遭指控未按原意傳達其中一名原告（書中的一名主角）的敘述，有侵害他人名譽與尊嚴之虞。然而，法院卻兩度駁回文學鑑定的申請。

白俄羅斯筆會特此委託您進行獨立文學鑑定，以便釐清下列疑問：

一、有鑒於大眾普遍認為「報導」乃「建立於事實（證據）基礎之上」，而「小說」則是「藝術創作」，我們應如何以學術的角度解釋何謂報導小說？

二、如何區別報導文學作品與新聞報導？特別是經常以作者與受訪者一問一答的形式所呈現的訪談。

三、報導小說的作者是否有權斟酌藝術性、決定作品觀點、篩選原始資料、對口頭敘述做文學潤飾、表達個人的世界觀，並且為了實踐藝術真諦總結各個事例？

四、作者蒐集資料時錄下受訪者自白，事後寫成作品，受訪者則成為書中人物。如此情形的著作權歸屬，應該是作者或受訪者？

五、為避免寫作淪為生硬、呆板的逐字稿，作者應如何拿捏界線？
六、（接續第一個問題）亞歷塞維奇的《鋅皮娃娃兵》一書是否屬於報導小說？
七、報導小說的作者是否有權更改書中角色的姓名？
八、總結以上所有問題，最關鍵的是：即便提供口述資料的受訪者不滿該文學作品的片段，是否有權因此對作家提告？亞歷塞維奇於報上發表的，並非和原告的訪談，而是節錄自其報導小說中的作品片段。
白俄羅斯筆會亟需獨立的文學鑑定，以便為亞歷塞維奇申辯。

薛爾曼
白俄羅斯筆會副會長
一九九三年十二月二十八日

致白俄羅斯筆會會長
貝科夫

依照您的請託，敝所針對亞歷塞維奇的報導小說《鋅皮娃娃兵》一書進行文學鑑定，各點疑問回覆如下：

一、根據《文學百科詞典》（莫斯科，蘇聯百科全書出版社，一九八七年，頁九十八至九十九）的定義，「報導文學」包括報導小說，論其內容、研究途徑與方法、敘事形式，應屬於藝術散文。因此，報導文學經常以藝術性為準則篩選原始紀實資料，並做出美學評價。諸多專家學者皆認為該定義最為精準正確。該詞條的作者指出：「報導文學屬藝術散文，透過分析紀實資料研究歷史事件與社會萬象，敘事時可完整或部分呈現原始資料。」

二、該詞條主張：「適當篩選歷史事實並予以美學評價可強化報導文學傳播訊息的特性，亦有助於區別報導文學與報章雜誌的新聞報導（特寫、筆記、大事紀、採訪）、社論文章，甚至是歷史小說。」因此，亞歷塞維奇發表於《共青團真理報》（一九九〇年二月十五日）的《鋅皮娃娃兵》片段不屬於訪談、採訪、特寫，或任何新聞報導行為。這篇節錄的文章是預告該書即將出版的獨特宣傳手法。

三、至於報導文學作品的作者是否有權將藝術性視為總結各事例的特殊工具，是否有權以個人觀點呈現歷史事件，是否有權憑個人意識篩選原始資料，是否有權依文學需求潤飾事件證人的口述敘事，是否有權於比較事實之後提出個人的結論等問題，上述的百科詞典做這般解釋：「報導文學極少虛構，該體裁運用獨特的藝術手法，將貼近社會及生活的事例篩選後加以揉合。」報導文學恪遵可信、如實兩大準則是無庸置疑的。但是有辦法全然寫實、絲毫不假嗎？諾貝爾文學獎得主卡謬曾說，只有拿著攝影機記錄一個人從出生到老死的每分每秒才有可能絲毫不假。然而有人會願意花上一輩子的時間，只為了夜以繼日收看這部驚人的影片嗎？觀看的人單憑事情的表象又能洞悉「主角」行為的真實動機嗎？假使《鋅皮娃娃兵》的作者放棄以一個創作者的態度來處理蒐集到的案例，並且安於做個消極的資料蒐集者，結果如何我們不難想見。在這樣的情況下，她必須將「駐阿富汗軍人」講述若干鐘頭的自白故事一字不差地謄抄到紙上，（即使有人願意出版）最終呈現的不只是厚重的大部頭，更是未經潤飾、不符合美學標準的半成品，根本沒有人讀得下去。再者，倘若在亞歷塞維奇之前的報導文學先驅都如此寫作，當今的世界文學就不會有蘇聯作家斯米爾諾夫的《布列斯特要塞》、蘇聯作家波脫拉克的《紐倫堡大審》、美國作家卡波提的《冷血》、蘇聯作家亞當莫維奇、布雷爾及克列斯尼科合著的《我來自燃燒的村莊》、蘇聯作家亞當莫維奇及格拉寧合著的《圍城之書》等出色作品。

四、著作權係規範文學創作及出版相關事務的法規。其約束效力始於作者下筆寫作的那一刻。著作權包含法律所保障的具體特定權能（著作財產權及著作人格權）。首先，其中又細分著作財產權、作品的公開發表權、再版權、散布權，以及同一性保持權（除非取得著作人同意，否則只有著作人有權修改自己的作品）。依報導文學的體裁需求，蒐集資料的過程中作者必須主動決定作品欲探討的核心議題。侵犯著作權與否，則應交由司法定奪。

五、正如第三點回覆中所證明的，報導文學無法一字不差地重現人物的故事。當然這也產生了作者意志的問題。故事人物敞開心胸和作者分享回憶，將證詞的部分權利轉讓出去，因為他們期盼作者能保留最初始的樣貌，確實傳達每一句話。同時他們也指望作者的專業技巧能夠萃取精華，剔除無法深化思想的瑣碎細節，並比較所有案例後呈現事實的全貌。歸根結柢，一切都取決於作家的藝術天分、道德觀點，以及融合紀實與藝術描寫的能力。所以在這樣的情況下，唯有讀者及熟稔美學分析的文學評論家，才可以體會和判斷真實的程度與探究事件的深度。但是作品中的人物，則是以自己的標準評定書的真實程度。他們是最狂熱、最細心的讀者，因為他們的故事一旦從口述話語轉化成書面文字，尤其是印刷成出版品，有些時候會遭到不當修改而失真。舉個例子，人初次聽見自己的錄音，卻不認得自己的聲音，還以為有人冒失地偷換錄音帶。類似的意外效果也會發生在下面這樣的情況：一個目擊者的故事和其他類似的故事比對、揉合後，故事之間或彼此呼應，或有所出入，或甚至和其他目擊者的說法產生衝突、互相矛盾。此時目擊者對自己的原本說詞，在態度上就會有明顯的改變。

六、亞歷塞維奇的《鋅皮娃娃兵》完全符合上述報導文學的體裁特點。就可信度與藝術性所占的比例而言，這部作品應屬於藝術散文，而非新聞採訪。順帶一提，文學研究者也將她先前發表的作品（《戰爭沒有女人的臉》、《我還是想你，媽媽》）歸類為報導文學。

七、在事件尚未獲得社會認同的評價之前，確實傳達受訪者的故事及真實無誤的事件描述，反而可能造成作者和書中人物不願樂見的結果。因此，當代文學設有一定的道德界線。在此前提下，作者當然有權更改人物的姓名。即使書中人物並未面臨任何威脅，而且政治局勢也對該書有利，許多作者一樣經常運用這類手法寫作。蘇聯作家波列伏依在《真正的人》這部小說中，只是把主角梅列西耶夫的姓氏改了一個字母，藝術效果便立刻彰顯出來。讀者一眼就明白小說所述並非特定人物，而是整個蘇聯社會的普遍現象。這種刻意變更人物姓名的例子，在文學史上實在不勝枚舉。

八、遺憾的是，類似《鋅皮娃娃兵》的作者亞歷塞維奇這樣面臨司法訴訟的案例在世界各地不一而足。英國作家喬治．歐威爾在戰後也是官司纏身，因為他創作的知名「反烏托邦小說」《一九八四》遭到指控有汙衊國家體制之嫌。而今我們都清楚，這部作品其實是在講述二十世紀的極權主義。在現在這個年代，印度裔英國作家薩爾曼．魯西迪甚至被伊朗判處死刑*，因為他在書中疑似以嘲諷口吻議論伊斯蘭教。伊朗此舉引起先進國家輿論譁然，各界認為這不僅是在剝奪創作自由的權利，也是不文明的表現。不久前白俄羅斯作家貝科夫也因為帶頭勇敢說出歷史真相，遭人抨擊說他是在毀謗蘇聯軍隊。許多根本是偽愛國人士的退伍軍人紛紛投書媒體，公然對貝科夫展開嚴厲的批判。歷史一再重演委實令人嗟嘆不已。我們社會雖然倡導欲以法治立國，但是卻在學習基本人權的起步階段就大肆玩弄文字遊戲，暗地竄改法律精神，罔顧司法道德。原告認為亞歷塞維奇發表於報上的作品片段有辱個人尊嚴，然而維護個人尊嚴的權利並不代表可以今天對作者說一，隔天心情不同或是政治局勢變遷便改口說二。如此不免令人質疑，這位故事「人物」什麼時候說的才是真話？是同意和亞歷塞維奇分享阿富汗戰爭經歷的時候？抑或是受到弟兄的壓力轉而決定捍衛特定群體私利的時候？若是如此，他在道德上還有權利對作家提告嗎？畢竟當初他就算知道自白的內容會公開發表，還是選擇信任作家。無論是原告告訴作者或是報上刊登的故事，顯然都不是單一或罕見的個案。書中還有作者從其他當事人身上得知的類似案例，也都印證了確有其事。這難道不足以讓我們相信，這名「人物」錄下故事的那一刻說的才是真話，而非否認自己言論的時候嗎？此外，還有一個相當重要的面向值得思考。如果沒有人在場見證作者和這名「人物」的對話，而且又無從證明原告與被告雙方的說詞孰真孰假，勢必得重新審查書中引用的所有類似案例。屆時這場官司將會像「紐倫堡大審」一樣，數十名、甚至數千名參加過阿富汗戰爭的當事人都得出庭作證。若是不這麼做，就必須逐一證實書中所有人物的言論全無造假，這場官司也將面臨永無止盡的窘境。這豈不荒謬絕頂。職是之故，白俄羅斯筆會委託白俄羅斯國家科學院文學研究所針對《共青團真理報》刊載亞歷塞維奇的報導小說《鋅皮娃娃兵》節錄片段進行獨立文學鑑定確實合乎情理，也唯有如此才能化解這場糾紛。

科瓦連科
白俄羅斯國家科學院文學研究所所長
白俄羅斯國家科學院通訊院士

提欽娜
文學研究所高級研究員
語言學博士候選人
一九九四年一月二十七日

＊此指魯西迪於一九八九年因出版《魔鬼詩篇》一書，而遭前伊朗領袖科梅尼下達追殺令。

開庭結束後

法院判決出爐。

寫下我們出席開庭的經歷實在太沉重了。亞歷塞維奇在最後一部作品《被死亡迷住的人》*中曾提出一個問題：「我們究竟是什麼人？我們是活在戰爭中的人。我們若不是在打仗，就是準備上戰場，從來就沒有別的人生可選。」

這次我們就是在打仗。一群女人彷彿是有心的，刻意選在亞歷塞維奇身後坐下，你一言我一句地像在比賽一樣羞辱她。雖然她們壓低音量免得法官聽見，但是作家卻聽得一清二楚。這些都是做母親的人！她們用來形容作家的字眼，我實在說不出口。休息時間，加洛夫涅娃朝著替作家辯護的拉多梅斯里斯基神父走去：「神父，為了錢出賣自己，您不覺得羞恥嗎！」人群中傳來「愚昧！你這魔鬼！」的罵聲，有人甚至憤怒地伸出手想扯下神父胸前的十字架。「你們這是在罵我嗎？我每天晚上為你們的兒子安魂祈禱，因為你們說這樣才拿得到三百盧布的救助金。†」神父大為震驚地問。「你來做什麼？來替魔鬼辯護嗎？」「為自己和孩子祈禱吧。如果不懺悔，傷痛就沒有平復的一天。」「我們又沒錯，我們並不知情啊。」「你們太盲目了。睜開眼看見的，只有自己兒子的屍體。懺悔吧！」「阿富汗的母親關我們什麼事，我們失去的是自己的孩子啊！」

另一方也不甘示弱。一名男子對著士兵母親大吼：「你們的兒子殺的是阿富汗的無辜百姓，他們是凶手！」另一個人怒斥：「你們這是再次出賣自己的孩子！」

那你呢？試問：「我們難道不也履行了保持緘默的命令嗎？難道我們不曾在會議上舉手『同意』嗎？」人人都得受審，不過是另一種審判，是白俄羅斯人權聯盟主席諾維科夫所說的那種：「我們這些保持緘默的人、殉國士兵的母親、這場戰爭的退役軍人，在另一個世界和痛失兒女的阿富汗母親坐在一起，看著彼此的雙眼……」

——亞力山德羅維奇

《泰美斯報》一九九三年十二月二十七日

加洛夫涅娃和凱茨姆爾控告作家亞歷塞維奇侵害名譽及尊嚴的民事訴訟終於告一段落。最後一天聚集了許多記者。某些報章雜誌已經可以看見法院判決的消息：加洛夫涅娃的指控遭到駁回，凱茨姆爾則獲得部分賠償。我就不在此逐字引述最後的決議，只不過就我看來，這份判決具有十足的調解主義色彩。但是雙方真的和解了嗎？

加洛夫涅娃是在阿富汗陣亡的加洛夫涅夫上尉的母親，她依舊選擇「奮戰的道路」，準備繼續上訴，打算讓這場官司一直打下去。究竟是什麼驅使這個女人這樣做？究竟是什麼在驅使著這名母親？是無法平復的傷痛。無法平復的意思是，隨著阿富汗戰爭的結束，日子愈久，社會大眾

---

* 原書於一九九三年在白俄羅斯出版，目前已絕版。

† 可能因為蘇聯政府支持無神論，所以神父必須半夜進行安魂，不被當局發現。

就會愈清楚意識到發動這場戰爭的念頭有多麼冒險，而在異鄉打仗的孩子死得有多麼不值。這就是為什麼加洛夫涅娃無法接受《鋅皮娃娃兵》，因為在她眼中這本書是一種侮辱。畢竟要一名母親面對阿富汗戰爭赤裸裸的真相，這個負擔太沉重了。

這起官司的另一名原告，是在阿富汗戰爭中負責駕駛的凱茨姆爾。法院針對他的訴訟同意予以部分賠償，因為掛名凱茨姆爾的獨白裡有兩段深入內心且極為戲劇化的情景，法官判定這兩段文字「侵害名譽及尊嚴」。但是我認為這兩段文字只證明了一個道理：「戰爭不會讓人好好活下去，就算是四肢健全回來的人也一樣。」不過話說回來，我倒是可以理解凱茨姆爾的立場。各位記不記得有這麼一句格言：「畏懼你內心的第一股衝動，這股衝動可能是真心的」？我想《鋅皮娃娃兵》中的這段獨白，正是他歷經阿富汗戰爭後內心最直覺、最坦誠的衝動。四年過去，凱茨姆爾變了，他周遭的世界也不同了。因為無法如願將這段記憶從心底抹除，所以他大概很想將過去的記憶大肆修改一番吧。然而《鋅皮娃娃兵》這本書，就是拿斧頭也砍除不了。

法院仍不改前例，又一次拒絕進行文學鑑定的申請，於是亞歷塞維奇沒等訴訟程序結束便離開法庭。作家合理質疑：「在不了解報導文學這種體裁的本質，對文學創作也沒有任何基本認識，而且又不願意聽取專家學者意見的前提下，憑什麼批判一部報導文學作品？」但是法院堅持不肯退讓，所以文學鑑定的申請遭到二度駁回之後，亞歷塞維奇就離開法庭。與此同時她說道：

「作為一個人，我深感抱歉，請原諒我造成的傷痛，原諒這個不完美的世界，往往走在街上，我們想不傷到其他人都很難。但是身為一個作家，我不能也沒有權利為了寫書、為了說真話而低頭道歉！」

控告亞歷塞維奇和《鋅皮娃娃兵》，等於是讓我們在「阿富汗」戰爭中吃下第二次敗仗。

——莫羅琪柯

《人民報》一九九三年十二月二十三日

控告亞歷塞維奇與《鋅皮娃娃兵》的訴訟馬拉松，終於在一九九三年十二月結束了。法院認為凱茨姆爾的名譽與尊嚴「受到部分侵害」，因此要求作家向這名「駐阿富汗軍人」道歉。至於《共青團真理報》，白俄羅斯法院則是毫不猶豫地判處他們發文駁正原報導，作家與該報的編輯部也必須登報致歉。

另一名原告是在阿富汗陣亡軍官的母親加洛夫涅娃，她提出的訴狀則遭到駁回。儘管法院認為「掛名該原告的訊息有部分與真實不符」，但是公開審訊的過程中，被告一方提出雙方某次面談的錄音帶，證明幾年前加洛夫涅娃曾全力支持亞歷塞維奇的這部作品；考量到帶子上錄有加洛夫涅娃的自述，法院不得不駁回她的指控。

無論是在法庭上、在這場官司中或是這整個體制內，亞歷塞維奇想要捍衛身為一個人和作家的尊嚴根本沒有勝算。

白俄羅斯有一群悲喜劇導演，深怕這類政治導向的訴訟會朝著藝術創作者和他們的作品鋪天蓋地席捲而來，於是公開聲明：「這起官司絕對不是針對書，也不是在批鬥作家和創作！之所以有這起民事訴訟案，純粹是因為《共青團真理報》在一九九〇年發表的文章有損個人名譽及尊嚴。」

審判結束後，白俄羅斯人權聯盟主席諾維科夫以及白俄羅斯自由媒體協會會長尼可萊臣科向法官日丹諾維奇提問：「如果採無罪推定原則呢？」

按照日丹諾維奇的說法，「無罪推定原則只適用於刑事案件」。的確，假使加洛夫涅娃和凱茨姆爾指控亞歷塞維奇誹謗，就能夠採用無罪推定原則，因為「誹謗」是刑法所使用的術語。而且指控某人誹謗，原告還必須提出構成犯罪的實質證據才行。

在白俄羅斯想要以無罪推定原則來審理捍衛個人名譽與尊嚴的民事訴訟，是行不通的。不過原告加洛夫涅娃承諾，會讓這起案件從民事轉為刑事。她說這話就像在談某個目標一樣。《共青團真理報》在一九九〇年十二月三十日刊載了一篇署名波諾馬列夫的後記，顯然是向其他抹黑作家的白俄羅斯親共報紙靠攏。

亞歷塞維奇說「她在這群母親背後彷彿看見了將領的肩章」，不過「我們至少可以肯定母親身後是她們兒子的墳墓。需要保護的是這些母親，而非作家、獲頒勳章或得獎的人。就算真的要公開懲處，也絕對不是針對作家本人。」《共青團真理報》為了籠絡人心，連忙與亞歷塞維奇劃清界線。

這段是公開致歉文章的序言，可見報社試圖從原本進步的立場退回守舊的思想。正如同文章標題〈鋅皮娃娃兵，鐵打作家心〉所體現的一樣。不過鐵打的心意志堅定，反觀《共青團真理報》的記者和編輯豈不成了牆頭草兩邊倒？

勇於說實話的人雖然總是得付出比較多的代價，但是沒骨氣的懦夫拒絕接受真相，最終只會墮入多難的深淵。當代歷史中，若要論不幸，最叫人絕望、影響層面最廣的，莫過於泯滅人性臣服共產主義的淫威了。對此蘇聯作家布爾加科夫曾形容，人留下的「只有餘煙不絕的窟窿」。

蘇聯這把野火燒過的灰燼上，餘煙不絕的窟窿……

——羅嘉琦

《俄羅斯思想報》一九九四年一月二十至二十六日

這場孤注一擲的阿富汗戰爭打了十年，上百萬人為此受命遠赴沙場，到頭來羈束他們的，不只是報效蘇聯的愛國情操，而是某種更為真切的感受。有些人就此捐軀，我們秉著基督徒的精神哀悼他們英年早逝，也因為他們的親友承受了肉體與精神創傷的苦痛而心生敬佩之情。然而時至今日，我們大概還是不能夠理解，他們並非博得全民崇拜的英雄，而不過是叫人憐憫的犧牲者。「駐阿富汗軍人」自己又領悟這番道理了嗎？想必現階段，他們絕大多數還沒有辦法。美國的「越戰英雄」雖然一樣注定得持干戈上戰場，人家卻看透了英雄主義背後的真正含意，寧可擲回總統頒發的獎章。反觀我們的軍人，似乎只知道獲頒阿富汗戰爭的勳章要引以為傲。他們有人認真思考過究竟為什麼會拿到勳章嗎？倘若今天領取勳章，純粹是想要圖個優惠及特權那也就罷了，畢竟我們的人民日益窮困，任誰都搶著想嘗點甜頭。但擁有勳章的人，覬覦的可不只如此。

日前在明斯克一場和阿富汗戰爭有關的會議上，就有人公開表示有意謀取白俄羅斯總統這個大位。的確，如今會出現這類的聲明也不是毫無根據。這些人利用社會大眾普遍的道德錯亂（阿富汗戰爭很卑劣沒錯，但是打仗的人卻是國際主義英雄），無論要什麼都可以手到擒來。也因此，從前和當今的紅色勢力（共產主義），以及在各地捲土重來的褐色勢力（極右派的民族主義），都把殉國士兵的母親視為手中的一塊瑰寶。於是這群母親受人利用，她們合乎情理的憤怒和不容褻瀆的哀慟遭到大肆消費。就如同她們死去的孩子，當初效忠共產主義與國家的滿腔熱血也讓人利用了一樣。總之，對這些人來說，怎樣都不吃虧。誰有膽子敢斥責心痛的母親呢？不過，在這些悲傷的母親背後佇立著身材魁梧的熟面孔，個個都心懷鬼胎。《共青團真理報》的作者就是想假裝沒看見，假裝「這一切與擺布士兵母親的將領無關」，都是枉然。

昔日共產帝國的政策在阿富汗失敗了，但是這個政策的遺毒在白俄羅斯卻是日益顯著。起訴亞歷塞維奇，只是一連串明槍暗箭的其中一擊罷了。在白俄羅斯有不少人支持日里諾夫斯基*創建的政黨，朝思暮想的都是叱吒一時的強權以及暖和宜人的大海。昔日的理想雖然早已圮毀，但是再掀起一場腥風血雨來「激憤」並「團結」極權主義垮台後的社會，正是他們用來達成目的的手段……

——貝科夫

《文學報》一九九四年一月二十六日

……不，這場官司硬仗並不是在釐清戰爭的真相。這場搏鬥捍衛的是阻礙戰爭的人性，好讓它得以在這個無情又磨人的世界中存續下去。只要我們不將戰爭的念頭從倉皇無措的心中拔除，戰爭就不會有停息的一天。因為仇恨與怨念在人的心底積累久了，戰爭勢必是免不了的。

如此說來，已故軍官的話倒是頗有象徵意味和先見之明：「我一定會回來。我有哪一次沒回來……」（摘自戈洛夫涅夫上尉的日記）

——特卡臣科

《讚頌祖國報》一九九四年三月十五至二十二日

＊俄羅斯民主黨創始人。被認為是現代俄羅斯極權主義和軍國主義代表。

鋅皮娃娃兵：聆聽死亡的聲音（華文世界唯一俄文直譯，完整典藏版）

作　　者　斯維拉娜・亞歷塞維奇（Алексiевiч, С. А.）
譯　　者　高莽、陳翠娥、魏岑芳、陳志豪
選 書 人　張瑞芳
責任編輯　張瑞芳（初版）、王正緯（二版）
俄文編輯　吳佳靜
編輯協力　莊雪珠
專業校對　張瑞芳、林昌榮
版面構成　極翔企業有限公司
封面設計　廖勁智
行銷統籌　張瑞芳
行銷專員　段人涵
出版協力　劉衿妤
總 編 輯　謝宜英
出 版 者　貓頭鷹出版

發 行 人　凃玉雲
發　　行　英屬蓋曼群島商家庭傳媒股份有限公司城邦分公司
104 台北市中山區民生東路二段 141 號 11 樓
劃撥帳號：19863813；戶名：書虫股份有限公司
城邦讀書花園：www.cite.com.tw　購書服務信箱：service@readingclub.com.tw
購書服務專線：02-2500-7718~9（週一至週五 09:30-12:30；13:30-18:00）
24 小時傳真專線：02-2500-1990~1
香港發行所　城邦（香港）出版集團／電話：852-2877-8606／傳真：852-2578-9337
馬新發行所　城邦（馬新）出版集團／電話：603-9056-3833／傳真：603-9057-6622
印 製 廠　成陽印刷股份有限公司
初　　版　2016 年 12 月／二版 2023 年 4 月
定　　價　新台幣 500 元／港幣 167 元（紙本書）
新台幣 350 元（電子書）
I S B N　978-986-262-621-4（紙本平裝）／978-986-262-623-8（電子書 EPUB）

讀者意見信箱　owl@cph.com.tw
投稿信箱　owl.book@gmail.com
貓頭鷹臉書　facebook.com/owlpublishing

【大量採購，請洽專線】(02) 2500-1919

城邦讀書花園
www.cite.com.tw

國家圖書館出版品預行編目資料

鋅皮娃娃兵：聆聽死亡的聲音／斯維拉娜・亞歷塞維奇 (Алексиевич С. А.) 著；高莽、陳翠娥、魏岑芳、陳志豪譯. -- 二版. -- 臺北市：貓頭鷹出版：英屬蓋曼群島商家庭傳媒股份有限公司城邦分公司發行, 2023.04
面；　公分.
華文世界唯一俄文直譯，完整典藏版
譯自：Цинковые мальчики.
ISBN 978-986-262-621-4（平裝）

880.6　　112002474

本書採用品質穩定的紙張與無毒環保油墨印刷，以利讀者閱讀與典藏。